Jörg Steinleitner
Blutige Beichte

PIPER

Zu diesem Buch

Ein Mord, ein Einbruch, eine versuchte Vergewaltigung – und überall dieselbe DNA-Spur! Was für ein Unmensch ist das, der derart unterschiedliche Verbrechen begeht? Als an einem Kiosk am Münchner Hauptbahnhof auch noch falsche Geldscheine mit dem genetischen Fingerabdruck des Phantomtäters auftauchen, zieht LKA-Chef Karl Zimmerschied die Ermittlungen der »Soko Dönermesser« an sich. Klar, dass seine Kommissare die Nase rümpfen: Was bitte will ein Polizeipräsident am Tatort? Und stimmt das Gerücht, dass Zimmerschied vom irrlichternden US-Präsidenten höchstpersönlich mit der Planung von dessen Staatsbesuch beauftragt wurde? Mit der Maßgabe, einen Event zu kreieren, der »greater« ist als Obamas Weißwurstfrühstück seinerzeit auf Schloss Elmau? Zimmerschied wird von allen Seiten attackiert, doch das ist für ihn nur noch mehr Ansporn, den Fall zu lösen.

Jörg Steinleitner, geboren 1971 im Allgäu, studierte Jura, Germanistik und Geschichte in München und Augsburg und absolvierte die Journalistenschule in Krems/Wien. 2002 ließ er sich nach Stationen in Peking und Paris als Anwalt in München nieder. Bei Piper veröffentlicht er neben den Anne-Loop-Krimis auch mit Matthias Edlinger die Ambach-Reihe um einen jungen Kunstfälscher. Auf BUCHSZENE.DE hat Steinleitner eine eigene Kolumne. Seine Lesungen sind witzig und aufwendig inszeniert. Er lebt mit Frau und drei Kindern am oberbayerischen Riegsee.

Jörg Steinleitner

BLUTIGE BEICHTE

Der LKA-Präsident ermittelt

PIPER

Mehr über unsere Autoren und Bücher:
www.piper.de

Von Jörg Steinleitner liegen im Piper Verlag vor:
Der LKA-Präsident ermittelt
Blutige Beichte

Anne-Loop-Reihe
Tegernseer Seilschaften
Aufgedirndlt
Räuberdatschi
Hirschkuss
Maibock

AMBACH-Reihe
Die Auktion
Die Tänzerin
Die Deadline
Das Strandmädchen
Die Suite
Die Falle

FSC
www.fsc.org
MIX
Papier aus verantwortungsvollen Quellen
FSC® C083411

Originalausgabe
ISBN 978-3-492-31135-9
Mai 2018

Umschlaggestaltung: bürosüd, München
Umschlagabbildung: © Mike Kleinhenz/Alamy Stock Foto
Satz: Kösel Media GmbH, Krugzell
Gesetzt aus der Minion Pro
Druck und Bindung: CPI books GmbH, Leck
Printed in the EU

Alle in diesem Buch geschilderten Handlungen und Personen sind frei erfunden. Ähnlichkeiten mit lebenden oder verstorbenen Personen wären zufällig und nicht beabsichtigt.

EINS | Dönermesser

Er blutete aus dem Hals wie ein frisch geschlachtetes Kalb. Dem Mann, dessen lebloser Körper auf dem Pflaster der Münchner Schillerstraße lag, war nicht mehr zu helfen. Der Mörder hatte ihn von hinten aufgeschlitzt. Mit erbarmungsloser Präzision hatte er die Klinge oberhalb des Kehlkopfs in die Haut getrieben, hatte eine Vene und eine Schlagader durchtrennt und die Luftröhre zerstört. Binnen Sekunden hatte sich eine mehr als quadratmetergroße Blutlache um den Kopf und Oberkörper des Toten gebildet. Auf seinem Gesicht spiegelte sich Überraschung wider. Der Landtagsabgeordnete Roland Mai hatte mit seinem Tod nicht gerechnet. Nicht an diesem so späten wie sommerheißen Montagabend und nicht auf diese Weise.

Der Politiker war fünfundvierzig Jahre alt und galt als Vertrauter, wenn nicht sogar als Freund des Ministerpräsidenten; sofern man im Rahmen politischer Seilschaften überhaupt von Freundschaften sprechen konnte. Hatte der Mord also einen politischen Hintergrund? Darüber ließ sich zu diesem Zeitpunkt lediglich spekulieren. Eines aber war sicher: Dieser Tod würde zum Politikum werden.

Das Dönermesser, das dem Täter vermutlich zur Ausführung des Verbrechens gedient hatte, lag etwa zwei Meter weiter auf dem Gehsteig. Es wies eine abgerundete Spitze und einen schwarzen hölzernen Griff auf. Wie es schien, hatte der Mörder am Tatort sonst keine sichtbare Spur hinterlassen.

Roland Mais Ringen mit dem Tod war lebensverachtend kurz gewesen. Mit dem Unterbrechen des Blutdurchflusses in der Halsschlagader war sein Gehirn vom Sauerstoffnachschub abgekoppelt worden. Vermutlich hatte er innerhalb weniger

Sekunden das Bewusstsein verloren. Sein Herz hatte womöglich noch eine kurze Weile weitergeschlagen und mit geradezu lächerlicher Zuversicht Unmengen Blut durch die zerschnittene Schlagader ins Freie gepumpt. Es war seltsam: Je größer die Lache wurde, umso mehr erinnerte ihre Form an jene des nordamerikanischen Kontinents. Doch dort, wo auf der Weltkarte Mexiko in Guatemala überging, verloren sich die Ausläufer der roten Flüssigkeit in den Ritzen der sanierungsbedürftigen Gehwegplatten.

Hätte Karl Zimmerschied, seit einem halben Jahr Präsident des Bayerischen Landeskriminalamts, die Ausformung der Blutpfütze mit eigenen Augen gesehen, hätte er sie vielleicht als schlechtes Omen begriffen. Aber der Polizeipräsident war nicht am Tatort. Auch wenn es sich bei dem Mord an einem Politiker um ein spektakuläres Verbrechen handelte, war der Platz, an dem sich ein LKA-Präsident für gewöhnlich aufzuhalten hatte, ein Schreib- oder Besprechungstisch. Zimmerschied ahnte noch nichts davon, aber dies würde sich bereits in unmittelbarer Zukunft ändern.

Karl Zimmerschied war ein beliebter Präsident. Sogar Innenminister Alfred Werner, mit dem Zimmerschied alle paar Tage telefonierte, mochte ihn; er schätzte Zimmerschieds Loyalität, vor allem aber, dass er nicht ins Scheinwerferlicht strebte. Und auch bei seinen Mitarbeitern genoss er im Großen und Ganzen Beliebtheit. Zwar machte Zimmerschied klare Ansagen, jedoch stets in leisem Ton. Er führte mit Sinn für Gerechtigkeit und ohne je ins Kumpelhafte abzudriften. Er legte Wert auf ein vernünftiges Miteinander. Umso überraschter war der LKA-Präsident über den Zettel, der am Morgen nach der Bluttat, von der er noch nichts ahnte, an der Windschutzscheibe seines Dienstfahrzeugs klemmte.

ZWEI | Chanel N° 5

Zunächst hielt Karl Zimmerschied den Zettel unter dem Scheibenwischer auf der Fahrerseite für Werbung. Er hatte ihn bereits zusammengeknüllt, da kam ihm die Sache doch etwas komisch vor: Seine Garage war nachts geschlossen! Wie sollte da ein Reklameblatt an die Windschutzscheibe geraten? Das war gestern noch nicht da gewesen. Oder doch? Wer hier eine Werbung an Zimmerschieds Autoscheibe hängen wollte, musste die – zugegebenermaßen leichtsinnigerweise – unversperrte Tür öffnen und in fremdes Besitztum eindringen. Das war Hausfriedensbruch, das war unverfroren, das musste man sich auf dem Grundstück eines der mächtigsten Polizisten des Landes erst einmal trauen!

Oder war der Zettel vielleicht doch gestern bereits in München an sein Auto geheftet worden? Und er, Zimmerschied, hatte ihn nur nicht bemerkt, weil er in Gedanken woanders gewesen war? Er zog die Stirn so sehr in Falten, dass auch der Ansatz seiner schwarzen, lediglich dezent angegrauten Haare in Bewegung geriet. Nein, er war sich sicher, dass der Zettel am Vorabend noch nicht da gewesen war. Also hob er den Scheibenwischer seines sportlichen schwarzen BMW und zupfte mit seinen kräftigen Fingern – ein genetisches Vermächtnis vieler früherer Zimmerschieds, die allesamt Arbeiter, Bauern, Handwerker gewesen waren – das bereits zusammengeknüllte Papier, Format A5, wieder auseinander und las:

Fühl dich nicht zu sicher.

Was sollte das? Der Präsident kratzte sich am Bart; er trug ein Gewächs, das Hipster als »Henriquatre« bezeichneten. Zimmerschied nannte ihn »Rund-um-den Mund-Bart«.

Fühl dich nicht zu sicher.

So ein Depp, dachte sich Zimmerschied, schüttelte den Kopf, zerknüllte den Ausdruck und warf ihn in die Kiste mit dem zum Anfeuern des Holzofens dienenden Altpapier. Nein, er hatte momentan wirklich andere Probleme, als über dämliche Zettel mit dämlichen Sprüchen zu räsonieren. Vermutlich hatte ihm ein Zeuge Jehovas oder irgendein anderer Glaubenskasper das alberne Blatt ans Auto geklemmt. Vermutlich handelte es sich um nichts weiter als ein Bibelzitat.

Schon waren Zimmerschieds Gedanken wieder ganz woanders. Ob er es wollte oder nicht, ihm kam der Anruf von gestern in den Sinn. Die Anruferin, die mysteriöserweise im Besitz seiner Bürodurchwahl war, hatte sich als Kate McMunny, stellvertretende Sicherheitsberaterin des US-Präsidenten, vorgestellt. Er hatte das Ganze für einen Scherz gehalten, vielleicht von einem Radiosender. Aber was, wenn das die echte Sicherheitsberaterin des echten amerikanischen Präsidenten gewesen war? McMunny hatte ihn mit der Organisation von dessen Staatsbesuch in Deutschland beauftragt und um strikte Geheimhaltung gebeten – nicht einmal der amerikanische Geheimdienst dürfe Bescheid wissen, und hundertfünfzigtausend Dollar hatte sie ihm für den Job geboten! Ihm als Beamtem und zusätzlich zu seinem Gehalt! Das war ein Batzen Geld. Allerdings war der Job auch so riskant wie brisant. Zimmerschied konnte das beurteilen: Das Sicherheitskonzept für den Staatsbesuch des letzten US-Präsidenten, damals auf Schloss Elmau, hatte auch er entwickelt. Aber was die Amerikaner jetzt wollten, ging weit darüber hinaus: Der neue US-Präsident verlangte, dass Zimmerschied nicht nur für seine Sicherheit sorgte, sondern sich zusätzlich noch einen Event ausdachte, der »greater« war als das berühmte Weißwurstessen in den bayerischen Bergen, dessen Fotos um die Welt gegangen waren. Was bildete sich der Kerl ein? Und dann die Sicherheitsbedenken: Diesen unberechenbaren Menschen zu schützen war genau genommen unmöglich. Seit seinem Amtsantritt hatte er sich mit seiner hemdsärmeligen Art zahllose Feinde gemacht. Nicht nur in den USA, sondern auch in Deutschland. Die Gegner des President of the United States of America, den viele schlicht »POTUS« nannten, reichten von militanten Feministinnen bis hin zu Leuten aus seinen eigenen Geheimdiensten. Da war bei einem Staatsbesuch auch in Deutschland mit einigem zu rechnen. Zwar war von der amerikanischen Regierung noch kein konkreter Termin bekannt gemacht worden, aber irgendwann absolvierte jeder neue POTUS einmal seinen Antrittsbesuch. Und für diesen Fall hatten bereits einige Gruppierungen Demonstrationen angekündigt. Zwar war hier von Gewalt noch keine Rede. Aber wer sagte denn, dass sich in der Masse der besonnenen Protestierer nicht auch der eine oder andere radikale Irrläufer verbarg, der versuchte, ein Attentat auf den umstrittenen Amerikaner für seine Zwecke zu nutzen? Schon ein beliebter US-Präsident war ein wunderbares Anschlagsziel, dieser Selfmade-Rüpel spielte allerdings, was sein Provokationspotenzial anging, in einer ganz eigenen Liga. Die geheimdienstlichen Erkenntnisse – Zimmerschied stand routinemäßig mit den zentralen Stellen in Austausch – deuteten auf Anschlagspläne aus allen möglichen Sektoren der Gesellschaft hin: Islamisten, Antifaschisten, Frauenrechtlerinnen, Schwule, Exil-Mexikaner, Araber, Exil-Amerikaner, Israelis, Palästinenser, Russen, Chinesen. Alles war vorstellbar. Hoffentlich kam der US-Präsident nicht nach Deutschland. Und hoffentlich war dieser Anruf ein Scherzanruf gewesen. Wenn nicht, hatte er sich womöglich äußerst undiplomatisch verhalten. Als Zimmerschied nämlich der Betrag von hundertfünfzigtausend Dollar zu Ohren gekommen war, hatte er aufgelegt. Natürlich konnte der Anruf mit diesem verrückten Wunsch nur ein Witz gewesen sein. Andererseits waren hundertfünfzigtausend ein Betrag, der auch ihn, den fünfundfünfzigjährigen Polizisten am Höhepunkt seiner Karriere, durchaus beeindruckte. Er hatte viel erlebt während seiner beruflichen Laufbahn, in die er eher unspektakulär als Verkehrspolizist gestartet war. Ampeldienst und so. Und jetzt gab es über ihm praktisch niemanden mehr, sah man einmal ab vom Innenminister, dem Ministerpräsidenten und dem lieben Gott. Es war sauerstoffarm und einsam in den präsidialen Höhen, in denen er sich neuerdings bewegte. Man hatte wenig Freunde, dafür aber viele Neider und Feinde. Man musste auf der Hut sein.

Doch dieses Auf-der-Hut-Sein war leichter gesagt als getan, wenn einem die Frau davongelaufen war: Roswitha Zimmerschied war vor drei Monaten von ihrer Bali-Reise nicht zurückgekehrt. Angeblich hatte sie sich in einen Alt-Hippie verliebt. Über Mittelsmänner in Indonesien – ein Polizeipräsident verfügte hier über andere Möglichkeiten als der durchschnittliche Ehemann – hatte Zimmerschied herausgefunden, dass seine Roswitha auf der Paradiesinsel ein bayerisches Oben-ohne-Café eröffnet hatte. Sah man einmal davon ab, dass sich Zimmerschied fragte, ob dies einer angemessenen Betätigung für die Gattin eines der ranghöchsten Polizisten der Bundesrepublik Deutschland entsprach, war diese Tatsache in zweierlei Hinsicht problematisch für ihn: Zum einen fehlte ihm seine Frau als Stütze im alltäglichen Kampf gegen das Verbrechen; immerhin blickte man auf eine jahrzehntelange glückliche Ehe zurück, und Roswitha war ihm stets eine Hilfe gewesen. Zum anderen fehlte sie ihm als Arbeitskraft auf dem Bauernhof, auf dem die Zimmerschieds bis vor Kurzem noch gemeinsam gelebt hatten und den der LKA-Präsident nun allein bewohnte. Zimmerschied betrieb das rund vierzig Kilometer südlich von München im beschaulichen Holzleute gelegene Gehöft im Nebenerwerb. Seit er Präsident war, vermehrten sich die beruflichen Verantwortungen jedoch auf rücksichtslose Weise. Zimmerschied war durchaus bereit, sich der Hektik, die das Amt mit sich brachte, bis zu einem bestimmten Grad auszusetzen, aber Huftieren wie Alice und Emma – so hießen seine Lieblingskühe – war es vollkommen egal, ob irgendwo ein Irrer mit einer Axt durch einen Zug rannte und Menschen tötete oder im Münchner Olympia-Einkaufszentrum um sich schoss; die Kühe wollten trotzdem versorgt sein. »Frau Rötli«, sagte Zimmerschied immer wieder zu seiner Sekretärin im Präsidentenbüro, »nicht vergessen: Ich bin nicht der Innenminister, sondern nur der Polizeipräsident. Ich mag das nicht, wenn Sie mir meine Termine so eng takten.«

Die gebürtige Schweizerin Elisabeth Rötli, die bis vor einem Jahr noch Sekretärin des seinerzeitigen Innenministers Hans Steinbeck gewesen war, pflegte hierauf zu erwidern: »Aber Herr Präsident, Sie sind doch ein Mann in den besten Jahren.« Rötli war sechzig Jahre alt, wobei sie wesentlich jünger wirkte. Und sie hatte Charme. Stets erschien sie im Kostüm zum Dienst. Ihre Lieblingsfarbe war ein abgetöntes Weiß, ihr Parfüm Chanel N° 5. Sie rauchte nicht, sie trank nicht, außer ein Glas Prosecco beim monatlichen Kaffeekränzchen mit den anderen Damen des Frauenchors der Münchner Polizei.

»Aber ich bin kein Politiker«, antwortete Zimmerschied hierauf üblicherweise. »Bei mir kommt es auf die *Qualität* der Arbeit an und nicht darauf, wie oft mein Gesicht in der Zeitung oder im Fernsehen zu sehen ist.«

DREI | Bali

Zimmerschied ließ sich in seinen Bürosessel fallen und dachte an seine Frau. Da klingelte im Vorzimmer das Telefon, Frau Rötli hob ab und rief wenig später: »Herr Zimmerschied, der Herr Horvath von der Pforte ist dran. Darf ich durchstellen?«

»Ja.« Sekunden später meldete sich der Präsident mit einem »Guten Morgen, Herr Horvath, was kann ich für Sie tun?«.

»Herr Präsident, bei mir an der Pforte, da stehen drei Amerikaner in dunklen Anzügen und eine Frau. Ich wollte sie schon rausschmeißen, weil sie ihre SUVs direkt vor unserem Haupteingang geparkt haben, was ja nicht geht, aber die sagen, dass sie zu Ihnen müssen. Die sagen, sie seien von der Nationalen Sicherheitsberaterin von Amerika geschickt worden, und die hätte gestern schon mit Ihnen telefoniert, Sie wüssten Bescheid?«

Der Präsident dachte nach: Wenn das jetzt irgendwelche Medienclowns waren, dann waren die wirklich hartnäckig. »Haben die sich ausgewiesen?«

»Ja, aber was weiß denn ich, ob diese Geheimdienstausweise echt sind!«

Eineinhalb Stunden später saß Zimmerschied wieder allein in seinem Büro. Vor ihm lag ein Geheimvertrag, der ihn zum Sicherheitsbeauftragten der US-Regierung für den anstehenden Staatsbesuch machen würde, sofern er ihn denn unterschrieb. Der Vertrag enthielt zwei Kernpunkte: Erstens sollte Zimmerschied sich einen Event ausdenken, der in der Öffentlichkeit als großartiger wahrgenommen werden würde als das Weißwurstfrühstück. Und zweitens sollte er dafür sorgen, dass dem US-Präsidenten während seines Aufenthalts in München kein Haar gekrümmt wurde. Notwendig für die erfolgreiche

Durchführung des Auftrags sei es, dass Zimmerschied in totaler Eigenständigkeit und ohne jede Einmischung der dienstlich eigentlich neben oder sogar über ihm stehenden Beamten und Politiker planen und handeln könne. Was für eine Forderung! Der LKA-Präsident dachte an den Amerikaner. Es war erstaunlich, dass jemand mit derart schlechten Manieren so weit kommen konnte. Aber als Polizist konnte man sich nicht aussuchen, für wessen Sicherheit man sorgte. Im Zweifel kam auch ein Idiot in den Genuss umfassenden Schutzes.

Zwei Mitarbeiter betraten, ohne anzuklopfen, Zimmerschieds Büro: die klein gewachsene Barbara Veltroni mit der schwarzen Pagenkopffrisur und der hoch aufgeschossene Hannes Södlinger, der stets Anzug mit Fliege trug (die viele im LKA als eher deplatziert empfanden) und dessen Haarschnitt aussah, als wäre er selbst dafür verantwortlich. Beide waren außer Atem. Barbara Veltroni keuchte: »Wir wollten nur, also, bevor Sie es von anderer Stelle hören, Chef...«

Zimmerschied verzog das Gesicht: »Wie oft soll ich Ihnen das noch sagen, Frau Veltroni, ich mag das nicht, wenn Sie mich mit ›Chef‹ anreden.«

»Tut mir leid. Aber in der vergangenen Nacht ist der Landtagsabgeordnete Roland Mai in der Schillerstraße getötet worden. Der oder die Mörder haben ihm den Hals aufgeschlitzt, mit einem Dönermesser.«

»Wir dachten uns«, ergriff Hannes Södlinger das Wort, »dass wir Sie lieber gleich miteinbeziehen, weil es da sicher bald Rückfragen vonseiten der Politik und der Presse geben wird.«

»Ach du Scheiße«, entfuhr es Zimmerschied. Seine ganze Aufmerksamkeit war nun den beiden Kriminalhauptkommissaren zugewandt.

»Momentan ist da noch alles drin – politische und private Hintergründe, Rotlicht, Schwule, Geldwäsche, alles; Raubmord eher nicht, weil nichts zu fehlen scheint, allerdings ...« Barbara Veltroni zögerte. »Eine Besonderheit gibt es.« Zimmerschied zog fragend die Augenbrauen nach oben. »Wir haben das am Tatort nicht gleich gesehen, weil der abartig geblutet hat, aber jetzt in der Rechtsmedizin ...« Sie legte dem Präsidenten ein Foto auf den Tisch, das den nackten Oberkörper eines Mannes zeigte. Neben den auseinanderklaffenden Hautwülsten an der Schnittstelle am Hals, die Zimmerschied an einen Schweinsbraten im Rohzustand erinnerten, war etwas anderes nicht zu übersehen: Auf Höhe des Herzens prangten weitere, wesentlich filigranere Schnittwunden auf der Haut der Leiche.

Barbara Veltroni ließ ihrem Chef einen Moment Zeit, um das Foto zu begutachten, dann sagte sie: »Keine Ahnung, was Sie da sehen, aber Hannes und ich meinen«, sie warf dem Kollegen einen kurzen Seitenblick zu, »dass man – natürlich nur mit etwas Fantasie – diese Schnittwunden als Stern und Halbmond interpretieren könnte.«

»Türkische Flagge?« Der Präsident, den Blick noch immer auf das Foto gerichtet, grübelte eine Weile und fragte dann: »Sie meinen, dass die Tat womöglich etwas mit Islamisten zu tun hat?«

Barbara Veltroni nickte. »Und da in dieser Option ja eine gewisse Brisanz steckt, wollten wir fragen, ob wir damit jetzt überhaupt schon raus sollen. Oder ob wir einfach noch warten ...«

»Wegen der aufgeheizten Stimmung, was kriminelle Ausländer angeht, wegen der ganzen politischen Hetzerei und so weiter«, ergänzte Hannes Södlinger.

Entschlossen hob Zimmerschied den Kopf. »Klingt sinnvoll. Machen wir. Stern und Sichel bleiben erst einmal intern.«

»Aber, also ...« Barbara Veltroni räusperte sich und suchte den Blick des Vorgesetzten. Auf dessen erwartungsvolles

Schweigen hin druckste sie: »Ganz sicher sind der Hannes und ich uns nicht, ob das okay ist, wenn wir diese Info zurückhalten – Sie wissen schon, so Fake-News-mäßig …«

»Nicht, dass man uns dann unterstellt, wir würden relevante, in Richtung Ausländer deutende Tatsachen …«, sprang Södlinger der Kollegin bei.

»Mehr Informationen herauslassen können wir später immer noch«, unterbrach ihn der Präsident. »Wir sagen ja nichts Falsches, sondern wir halten lediglich etwas zurück. Das sind keine Fake News, sondern gar keine. Oder eben einfach nur Polizeitaktik. Zurückgehaltenes Täterwissen.« Er atmete hörbar aus. Als er Veltronis nachdenklichen Gesichtsausdruck wahrnahm, schob er noch hinterher: »Machen Sie sich keine Gedanken, ich übernehme die Verantwortung.« Im selben Moment drang durch die geöffnete Tür das Klingeln eines Telefons herein, und wenig später rief Elisabeth Rötli: »Herr Zimmerschied, der Herr Innenminister möchte Sie sprechen.« Selbst unter jenen Mitarbeitern, die Elisabeth Rötlis dominante Art anstrengend fanden, galt ihr schweizerischer Akzent als putzig.

»Dann – haben wir es?«, fragte Zimmerschied und bedachte erst Veltroni, dann Södlinger mit fragenden Blicken. Auch wenn der Innenminister am Apparat war, so musste Angefangenes vernünftig zu Ende geführt werden. Zimmerschied hatte seit vielen Jahren mit hohen Tieren der Politik zu tun. Wenn es hart auf hart kam, hatte sich noch jeder von ihnen als stinknormaler Mensch entpuppt.

Die Kommissare nickten, Veltroni schnappte sich das Foto der Leiche vom Tisch des Präsidenten, und beide verließen nach knapper Verabschiedung das Büro.

Erst jetzt griff Zimmerschied zum Hörer. Nach kurzem Wortwechsel verband ihn die Sekretärin des Ministers weiter, und wenig später meldete sich sein direkter Vorgesetzter am anderen Ende der Leitung. Innenminister Alfred Werner war

Franke, was er nicht einmal dann zu verbergen vermochte, wenn er sich redlich bemühte. »Guten Morgen, Zimmerschied, ich mach's kurz: Höre eben, dass der Landtagsabgeordnete Roland Mai beim Hauptbahnhof ermordet worden ist. Widerliche Tat. Wollte Sie deswegen nur rasch unterrichten. Also erstens: Roland Mai ist ein Parteifreund. Zweitens: Er ist ein enger Freund des Ministerpräsidenten, die Aufklärung hat von dem her oberste Priorität. Diese Aussage verbinde ich mit einer vorsorglichen Warnung, Zimmerschied: Seien Sie sich im Klaren, dass dieser verdammte Mord Sie das Amt kosten kann. Mich natürlich auch. Deswegen: Wir müssen umfassend und unverzüglich aufklären. Schnell, schneller, am schnellsten. Das ist heikel, ganz heikel.« Der Innenminister sonderte Wortmaterial mit der Effizienz eines bayerischen Automotors ab. Zimmerschied hätte die Augen verdrehen können, es sah ihn ja keiner, aber er tat es nicht. Irgendwie war er fasziniert von diesem begnadeten Schwätzer. Werner schien beim Sprechen keinerlei frischen Sauerstoff zu benötigen. »Alles klar, Zimmerschied?«

»Alles klar, Herr Minister.«

»Und sonst – wie steht's, wie geht's?« Er bemerkte den Verdreher und schob hinterher: »Wie geht's uns so? Was macht die Landwirtschaft?«

»Es läuft alles«, schwindelte Zimmerschied.

»Wahnsinn, dass du dir das antust!«, rief Alfred Werner aus und verfiel versehentlich, wie es ihm immer wieder einmal passierte, ins joviale »Du«. »Und die Gattin?«

»Die Gattin«, Zimmerschied geriet ins Straucheln, »ist noch, ähm …«, er räusperte sich, »… auf Bali.«

»Soso, Bali …« Der Minister schien sein Gehirn für einen Moment tatsächlich zum Nachdenken zu nutzen. »Ist die jetzt nicht schon gleich … ein paar Monate lang weg?«

Der LKA-Präsident zögerte, um dann mit einem leisen »Ja«

den familiären Missstand einzuräumen. Es ärgerte ihn, dass er unversehens in der Defensive gelandet war.

»Alles in Ordnung mit der Ehe?«, fragte der Innenminister. Er war Mitglied der Regierungspartei, die die Christlichkeit und damit praktisch auch die monogame Ehe im Namen trug, obgleich es nur einem geringen Teil ihrer Amtsträger auch gelang, sich daran zu halten. Ein Politikerleben, gleich wie christlich es ausfiel, bestand aus einer Fülle an Dekolletés und sonstigen Gelegenheiten.

»Ja, ja, schon«, log Zimmerschied.

»Und – wer macht dann die Kühe, wenn Sie nicht da sind?«

»Ich bin doch da!« Verflucht, die Antwort war ihm etwas zu trotzig geraten.

Der Innenminister lachte kurz auf. Zimmerschied fühlte sich nicht sehr wohl. Alfred Werner sagte – und verwischte dabei erneut die Grenzen zwischen Du und Sie –: »Wenn ich dir einen guten Rat geben darf, Präsident: Machen Sie Ihre Landwirtschaft dicht. Das ist doch bloß viel Arbeit für nichts.«

»Ich habe Ihnen schon mehrmals erklärt«, entgegnete Zimmerschied um einen ruhigen Atem ringend, denn vor seinem inneren Auge tanzte Roswitha barbusig hinter einer Theke herum, »... dass ich meinem Vater auf dem Sterbebett versprochen habe, den Bauernhof weiterzumachen. Und was ich verspreche, das halte ich.« Mit den letzten Worten nahm die Stimme des LKA-Präsidenten einen giftigen Unterton an. Seine Karriere war nicht nur das Ergebnis von »im richtigen Moment am richtigen Ort sein«, sondern ebenso von Rückgrat und klaren Worten, auch gegenüber Politikern, die seine Chefs waren. Jene kamen und gingen, er blieb und kämpfte.

»Schon klar, Zimmerschied, deswegen schätze ich Sie ja auch; weil man sich auf Sie verlassen kann. Aber dass ein Polizeipräsident auch noch einen Bauernhof ... wie viele Kühe haben Sie – acht? Und ...«

»Zwei Schweine und zwölf Hühner«, kam ihm der Präsident zuvor. Er war genervt. Das mit dem Hof ging doch wirklich niemanden etwas an.

Der Innenminister schien kurz nachzudenken. »Zwölf Hühner … aha … und – die Gattin – die kommt wieder?«

»Und die Gattin, die kommt wieder«, antwortete Zimmerschied trocken. Er hatte sich jetzt wieder im Griff. Wenn eine Frau durchdrehte, hieß das noch lange nicht, dass alle durchdrehen mussten. Er würde Ruhe bewahren; und wenn die Roswitha nicht von selbst zurückkam, dann würde er sie zurückholen. Der Innenminister verbreitete gerade allerlei Lehrreiches über die Ehe im Allgemeinen und im Besonderen, sogar garniert mit einem Bibelzitat (»Zeigt euch im Zusammenleben mit euren Frauen verständnisvoll und nehmt auf ihre von Natur aus schwächere Konstitution Rücksicht, Petrus 3,7«).

Zimmerschieds Gedanken schweiften ab: Per Facebook-Nachricht hatte ihm Roswitha – sie nannte sich jetzt Rose – versichert, dass sie ihn noch immer liebe, und ihm angeboten, doch auch nach Bali zu kommen, man könne ja eine Dreierbeziehung ausprobieren. Polyamorie sei voll in. Der Präsident rümpfte die Nase. Polyamorie! An derlei Quatsch hatte er absolut kein Interesse. Wer sollte sich denn dann um den Bauernhof kümmern? Und warum sollte er im Zenit seiner Karriere wegen einer unsicheren Ménage à trois seinen Beruf an den Nagel hängen und sich auf ein irrsinniges Hippie-Abenteuer auf Bali einlassen? Dass die Roswitha, mit der er so lange zufrieden zusammengelebt hatte, es überhaupt wagte, ihm so einen Blödsinn vorzuschlagen! Hoffentlich hatte sie keine Drogen genommen.

Gerade sagte der Innenminister: »Meinen Sie, Ihre Gattin hat Sie verlassen, weil sie keinen Bauern zum Mann haben will?«

»Nein, sie mag die Tiere. Eher, weil ich seit meinem neuen Amt abends so oft weg bin.«

»Also *hat* die Gattin Sie verlassen?« Zimmerschied bemerkte, dass er sich verplappert beziehungsweise dass der Minister ihn überrumpelt hatte.

»Nicht direkt, also ... ähm ... Ich soll ja nachkommen.«

»Nicht direkt, also, ähm, Sie sollen ja nachkommen«, wiederholte der Innenminister bedächtig. Es war ein wenig demütigend. »Und – kommen Sie nach?«

»Ja, nein, das ist noch nicht entschieden.«

Der Minister schwieg einige Sekunden lang. Dann sagte er ernst und mit einer Andeutung von Besorgnis in der Stimme: »Sie, Zimmerschied, nicht dass Sie mir jetzt den Halt verlieren. Ich baue auf Sie! Haben Sie jemanden, an den Sie sich anlehnen können? Das braucht man in unseren Höhen. Was ist mit Ihrer Sekretärin ...«

»Ich bin nicht in solchen Höhen unterwegs wie Sie, Herr Minister. Und außerdem – die Tiere geben mir Halt.«

»Die Tiere! Großartig! Diese Bodenständigkeit ...« Der Innenminister lachte. Er war ein Professorensohn und konnte mit gegrillten, gebratenen oder geschmorten Tieren etwas anfangen, aber rein gar nichts mit solchen, die noch lebten. »Also gut, dann machen wir weiter. Auf Wiederhören, Zimmerschied!«

»Halt, Herr Minister, ich habe da noch etwas.«

Zimmerschied schilderte seinem Chef das Telefonat mit der nationalen Sicherheitsberaterin der USA, Kate McMunny, und den Besuch ihrer vier Mitarbeiter. Er erklärte dem Innenminister, dass der POTUS in nur einundvierzig Tagen zum Staatsbesuch nach Bayern käme, wovon der Politiker zum ersten Mal hörte, und endete mit der Frage: »Können Sie mir diese ...« Er zögerte. »... Ich sage mal: Nebentätigkeit. Können Sie mir die genehmigen?«

»Nebentätigkeit? Hundertfünfzigtausend Dollar?« Der Innenminister, der eben noch locker und lässig über die Ehe schwadroniert hatte, war nun völlig aus dem Häuschen. Wie alle Politiker pflegte er ein erotisches Verhältnis zum Geld respektive zu einträglichen Nebentätigkeiten. Wie gerne hätte er selbst die hundertfünfzigtausend eingesteckt.

»Einundvierzig Tage! Der US-Präsident … Hundertfünfzigtausend Dollar für Sie – und totale Freiheit bei allen Entscheidungen und Maßnahmen, ohne Rücksicht auf Vorgesetzte … ob wir uns das leisten können, Zimmerschied …?«

»Die Frage ist doch vielmehr, ob wir als Freistaat Bayern und Bundesrepublik Deutschland es uns erlauben können, hier den amerikanischen Präsidenten im Regen stehen zu lassen. Eine Verweigerung unsererseits könnte die diplomatischen Verwerfungen, die wir ohnehin schon allerorten haben, ja noch verstärken!«

»Zimmerschied, das muss ich abklären. Das ist brisant. Das ist Weltpolitik. Hundertfünfzigtausend Dollar. Noch größer als das Weißwurstfrühstück von Elmau …«, murmelte der Innenminister. »Wenn das der Ministerpräsident erfährt!«

Den Rest des Tages verbrachte Karl Zimmerschied mit diversen eher öden Personalgesprächen, einer Abteilungsleitersitzung, einem Telefonat mit einem anderen Polizeipräsidenten, mehreren Gesprächen mit Pressevertretern in Sachen Roland Mai und etlichen anderen nur zum Teil wichtigen Dingen. Wenn er zwischendurch Zeit hatte, dachte er an seine Frau oder brütete über der Frage, was man dem US-Präsidenten noch Einzigartigeres bieten konnte als ein Weißwurstfrühstück vor einer sonnenüberfluteten Alpenkulisse. Aber ihm wollte einfach nichts einfallen. Allerdings schoss ihm noch ein anderer Gedanke durch den Kopf: Wenn er nicht nur für die *Organisation* des großartigen Events zuständig war, sondern auch für die Sicherheit des Präsidenten währenddessen, musste er an alle Eventualitäten denken. Neben Einsatzkonzeptionen, Strategischen Leitlinien, Rahmen- und Vorbefehlen, Geodaten-Nutzung, einem Konzept für Sonderlagen und für einen Massenanfall von Verletzten sowie einem eventuellen Drohneneinsatz musste er auch die US-präsidentenspezifischen Problematiken vorausdenken. Kate McMunny hatte angedeutet, dass der POTUS ohne Gattin anreisen wolle. War es daher im Hinblick auf die erotischen Gewohnheiten des Staatsmannes sinnvoll, rein vorsorglich ein Dutzend Prostituierte sicherheitsmäßig durchzuchecken? Nur für den Fall, dass der US-Präsident spontan von erotischen Sehnsüchten übermannt werden sollte? Der Polizeichef wog die Argumente hin und her, und am Ende des Tages kam er zu dem Schluss, dass er den Konkubinencheck zumindest als Option in sein Sicherheitskonzept aufnehmen musste, direkt hinter dem Punkt »Gefangenensammelstelle«. Herausstreichen konnte man solcherlei exotische Strategiepunkte dann ja immer noch. Eines lag jedenfalls auf der Hand: Was den US-Präsidenten anging, musste man mit allem rechnen. Lieber hielt man also ein paar Gespielinnen in der Hinterhand, deren Lebenslauf man überprüft hatte, als dass man sich in der Hektik des Staatsbesuchs plötzlich vor die Situation gestellt sah, dass der US-Präsident Sex wollte und auf der Ingolstädter Straße nur russische Geheimagentinnen herumstanden.

Als der LKA-Präsident mit seinem Wagen die Stadtgrenze hinter sich gelassen hatte, freute er sich auf die Stallarbeit. Dass ihn zu Hause ein überraschender Besuch mit ebenso überraschendem Mitbringsel erwartete, konnte er nicht ahnen. Aber wer rechnet nach Feierabend auch schon mit Handgranaten?

VIER | Handgranaten

Die Miene des schlanken, schnurrbärtigen Pfarrers wirkte gehetzt. Sein kunstvoll über die entstehende Glatze gelegtes Haar war verrutscht. »Lass mich rein, Karl«, drängelte der Geistliche und warf nervöse Blicke zur Straße hin, woraufhin Zimmerschied zur Seite trat und ihn einließ. Herrmann Gänswein trug seine Freizeitkluft, also schwarze Hose und schwarzes Hemd mit weißem Stehkragen, und führte eine große blaue IKEA-Tasche mit sich, aus der etwas Zeitungspapier lugte. Er drängte Zimmerschied dazu, die Haustür so schnell wie möglich wieder zu schließen.

»Was ist denn mit dir los, Herrmann?«, erkundigte sich der Polizeipräsident unwirsch.

»Mach die Vorhänge zu«, forderte der Pfarrer den Freund auf, während er in die Küche eilte. Dort stellte er die IKEA-Tasche auf dem Boden neben dem Tisch ab und zog auch hier hektisch die Vorhänge zu. Dabei dämmerte es draußen längst, und im fahlen Licht der untergehenden Sonne waren lediglich die vom Wald begrenzten Felder zu sehen, die sich allesamt in Zimmerschieds Besitz befanden. Doch der Pfarrer schien zu wissen, was er tat, und erst nachdem er sich versichert hatte, dass auch wirklich niemand zum Fenster hineinschauen konnte, wandte er sich dem Polizeipräsidenten zu und fixierte ihn mit eindringlichem Blick. »Karl, das, was ich dir jetzt sage, muss unter uns bleiben. Dorfgeheimnis. Du musst mir dein Ehrenwort geben, unbedingt!«

»Was soll das?«, grummelte Zimmerschied. Mit der Geheimniskrämerei, die sein Amt mit sich brachte, war er bestens ausgelastet. Da brauchte es nicht auch noch eine katholische Konspiration.

Aber der Pfarrer war hartnäckig. »Erst dein Ehrenwort. Also: Bleibt das unter uns?«

Zimmerschied schüttelte langsam den Kopf. »Was ist in der IKEA-Tasche, Herrmann?«

»Karl, es gibt in unserem Dorf ein ernstes Problem! Kann das bitte unter uns bleiben?«

»Ich kann dir doch nicht etwas versprechen, wovon ich nicht weiß, was es ist! Ich will mich wirklich nicht wichtigmachen, aber als Präsident vom Landeskriminalamt bin ich an gewisse Dinge gebunden, Herrmann.«

Der Geistliche starrte ihn an, bückte sich dann ruckartig zur Tasche hinunter und sagte: »Gut, dann eben nicht.«

Zimmerschied schnaubte. Dann entfuhr ihm ein widerwilliges »Herrgott noch einmal: Ja, es bleibt unter uns«. Keine Minute sollte verstreichen, bis er diese Entscheidung bereute.

»Da drin sind …« Der Pfarrer deutete auf das ominöse Mitbringsel. »Nein, ich fange anders an. Es war so: Gestern nehme ich einem Gemeindemitglied die Beichte ab, also ganz normal in der Kirche, im Beichtstuhl.« Herrmann Gänswein senkte die Stimme. »Eine ganz normale Beichte, Karl: böse Gedanken, Streit in der Familie und so weiter. Am Ende des Gesprächs, ich will schon zehn Rosenkränze und fünf Vaterunser auftragen, da sagt die Person, sie habe noch etwas, das sie mir dalasse. Es sei eine Tasche mit Inhalt. Ich denke mir nichts dabei, die Gemeindemitglieder bringen mir ja öfter mal was mit – Eier oder Butter, manchmal sogar ein Huhn. Deshalb bin ich nicht gleich rausgegangen, um nachzuschauen. Das hätte ich mal besser gemacht! Als ich eine Weile später nachgesehen habe, war die Person schon weg, und im Beichtstuhl stand diese IKEA-Tasche.«

Zimmerschied hob verständnislos die Schultern. »Und? Was ist drin? Eier, Butter, Hühner?«

»Ha!«, bellte der Pfarrer. Er griff sich die Tasche, stellte sie auf zwei Stühle und begann auszupacken. Wenig später lagen auf dem Küchentisch zwei Maschinenpistolen und drei Handgranaten, allesamt eingewickelt in Zeitungspapier. Obwohl Zimmerschied vollkommen perplex war, registrierte er sofort, dass es sich um echte Waffen handelte. »Was sollen wir denn jetzt damit machen?«, fragte der Geistliche hilflos.

»Wer hat dir das gegeben?«

Der Pfarrer wich dem Blick des LKA-Präsidenten aus und zuckte mit den Schultern. »Wie gesagt: Die Person war weg, als ich aus dem Beichtstuhl rausgekommen bin.«

»Aber du wirst doch irgendetwas gesehen haben?«

»Nichts.« Der Pfarrer legte die Hand aufs Herz und schüttelte den Kopf.

Zimmerschied fixierte Herrmann Gänswein kritisch. »Aber die Stimme hast du doch gehört in der Beichte. War das die Stimme von einer Frau oder von einem Mann?«

»Das ...«, er zögerte, »... kann ... ich nicht sagen. – Beichtgeheimnis.« Er machte ein kleines Kreuzzeichen über seinem Mund.

Zimmerschied überlegte kurz, dann verkündete er in bestimmtem Tonfall: »Dann teile ich dir nun mit, Herrmann, dass ich die Waffen morgen bei mir im Amt einliefern muss, Abteilung ›Sprengstoff-/Strahlendelikte, Waffenhandel, Tatortgruppe‹. Nicht wegen Beichtgeheimnis, sondern wegen Berufspflicht.«

Die Blicke der Männer kreuzten sich. In beiden Köpfen liefen ähnliche Filme ab: Man kannte sich schon lange, seit Kindertagen. Man hatte zusammen Karten gespielt, Kaugummiautomaten in die Luft gesprengt, hinterm Hühnerstall heimlich geraucht; man hatte im Boxring gestanden (Zimmerschied verfügte noch heute über eine schlagkräftige Faust), zahllose Menschen beerdigt, Bier getrunken. Man mochte sich, man respektierte sich, man konnte sich aufeinander verlassen. Und jetzt das – Kriegswaffen im Beichtstuhl. Hochexplosive Gegenstände, eine Gefahr, auch für diese über viele Jahre gewachsene Freundschaft.

Der Pfarrer war der Erste, der das konzentrierte Schweigen brach: »Kannst du das nicht erst einmal hier im Dorf aufarbeiten, sozusagen privat?«

Zimmerschied widersprach energisch: »Herrmann, ich bin LKA-Präsident und kein Privatdetektiv! Und das hier sind Handgranaten! Kriegswaffen! Wer drei Handgranaten hat, der kann auch mehr besitzen. Wer sagt uns denn, dass dein Beichtling nicht gerade ein Verbrechen damit plant?«

»Aber hätte eine Person, die ein Verbrechen plant, die Waffen dann bei mir im Beichtstuhl abgegeben?«

Ohne auf den Einwurf einzugehen, zählte der LKA-Präsident weiter auf: »… oder ein Attentat? Einen Raubüberfall? Mit diesen Waffen kannst du in den Krieg ziehen!« Zimmerschied sah den Geistlichen ernst an. »Herrmann, bitte: Wenn ich dir helfen soll, musst du mir sagen, wer dir diese Waffen gegeben hat.«

Ohne zu zögern und mit fester Stimme antwortete der Pfarrer: »Das Beichtgeheimnis ist unverletzlich; die direkte Verletzung ist mit Exkommunikation bedroht, can. 1388 § 1 Codex Iuris Canonici.«

Abrupt wandte Zimmerschied sich ab, ging zum Spülbecken hinüber, ließ sich ein Glas Leitungswasser einlaufen und erwiderte: »Gut, dann erinnere ich dich daran, dass wer einem anderen die tatsächliche Gewalt über Kriegswaffen überlässt, mit einer Freiheitsstrafe von einem bis fünf Jahre bestraft wird, § 22a Kriegswaffenkontrollgesetz.« Er drehte sich wieder zu seinem Freund um: »Ganz ehrlich, Herrmann, ich weiß nicht, ob dir klar ist, über was wir hier reden. Schon jetzt stehen wir beide mit einem Bein im Gefängnis! – Zum letzten Mal: Sag mir, wer diese Waffen bei dir abgegeben hat.«

Die Stimme des Pfarrers flatterte nun ein wenig: »Ich weiß es wirklich nicht. Also … aber … nur dass es eine Frauenstimme war, das kann ich sagen.«

»Eine Frau. Nun komm, du weißt doch ganz genau, wer bei dir zum Beichten geht! Das sind eh immer die drei gleichen alten Schachteln.«

Der Pfarrer reagierte nicht beleidigt, aus seinem Blick sprach pure Ratlosigkeit. »Ich weiß wirklich nicht, wer es war.«

»Okay, Herrmann … aber … Wenn sie mit dir gesprochen hat – sind dir da dann vielleicht irgendwelche sprachlichen Besonderheiten aufgefallen? Ein Dialekt, ein Sprachfehler, hatte sie eine hohe Stimme, eine tiefe?« Während er dies fragte, schossen Zimmerschied alle möglichen Gedanken durch den Kopf: War die Frau, die die Waffen abgeliefert hatte, womöglich eine Mörderin? Oder eine potenzielle Attentäterin? Bestand vielleicht eine Verbindung zum Besuch des US-Präsidenten oder zu anderen Terrorplänen? Warum tauchten diese Kriegswaffen ausgerechnet in seinem Heimatdorf auf? Auch der Zettel mit der Aufschrift »Fühl dich nicht zu sicher« kam ihm in den Sinn. Gab es eine Verbindung?

Der Pfarrer machte eine verneinende Kopfbewegung. »Keine sprachlichen Besonderheiten, Karl. Eine normale Stimme. Vielleicht ein ganz klein wenig bairisch.« Er zögerte und schob vorsichtig fragend hinterher: »Sag, nimmst du dich der Sache an?«

Der LKA-Präsident grübelte. Eine derartige Aktion war unter gar keinen Umständen mit seinem Amt zu vereinbaren. Aber er mochte den Pfarrer, und auch den Leuten im Dorf fühlte er sich verbunden. In wenigen Jahren würde er pensioniert werden. Mit den Bewohnern von Holzleute würde er noch viel länger in Kontakt stehen als mit den Kollegen aus dem LKA und dem Innenminister. Es war zwar geradezu unvorstellbar, aber womöglich verbarg sich hinter diesen gefährlichen Schießwerkzeugen ja eine eher harmlose Geschichte, die – wenn sie öffentlich würde – das Zeug dazu hatte, jemanden aus seinem Dorf ins Unglück zu reißen? Jemanden, der vielleicht gar nichts Böses im Schilde führte? Das wollte Zimmerschied auf keinen Fall. Eventuell konnte man das tatsächlich »intern« lösen, wie der Pfarrer vorgeschlagen hatte. Und sollte er feststellen, dass seine »privaten« Ermittlungen nicht zum Ziel führten, dann konnte er immer noch den offiziellen Weg gehen und die Sache seinen Untergebenen beim LKA übertragen. Trotz dieser recht vernünftigen Überlegungen hatte Zimmerschied noch immer kein gutes Bauchgefühl. »Ich lasse mir das durch den Kopf gehen, Herrmann«, seufzte er schließlich. »Aber jetzt sollten wir schlafen gehen.«

Der Pfarrer nickte. Wenig später schloss Zimmerschied die Haustür hinter ihm. Draußen wirkte alles ruhig, und auch aus dem Stall drangen kaum mehr Geräusche. Kühe, Hühner und Schweine schienen zufrieden zu sein. Trotzdem ging er noch einmal zur Garagentür hinüber und sperrte sie ab. Das hatte er schon lange nicht mehr getan.

FÜNF | Heidi Klum

Im Laufe der vergangenen Jahre hatten sich Zimmerschied allerlei Gründe für durchwachte Nächte geboten: der G7-Gipfel auf Schloss Elmau, der Staatsbesuch des russischen Präsidenten, die Münchner Sicherheitskonferenz und die Fußballweltmeisterschaft in Deutschland. Stets war er dafür verantwortlich gewesen, dass diese Veranstaltungen von Terroranschlägen und anderen Katastrophen verschont geblieben waren. Man könnte also meinen, dass der LKA-Präsident nicht so leicht aus der Ruhe zu bringen war.

Aber in der Nacht, die auf den Besuch des Pfarrers folgte, tat Zimmerschied kein Auge zu. Die Existenz von Kriegswaffen in Holzleute ließ ihn nicht zur Ruhe kommen. Diese rätselhafte Neuigkeit beschäftigte ihn tatsächlich mehr als der brisante Mord an Roland Mai und der bevorstehende Staatsbesuch. Was hatte das Böse in der Idylle verloren?

An anderen Tagen fühlte sich Zimmerschied frisch, wenn er nach der Stallarbeit unter die Dusche gestiegen war und sich dann auf den Weg nach München machte. Aber an diesem Morgen war es anders. Seinem Körper war die Spannkraft abhandengekommen. Gleich nachdem er sein Büro bezogen hatte, überprüfte er den Kalender. Immerhin: Heute lagen keine unangenehmen Termine an. Mit ein wenig Glück würde er den Tag mit der jahrelang trainierten Routine herumbringen können. Zimmerschied gähnte und rief nach seiner Sekretärin. »Frau Rötli, kommen Sie bitte mal?«

»Was gibt's?«, fragte diese, als sie vor ihm stand.

»Bitte stellen Sie mir heute nur Notfälle durch. Ich muss einige komplexe Zusammenhänge durchdenken. Da brauche ich ein paar Stunden Ruhe.«

Rötli wollte etwas Zustimmendes antworten, sie hatte ja selbst erkannt, dass der Chef etwas derangiert zum Dienst erschienen war, aber dazu kam es nicht, denn jemand klopfte an die halb geöffnete Tür des Präsidentenbüros. Zimmerschied erkannte Dr. Isabelle Augustin. Sie war die neue Leiterin der Forensischen DNA-Analytik, mithin zuständig für die Auswertung sämtlicher genetischer Fingerabdrücke an Leichen, Tatwaffen und sonstigen beweiserheblichen Körpern. Sie war groß gewachsen und schlank, und wie sie mit ihren dunkelbraunen, halblangen Haaren, in ihrer geblümten Bluse und der etwas ausgewaschenen Jeans so im Türrahmen stand, wurde Zimmerschied plötzlich klar, woran es vermutlich gelegen hatte, dass er Dr. Augustin – unabhängig von ihrer wissenschaftlichen Kompetenz – von Anfang an sympathisch gefunden hatte: Die Achtunddreißigjährige erinnerte ihn an seine Frau Roswitha vor vielleicht fünfzehn Jahren. War der Morgen bislang von seiner miesen Stimmung geprägt gewesen, so ergab sich mit dem Erscheinen Dr. Augustins plötzlich ein Lichtblick für Zimmerschied. Doch Elisabeth Rötli hatte der Molekularbiologin bereits den Weg verstellt. »Stopp, Frau Doktor, der Herr Präsident wird heute von äußerst wichtigen Amtsgeschäften absorbiert … Also, wenn Sie bitte morgen noch einmal …«

Sofort trat die DNA-Expertin einen Schritt zurück. Dann versuchte sie über die wesentlich kleinere Präsidentensekretärin hinweg Blickkontakt mit Zimmerschied herzustellen. Der ging darauf ein und fragte: »Was gibt's denn, Frau Doktor Augustin?« Dann meinte er in Richtung seiner Sekretärin: »Meine Bitte, mich in Ruhe zu lassen, gilt erst ab gleich, Frau Rötli – würden Sie also bitte …?«

Schon war die gebürtige Schweizerin mit einem verschwiegenen Nicken im Vorzimmer verschwunden. Ein Hauch von Chanel blieb zurück. Zimmerschied hieß Dr. Augustin am Besprechungstisch Platz nehmen. »Kaffee?«

»Nein danke.«

Abgesehen vom Einstellungsgespräch und einigen Abteilungsleitersitzungen hatte der Präsident mit der neuen Mitarbeiterin noch nicht viel zu tun gehabt. Deshalb beobachtete er interessiert und etwas verdutzt, wie diese mit beiläufiger Selbstverständlichkeit die sich vor ihrem Sitzplatz befindliche Tischfläche mit einem aus einem geblümten Ledertäschchen hervorgezauberten Papiertaschentuch von nicht vorhandenen Flecken oder Staubkörnern befreite. Dann nahm Dr. Augustin eine aufrechte Sitzhaltung ein und sagte: »Entschuldigen Sie bitte, dass ich so hereinplatze …« Der Präsident zuckte mit den Schultern. Er fühlte sich plötzlich wesentlich jünger als noch vor einer halben Stunde. »Es gibt da etwas, das Sie wissen sollten.« Zimmerschied legte die Stirn in Falten und rückte mit seinem Stuhl etwas näher an den Tisch. »Wir haben an dem Dönermesser, mit dem der Landtagsabgeordnete Roland Mai getötet wurde, dieselbe DNA gefunden wie an einem Zigarettenstummel, den die Kollegen bei einem Einbruch in eine Villa vor drei Tagen in Neuhausen sichergestellt haben.«

Mit einem schlichten »Aha« lehnte sich Zimmerschied wieder ein Stück zurück. Seine Aufmerksamkeit richtete sich auf die schlanken Füße seiner Gesprächspartnerin, die in flachen, von jeweils einer Blume verzierten Sandalen steckten. Schnell hatte er seine Augen wieder unter Kontrolle, betrachtete jetzt aber den Mund der Molekularbiologin. Entweder glänzten ihre Lippen von Natur aus rosa, oder sie trug fast transparenten Lippenstift. »Dies allein wäre noch nicht weiter erstaunlich …«, fuhr Dr. Augustin fort, die die Blicke des LKA-Präsidenten nicht wahrzunehmen schien. Oder doch? Just in diesem Moment wischte sie sich mit Zeigefinger und Mittelfinger der linken Hand über die Lippen. »… denn Mord und Einbruch sind vom Deliktstyp her nicht so verschieden. Aber jetzt kommt's: Wir haben vorgestern noch einen dritten Fall reinbekommen – den Slip einer Studentin, die in Schwabing Opfer einer versuchten Vergewaltigung geworden ist. Und auch hier haben wir dieselbe DNA festgestellt. Das war mir dann doch ein bisschen too much, und deshalb wollte ich Sie darüber informieren.«

Ein Mord, ein Einbruch, eine versuchte Vergewaltigung. Too much. Zimmerschied dachte nach. Sein Schweigen schien die Wissenschaftlerin zu verunsichern, denn schon wieder hatte sie ein Papiertaschentuch in der Hand und säuberte genau dieselbe Fläche vor sich wie einige Minuten zuvor. Diesmal schien sie allerdings noch ein Stück weiter in seine Richtung zu wischen.

Nachdem sie damit fertig war, sagte Dr. Augustin: »Ich meine, so was hatten wir doch noch nie: drei Taten binnen drei Tagen, völlig unterschiedliche Deliktstypen, aber dieselbe DNA. Was soll das für ein Täter sein, der an einem Tag in eine Villa einbricht und wertvollen Schmuck raubt, am Folgetag fast eine Studentin vergewaltigt und schließlich einen ja doch ziemlich bekannten Politiker absticht? Das ist doch … das ist doch …«, sie suchte nach einem passenden Wort, »… unmöglich!«

Zimmerschied gefiel die Entrüstung der DNA-Analystin und noch einiges sonst.

»Warum lächeln Sie, Herr Präsident? Habe ich etwas Dummes gesagt?«

»Nein, nein, im Gegenteil … ich … ähm …« Er räusperte sich und wich ihrem Blick aus, woraufhin aber nur wieder Dr. Augustins feingliedrige Zehen in sein Sichtfeld rückten. Der Polizeichef mochte Frauenfüße, vor allem wenn sie gepflegt waren. Roswitha hatte er seinerzeit mit einer Fußmassage … Er verbot sich weitere Erinnerungen. Die Molekularbiologin veränderte ihre Sitzposition und zog dabei die Füße ein Stück weiter unter den Besprechungsstuhl, wo Zimmerschied sie kaum noch sehen konnte. »Ich habe mit den Kollegen alle Abläufe noch einmal genau kontrolliert. Die Videodokumentation unserer Arbeitsschritte im Labor ist lückenlos. Einen Fehler können wir also ausschließen. Ich weiß wirklich nicht, wie wir jetzt mit diesem Phänomen umgehen sollen … Auch wenn die Taten nicht zusammenpassen – der genetische Fingerabdruck ist eindeutig: Das *muss* derselbe Täter gewesen sein.«

»Ich vertraue Ihrer Expertise, Frau Doktor Augustin«, sagte Zimmerschied. »Vollkommen unwahrscheinlich ist es ja auch nicht, dass einer innerhalb kurzer Zeit einen Mord, einen Einbruch und eine Vergewaltigung begeht. Es laufen genügend Spinner da draußen herum.« Kurz flimmerte vor Zimmerschieds innerem Auge das Bild des US-Präsidenten auf.

»Gut«, atmete die Wissenschaftlerin auf. Trotzdem schien

der Fall für sie noch nicht abgeschlossen zu sein. »Ich meine, ich kann mir das ja selbst nicht erklären …«

»Wenn Sie in der Sache neue Erkenntnisse gewinnen, unterrichten Sie mich bitte unverzüglich.« Zimmerschied schenkte ihr ein aufmunterndes Lächeln.

»Ja, mache ich. Dann … gehe ich jetzt wieder.« Ruckartig stand sie auf, und auch Zimmerschied erhob sich, doch als er ihr die Hand reichen wollte, drehte sie mit einer abrupten Wendung ab und eilte in Richtung Vorzimmer davon. Während der LKA-Präsident ihr hinterherschaute, überlegte er sich, ob die Tatsache, dass seine Frau Roswitha ein Oben-ohne-Café betrieb, zwangsläufig bedeutete, dass sie selbst oben ohne bediente, oder ob dies nur für ihre Mitarbeiterinnen galt. Da sich in seinem Kopf hierauf jedoch keine Antwort fand, suchte er noch eine Weile nach einer Begründung für die unerklärliche DNA-Übereinstimmung. Dann entschied er sich jedoch, derartige Überlegungen seinen Expertinnen und Experten zu überlassen. Viel wichtiger erschien ihm folgende Frage: Welchen grandiosen Event sollte er dem US-Präsidenten bieten? Ein Frühstück in der Fußballarena des FC Bayern mit sämtlichen Spielerfrauen und vor ausverkauften Rängen? Vielleicht konnte man die Spielerfrauen dazu bringen, im Bikini zu erscheinen? Oder eine Kutschfahrt zum Schloss Neuschwanstein hinauf, mit Fürstin von Thurn und Taxis als Kutscherin? Oder doch lieber mit Heidi Klum?

Als Hauptproblem sah Zimmerschied die Trieb- und Sprunghaftigkeit des Staatsgasts, die sich seit dessen Amtsantritt in mannigfaltiger Weise manifestiert hatte. Zimmerschied musste auch Verhaltensweisen des US-Politikers antizipieren, die man bei jedem anderen hochrangigen Politiker für undenkbar hielt. Der Polizeipräsident grübelte, was er dem Amerikaner alles Gefährliches zutrauen konnte. Die Vorstellung eines Spontanbesuchs des Münchner Straßenstrichs durch den US-Präsidenten fand er persönlich schon reichlich verrückt. Nach einigem Sinnieren beschloss Zimmerschied, einen Mitarbeiter damit zu beauftragen herauszufinden, welche Diktatoren und Herrscher der Welt in der Landeshauptstadt oder in deren Nähe einen Wohnsitz unterhielten. Hintergrund dieser Überlegung war, dass sich der US-Präsident ja zumindest phasenweise von »Entscheidern« und sogenannten starken Männern angezogen fühlte. Womöglich käme er bei seinem Besuch auf die Idee, irgendeinen afrikanischen, arabischen oder russischen Milliardär oder Despoten, der in Bayern residierte, aufzusuchen. Da wäre es gut, wenn man schon einmal Bescheid wüsste, welche Kandidaten infrage kämen. Außer dem am Starnberger See lebenden König Maha Vajiralongkorn Bodindradebayavarangkun von Thailand und dem am Tegernsee ansässigen Oligarchen Alischer Burchanowitsch Usmanow fiel Zimmerschied zwar auf Anhieb keiner ein, aber das musste ja nichts heißen.

Gerade als sich Zimmerschied – zufrieden mit sich selbst angesichts dieses kreativen Einfalls – den zahlreichen Formularen widmen wollte, die in Stapeln auf seinem Schreibtisch lagerten und auf seine Unterschrift warteten, stellte ihm Elisabeth Rötli einen Anruf durch. Es war schon wieder der Innenminister.

»Zimmerschied«, sagte Zimmerschied.

»Ich bin's«, sagte der Innenminister. Er wirkte aufgebracht und kam ohne Umschweife zur Sache: »Warum unterrichten Sie mich nicht darüber, dass der Mörder von unserem Parteifreund auch noch einen Einbruch begangen hat? Und eine Frau vergewaltigt? Was soll das? Wie stehe ich denn da vor der Presse?«

Irritiert meinte Zimmerschied: »Mich überrascht jetzt eher, woher Sie von dieser Spurenidentität wissen.«

»Die Fragen stelle hier immer noch ich!« Zimmerschied erinnerte sich daran, was ihm andere zugetragen hatten: dass sich hinter Alfred Werners jovialer Maske ein knallharter Machtmensch verbarg. Er selbst hatte ihn so noch nie kennengelernt. Aber jetzt bellte der Politiker: »Also, was ist Sache?«

»Das können wir derzeit noch nicht einschätzen. Weshalb ich damit auch noch nicht bei Ihnen vorstellig geworden bin. Die Erkenntnisse unserer Wissenschaftler befinden sich hier noch in einem nicht spruchreifen Stadium. Deshalb wundert es mich auch, dass Ihnen diese Information bereits vorliegt.«

»Dass mir diese Information vorliegt?! Mich hat eben ein Reporter vom Privatfernsehen angerufen! Der wollte ein Statement. Da war ich natürlich schlecht gebrieft von Ihnen.«

»Das tut mir leid, Herr Minister, aber wie gesagt: Diese Information ist längst noch nicht reif für die Öffentlichkeit. Deswegen habe ich Sie diesbezüglich auch noch nicht unterrichtet.« Er zögerte einen Moment und schob dann in ruhigerem Ton nach: »Ich weiß nicht, wie das nach außen dringen konnte.«

»Ja, haben Sie denn Ihre Behörde nicht im Griff oder was?«

»Doch, natürlich …«

»Ist es wegen Ihrer Frau, oder wie oder was? Raus damit jetzt, Zimmerschied, mir können Sie es anvertrauen: Haben Sie Kummer? Bauen Sie ab? Sind Sie depressiv? Brauchen wir einen Psychiater? Professor Säcklein ist ein guter Freund von mir. Der handhabt solcherlei diskret …«

»Nein, nein, es ist alles in Ordnung.« Zimmerschied brach der Schweiß aus. Das Gespräch glitt in Bereiche ab, die ihm viel zu privat waren. Aber wie konnte es sein, dass die Presse von der seltsamen DNA-Übereinstimmung Wind bekommen hatte? Er dachte an Dr. Augustin. Hatte etwa seine neue leitende Mitarbeiterin …?

»Aber wie ist es möglich, dass drei vom Deliktstypus her überhaupt nicht zusammenhängende Taten dieselben Spuren aufweisen? Ich bitte um eine Erklärung!« Alfred Werners Fränkisch klang nun bedrohlich.

»Das wissen wir noch nicht«, sagte Zimmerschied mit fester Stimme. Er musste jetzt dagegenhalten.

»Und was soll ich der Presse sagen? ›Das wissen wir noch nicht‹ kann ja wohl schlecht die Antwort sein!«

Da hatte er recht. Zimmerschied kratzte sich am Bart. »Dann sagen wir eben, dass wir dabei sind, eine Erklärung für dieses merkwürdige Phänomen zu finden.«

»Erklärung finden … Pff«, entfuhr es dem Innenminister. Die Verachtung in seiner Stimme war unüberhörbar. »Das ist absolut nicht befriedigend. Wie stehe ich denn dann da? Zimmerschied, wir müssen liefern! *Sie* müssen liefern! Mord, Einbruch, Vergewaltigung! Das ist kein Pappenstiel! Ein Freund des Ministerpräsidenten! Mann, Mann, Mann, ich sage Ihnen: Die Uhr tickt!«

Zimmerschied fand, dass Alfred Werner übertrieb. Obwohl er es im Laufe seines beruflichen Aufstiegs immer häufiger mit Politikern zu tun bekommen hatte, war ihm deren Art zu denken in vielen Bereichen fremd geblieben. Dennoch war dem LKA-Präsidenten klar, dass er handeln musste. Politiker, die um ihr Amt fürchteten, waren gefährlich. Unversehens schoss ihm der Gedanke an den seltsamen Zettel wieder in den Kopf. »Fühl dich nicht zu sicher.« Meinte da doch jemand ganz spezifisch ihn? Wer? Warum? Gerne hätte er mit Roswitha darüber gesprochen. Sie hatte seinerzeit Jura studiert. Und obwohl sie nie als Juristin gearbeitet hatte, war ihr ein bestechender Sinn für Logik geblieben. Sie musste unter Drogen stehen, anders waren ihre Bali-Aktivitäten nicht zu erklären.

Das plötzliche Schweigen des Innenministers riss Zimmerschied aus seinen Überlegungen. Mit der Automatenhaftigkeit einer modernen Sprachsoftware sagte er: »Ich habe Sie verstanden, Herr Minister. Die Aufklärung des Mords an Roland Mai genießt oberste Priorität. Wir geben Vollgas. – Ganz andere Frage: Können Sie mir schon etwas sagen bezüglich der Anfrage aus Amerika?«

»Das Antwortschreiben ist bereits auf dem Weg.«

»Und jetzt, telefonisch, können Sie mir noch nichts …?«

»Sind Sie verrückt, Zimmerschied? Wer sagt uns denn, dass wir nicht abgehört werden? Wenn schon der amerikanische Präsident seinen eigenen Geheimdiensten nicht vertraut, sondern Sie mit diesem brisanten Ereignis beauftragen will … Zimmerschied, diese Sache ist topsecret.« In Alfred Werners Fränkisch hörte sich der Satz an wie »Dob Sigrid«.

»Ja, aber bekomme ich die Genehmigung für diese … Nebentätigkeit?«

»Pscht, Zimmerschied! Dob Sigrid!«

SECHS | Reichsbürger

Der Flur mit den DNA-Laboren unterschied sich kaum von den übrigen Gängen, die das Landeskriminalamt durchzogen. Wer sich in der Behörde nicht auskannte, konnte sich hoffnungslos verlaufen. Die einzige Besonderheit waren die kleinen Fenster, durch die man erkennen konnte, wer sich in dem jeweiligen Labor gerade zu schaffen machte.

Zimmerschied ließ die Labore jedoch links liegen und klopfte zunächst an die Tür von Isabelle Augustins Büro. Als er nach erneutem Klopfen keine Reaktion vernahm, drückte er die Klinke hinunter und trat ein. Es war das erste Mal, dass er der jungen Mitarbeiterin seit ihrem Dienstantritt einen Besuch abstattete, und so war er über den Zustand des Zimmers überrascht: Von der kreativen Unordnung, in der Dr. Augustins

Vorgänger Dr. Schwertfeger seine Arbeit verrichtet hatte, war nichts mehr zu sehen. Zu Schwertfegers Zeiten war der Schreibtisch stets von Plastiktüten mit Asservaten, Aktenstapeln, Fachbüchern, Kartons mit unbekanntem Inhalt, wissenschaftlichen Zeitschriften, losen Papieren und Laborzubehör bedeckt gewesen. Dr. Augustins Zimmer dagegen wirkte aufgeräumter als jede Zahnarztpraxis. Auf dem Tisch befand sich außer dem Computer, der dazugehörigen Tastatur, der Maus und einem Blatt Papier: nichts. Den Asservatenbeuteln waren zwei eigene Regalfächer zugedacht; sie lagen auch nicht lose herum wie früher bei Schwertfeger, sondern waren in durchsichtigen Kunststoffboxen verräumt. Die Fachliteratur und die Akten zu älteren Fällen hatte Dr. Augustin anscheinend auch aussortiert. Im ersten Moment glaubte Zimmerschied, die Leiterin der DNA-Analytik hätte sogar die Bücher nach Farben sortiert. Aber das konnte ja wohl nicht sein. Oder doch? Auf dem Boden, gleich links neben der Tür, erblickte Zimmerschied unter dem Waschbecken die hübschen Sandalen mit der flachen Sohle. Einer inneren Eingebung folgend, die er sich hinterher nicht mehr würde erklären können, bückte er sich und berührte mit den Fingern fast zärtlich die Blumenverzierung. Er hatte sich noch nicht wieder aufgerichtet, da rumpelte es vor der Tür, und Zimmerschied hörte ein fragendes »Isabelle? Alles okay?«. Sofort zog er seine Hand zurück und richtete sich auf. Aber zu spät, Dr. Herbst, Ende fünfzig, graues, halblanges lockiges Haar, Holzfällerhemd, stand bereits im Zimmer. »Oh, Herr Präsident, Sie sind es! Ich dachte … Ich habe Sie nicht erkannt und nur gesehen, dass ein Fremder, also jemand – in Isabelles Büro rein ist …«

Zimmerschied war der fragende Blick des Wissenschaftlers unangenehm. »Ich suche Frau Doktor Augustin.« Während Zimmerschied gesprochen hatte, war er vom Waschbecken in Richtung Schreibtisch zurückgewichen und las nun unversehens, was auf dem Blatt Papier stand, das neben Dr. Augustins Tastatur lag:

Fühl dich nicht zu sicher.

Ein Stromschlag der Erkenntnis durchzuckte ihn. Doch schon fragte Dr. Herbst: »Unter dem Waschbecken?«

Zimmerschied verstand die Frage nicht.

»Sie sagten, Sie suchen Frau Doktor Augustin. Ich fragte, ob Sie dies unter dem Waschbecken tun.«

An einem anderen Tag hätte der LKA-Präsident diesen Scherz witzig gefunden, aber in diesem Moment fühlte er sich ertappt. Dr. Thomas Herbst arbeitete schon lange im Haus. Wie Isabelle Augustin war er Experte für die Sicherung genetischer Spuren.

»Wissen Sie, wo Frau Doktor Augustin ist?« Während Zimmerschied auf die Antwort des Biologen wartete, suchte er in Gedanken fieberhaft nach einer Erklärung, weshalb auf Augustins Schreibtisch genau so ein Zettel lag wie der, den er an der Windschutzscheibe seines Dienstwagens gefunden hatte.

»Wenn sie hier nicht ist, dann vermutlich im Labor«, meinte Dr. Herbst.

»In welchem?«

Der Wissenschaftler zuckte mit den Schultern. »Vielleicht kann ich Ihnen ja auch weiterhelfen?«

»Das glaube ich nicht«, knurrte Zimmerschied. Er ärgerte sich darüber, dass er seinem Impuls gefolgt war und sich zu den Schuhen gebückt hatte.

Dr. Augustin nahm den Mundschutz ab und warf ihn in den Abfalleimer unter dem Waschbecken. »Brauchst du noch was, Thomas?«, erkundigte sie sich in Richtung ihres Kollegen, der sie aus dem Labor geholt hatte und jetzt noch abwartend im Türrahmen stand.

»Neiiin?« Die Melodie seiner Antwort glich mehr einer Frage. Dann verließ er doch den Raum, allerdings ohne die Tür hinter sich zu schließen. Dr. Augustin machte einen beherzten Schritt, griff nach der Klinke und zog die Tür ins Schloss. Danach sah sie Zimmerschied an und fragte: »Sie bei mir, was kann ich für Sie tun?«

Zimmerschied zog für einen Moment in Erwägung, seine Mitarbeiterin auf das Blatt Papier auf ihrem Tisch anzusprechen, aber – er schaute hinüber – es war plötzlich weg. Wer hatte es entfernt? Das konnten doch nur Dr. Augustin oder Dr. Herbst gewesen sein. Als Zimmerschied den fragenden Blick der DNA-Expertin spürte, sagte er rasch: »Ich habe eben einen Anruf vom Innenminister bekommen. Der war ziemlich verärgert, weil ihn ein Fernsehjournalist auf die Identität der DNA-Spuren auf dem Dönermesser, der Zigarettenkippe und dem Slip angesprochen hat und er, also der Herr Innenminister, davon nichts wusste. Meine Frage an Sie wäre, ob Sie diese Information an irgendjemanden weitergegeben haben. Insbesondere an jemanden von draußen?«

»Nein«, antwortete Dr. Augustin. Er konnte ihr Gesicht dabei nicht sehen, da sie sich im selben Moment dem Waschbecken zuwandte und ihre Hände desinfizierte. Als sie fertig war, drehte sie sich um und fragte: »Wie kommen Sie denn darauf?«

Jetzt studierte Zimmerschied ihren Gesichtsausdruck. Hatte er da ein Zucken um den Mundwinkel gesehen? »Ganz sicher nicht? Es könnte ja auch eine unbedachte Äußerung gewesen sein, bei einem privaten Gespräch zum Beispiel. Mir wäre es lieber, wir sprechen offen …«

»Also, Herr Präsident, ich weiß nicht; ich finde das wirklich – wie soll ich mich ausdrücken«, während sie nach Worten suchte, schaute sie vor sich auf den Boden, »… nicht korrekt, wenn Sie mich so etwas fragen.« Sie wandte sich erneut dem Waschbecken zu und fummelte hektisch ein Tuch aus einer

Plastikpackung, die auf dem Bord darüber lag. Während sie damit die Türklinke säuberte, las Zimmerschied die Aufschrift: »2 in 1 Desinfektionstücher für Hände und Oberflächen« stand da und: »Entfernt 99,9 % der Bakterien«.

»Ich hasse Schmutz«, erklärte Dr. Augustin knapp – Zimmerschied nickte. Und da er gerade in die Richtung schaute, fiel sein Blick wieder auf die Blumensandalen.

Auf dem Weg zurück in sein Büro machte er einen Abstecher in die Kantine und holte sich eine Käsesemmel. Die einsame Gurke darauf knackte, als er hineinbiss. Während er kauend durch die Flure ging, überlegte er fieberhaft, was es mit dem Zettel auf sich haben könnte: Von den Zeugen Jehovas war er wohl also nicht. Aber konnte es sein, dass Dr. Augustin ihn an seine Windschutzscheibe geklemmt hatte? Weshalb sollte sie das tun? Oder hatte sie ihn selbst – von wem auch immer – auf den Tisch gelegt bekommen? Sollte er sie darauf ansprechen? Wenn er dies täte, sie aber leugnete und der Zettel am Ende tatsächlich aus ihrem Drucker stammte, dann würde er jede Handlungsoption ihr gegenüber verlieren. »Fühl dich nicht zu sicher« – was sollte dieser Schwachsinn bloß?

Zurück am Schreibtisch, erwartete ihn ein Kuvert mit dem Absender »Bayerisches Staatsministerium des Innern, für Bau und Verkehr« und der Aufschrift

Persönlich ! Vertraulich !

Herrn Polizeipräsident

Karl Zimmerschied

Bayer. Landeskriminalamt

Maillingerstraße 15

80636 München

Zimmerschied griff nach dem Brieföffner – er hatte die Form eines Propellers und war ein Geschenk der Bundeskanzlerin zum Dank für die reibungslose Durchführung des G7-Gipfels – und schlitzte damit den Umschlag auf. Der LKA-Präsident überflog das lediglich eine Seite umfassende Schreiben, legte es vor sich auf den Tisch und atmete auf. Der Ministerpräsident hatte ihm also die Genehmigung für diesen komplizierten privaten Sonderauftrag, den die nationale Sicherheitsberaterin des US-Präsidenten hinter dem Rücken der eigentlich zuständigen Geheimdienste an ihn herangetragen hatte, erteilt. Während Zimmerschied herauszufinden versuchte, ob diese Nachricht ihn eher freute oder beunruhigte, sah er zum Fenster hinaus. Vor der grauen Hauswand auf der gegenüberliegenden Straßenseite übten zwei Krähen den Sturzflug. Die eine verfolgte die andere. Waren sie Feinde oder doch eher ein Paar? Durch die dicken Fensterscheiben drangen die Geräusche der Stadt nur gedämpft an sein Ohr. Je länger er die Vögel beobachtete, umso mehr überlagerte das Gefühl der Beunruhigung jenes der Freude: Das Schreiben des Innenministers sprach ihm gegenüber zwar die Erlaubnis aus, sich in privatem Auftrag um die Wünsche des US-Präsidenten zu kümmern. Allerdings wurde auch angedeutet, dass Ministerpräsident und Kanzleramt nur schweren Herzens zugestimmt hätten. Insbesondere die totale Unabhängigkeit, die die Sicherheitsberaterin des US-Präsidenten, Kate McMunny, und ihre vier Agenten eingefordert hätten, widersprächen deutschen Usancen. Hierzu hieß es in dem Schriftstück: »Die Genehmigung wird lediglich erteilt, da eine etwaige Verweigerung zu schwerwiegenden diplomatischen Verstimmungen führen könnte.«

Des Weiteren enthielt das Papier einen konkreten Hinweis der deutschen Geheimdienste auf eine Bedrohungslage im Zusammenhang mit dem geplanten Staatsbesuch: »Insbesondere Bezug nehmend auf den Besuch des US-Präsidenten« verwiesen die Kollegen vom Verfassungsschutz auf neueste Erkenntnisse von V-Männern aus den Reihen der Reichsbürgerbewegung. Die Vögel waren aus Zimmerschieds Gesichtsfeld verschwunden. Er senkte den Kopf und las noch einmal ganz genau die Zeilen, die die Geheimdienstler aus einem Schreiben der Regierung des selbsternannten »Neuen Deutschen Reichslands« zitierten:

Es ist vonseiten der Regierung des Neuen Deutschen Reichslands in der Weise Druck auf den US-Präsidenten auszuüben, als dass er das Neue Deutsche Reichsland als legitimen Folgestaat des Deutschen Reichs anerkennt. Nötigenfalls sind zur Erreichung des Ziels Maßnahmen zu ergreifen, die über das rein Politische hinausgehen und die sich in der Vergangenheit bewährt haben.

Ferner standen da Zahlen und Statistiken, die Zimmerschied bereits kannte: Die Reichsbürgerbewegung umfasste rund zehntausend Menschen in ganz Deutschland. Sie bestand aus zahllosen Splittergruppen, die jedoch untereinander besser vernetzt waren, als die Behörden zunächst vermutet hatten, und auch besser bewaffnet. Dem rechtsradikalen Milieu waren rund sechshundert Reichsbürger zuzuordnen. Die Anzahl schwerer Straftaten, die man bislang Reichsbürgern zur Last gelegt hatte, hielt sich in Grenzen. Allerdings war nach Erkenntnissen des Verfassungsschutzes ein nicht zu vernachlässigender Teil der Mitglieder im Untergrund antisemitisch und ausländerfeindlich aktiv.

Zimmerschied fuhr sich mit dem Finger über die Oberlippe. Sein Bart machte ein kratziges Geräusch. Was wollten diese Spinner? Wie bitte sollte diese zwar unterschätzte, aber im Verhältnis zu Amerika zahlenmäßig eher unbedeutende Bewegung Druck auf den US-Präsidenten ausüben? Zimmerschied erfühlte einen Pickel unter dem Bart. Seine Finger rochen nach Käse. War es angemessen, das, was da stand, als Hinweis auf mögliche Attentatspläne der Reichsbürger zu interpretieren? Oder war das vollkommener Blödsinn? Auf der anderen Seite: Wieso sollten ausgerechnet die Reichsbürger es auf den amerikanischen Präsidenten abgesehen haben? Der verfolgte doch im Großen ganz ähnliche Ziele wie diese Irrläufer im Kleinen – Abschottung, Nationalismus, Militarismus.

Der Präsident des Landeskriminalamts hatte sich im Laufe seiner Karriere häufig auf seine Intuition verlassen und damit in den meisten Fällen richtiggelegen. Aber in diesem Fall fühlte er sich, als tappte er im Dunkeln. Wie gefährlich waren diese Leute?

SIEBEN | Waffenschrank

Tiere mögen keine hektischen Menschen. Da werden sie selbst unruhig – und mitunter sogar gefährlich. Das hatte Zimmerschied bereits als Kind von seinem Vater gelernt. Doch in einer sich ständig beschleunigenden Zeit war es gar nicht so einfach, sich daran zu halten, zumal wenn man Chef einer der wichtigsten Sicherheitsbehörden des Landes war. Er hatte sich einen einfachen Trick angewöhnt, um den Bedürfnissen seiner Tiere gerecht zu werden: Niemals trat er direkt in den Stall, ganz gleich, woher er kam, und mochte es noch so spät sein.

Auch an diesem Abend stoppte er also vor der Stalltür, hielt inne, holte tief Luft und sog den Geruch des frischen Kuhdungs ein. Was für viele Städter nichts als Gestank war, bedeutete für Zimmerschied ein Stück Heimat. Es war noch warm, obwohl die Sonne sich gerade anschickte, hinter den am Horizont sichtbaren Bergen zu verschwinden. In der Ferne hörte er das Rattern eines Hubschraubers. Vermutlich der ADAC, ein Unfall auf der Autobahn.

Jetzt hatten die Kühe sein Kommen bemerkt und begannen zu muhen. Sie waren hungrig, sie wussten, dass er ihnen gleich frisches Heu auf die Futterbahn schieben würde. Die Schweine ließen sich davon anstecken und begannen zu quieken.

Während die ersten Hörnertiere in beruhigendes Wiederkäuen verfielen, überlegte Zimmerschied, wie er das mit dem Heumachen zukünftig bewerkstelligen wollte. Gemäht werden konnte nur, wenn mindestens zwei oder drei sonnige Tage in Folge zu erwarten waren. Er betrieb die Landwirtschaft noch auf die traditionelle Art. Wie aber sollte er das mit dem LKA in Einklang bringen? Sollte Roswitha wirklich auf Bali bleiben, würde er Hilfe brauchen.

Nach der Stallarbeit und einer ausgiebigen Dusche schaltete der LKA-Chef den Fernseher ein. In den Nachrichten wurde nun auch offiziell bekannt gegeben, dass der US-Präsident in wenigen Wochen Deutschland besuchen würde. Da Zimmerschied keine Lust auf dieses Thema hatte, beendete er mit einem Seufzer den Fernsehabend gleich wieder, erhob sich und stieg die Kellertreppe hinunter. Der Waffenschrank war rasch aufgesperrt, die IKEA-Tasche lag noch genauso darin, wie er sie hier nach dem nächtlichen Besuch des Pfarrers deponiert hatte.

Zimmerschied hob sie heraus und stellte sie auf der Werkbank ab. Dann griff er nach den in Zeitungspapier eingewickelten Waffen und packte sie vorsichtig aus. Als alles vor ihm lag, stieg er wieder nach oben und kam wenig später mit seinem Laptop zurück. In der LKA-Datenbank für Waffen wurde er schnell fündig. Bei den Maschinenpistolen handelte es sich um jeweils eine Scorpion, Kaliber 7,65. Diese Waffe war im Jahr 1963 von einer tschechischen Firma entwickelt worden. Sie war vor allem an Staaten des einstigen Ostblocks ausgeliefert und später in Lizenzfertigung auch in Jugoslawien hergestellt worden. Laut LKA-Datenbank erfreute sich diese Maschinenpistole in den 1970er- und 80er-Jahren im kriminellen Milieu, insbesondere in Mafiakreisen, großer Beliebtheit und wurde später auch im Rahmen der Jugoslawienkriege verwendet. Die übrigen Informationen, die Zimmerschied zu dieser Waffe fand, sagten ihm nichts, dazu hätte es eines Experten gebraucht. Aber noch war es zu früh, die Kollegen einzubeziehen. Oder beging er hier gerade einen kapitalen Fehler?

Zimmerschied legte die Waffe beiseite und wandte sich den drei Handgranaten zu. Zunächst öffnete er die grünen Transportbehälter, auf denen Buchstaben prangten, die er nur zum Teil entziffern konnte – war das Kyrillisch? Behutsam nahm er die Handgranaten der Reihe nach heraus. Sie waren schwarz, hatten jeweils einen Zünder und wirkten beängstigend funktionstüchtig. Damit könnte man das halbe Dorf in die Luft sprengen, dachte Zimmerschied und schüttelte den Kopf. Nach kurzer Suche in der Datenbank glaubte er die Handgranaten als Modell M75 identifizieren zu können – Herkunftsland Jugoslawien.

»Zweimal Jugoslawien«, murmelte der Präsident. Von Umtrieben einer Balkanmafia in der Region wusste er nichts. Nachdenklich ließ er seine Finger über die geriffelte Oberfläche der mörderischen Eier gleiten. Dann fiel sein Blick auf die zerknüllte Zeitung, in die die Waffen eingewickelt waren. Es handelte sich um Teile der hiesigen Lokalzeitung. Sofort stach Zimmerschied ein Foto des amerikanischen Präsidenten ins Auge, und er stutzte: War das jetzt ein Zufall? Oder bestand hier eine Verbindung? Natürlich kam man dem Machthaber Amerikas derzeit kaum aus, aber angesichts der in kriminellen Kreisen kursierenden Attentatspläne durfte man nicht den Fehler machen, Details falsch zu interpretieren oder gar zu ignorieren.

Zimmerschied zog einen Hocker herbei und sank darauf nieder. Er war müde.

ACHT | Chromosomen

Sofort fiel ihm auf, dass Dr. Augustin anstatt der Blumensandalen weiße Turnschuhe trug. Sie wirkte außer Atem. »Haben Sie kurz Zeit? Es ist wichtig.« Zimmerschied, der gerade einen Online-Bericht über amerikaweite Proteste gegen den POTUS las, nickte, bat sie, Platz zu nehmen, und kam hinter seinem Schreibtisch hervor, um sich neben sie an den Besprechungstisch zu setzen. Die Wissenschaftlerin legte den dunkelblauen Schnellhefter aus Karton, den sie in der Hand hielt, auf ihrem Schoß ab und reinigte mit einem Tüchlein, das sie bereits in der Hand gehabt haben musste, die Tischoberfläche.

»Finden Sie es so schmutzig bei mir?« Zimmerschied bemühte sich, weder spöttelnd noch beleidigt zu klingen.

Erst jetzt schien die Spurensicherungsexpertin zu bemerken, was sie tat, und meinte: »Ach so, nein, nein, ich ... ach, das ist so eine Marotte von mir. Hat vielleicht mit meinem Beruf zu tun ... oder so.« Sie sah ihn ein wenig verunsichert an, und für kaum mehr als eine Sekunde verfing sich ihr Blick in seinem. Dann riss sie sich los und sagte, den Augen des Vorgesetzten ausweichend und in Richtung des Glasschranks mit den Oktoberfestmaßkrügen: »Diese Spurenidentität wird immer unerklärlicher. – Folgendes: Weil mir die Sache mit den drei Fällen komisch vorkam, habe ich sie mir gestern noch einmal ganz genau angeschaut.« Sie atmete zwei-, dreimal tief ein und aus, als versuchte sie, sich selbst zu beruhigen. »Insbesondere hat mich interessiert, ob ich noch andere Merkmale feststellen kann, die uns darüber Aufschluss geben könnten, wie und warum dieser Mord, die Vergewaltigung und der Einbruch zusammenhängen. Also habe ich …« Sie schaute Zimmerschied kurz an, um zu sehen, ob er ihr folgte. »… ist schon klar, dass ich da unsere gesetzlichen Vorschriften großzügig ausgelegt habe, aber – ging ja nicht anders … na ja, jedenfalls weisen die Spuren zwei X-Chromosomen auf, also ein weibliches DNA-Muster.«

»Der Täter ist eine Frau?« Zimmerschieds Überraschung war nicht zu überhören.

»So ist es.«

»Und Sie sind sich ganz sicher, dass Sie keinen Fehler gemacht haben? Dass da nicht was anderes reingekommen ist? Eine Verunreinigung, von der das kommen könnte, so wie damals im Wattenstäbchenfall?« Er spielte auf eine mehrere Jahre zurückliegende Verbrechensserie an, bei der die Ermittler jahrelang einer mordenden und raubenden Phantomfrau hinterhergejagt waren, weil man an verschiedensten Tatorten absurd unterschiedlicher Delikte dieselbe DNA gefunden hatte. Und am Ende hatte sich herausgestellt, dass im Labor mit verunreinigten Wattestäbchen gearbeitet worden war; die DNA, die aufgefunden worden war, stammte von einer Mitarbeiterin der Wattestäbchen-Herstellerfirma. Noch nie zuvor war ein DNA-Labor derart bloßgestellt worden.

»Hundertprozentig sicher. Ich habe jetzt eben, bevor ich zu Ihnen gekommen bin, noch einmal unsere Laborabläufe überprüft – die Videoüberwachung, das Vier-Augen-Prinzip, ich habe mir das alles genauestens angeschaut. Wir haben keinen Fehler gemacht.« Als müsste sie ihre Aussage bestärken, fummelte Dr. Augustin ein Tempo aus ihrem Blumentäschchen und putzte sich die Nase.

»Das wäre dann also eine versuchte Vergewaltigung durch eine Frau an einer anderen Frau«, meinte Zimmerschied. »Das wäre ja schon sehr erstaunlich und vermutlich in der Kriminalgeschichte einzigartig. Was sind denn das eigentlich für Spuren, die Sie da gefunden haben? Sperma kann das ja wohl nicht sein an einer Zigarettenkippe, oder?«

»Wir gehen von Speichel aus.«

»In allen drei Fällen?«

»In allen drei Fällen.« Mit einem nachdrücklichen Nicken lehnte sich die junge Wissenschaftlerin in ihrem Sessel zurück, faltete die Hände im Schoß und schlug ein Bein über das andere. Zimmerschied sah, dass sie in ihren Turnschuhen barfuß war. Im selben Moment erinnerte er sich an den Zettel auf ihrem Schreibtisch. Dr. Augustin schien von seinen Beobachtungen nichts zu bemerken, jedenfalls fuhr sie fort: »Und was vielleicht am Rande auch noch interessant ist oder interessant werden könnte: Diese Frau ist aller statistischen Wahrscheinlichkeit nach europäischer Herkunft. Das hilft bei der Suche zwar nur bedingt weiter, aber ein wenig vielleicht doch.«

»Eine Europäerin ...« Zimmerschied runzelte die Stirn. »Haben Sie diese Ergebnisse schon mit Ihrem Team diskutiert?«

»Noch nicht – ich wollte zuerst Sie unterrichten.«

Der LKA-Präsident überlegte: Dr. Augustin war noch jung und saß noch nicht lange auf ihrem Posten. Ihre Beurteilungen waren exzellent. Aber: Mangelte es ihr womöglich schlicht an Erfahrung? »Vielleicht sollten wir da mal eine Sitzung anberaumen und das in der Spurenkonferenz diskutieren?«

»Ach so, ja natürlich können wir das. Wollen Sie ... denn da ... mit dabei sein?«

»Nun, es ist an sich nicht üblich, dass ich, also ... aber in diesem Fall wäre es vielleicht ...«

»Gut.«

Sie lächelten einander an.

Der Besprechungsraum der Spurensicherer lag ganz am Ende des Flurs mit den DNA-Laboren. Als Zimmerschied eintrat, saßen seine Mitarbeiter bereits um den Tisch verteilt: Dr. Herbst neben Dr. Augustin und gegenüber die kleine, aber kräftig gebaute Dr. Annika Hammerschmidt mit dem blonden Kurzhaarschnitt und der etwa vierzigjährige Dr. Kurt Ballko, rasierte Glatze, Woody-Allen-Brille. Der Präsident ließ sich am Kopfende des Tischs nieder. Dr. Herbst verteilte gerade Ferrero-Küsschen in der Runde. »Die Damen bekommen zwei«, scherzte er und schob Dr. Hammerschmidt und Dr. Augustin jeweils ein zweites hin. Letztere zog mit einem bemüht sachlichen »Vielen Dank« die Augenbrauen nach oben, schob die vor ihr liegenden Pralinen wieder zu ihrem Schenker zurück, fragte aber im selben Moment in Richtung ihrer blonden Nachbarin: »Oder magst du meine, Annika? Ich habe keine Lust, mir gleich schon wieder die Hände zu waschen.«

Zimmerschied wickelte sein Ferrero-Küsschen aus dem knisternden Papier und steckte es sich in den Mund.

»Wollen Sie oder soll ich?«, erkundigte sich Dr. Augustin in seine Richtung.

»Wo sind eigentlich Veltroni und Södlinger?«, fragte Zimmerschied kauend.

»Die entschuldigen sich, sind gerade bei einem Gerichtstermin. – Also: Wollen Sie oder soll ich?«

Noch immer mit seinem Ferrero-Küsschen beschäftigt, machte Zimmerschied eine Handbewegung, die dahingehend zu deuten war, dass Dr. Augustin die Leitung der Sitzung übernehmen sollte.

»Gut. Ich hatte die Ausgangssituation ja bereits abteilungsintern erläutert, aber nun hat Herr Präsident Zimmerschied angeregt, dass wir uns auch noch einmal in der großen Runde zusammensetzen und überlegen, wie sich diese rätselhafte Spurenidentität erklären lässt, und insbesondere, ob es sein kann, dass wir DNA-Spuren einer Frau an dem Slip eines Vergewaltigungsopfers finden.«

»Na ja, also ich war ja dabei, als du die ganzen Untersuchungen gemacht hast, und von daher kann ich nur sagen, dass wir aufgepasst haben«, sagte Dr. Annika Hammerschmidt in die Runde. »Und hinterher haben wir uns ja auch noch die Videos angeschaut.« Sie wandte sich an den Präsidenten: »Sie wissen ja, dass wir über allen Laborarbeitsplätzen Kameras angebracht haben, mit denen wir jeden einzelnen Schritt der Untersuchung filmen, nicht wahr?«

»Ich bin zwar kein Biologe, aber das weiß ich immerhin«, erwiderte Zimmerschied mit einem Nicken.

»Ich kann ja vielleicht noch mal drüberschauen, rein informell«, schlug Dr. Herbst vor. »So von wegen Erfahrung und Distanz. Schadet ja nicht, oder?« Er fixierte Dr. Augustin mit einem indifferenten Blick, der Zimmerschied zwar auffiel, den er aber nicht zu deuten wusste. »Ich meine, man kann ja auch mal Fehler machen. Irren ist menschlich … und Sie sind ja noch sehr frisch hier auf dem Posten. Der Herr Ballko und ich könnten uns ja noch einmal anschauen, was die Damen da gemacht haben, nicht wahr?«

»Gut, das wäre eine Idee«, meinte Zimmerschied. »Aber mich würde viel mehr interessieren …«

Weiter kam er nicht, denn Dr. Augustin fühlte sich offensichtlich angegriffen und fiel ihm entrüstet ins Wort: »Ich bin mir ganz sicher, dass wir keinen Fehler gemacht haben! Wir haben erstens sorgfältig gearbeitet und zweitens jeden Arbeitsschritt noch zweimal überprüft.« Sie zupfte ein Tüchlein aus dem Blumentäschchen und wischte aufgebracht die Tischplatte vor sich.

»Schön und gut, Frau Dr. Augustin, aber wo gehobelt wird, da fallen Späne. Es kann ja auch bei allen Vorsichtsmaßnahmen mal ein Fehler passieren. Ich finde den Vorschlag gut; der Herr Ballko und der Herr Herbst schauen sich das Ganze noch einmal an.« Zimmerschied rollte das Pralinenpapierchen zwischen seinen Fingern zu einer kleinen Kugel. »Aber was mich, wie gesagt, viel mehr interessieren würde« – er sah Dr. Augustin an – »ist, ob sich diese merkwürdige DNA-Geschichte anders als durch einen Fehler erklären lässt. Was ich sagen will: Ist es denn auch vorstellbar, dass es einen Mann gibt, der eine DNA-Spur hinterlässt, die wie die einer Frau aussieht? Da gab es doch einmal eine Sportlerin, die war genetisch ein Mann – oder wie war das noch?«

Obwohl die Frage offensichtlich an die Leiterin der DNA-Abteilung gerichtet war, ergriff sofort Dr. Herbst das Wort: »Vermutlich nehmen Sie Bezug auf den Fall der Leichtathletin Caster Semenya. Die wurde wegen ihres männlichen Aussehens für eine Intersexuelle gehalten. So etwas gibt es natürlich schon, wobei das bei dieser Sportlerin meines Wissens nie öffentlich gemacht worden ist und wir deswegen nicht sagen können, ob sie nun Mann, Frau, Hermaphrodit oder whatever ist. Aber klar kann ein solches Aussehen auch auf eine Chromosomengeschichte zurückzuführen sein. Sprich, es gibt verschiedenste chromosomale Variationen: Statt der am häufigsten auftretenden Karyotypen 46, XX, also weiblich, und 46, XY, also männlich, haben wir da neben anderen auch noch die Varianten 45, X, bekannt als Turner-Syndrom mit einem weiblichen Phänotypus, und 47, XXY, das Klinefelter-Syndrom mit männlichem Phänotypus, sowie Mosaike mos45, X, und 46, XX, mos45, X / 46, XY und den Chimärismus chi46, XX / 46, XY …«

Zimmerschied bemühte sich um eine interessierte Miene, aber er verstand rein gar nichts.

»Bei unserer Spur gibt es aber keine Hinweise auf etwaige Anomalien, Herr Herbst«, unterbrach nun Dr. Augustin den Kollegen.

»Nö, gibt's nicht.« Dr. Herbst zog verärgert die Brauen zusammen, sagte aber nichts weiter.

Zimmerschied holte tief Luft und presste ein »Leute, Leute, das ist nicht gut« hervor. Dann bedachte er jedes einzelne Mitglied der Runde mit einem ernsten Blick. »Ihnen ist schon klar, dass wir uns mit der Aussage, dass eine Frau versucht haben soll, eine Frau zu vergewaltigen, zum Kanonenfutter der Boulevardpresse machen? Da lachen die sich doch kaputt, wenn die das hören! Das darf erstens auf keinen Fall nach außen dringen, und zweitens müssen Sie mir da möglichst bald eine vernünftige Begründung liefern. Ansonsten – um es einmal drastisch auszudrücken – brennt hier die Hütte.«

Dr. Hammerschmidt und Dr. Ballko senkten die Köpfe. Nur Dr. Augustin und Dr. Herbst wichen dem Chef nicht aus.

Die Leiterin der DNA-Abteilung sagte: »Wir haben unsere Hausaufgaben gemacht und unsere Stellungnahme über die Merkmale der DNA abgegeben. Feststellen, wie es sein kann, dass Speichelspuren einer Person mit weiblicher DNA an den Slip einer fast Vergewaltigten geraten sein können, das können wir nicht, und das ist auch nicht unsere Aufgabe.«

»Ich hoffe wirklich, dass Sie keinen Fehler gemacht haben«, sagte Zimmerschied ernst.

»Wir haben keinen Fehler gemacht«, erwiderte Dr. Augustin. Sie hielt bereits ein weiteres Desinfektionstuch in der Hand.

NEUN | Abschuss

Zimmerschied verfügte durchaus über die Fähigkeit, richtig wütend zu werden. Aber selbst in solchen Momenten verlor er in der Regel nicht die Kontrolle über sich selbst. Als der LKA-Präsident jedoch im Internet ein mit dem Link »Wie sicher ist Deutschland, wenn Politiker auf offener Straße erstochen werden?« versehenes Video von der Leiche des Politikers Roland Mai in einer Lache von Blut sah, ging es mit ihm durch. Zimmerschied schlug nicht nur mit der Faust auf seinen Schreibtisch, sodass ein Stapel Akten aus dem Gleichgewicht geriet und lose Blätter durch den Raum segelten, er gab auch einen markerschütternden Schrei von sich – »Sakrament«, brüllte er, »Sakrament, das gibt's doch nicht!« Unverzüglich stand seine Sekretärin Elisabeth Rötli im Büro. Ihre Frisur saß tadellos, ihr Gesichtsausdruck zeugte von Besorgnis. So hatte sie den Chef noch nie erlebt. Und jetzt klingelte auch noch ihr Telefon im Vorzimmer. Rötli eilte wieder nach draußen, nahm ab und verband. Sekunden später war es der Innenminister, der schrie, allerdings durchs Telefon und direkt in Zimmerschieds Ohr: »Zimmerschied! Haben Sie diesen Film im Internet gesehen? Der Freund vom Ministerpräsidenten! Schwimmt im Blut! In unserer Landeshauptstadt! Für alle sichtbar! Wie in einem Horrorvideo! Und das vier Wochen vor *dem* Staatsbesuch des Jahres!«

»Neununddreißig Tage sind es noch«, korrigierte Zimmerschied den Chef. »Ich habe das auch schon gesehen, Herr Minister.«

»›Auch schon gesehen!‹ Ist Ihnen klar, was das bedeutet, Zimmerschied?«

»Ja, mir ist klar, was das bedeutet.«

»In der Zeitung schreiben sie auch schon lauter Scheißdreck!« Zimmerschied hörte es am anderen Ende der Leitung rascheln. »›Ministerpräsident gibt Kabinettskollegen Werner zum Abschuss frei‹ – haben Sie das gelesen?«

»Nein.« Zimmerschied beschloss, möglichst wenig zu sagen.

»›Zum Abschuss frei‹! Das ist niederträchtig! Und natürlich vollkommener Blödsinn! Klar steht der Ministerpräsident zu mir. Klar tut der das!« Für Zimmerschied hörte sich sein Vorgesetzter plötzlich hilflos und verletzlich an. Und der LKA-Präsident wusste genau, dass es kaum etwas Gefährlicheres gab als das: einen Chef, der um seine Karriere fürchtete. Der Innenminister wütete weiter: »Der MP hat mir so viel zu verdanken! Und der weiß genau, dass wir mit Hochdruck ermitteln. Aber das reicht nicht, Zimmerschied. Wir … wir … wir müssen da jetzt proaktiv werden und sofort eine Pressekonferenz machen. Wir werden die Polizeipräsenz gewaltig erhöhen. Zeigen, dass wir da sind. Wir müssen da jetzt massiv gegenarbeiten, damit der Bürger sieht, dass wir alles im Griff haben.« Alfred Werner schluckte und holte kurz Luft. »Wie stehen wir denn sonst da, Zimmerschied? Wie stehen wir da?« Der Präsident des Landeskriminalamts schwieg. Seine Frau drängte sich ihm in den Sinn. Die Roswitha. Hätte sie ihn auch verlassen, wenn sie gewusst hätte, dass er in eine derart schwierige berufliche Situation geraten würde? Bislang hatte er sich geweigert, von sich aus mit ihr Kontakt aufzunehmen. Würde sie zurückkommen, wenn er ihr gestand, wie sehr er sich unter Druck befand?

»Zimmerschied, Sie reden ja gar nichts! Sie, Sie, Sie, ich verlasse mich auf Sie! Was wissen wir denn jetzt? Also, wer kommt denn jetzt als Täter infrage?«

Der LKA-Präsident räusperte sich. Er war sich unschlüssig darüber, ob er die Information, dass es sich um eine Person mit weiblicher DNA handelte, bereits jetzt an seinen Vorgesetzten weitergeben oder ob er lieber noch warten sollte. Die schlechte Erfahrung mit dem Fernsehjournalisten, der, woher auch immer, erfahren hatte, dass es eine dreifache Spurenidentität gab, sprach natürlich für eine sofortige Unterrichtung des Ministers. Aber es bestand ja auch noch die geringe Hoffnung, dass Dr. Augustin bei der Auswertung der Tatortspuren ein Fehler unterlaufen war. Vielleicht würden Dr. Herbst und Dr. Ballko es ja zeitnah herausfinden. Zimmerschied schüttelte den Kopf. Es war besser, den Innenminister mit anderen Informationen abzulenken; solchen zum Beispiel, die ihm jüngst Barbara

Veltroni und Hannes Södlinger zugetragen hatten, nachdem sie mit der Befragung der Zeugen vorangekommen waren. Also antwortete er: »Wir haben bereits einige Vernehmungen durchgeführt. Das Problem ist: Die Aussagen widersprechen sich zum Teil massiv. Mehrere Zeugen behaupten, die Person, die Roland Mai getötet habe, sei nach der Tat mit einem Mountainbike geflohen. Aber es gibt auch andere Zeugen, die behaupten, die Tatperson sei mit der Trambahn in Richtung Münchner Norden geflüchtet. Wiederum andere behaupten, es seien zwei Täter gewesen, einer mit Kapuzenpulli mit CCCP-Aufdruck und einer mit langem schwarzen Bart.«

»CCCP?«, fragte der Innenminister. »Ist das nicht die Abkürzung für UdSSR?«

»Ja, sozusagen«, antwortete Zimmerschied. »Aber …«

Der Innenminister ließ ihn gar nicht ausreden: »Kruzitürken, hat hier mal wieder der russische Geheimdienst seine Finger im Spiel, oder was?«

Zimmerschied griff nach dem Kugelschreiber mit dem Aufdruck »Freunde des Prinzregententheaters e.V.«, knipste ein paar Mal, dann setzte er seinen angefangenen Satz fort: »… es gibt auch eine deutsche Popband, die so heißt. CCCP. Wie gesagt: Die Sachlage ist derzeit noch äußerst verworren bis widersprüchlich …«

»Zimmerschied.« Die Stimme des ehemaligen Panzergrenadiers und erst kürzlich beförderten Oberstleutnants der Reserve nahm eine kalte, stille Schärfe an. Es klang beinahe drohend, als der Politiker nun befahl: »Liefern Sie. Wir brauchen Ergebnisse.«

Der LKA-Präsident war von robuster physischer und psychischer Konstitution. Er hatte schon einiges erlebt. Und er war fest entschlossen, sich von nichts und niemandem in die Ecke drängen zu lassen. Aber in diesem Moment wurde ihm doch heiß. Um einen beschwichtigenden Tonfall bemüht, sagte er:

»Herr Minister, ich versichere Ihnen, wir arbeiten mit Hochdruck daran …«

»Nix, nix, ›wir arbeiten daran‹«, fuhr ihm Alfred Werner dazwischen. »Proaktiv!« Der Politiker war jetzt wieder lauter geworden. »Proaktiv müssen wir sein. Und während ich mit Ihnen spreche, Zimmerschied, wird mir auch sonnenklar, was wir machen: Wir beraumen eine Pressekonferenz an. Jetzt sofort. In der wir alle Bedenken zerstreuen und unsere Ergebnisse auf den Tisch hauen. Damit stopfen wir diesen üblen Verleumdern das Maul. In Sachen Landtag und Roland Mai und in Sachen Sicherheit und Staatsbesuch. Ein für alle Mal. Ha! Es kann ja wohl nicht sein, dass ein solcher Mist über uns in den Medien verbreitet wird! Da halten wir gegen!«

Die weichen fränkischen Ds hallten in Zimmerschieds Ohr wider. Er wand sich. »Ich weiß nicht, ob …«

»Sie wissen es nicht, aber ich weiß es, Zimmerschied. Sie sind ein guter Polizist, aber entschuldigen Sie bitte: Ihnen fehlt das politische Feeling. Mein politischer Sensor sagt mir, dass wir der Presse heute etwas zum Fraß vorwerfen müssen, sonst fliegt uns das alles um die Ohren.« Er zögerte kurz, schien auf die Uhr zu sehen. »Wie spät ist es? Kurz nach fünfzehn Uhr. – Um siebzehn Uhr ist Pressekonferenz. Sie und ich und sonst niemand. Dann werden diese medialen Kläffer schon merken, wer hier zum Abschuss freigegeben ist!«

ZEHN | Falco

Zimmerschied kam ohne Umschweife auf den Punkt. Nachdem er Elisabeth Rötli beauftragt hatte, Barbara Veltroni und Hannes Södlinger – die beiden Ermittler, die mit dem Mord an

Roland Mai befasst waren – sowie Dr. Augustin mit Kaffee zu versorgen, sagte er: »Kollegen, wir haben ein Problem: Der Innenminister will unbedingt heute noch an die Presse, weil er sich erhofft, dass sie uns dann eine Weile in Ruhe lässt. Aber aus meiner Sicht gibt's da für uns momentan gar keinen Kaktus zu gewinnen.« Er ließ seinen Blick von Gesicht zu Gesicht wandern. »Deswegen meine Frage an Sie: Welche Informationen können wir rausgeben? Insbesondere interessiert mich: Was können wir der Presse hinsichtlich unserer Theorien dazu erzählen, dass wir es nun auch noch mit einem weiblichen DNA-Profil zu tun haben? Dass da eine Frau versucht hat, eine Frau zu vergewaltigen, oder dass wir vermuten, dass es ein Mann war, der aber eine weibliche DNA hat?«

»Alles, was ich dazu sagen kann, habe ich Ihnen bereits mitgeteilt«, meinte Dr. Augustin, für deren Fußgelenke Zimmerschied dieses Mal kein Auge hatte. »Unsere Laborergebnisse sind diesbezüglich eindeutig.«

»Hm, ja«, brummte Zimmerschied unzufrieden. »Dr. Herbst und Dr. Ballko haben also nichts mehr gefunden?«

»Die Untersuchungen laufen noch. Ich halte es für einen Fehler, bereits jetzt eine PK abzuhalten.« Dr. Augustin reinigte sich die Hände mit einem Tuch, dessen Geruch Zimmerschied in der Nase stach, obwohl er ein gutes Stück entfernt saß.

»Alles klar, gehen wir also davon aus, dass die Laborergebnisse fehlerfrei sind. – Haben Sie«, er wandte sich Veltroni und Södlinger zu, »eine Theorie, was für ein Täter Schrägstrich Täterin das sein könnte, die mordet, vergewaltigt und Einbrüche begeht, und das innerhalb weniger Tage?«

Beide Ermittler schüttelten den Kopf, aber nach einem Moment des Innehaltens brachte Barbara Veltroni mit gerunzelter Stirn hervor: »Also … das übersteigt im Moment selbst unsere Fantasie. Um es ganz ehrlich zu sagen: Auch ich halte es für einen Fehler, jetzt in eine Pressekonferenz zu gehen.«

»Das mag schon sein, dass Sie alle diese PK für Blödsinn halten, aber der Innenminister ist nun einmal der Innenminister. Wenn ich da jetzt drum herum kommen wollte, dann müsste ich schon eine spontane Querschnittslähmung vortäuschen. Dazu habe ich aber nicht die geringste Lust; und das nicht nur, weil ich ein schlechter Schauspieler bin.«

Eine Stunde nach der enttäuschenden Unterredung mit seinen Mitarbeitern saß Zimmerschied neben dem Innenminister und dessen Pressesprecher an einem Pult im Ministerium. Dr. Herbst hatte angeboten, auf die Pressekonferenz mitzukommen und als Experte der Presse Rede und Antwort zu stehen. Zimmerschied hatte dieses Angebot etwas merkwürdig gefunden und abgelehnt, und so setzte er nun das Robert-de-Niro-Lächeln auf, das er als Jugendlicher jahrelang vor dem Spiegel trainiert hatte. Und natürlich waren sie alle da – die eher intellektuelle Beatrice König von der *Münchner Zeitung*, die tussihafte Corinna Galeffi von der *Bayerischen am Morgen*, der affige Claudius Heberer von der Boulevardzeitung *Monaco* und der aufdringliche Rolf Löschmann von der *Südzeit*; dazu kamen noch die Kriegsberichterstatter der überregionalen Blätter und der Radio- und Fernsehsender, die mitunter wesentlich lästiger waren, was die Nachfragen anging. Nachdem der wieder völlig übertrieben geschminkte Innenminister Alfred Werner einige Minuten lang reichlich verschachtelte Phrasen und Plattitüden referiert hatte, die mit Begriffen wie »Sicherheit«, »Rechtsstaat«, »hart durchgreifen« und deren Synonymen gespickt waren, gab er die Fragerunde frei.

Für einen Moment sah Zimmerschied die ganze Situation von außen – wie er da so saß, an einem langen, weiß lackierten Tisch, neben sich sein Chef, dieser Politiker, der ihm in seinem Selbstdarstellungsbedürfnis so fremd war; wie Alfred Werner rastlos in seinem Kaffee rührte und sich gleichzeitig bemühte, aus allen Poren seines Körpers Selbstsicherheit zu verströmen. Dass er, Zimmerschied, jetzt hier sitzen und so tun musste, als hätte er etwas zu berichten, wo es doch rein gar nichts Neues gab, empfand er als entwürdigend. Es ekelte ihn förmlich vor sich selbst.

Aber da befand sich Corinna Galeffi mit ihren goldfarbenen, von Bommelchen besetzten Ballerinas bereits inmitten der ersten Frage: »Herr Innenminister, was für eine Täterin stellen Sie sich vor, wenn Sie an diese Frau denken, die auf offener Straße einem Politiker den Hals aufschlitzt und versucht, eine andere Frau zu vergewaltigen?«

»Ich stelle mir da gar nichts vor, Frau Galeffi«, erwiderte Alfred Werner nicht ohne Überheblichkeit. Natürlich kannte er die Journalistin seit Jahren, und er hielt sie für eine ausgemachte Schnepfe, was sie vermutlich auch war. »Stattdessen treffe ich die notwendigen Entscheidungen, damit diese gefährliche Person möglichst schnell dingfest gemacht werden kann.« Zimmerschied hielt die Luft an; wenn er sich nicht irrte, roch der Minister intensiv nach Knoblauch.

»Herr Polizeipräsident«, wandte sich nun die Reporterin der *Bayerischen am Morgen* direkt an Zimmerschied: »Wie stellen *Sie* sich diese Täterin vor?«

»Ich kann mich da lediglich der Aussage des Herrn Innenministers anschließen: Wir sind nicht dazu da, uns etwas vorzustellen, sondern dazu, Tatsachen ans Tageslicht zu befördern.« Zufrieden stellte Zimmerschied fest, dass er seine Antwort einigermaßen souverän vorgetragen hatte und dabei weder zu angriffslustig noch zu defensiv gewirkt hatte. Aber der ministeriale Knoblauchgeruch raubte ihm dennoch den Atem.

Zudem ließ Corinna Galeffi sich nicht so leicht abwimmeln. Einen golden glänzenden Kugelschreiber in der Hand, setzte sie nach: »Aber ich meine: Eine Frau, die eine andere Frau vergewaltigt – wie soll das denn gehen?«

Zimmerschied hätte gerne geantwortet, dass diese Frage wohl von Galeffi selbst, also von einer Frau, kompetenter beantwortet werden konnte, doch er hielt sich zurück: »Wir wissen derzeit nur, dass die gesuchte Person über eine weibliche DNA verfügt. Womöglich haben Sie bereits von Phänomenen wie Intersexualität, Hermaphroditismus und chromosomalen Absonderlichkeiten gehört. Es ist so, dass wir auch in diese Richtung denken müssen. Das ist allerdings ein komplexes Thema, und das geht nicht von heute auf morgen.«

»Aber Tatsache ist, dass diese Mörderin nach wie vor frei herumläuft«, ätzte nun Claudius Heberer, den Zimmerschied besonders dicke hatte, und zwar nicht nur wegen seiner hellbraunen Midlife-Crisis-Pilotenjacke.

»War das jetzt eine Frage? Ich fürchte, dann habe ich sie nicht verstanden«, konterte der Innenminister, der den sensationsgeilen Heberer genauso wenig leiden konnte wie der LKA-Präsident.

»Egal«, meinte der Boulevardjournalist, »was anderes: Der Landtagsabgeordnete Mai ist ja mit einem Dönermesser getötet worden. Ein Dönermesser wird zum Dönerschneiden verwendet. Ein Döner ist eine türkische Spezialität. Für wie wahrscheinlich halten Sie es, dass der Täter ein Ausländer ist?«

»Angesichts Ihres Talents für Logik komme ich geradezu in Versuchung, Sie dazu anzuregen, sich für den höheren Polizeidienst zu bewerben, Herr Heberer.« Dieser Satz des Ministers sorgte für allgemeines Gelächter. »Aber im Ernst: Wir ermitteln in alle Richtungen und schließen selbstverständlich keine Variante aus.«

»Enthauptungen mit einem Messer sind typische Verbrechen islamistischer Terroristen. Wenn man sich die Bilder von der Leiche im Internet anschaut – also, die Attacke auf Roland Mai erinnert doch schon ansatzweise an eine Enthauptung. Haben Sie Hinweise darauf, dass es sich um einen Terroranschlag aus dem IS-Milieu handeln könnte, eine Tat mit politischem Hintergrund?« Diese Frage kam von einem der Fernsehreporter, die allesamt mit Kameraleuten und teils auch mit Tonassistenten den Raum bevölkerten.

»Nein, keine Hinweise auf den IS oder auf sonstige politische Hintergründe«, antwortete der Innenminister knapp und schaute dabei den Fragenden mit festem Blick an.

»Nach was suchen Sie dann jetzt eigentlich?«, rief Heberer dazwischen, ohne zu einer Frage aufgefordert worden zu sein.

»Ich bitte Sie, sich an die Regeln zu halten: Wer eine Frage hat, meldet sich, und ich rufe dann auf«, erhob nun das erste Mal Alfred Werners Pressesprecher das Wort. »Bitte«, erteilte er Rolf Löschmann von der *Südzeit* die Frageerlaubnis.

»Ich hatte eigentlich eine andere Frage, aber ich finde das auch interessant, was der Kollege Heberer da fragt: Nach was suchen Sie jetzt eigentlich? Gibt es ein Täterprofil? Was sind Ihre nächsten Ermittlungsschritte?« Zimmerschied versuchte, Heberers triumphierenden Gesichtsausdruck zu ignorieren, es fiel ihm jedoch alles andere als leicht.

Der Innenminister stutzte kurz, dann drehte er den Kopf zu Zimmerschied – dem Knoblauch war nun nicht mehr zu entkommen – und meinte: »Vielleicht wollen Sie hierzu etwas referieren, Herr Präsident?«

Natürlich hatte der LKA-Chef damit gerechnet, dass auch unangenehme Themen auf den Tisch kommen würden. Aber diese Fragen und vor allem die Tatsache, dass Alfred Werner sie, ohne mit der Wimper zu zucken, einfach an ihn weiterleitete, brachten ihn doch in Bedrängnis. Fieberhaft überlegte er, wie er sich aus dieser Bredouille winden sollte. Denn tatsächlich hatten die Ermittlungen bislang überhaupt gar keine Richtung.

Um Zeit zu gewinnen, nahm Zimmerschied einen Schluck

aus seinem Wasserglas und sagte dann: »Wir gehen in diesem Fall nicht anders vor als in anderen Fällen. Wir packen unseren kriminalistischen Werkzeugkasten aus und legen los. Das heißt: Zeugeneinvernahme, Spurensicherung und -auswertung, Milieusondierung, hypothetische Motivabklärung, Tatanalytik, Profiling, Datenabgleich mit vergangenen Taten et cetera. Da es sich nicht um eine einzelne Tat handelt, sondern um eine Tatserie, gestalten sich die Ermittlungen dementsprechend komplexer und langwieriger. Wir stricken an einem Netz von Informationen.«

»Und währenddessen läuft da draußen eine brandgefährliche Mörderin herum«, rief erneut und ungefragt Heberer herein. »Wer sagt denn, dass die nicht just in diesem Augenblick schon wieder jemandem den Hals abschneidet?«

»Ich bitte Sie noch einmal, sich an die Regeln zu halten«, ermahnte ihn erneut der Pressesprecher.

Ohne sich darum zu scheren, schrie Heberer, wobei sich seine Stimme überschlug: »Und in fünf Wochen kommt der US-Präsident! Herr Präsident Zimmerschied, habe ich das richtig im Kopf: Sind Sie nicht auch für dessen Sicherheit zuständig? Haben Sie den Kollegen in Amerika schon mitgeteilt, dass bei uns Politiker abgestochen werden? Bleibt er dann vielleicht zu Hause? Damit würde er doch vielen Menschen hier in Deutschland aus dem Herzen sprechen.«

Zimmerschied warf dem Innenminister und dessen Pressesprecher einen fragenden Blick zu. Der Minister nickte und sagte in Richtung des Schreihalses: »Ich würde Sie bitten, den Ball flach zu halten, Herr Heberer. Sie als Pressevertreter haben hier auch eine gewisse Mitverantwortung. Momentan gibt es keine Hinweise auf einen politischen Hintergrund des Mords an Roland Mai. Er wurde nicht im Rahmen einer politischen Veranstaltung oder in einem sonstigen politischen Rahmen getötet …«

»… sondern im Münchner Rotlichtviertel«, feixte Heberer dazwischen.

»… in München gibt es kein Rotlichtviertel …«, fuhr der Innenminister kopfschüttelnd fort, »weshalb wir hier und jetzt erst einmal nicht davon ausgehen, dass wir hier einen politischen Zusammenhang sehen müssen.«

»Und der amerikanische Präsident? Wenn dem bei uns plötzlich einer den Hals aufschlitzt? Es gibt in unserem Land genügend Leute, die das liebend gerne tun würden.« Der Reporter der Boulevardzeitung *Monaco* ließ nicht locker.

»Dem amerikanischen Präsidenten wird bei uns selbstverständlich niemand etwas antun«, antwortete Zimmerschied. Zu spät fiel ihm auf, dass er dabei ein wenig aufgebracht geklungen hatte.

»Was sagen Sie dazu, dass viele Menschen in unserem Land den amerikanischen Präsidenten verabscheuen?«, wollte nun Beatrice König von der *Münchner Zeitung* wissen.

»Dazu sage ich gar nichts. Meine Aufgabe als Polizeipräsident ist es, dafür zu sorgen, dass man bei uns sicher leben kann.« Zimmerschied sah aus dem Augenwinkel, dass der Innenminister beifällig nickte.

»Haben Sie Angst, dass während des Staatsbesuchs ein Terroranschlag verübt wird?«, hakte Beatrice König nach.

»Angst ist kein guter Berater, wenn man für Sicherheit zu sorgen hat. Ich bin besorgt und deshalb wachsam«, meinte Zimmerschied.

»Können Sie nachts schlafen?« Das war Corinna Galeffi.

»Ja, ich kann nachts schlafen«, erwiderte der Polizeipräsident.

»Sie haben einen stressigen Job. Was machen Sie zum Ausgleich? Machen Sie Sport? Gehen Sie in die Sauna?« Galeffi griff das Thema der Pressekonferenz auf ihre eigene kreative Art und Weise auf – Wellness war ein wichtiger Schwerpunkt ihrer Society-Berichterstattung.

»Ich glaube nicht«, schaltete sich der Innenminister ein, »dass man bei dem verantwortungsvollen Amt, das Herr Zimmerschied äußerst kompetent ausfüllt, von einem Job sprechen kann. Im Übrigen halte ich diese Frage für zu privat.«

»Schon gut«, meinte Zimmerschied. »Ich mache keinen Sport, aber ich habe eine kleine Landwirtschaft. Wenn ich bei den Kühen im Stall sein kann, dann ist das für mich Ausgleich genug.«

Die Pressemeute lachte, doch was den Innenminister störte, war dem LKA-Präsidenten gleichgültig.

Zimmerschied verließ das Ministerium mit einem guten Gefühl. Angesichts der Tatsache, dass man in den drei Fällen nicht nur im Dunkeln, sondern im Stockfinsteren tappte, war diese Konferenz doch ganz passabel gelaufen. Und als im Autoradio auch noch Falcos »Der Kommissar« lief – jenes Lied, das einer der entscheidenden Gründe für ihn gewesen war, Polizist zu werden –, fühlte Zimmerschied sich zum ersten Mal seit Tagen wieder richtig wohl in seiner Haut. Allerdings sollte das nicht lange vorhalten.

ELF | Robert de Niro

Zimmerschied war gerade von der Autobahn abgefahren und hatten den Ring Richtung Innenstadt genommen, da klingelte sein Handy. Seit seine Frau ihm erklärt hatte, dass sie vorerst auf Bali bleiben würde, hatte er »Hells Bells« von AC/DC als Klingelton eingestellt. Manchmal ließ er es länger klingeln, um nicht nur die Glocken am Anfang zu hören, sondern auch die ersten Gitarrenriffs. Da jetzt auf dem Display Elisabeth Rötlis

Nummer erschien, nahm er jedoch vor dem Einsetzen der Gitarren den Anruf über die Freisprecheinrichtung entgegen.

»Grüezi, Herr Präsident, geht's Ihnen gut?«, fragte die Sekretärin.

»Ja, wieso fragen Sie das?«

»Ich wollte Sie nur vorwarnen. Dass Sie sich gleich nicht zu sehr aufregen.« Sie ließ eine Pause entstehen. »Weil ... der Pressespiegel ist gerade gekommen. Wegen der Pressekonferenz gestern, meine ich. Also, wissen Sie ...«, sie lachte verlegen, »... da waren halt schon wieder ein paar Kreativköpfe am Werk.« Obwohl er noch keine Zeile gelesen hatte, spürte Zimmerschied Wut in sich aufsteigen.

Die Schlagzeilen, die er zur Kenntnis nehmen musste, nachdem er in seinem Büro eingetroffen war, ließen ihn mehr als einmal tief ein- und ausatmen. Erstaunlicherweise hatte sich ausgerechnet der sonst vor keiner Beleidigung zurückschreckende Claudius Heberer unter Bezugnahme auf Zimmerschieds Landwirtschaft – was für ein witziger Einfall! – in der *Monaco* noch die harmloseste Überschrift ausgedacht, nämlich:

Dönermesser-Mord: Bauer sucht (Mörder-)Sau

Corinna Galeffi von der *Bayerischen am Morgen* dagegen fragte schon mit bedeutend offenerem Visier:

US-Präsident kommt – LKA-Chef Zimmerschied reif für die Insel?

Rolf Löschmann titelte in der *Südzeit*:

Polit-Halsabschneiderei im Münchner Rotlichtviertel
LKA wühlt planlos im kriminalistischen Werkzeugkasten

Die Titelzeilen der überregionalen Blätter schmerzten nicht weniger. Das *VISIER* schrieb:

Polizei schläft gut, während IS-Terror München erobert

Die *NEWS* titelte:

Politiker-Mord !
Sicherheitsbehörden eröffnen wegen US-Präsidenten-besuch Jagd auf Ausländer und Transvestiten

Die *Frankfurter Tageszeitung* formulierte:

Döner und Rotlicht schlagen Staatsregierung auf den Magen

Am meisten Fantasie bewies allerdings das Massenblatt *IDOL*:

Skandal : Homo-Nutte richtet Ministerpräsidenten-Amigo hin

Nachdem der LKA-Präsident die Schlagzeilen überflogen hatte, fuhr er sich mit der Hand über das Gesicht. In seinem Kopf wummerte ein Schmerz, für den es keinen Grund gab, außer die Verzweiflung des Ohnmächtigen. Das Schlimmste für ihn war anzuerkennen, dass die Presse bis zu einem gewissen Grad ja recht hatte, wenn sie Planlosigkeit konstatierte: Nach wem sollte man aber auch auf der Basis eines derart idiotischen Täterinnenprofils fahnden? Und was würden die Medien erst schreiben, wenn sie herausfänden, dass ihm, dem Präsidenten des Landeskriminalamts, vom Pfarrer seines Heimatdorfs eine IKEA-Tasche voller Kriegswaffen ausgehändigt worden war und er diese nicht sofort in der Sprengstoffabteilung eingeliefert hatte? Es führte kein Weg daran vorbei: Er musste das Rätsel um diese vermaledeiten Handgranaten schnellstmöglich aufklären, oder die ganze Sache würde ihn das Amt kosten. Aber wie sollte er im Dorf ermitteln, wo er bereits einen Großteil seiner Energie der Jagd auf die ominöse Mannfrau widmen musste? Der Präsident seufzte. Wie viel leichter würde ihm dies alles fallen, wenn die Roswitha noch da wäre und ihrerseits in Holzleute Nachforschungen anstellen könnte, während er hier die Stellung hielt. So war er jedoch gezwungen, allein an allen Fronten zu kämpfen. Für einen Moment drifteten Zimmerschieds Gedanken ab, und vor seinem inneren Auge erschien seine Frau, wie sie, barbrüstig und mit Baströckchen, an einer Strandbar einem in die Jahre gekommenen Hippie einen blutroten Cocktail servierte. Der Typ trug schulterlanges, verfilztes grau-blondes Haar, wies dabei aber seine eigenen, Zimmerschieds, Gesichtszüge auf; und dieser Hippie, der ganz offensichtlich sein Gesicht gestohlen hatte, küsste Roswitha dann auch noch auf den Mund, nachdem er einen Schluck von dem Drink genommen hatte. Daraufhin leuchteten Roswithas Lippen so rot, wie sie vom Lippenstift geleuchtet hatten, als Zimmerschied sie zum ersten Mal gesehen hatte, damals im Boxclub, als er im Ring stand und sie in der ersten Reihe saß.

Erst der Ruf seiner Sekretärin – »Alles okay, Herr Präsident?« – riss Zimmerschied aus seinem Albtraum. Er war unfähig zu antworten. Jetzt hörte er, wie sich die Vorzimmerdame mit raschelndem Kostüm erhob, und schon trat sie zu ihm ins Büro. »Alles in Ordnung?« In der Stimme der patenten Sekretärin schwang beinahe etwas Zärtliches mit. Zimmerschied war froh, dass er Rötli hatte. Er riss sich zusammen und antwortete mit fester Stimme: »Ja, aber ich muss trotzdem kurz einmal an die frische Luft.«

Elisabeth Rötli beobachtete mit besorgter Miene, wie ihr Chef in großen Schritten das Büro verließ. Kurz darauf passierte er die Sicherheitsschleuse. Dem »Morgen, Herr Präsident« des Pförtners begegnete er lediglich mit einem Knurren. Als er die paar Stufen des Eingangsportals genommen und den Gehweg erreicht hatte, sog er die Morgenluft ein. Es war noch kühl, Vögel zwitscherten, einige LKA-Angestellte rauchten vor dem Gebäude. Zimmerschied lief bis zu dem Bio-Supermarkt an der Nymphenburger Straße, trat ein, starrte ratlos in die Obstkörbe und kaufte sich eine völlig überteuerte Banane. Er versuchte, einen klaren Gedanken zu fassen, doch es gelang ihm nicht.

Zurück im Büro, wollte er sich gerade in seinen Schreibtischsessel fallen lassen, als er stutzte. Da lag ein Blatt Papier, auf dem nur ein kurzer Satz stand:

Dein Stuhl wackelt, A.

Zimmerschied starrte das Blatt an. Es war dieselbe Schriftart wie auf den Zetteln, die er an seinem Dienstfahrzeug und auf Dr. Augustins Schreibtisch gesehen hatte. »Dein Stuhl wackelt, A.« und »Fühl dich nicht zu sicher«. Zwei Sätze, die in der Welt waren und die sich nun wirklich nicht mehr verdrängen ließen. Da gab es anscheinend jemanden, der ihm Böses wollte. Aber wer – und warum? Innerhalb des LKA oder außerhalb? Was wäre schlimmer? Was bedeutete »A.« – Arschloch? Oder war es eine Namensabkürzung? Dr. Augustin war die einzige Person, die ihm einfiel, deren Namen mit einem A begann. Er schnappte sich das Blatt und trat ins Vorzimmer.

»Frau Rötli?« Die Sekretärin sah auf. »Woher kommt dieser Zettel?«

Die Wangen der Schweizerin röteten sich. »Ja, ist das nicht komisch? Der lag in der Dienstpost. Sagt Ihnen das was?«

Zimmerschied studierte die Mimik seiner Vorzimmerdame. »Warum sind Sie jetzt rot geworden?«

»Tja, weil … weil … ist das nicht besorgniserregend? Genau weiß man ja nicht, was dieser Satz bedeuten soll, aber jedenfalls ist klar, dass es jemanden gibt, der Ihnen drohen will.«

»Sie haben meine Frage noch nicht beantwortet: Woher kommt der Zettel?«

»Der lag in der Post, wie gesagt. Der ist mir erst einmal gar nicht aufgefallen zwischen all den Umschlägen, das ist ja so ein windiges Blatt.« Das Telefon klingelte. Nach einem Blick auf die Rufnummernanzeige meinte Rötli: »Oh, ich glaube, das ist der Herr Werner. Soll ich Ihnen das Gespräch hinüberlegen?«

Viel mehr als seinen Namen konnte Zimmerschied nicht äußern, denn schon schrie der Innenminister los: Ob der Präsident die Presse bereits studiert habe? Der Minister wartete gar nicht auf eine Antwort. »›Homo-Nutte! Ministerpräsidenten-Amigo!‹«, brüllte der Politiker – und: »›Polizei schläft gut, während IS-Terror München erobert!‹ Ich könnte kotzen, wenn ich das lese!« Ob Zimmerschied klar sei, was jetzt Sache sei? Man befinde sich fortan im Kriegszustand. Die Medien würden ab jetzt nur noch mit dem Nötigsten versorgt. Man müsse auch darüber nachdenken, bestimmte Zeitungen und Fernsehsender komplett auszusperren, vom Informationsfluss abzukoppeln. Das sei eine Sauerei, die zum Himmel stinke. Das könne in einer Demokratie ja wohl nicht angehen. Und dann sagte der Innenminister einen Satz, der Zimmerschied, auch nachdem das Gespräch längst beendet war, einiges Kopfzerbrechen bereitete: »Ich habe eben mit dem Ministerpräsidenten geredet. Ich sage Ihnen eins zu eins, was der zu mir in Bezug auf Ihre Person gesagt hat, Zimmerschied: Ihr Stuhl wackelt, hat er gesagt. Ich hoffe, Ihnen ist klar, was das bedeutet.«

Es war merkwürdig. Jeder andere Mensch in der Situation des LKA-Präsidenten wäre in diesem Moment wahrscheinlich von einem Gefühl der Schwäche, von diffusen Ängsten oder ähnlichen lähmenden Emotionen befallen worden. Doch Zimmerschied empfand nichts dergleichen. Er sah zu dem Foto, das er in einem schlichten Rahmen zwischen anderen Bildern, die ihm wichtig waren, auf einem Regalbrett aufgestellt hatte. Es zeigte Robert de Niro in einer dunkelblauen Busfahreruniform mit hellblauem Hemd. Obwohl das Bild aus dem Film »In den Straßen der Bronx« stammte, hatte es nichts Heldenhaftes. Robert de Niro spielte darin einen einfachen Mann, der versuchte, seinen Sohn davon abzuhalten, ein Mafioso zu werden. Zimmerschied mochte dieses Foto, weil er den Film mochte und weil er sich oftmals selbst fühlte wie ein Busfahrer: Er musste mit dem LKA ein schweres Gefährt lenken, er trug große Verantwortung für viele Menschen. Zimmerschied lächelte de Niro zu. Und auch wenn der Schauspieler nicht zurücklächelte, so wusste der LKA-Präsident nun doch, was zu tun war. Ein Ruck ging durch seinen Körper: Er würde aufräumen – im LKA und auch sonst. Notfalls weltweit und sogar auf Bali. Sein Stuhl mochte wackeln, aber zum Arschloch würde er sich nicht machen lassen.

Eine halbe Stunde später waren sämtliche Ermittler und DNA-Experten darüber unterrichtet, dass die merkwürdigste Tatserie der jüngsten Vergangenheit fortan Chefsache war. Das mit den dubiosen Zetteln behielt Zimmerschied allerdings für sich.

»Wie, und das heißt, Sie wollen jetzt auch bei Ermittlungsmaßnahmen vor Ort dabei sein oder was?«

»So ist es«, erklärte Zimmerschied der bass erstaunten Veltroni.

»Und … warum?«

»Weil es notwendig ist.«

»Vertrauen Sie uns nicht?«

»Sagen wir es so, Frau Veltroni: Es gibt vermutlich ein

Schwein in unseren Reihen. Oder außerhalb. Genau weiß ich es nicht. Es könnte auch ein politisches Schwein sein. Jemand, der uns Böses will. Wir werden ihm das Handwerk legen.«

Alle Anwesenden schwiegen betreten. Nur Barbara Veltroni nicht: »Und wie ist das, wenn Sie mal keine Zeit haben? Ich meine, wenn wir einen Zeugen vernehmen wollen zum Beispiel?«

»Ich habe ab jetzt Zeit. Wir werden diese drei Fälle aufklären, und wir werden das Schwein fassen.« In Zimmerschieds Stimme schwangen Siegesgewissheit und Tatendurst mit. Ja, diese Entscheidung fühlte sich gut an. »Wissen Sie, warum ich vor langer Zeit Polizist geworden bin?« Keiner der Mitarbeiter zeigte eine Regung, nur Veltroni sah ihn fragend an. »Jedenfalls nicht, um an einem Schreibtisch zu sitzen und in den Sessel zu furzen! Diese intersexuelle Mörderin kann sich auf etwas gefasst machen.« Genauso wie die falsche Ratte, die mir offensichtlich in meiner eigenen Behörde das Leben vergällen will. Letzteres sprach er nicht laut aus, und in Gedanken fügte er noch hinzu: Und den Irren, der glaubt, ausgerechnet in meinem netten Holzleute mit Kriegswaffen hantieren zu müssen, den hole ich mir auch. »Wir werden ab jetzt andere Saiten aufziehen.« Ganz nebenbei würde er auch die Sache mit der Roswitha regeln. Er wusste nur noch nicht, wie.

ZWÖLF | Heckler & Koch

Zimmerschied hätte seine Ermittlungen am liebsten mit einer Besichtigung des Tatorts in der Schillerstraße begonnen. Der Innenminister saß ihm ganz schön im Nacken. Der Mord an Roland Mai war das Verbrechen, das der Politik am meisten auf den Nägeln brannte. Aber zum einen musste man die drei Fälle angesichts der unerklärlichen DNA-Identität als zusammengehörig ansehen, und zum anderen hatten seine Ermittler Barbara Veltroni und Hannes Södlinger bereits eine Reihe von Terminen mit Zeugen und anderen Beteiligten vereinbart. Um sich bei seinen Mitarbeitern nicht noch unbeliebter zu machen, beschloss der LKA-Präsident daher, die von Veltroni und Södlinger vorgegebene Reihenfolge zunächst beizubehalten.

Die Villa war eines jener Häuser im Münchner Stadtteil Neuhausen, in deren Besitz man nur gelangen konnte, wenn man entweder einer mindestens hundert Jahre alten Industriellendynastie entstammte, Vorstandschef eines Weltkonzerns war oder mit Waffen, Drogen oder einem Internet-Start-up sein Geld verdiente.

Zimmerschied, der sich seit Langem wieder einmal seine Dienstwaffe umgeschnallt hatte – die P7 von Heckler & Koch, eine verlässliche, allerdings etwas in die Jahre gekommene Waffe, die demnächst wohl ausgemustert werden würde –, hielt Anke von Kluthe die Hand hin. Die schlanke, blonde Mittfünfzigerin sah etwas verhärmt aus in ihrer weißen Baumwollbluse, der Jeans und den dunkelblauen Lederslippers. Unversehens sehnte Zimmerschied sich nach Roswitha. Aber dann hatte er sich wieder im Griff. Es war seltsam, je weniger Frauen man um sich hatte, umso mehr interessierten sie einen.

»Grüß Gott. Ich nehme an, Sie sind Frau von Kluthe? Zimmerschied mein Name, wir sind vom LKA und hätten da ein paar Fragen zu dem Einbruch bei Ihnen.«

Ohne dass seine Frau den Handschlag erwidert hätte, ihre Hände blieben in den Hosentaschen ihrer Jeans vergraben, drängte sich Hilmar von Kluthe, der ein hellblau-weiß gestreiftes Businesshemd und eine graue Anzughose trug, vor: »Da waren schon Kollegen von Ihnen da, wir haben alles beantwortet – und jetzt gerade ist auch einer von ihnen da und untersucht die Alarmanlage … Ich wüsste nicht, weshalb wir Ihnen, Herr Kommissar, auch noch Zutritt gestatten …«

»Präsident«, meinte Barbara Veltroni, die wie so oft ein weißes Bretonenshirt mit schmalen blauen Streifen trug und gemeinsam mit Hannes Södlinger einen Schritt hinter Zimmerschied stand. Auf den fragenden Blick ihres Gegenübers hin fügte sie erklärend an: »Herr Zimmerschied ist unser Präsident.«

»Präsident von was, höhö?«, fragte Hilmar von Kluthe. Er wirkte belustigt bis hochnäsig. Zimmerschied schätzte ihn auf um die sechzig, und er war sich sicher, dass dieser konservative Spießer sein Geld weder mit Waffen oder Drogen noch mit einem Internet-Start-up verdiente. Dieser Mensch, der dem Polizeipräsidenten auf Anhieb unsympathisch war, hatte geerbt.

»Vom Landeskriminalamt«, kam der Präsident seiner Mitarbeiterin zuvor.

»Von was für einem Landeskriminalamt?« Schon wieder dieser süffisante Unterton.

Zimmerschied konnte sich die abweisende Art des Mannes nicht erklären. Sie waren hier, um ihm zu helfen, sein Geld und seinen Schmuck zurückzuholen! Dennoch sagte er, ohne die Ruhe zu verlieren: »Vom *Bayerischen* Landeskriminalamt.« Allerdings dachte er sich »Sie Osterhase« dazu. Er war gereizt.

»Aha, das ist ja interessant …« Der grauhaarige Mann stutzte kurz. Dann murmelte er: »Stimmt, Ihr Gesicht kam mir gleich bekannt vor. Sie waren … waren Sie nicht im Zusammenhang mit dem Amoklauf im Olympia-Einkaufszentrum im Fernsehen?«

»Kann sein.« Zimmerschied nickte desinteressiert. »Dürfen wir reinkommen? Wir würden uns gerne noch einmal bei Ihnen umschauen.« Er warf einen Blick über die rechte Schulter von Kluthes in den Flur des Hauses. »Also – ich denke, das ist vor allem auch in Ihrem Interesse.«

Anders als es der LKA-Präsident angesichts der altmodischen Villa erwartet hatte, war das Wohnzimmer sehr modern ausgestattet. Alles wirkte weiß und clean. Zimmerschied dachte kurz an ein Krankenhaus, aber das ging ihm fast immer so, wenn er in Räume gelangte, die anderen als »designt« galten. Die längste Wand, jene rechts von der Tür, war komplett von einem gut bestückten Bücherregal verdeckt. Die Bände, viele davon in Leder gebunden, standen ordentlich in Reih und Glied.

Das Ehepaar von Kluthe bat die drei Polizisten, Platz zu nehmen, aber Zimmerschied reagierte nicht auf die Aufforderung. Mit den Händen in den Hosentaschen machte er einige Schritte in Richtung der Bibliothek. »Sie sind beide Unternehmensberater?« Das wusste er aus der Akte, die er auf der Fahrt nach Neuhausen überflogen hatte. Seine Augen glitten über die Buchrücken. Es schien sich vor allem um politische und historische Werke zu handeln. Viele Hardcover-Ausgaben, etliche sahen alt aus, manche sehr alt. Er wandte sich wieder Hilmar von Kluthe zu.

»Ja«, beantwortete der die Frage. Zimmerschied spürte von Kluthes festen Blick. Der Adelige strahlte etwas Halsstarriges, Besserwisserisches aus. Der Präsident war zwar allen und jedem zu Unvoreingenommenheit verpflichtet, aber diesem Mann traute er vieles und dabei wenig Gutes zu.

Vom Flur her rumpelte es, und wenig später standen ein großer schwarzer Hund und ein junger Mann mit Sonnenbrille im Zimmer. Zimmerschied wandte sich um und betrachtete überrascht das seltsame Paar. Die Brille des menschlichen Neuankömmlings wirkte angesichts des bedeckten Himmels etwas deplatziert. Nach einem Räuspern sagte der junge Mann: »Entschuldigen Sie – Frau von Kluthe?« Merkwürdig war dabei, dass er die Hausherrin nicht ansah, sondern einfach in den Raum hineinsprach.

»Ja?« Die Blondine erhob sich und trat ihm entgegen. »Hier bin ich.«

Der vielleicht Zwanzigjährige schien kurz in den Raum hineinzuhorchen, dann entfuhr ihm ein erstauntes: »Oh, Sie haben Besuch? Ich wollte nicht stören.«

»Nein, nein, es sind nur Ihre Kollegen, Herr Hensch.«

Kollegen? Zimmerschied warf Veltroni und Södlinger fragende Blicke zu. Was war das für ein Sonnenbrillen-Typ? Er hatte den Kerl noch nie gesehen.

»Ah, hallo.« Zimmerschied kam es so vor, als spräche der junge Mann ins Leere. »Ich wollte nicht stören. Aber wenn Sie dann noch einen Augenblick Zeit für mich hätten, Frau von Kluthe, müsste ich kurz wissen, wo die Bewegungsmelder der Alarmanlage im Obergeschoss angebracht sind, damit ich mir die auch noch anschauen kann.«

Veltroni hüstelte und sagte halblaut in Richtung des Präsidenten: »Das ist der Herr Hensch, einer von uns. Der Tommy ist unser neuer Computerexperte. Und der ist blind. Deswegen der Hund.« Zimmerschied nickte. Dass der junge Mann blind war, hatte selbst er inzwischen verstanden. Dann sprach Veltroni Tommy Hensch an: »Tommy, jetzt sind nicht nur der Hannes und ich da, sondern auch unser Präsident, der Herr Zimmerschied.«

Der Polizeichef löste sich vom Bücherregal und ging auf seinen blinden Mitarbeiter zu. »Grüß Gott, Herr Hensch, habe schon von Ihnen gehört. Wie ist das jetzt – gibt man einem Blinden die Hand oder nicht – und vor allem wie, also ich meine, Sie sehen die Hand ja gar nicht? Ich habe da keinerlei Erfahrung ...«

Hensch, der wesentlich kleiner als sein Chef war, hob den Kopf.

»Oh, hallo, Herr Präsident. Das kann man machen, wie man will. Aber … also … ich wollte nicht stören.«

»Nein, nein, wir sind ja aus dem gleichen Grund hier wie Sie.« Er überlegte kurz, dann wandte er sich zu den von Kluthes um. »Vielleicht führen Sie meinen jungen Kollegen zu den Meldern, und wir kommen gleich mit. Und dann zeigen Sie uns das Fenster, durch das die Einbrecher eingedrungen sind. – Damit wir uns ein Bild machen können.«

Hilmar von Kluthe holte hörbar Luft. »Darf ich meiner Irritation Ausdruck verleihen?« ›Ausdruck verleihen!‹ Zimmerschied war klar: An diesem Typ störten ihn nicht nur Details, der ganze Mensch nervte ihn. Mit einem Mal wurde ihm auch wieder bewusst, was er nicht gemocht hatte, als er noch tagtäglich das Verbrechen an vorderster Front bekämpft hatte. Ja, es gab viele freundliche Menschen auf der Welt. Aber mit den Idioten, die nun eben auch herumliefen, kam man nur schwerlich aus. Ob das auf Bali besser war?

Hilmar von Kluthe unterbrach die Gedanken des LKA-Chefs: »Ich meine die berechtigte Frage, weshalb *Sie* sich jetzt um diesen Vorfall kümmern … Ich meine – gibt es in Ihrem Land denn nicht wichtigere Probleme, um die sich ein LKA-Präsident kümmern müsste, als einen Einbruch?«

Zimmerschied stutzte kurz angesichts der Formulierung »in Ihrem Land«, antwortete dann aber mit überraschender Schlagfertigkeit und durchaus angriffslustig: »An was für Probleme hätten Sie denn da zum Beispiel gedacht, um die *ich* mich Ihrer Meinung nach kümmern sollte?«

»Terrorismus, Ausländerkriminalität – so was eben; die Gewalt auf den Straßen der BRD; das sind doch die drängenden Probleme unserer Zeit!«

Du Ratte, dachte sich Zimmerschied, du hast irgendwas zu verbergen. Aber stattdessen sagte er in möglichst sachlichem Tonfall: »Vielleicht zeigen Sie uns jetzt einfach einmal kurz das

Haus. Und wenn das dem Herrn Hensch hilft, fangen wir meinetwegen mit dem Obergeschoss an.«

Im Laufe der nächsten halben Stunde wurden Veltroni, Södlinger und Zimmerschied von Hilmar von Kluthe durch die Villa geführt. Wie ein Schatten folgte ihnen dessen Ehefrau dabei. Nachdem Hensch die Melder der Alarmanlage überprüft hatte, stieß er zu seinen Kollegen. Zimmerschied ließ sich alles genau erklären: dass das Ehepaar übers Wochenende verreist gewesen sei – nach Sachsen – und wie die beiden bei der Rückkehr zunächst gar nicht bemerkt hätten, dass jemand in das Haus eingebrochen sei. »Erst als ich in den Weinkeller bin, um eine Flasche raufzuholen, habe ich im Souterrain einen komischen Luftzug gespürt. Und da habe ich festgestellt, dass eines der kleinen Fenster eingeschlagen war.« Sie standen jetzt in einem Kellerraum mit Sauna und Ruheliegen. Es roch nach Fichtennadeln. Zimmerschied dachte an seine Kühe, Schweine und Hühner. An den Wänden hingen Schwarz-Weiß-Fotos, die Menschen bei landwirtschaftlichen Tätigkeiten wie Melken, Heu- und Getreideernte sowie beim Holzfällen zeigten und bei handwerklicher Arbeit: ein Schuhmacher in seiner Werkstatt, Näherinnen in einer Fabrikhalle, ein Hufschmied beim Beschlagen eines Pferdes und dergleichen.

»Schöne Fotos haben Sie da«, sagte er, und er meinte es durchaus ernst.

»Ja, damals herrschte noch ein geregeltes Leben.« Zimmerschied warf noch einen Blick auf die historischen Aufnahmen. Er schätzte, dass sie aus den Dreißigerjahren stammten, und allmählich dämmerte ihm etwas.

»Hier ist er rein.« Hilmar von Kluthe zeigte auf das Fenster. Es war mit einer durchsichtigen Folie überklebt, aber Zimmerschied konnte noch gut die Zacken, die beim Herausschlagen der Scheibe entstanden waren, erkennen.

»Und sonst war im Haus alles ordentlich?«, wollte der Präsident jetzt wissen. Er fixierte den Befragten mit einer Miene, die geeignet gewesen wäre, einen Panzerschrank zu öffnen.

»Ja.«

»Und gefehlt hat nur Schmuck?«

»Ja.«

»Und kein Bargeld?«

Die Antwort kam seltsam zögerlich. »Ja, nein …« Es entstand eine unangenehme Pause.

»Also kein Bargeld?«, hakte Zimmerschied nach.

»Sagen wir es so: ein zu vernachlässigender Betrag.«

»Was soll das heißen?«

»Ach, vergessen wir das mit dem Geld.«

»Wieso?«

»Wir … wissen nicht, wie viel es genau war. Vermutlich ein zu vernachlässigender Betrag, wie ich schon sagte.«

»Und wo haben Sie den Schmuck und den … ›zu vernachlässigenden‹ Betrag Bargeld aufbewahrt?«

»In unserem Schlafzimmerschrank. Das haben wir aber bereits alles Ihren Kollegen erzählt!«, sagte Hilmar von Kluthe in vorwurfsvollem Ton und mit Blick auf Veltroni und Södlinger. »Ich frage mich manchmal wirklich, was das für ein Staat ist, der sich solche Behörden leistet.«

Als Zimmerschied ein Knurren von sich gab, meine Barbara Veltroni leise: »Da muss ich Herrn von Kluthe aber recht geben. Das alles haben wir wirklich schon gefragt. Und das steht auch in der Ermittlungsakte. Ich weiß nicht, weshalb, also warum Sie jetzt hier … und überhaupt?« Sie versuchte Blickkontakt mit Hannes Södlinger herzustellen, der nur mit den Schultern zuckte.

Als hätte der Präsident den Hinweis seiner Ermittlerin nicht gehört, musterte er den Unternehmensberater und meinte dann nachdenklich: »Im Schlafzimmerschrank also. Und alles war ordentlich … Wohnt hier in diesem Haus außer Ihnen sonst noch jemand?«

»Nein. Aber auch diese Frage haben wir bereits beantwortet.«

»Herr Präsident«, schaltete Veltroni sich erneut ein. »Es ist wirklich … Wir als Behörde – ich meine, das muss man doch auch einsehen, dass das die Menschen irritiert, wenn wir binnen Tagen zweimal kommen und das Gleiche fragen … und …«

Ohne eine Regung zu zeigen, verließ Zimmerschied den Raum und bewegte sich in das Vorzimmer zum Keller, von dem aus mehrere Türen weggingen. Er war entschlossen, sämtliche Ermittlungen auf seine Art durchzuziehen. Wer garantierte ihm denn, dass nicht Veltroni ihm die Drohbriefe schrieb? Oder Södlinger? Der blinde Jungspund wohl eher nicht. »Haben Sie einen Verdacht, wer bei Ihnen eingebrochen sein könnte? Irgendwelche ehemaligen Hausangestellten, Gärtner, Putzfrauen – haben Sie zuletzt jemandem gekündigt, dem das nicht gepasst hat? Haben Sie mit jemandem Streit, vielleicht mit Nachbarn? Ist mit Ihnen jemand unzufrieden – privat oder auch als Arbeitgeber?«

»Nein.« Hilmar von Kluthes Antwort kam sehr schnell und geradezu entrüstet. Ihre Blicke trafen sich. Zwei Alphatiere. Zimmerschied biss sich auf die Lippen und kratzte sich am Kinn. Sein Blick fiel auf eine der Türen. Da hing ein Schild, auf dem in schwarz-roter Frakturschrift stand: »Wir Deutschen fürchten Gott, sonst nichts auf der Welt«. Daneben prangte ein schwarzes Kreuz, wie man es von Flaggen des Kaiserreichs kannte. War dieser Hilmar von Kluthe ein Rechtsradikaler?

»Kinder?«

»Wie meinen Sie?«

Der Präsident wusste, dass ihn der Hausherr genau verstanden hatte. »Ob Sie Kinder haben.«

»Nicht direkt.«

»Was heißt hier ›nicht direkt‹?!« Zimmerschieds Tonfall war nun ungewohnt barsch, sodass Veltroni und Södlinger zusammenzuckten.

»Also, wir … haben …«, setzte Hilmar von Kluthe an, brach dann aber mit einem Seufzer ab.

»… es ist so, dass wir eine Tochter …«, sprang ihm seine Frau bei.

»Also: Ja!«, fuhr Hilmar von Kluthe sehr bestimmt und etwas zu laut dazwischen. Es wirkte so, als müsste er sich zusammenreißen. »Eine Tochter ist vorhanden. Aber …« Nun brach er erneut ab.

»›Vorhanden‹?«, fragte Veltroni ungläubig.

Hilmar von Kluthes »Ja, aber …« kam jetzt zögerlicher als gerade eben noch.

»Aber was?« Zimmerschied verlor allmählich die Geduld. Er warf den Eheleuten jeweils einen prüfenden Blick zu. Bei Anke von Kluthe blieb er hängen.

»Wir haben mit Carina keinen Kontakt augenblicklich«, die Frau stockte. Wieder schien sie die Muster des Perserteppichs nach geheimen Botschaften abzusuchen. War das das normale Verhalten einer Familie, bei der eingebrochen worden war und der die Polizei helfen wollte? Tommy Henschs Hund schnüffelte an der Tür, an der das Schild mit dem Kreuz angebracht war. Zimmerschied konnte nicht einschätzen, ob der Blinde gerade sehr konzentriert war oder völlig abwesend.

»Und – sie – ist – auch – nicht – *unsere* – Tochter«, presste Hilmar von Kluthe nun hervor. Es klang, als hätte er seine Worte durch einen Häcksler gejagt. »Sondern nur adoptiert.«

»Das mit der Tochter finde ich ja interessant. Das haben Sie uns noch gar nicht erzählt!« Barbara Veltronis Überraschung war nicht gespielt. Zimmerschied unterdrückte ein Grinsen. Er hatte die Fährte aufgenommen. Seine Mitarbeiter würden sich noch wundern.

»Sie haben uns ja auch nicht gefragt«, schnappte Hilmar von Kluthe zurück.

»Und Ihre Tochter lebt hier nicht mehr, richtig? Hat aber mal hier gelebt?«, fragte Barbara Veltroni.

»Ja. Aber Carina ist vor drei Jahren ausgezogen.« Anke von Kluthe schien noch immer die Symbolik des Teppichs zu studieren.

»Wie alt ist Ihre Tochter?«, übernahm nun wieder Zimmerschied, was ihm einen irritierten Blick seiner Mitarbeiterin eintrug.

»Zwanzig.« Diese Antwort kam von Hilmar von Kluthe, der jetzt nach dem geschwungenen Geländer der Holztreppe griff. »Kommen Sie, gehen wir wieder nach oben.« Er nahm die ersten Stufen.

»Und wo wohnt sie?« Zimmerschied war stehen geblieben und sah dem Hausherrn beim Treppensteigen zu. Nein, diesen Mann mochte er ganz und gar nicht. Dieser Mann hatte etwas zu verbergen.

»Das wissen wir nicht.« Hilmar von Kluthe drehte sich auf der Treppe um und sagte: »Kommen Sie, bitte!«, wobei er gleichzeitig genervt und bettelnd klang. Zimmerschied rührte sich noch immer nicht von der Stelle. »Und was arbeitet Ihre Tochter?«

»Unsere Tochter, unsere Tochter! Sie ist nicht mehr unsere Tochter, und wir wissen das alles nicht.« Der Hausherr, oben am Treppenabsatz angekommen, war jetzt eindeutig wütend. Unfreundlich setzte er nach: »Kommen Sie jetzt, oder wollen Sie da unten ein Heerlager aufschlagen?« ›Heerlager‹ war ein bemerkenswertes Wort, fand Zimmerschied.

»Wenn Ihre Tochter hier gelebt hat, dann kennt sie sich in diesem Haus gut aus, richtig?«, fragte Hannes Södlinger und drehte seinen kantigen Schädel mit der schlecht geschnittenen Frisur in Richtung von Anke von Kluthe.

Diese warf ihrem Mann einen unsicheren Blick zu und antwortete dann zögerlich: »Das … kann man … so sehen.«

»Kannte Ihre Tochter das Geldversteck im Kleiderschrank?«, fragte Barbara Veltroni.

»Das wissen *wir* doch nicht«, rief Hilmar von Kluthe, er wartete noch immer oben an der Treppe. »Kommen Sie jetzt wohl mal nach oben? Das alles können wir doch wesentlich bequemer im Wohnzimmer besprechen.«

Zimmerschied holte tief Luft, ließ einen Blick über die verschlossenen Türen gleiten, seufzte – und nach einem Moment des Zögerns nahm er die erste Stufe.

Tommy Hensch war der Letzte, der mit seinem Hund aus dem Keller nach oben stieg. Als Zimmerschied ihn kommen sah, fragte er ihn leise: »Und Sie, Herr Hensch, haben die Alarmanlage überprüft? Können Sie sich erklären, weshalb sie nicht ausgelöst hat, obwohl doch der Einbrecher vermutlich über die Eingangshalle ins Schlafzimmer gekommen sein muss?«

Der junge Blinde rückte seine Sonnenbrille zurecht, ein schmales sportliches Modell in Schwarz. Auch sonst war der Computerexperte vollkommen schwarz gekleidet. »Die ist gehackt worden. Später erkläre ich Ihnen gerne, wie. Ich gehe dann jetzt, ja?«

Zimmerschied betrachtete den Zwanzigjährigen. Seine Nase, die spitz unter der Sonnenbrille hervorstach, verlieh ihm etwas Freches, das dem LKA-Präsidenten gefiel. Und einer plötzlichen Eingebung folgend, entschied er: »Nein, Herr Hensch, Sie kommen mit rein.«

DREIZEHN | Blindenstock

»Äh, Tommy ... ich glaube, du gehst jetzt besser schon mal ... äh, raus. Also, du bist doch mit der Alarmanlage fertig, oder?« Der junge Computerexperte nickte. »Dann kannst du eigentlich schon mal zurück ins LKA ...« Barbara Veltroni sprach gedämpft, sie beugte sich von ihrem Platz auf dem ausladenden weißen Sofa nach vorn über den gläsernen Couchtisch in Richtung des Blinden und seines Hundes.

»Kommt gar nicht infrage. Der Herr Hensch bleibt hier. Das ist ein wichtiger Fall«, erklärte Zimmerschied bestimmt, woraufhin Veltroni ihm einen irritierten Blick zuwarf und dann genervt ausatmete. Hannes Södlinger visierte währenddessen ein ganz bestimmtes Buch im Bücherregal an. Die beiden Kommissare hielten nichts, aber auch gar nichts von der Entscheidung des Präsidenten, sich in die Ermittlungen einzumischen. Warum konnte nicht einfach nur jeder seinen Job machen? Was war plötzlich mit dem Chef?

Ohne auf ein diesbezügliches Angebot der Hausherren zu warten, nahm Zimmerschied in dem Sessel am Kopfende des Couchtischs Platz und gebot Tommy Hensch, sich auf das Sofaende direkt neben ihm zu setzen.

»So – bei Ihrer Tochter waren wir stehen geblieben«, meinte er nun an die Eheleute von Kluthe gerichtet. Der Unternehmensberater hatte sich in dem Sessel gegenüber von Zimmerschied niedergelassen, seine Frau stand dahinter, die Hände auf der Lehne. Sie trug an jeder Hand einen goldenen Ring. Auf dem an ihrer Linken prangte ein dunkelblaues Siegel. »Was hat denn zu diesem harten Bruch mit Ihrer Tochter Carina geführt?« Ganz bewusst suchte der Präsident den Blick von Anke von Kluthe. Er wollte die Antwort von ihr hören, nicht von ihrem Mann. Obwohl auch sie abweisend wirkte, hatte er das Gefühl, dass sie eher dazu bereit war, Einblicke in ihr Familienleben zu gewähren.

»Das war, wie soll ich sagen, ihr gesamter Lebensstil. Es hat damit angefangen, dass Carina begann, seltsame Musik zu hören und zu rauchen. Dann hat sie sich immer nachlässiger gekleidet …« Die Frau hielt inne, schien nachzudenken.

Ihr Mann übernahm: »Sie ließ sich in der Schule hängen und zeigte keinerlei Bereitschaft zur Leistung; wir sind uns auch ziemlich sicher, dass sie zu dieser Zeit Marihuana konsumiert hat. Außerdem vertrat sie plötzlich unmögliche politische Ansichten und umgab sich mit noch unmöglicheren Leuten, mit Abschaum. Wir haben wirklich viel für dieses Kind getan. Aber wissen Sie, Carinas Mutter war Alkoholikerin. Und da kommt man nicht dran vorbei.«

»Wie meinen Sie das jetzt?«, entfuhr es Barbara Veltroni.

»Na ja, die Genetik. Carina ist ein gutes Beispiel dafür, dass es eben doch vor allem die Genetik ist, die einen Menschen formt, und dass auch eine hervorragende Erziehung immer nur beim richtigen Genmaterial erfolgreich sein kann. Wir haben Carina wirklich alle Werte beigebracht und vorgelebt. Aber ab dem Zeitpunkt, als sie sich nur noch mit diesen Asozialen abgegeben hat, war es letztlich aus.«

»Was waren das für Asoziale?« Barbara Veltroni machte mit ihren kräftigen kleinen Händen Gänsefüßchen in die Luft.

»Na, das ganze linke Prekariat eben: Punks, Autonome, Linksradikale und andere Fantasten und Spinner; arbeitsfaule Gesellschaftsschädlinge, mit denen man keinen Staat machen kann.« In Hilmar von Kluthes Stimme lag nun reine Verachtung. »Aber – um es jetzt mal ganz offen auszusprechen und auch, um hiermit einen Schlussstrich zu ziehen: Mir geht Ihre Fragerei zu weit. Und das schon seit geraumer Zeit.« Er richtete sich auf und stützte die Hände auf die Oberschenkel. »Es geht hier um einen Einbruch. Schmuck im Wert von zweitausend Euro ist uns abhandengekommen. Ja, wir wollen den Schmuck gerne wiederhaben. Aber nein, wir wollen Sie hier nicht ständig und in Truppenstärke sitzen haben. Was hier geschieht, ist eine Okkupation. Sie blockieren seit Tagen unseren Grund und Boden.«

»Entschuldigung, Herr von Kluthe, jetzt lassen Sie bitte mal die Kirche im Dorf! Wir wollen Ihnen doch nur helfen«, erwiderte Barbara Veltroni aufgebracht.

»Helfen! Sie schnüffeln herum, bohren in unserer Vergangenheit und stellen indiskrete Fragen. – Sie stören!«

»Nun mal langsam, Herr von Kluthe«, meinte der Präsident, ohne sich aus der Ruhe bringen zu lassen. »Wir sind hier ja nicht zu unserem Privatvergnügen. Bei Ihnen ist eingebrochen worden. Die Tat steht womöglich in Zusammenhang mit Verbrechen ganz anderen Kalibers. Wir haben hier eine Pflicht zur Ermittlung. Wir handeln im Interesse der Allgemeinheit.«

Hilmar von Kluthe schüttelte wild den Kopf und machte eine wegwerfende Handbewegung. »Anscheinend muss ich noch deutlicher werden: Mit der Allgemeinheit haben wir nichts mehr zu schaffen. Wir sind ausgestiegen! Das hier ist kein deutsches Territorium. Sie werden hier allenfalls geduldet. Und zwar nur, weil ich davon ausgehe, dass sich die Täter längst wieder auf Ihr Staatsgebiet zurückgezogen haben. Deshalb erscheint mir eine Strafverfolgung durch Sie auch ausnahmsweise sinnvoll. Ansonsten hätte ich Sie und Ihre Angestellten unsere Landesgrenze ohnehin gar nicht erst passieren lassen – und wir hätten uns selbst um die Strafverfolgung gekümmert.«

Zimmerschied sah Hilmar von Kluthe mit zusammengekniffenen Augen an. Was redete der Mann da? Auch Barbara Veltroni verzog ungläubig das Gesicht und versuchte Blickkontakt mit Zimmerschied herzustellen. Hannes Södlinger wirkte nicht weniger überrascht. Nur Tommy Hensch blieb regungslos, er schien mit blinden Augen die Ecke zwischen Fensterfront und Bücherregal zu betrachten. Der Hund lag ruhig, aber mit aufgestellten Ohren unter dem Tisch. Jetzt hob sich sein Schwanz, um wie ein gestreckter Zeigefinger in der Luft stehen zu bleiben. Es war so still im Raum, dass man eine Stecknadel hätte fallen hören können. Von draußen drangen die weit entfernte Sirene eines Krankenwagens herein, das dumpfe Rauschen der Großstadt, Hundegebell.

Zimmerschied lehnte sich zurück und sah den Unternehmensberater an, als handelte es sich um einen Außerirdischen. »Sind Sie ein Reichsbürger?«

»Diese Bezeichnung sagt mir nichts.« Hochnäsig wandte Hilmar von Kluthe den Blick von Zimmerschied ab und sah zum Fenster hinaus.

Der fragte: »Halten Sie die Bundesrepublik Deutschland für eine GmbH?«

»Die sogenannte BRD ist natürlich eine GmbH.«

»Darf ich fragen, welchem Land Sie glauben anzugehören?«

»Das dürfen Sie, aber leider habe ich nun keine Zeit mehr, zumal Ihre Frage rein gar nichts mit dem Einbruch zu tun hat. Verlassen Sie sofort mein Haus!«

»Sie werden mir jetzt sehr wohl meine Frage beantworten.« Zimmerschieds Stimme war noch beinahe genauso leise wie zuvor, aber sie hatte einen drohenden Unterton angenommen.

»Nein, das werde ich nicht. Vielmehr verweise ich Sie letztmalig des Territoriums. Sie – gehen – jetzt!«

Die Blicke der beiden Männer kreuzten sich, und vor Zimmerschieds innerem Auge flatterten scheinbar zusammenhanglose Bilder vorbei – der US-Präsident, Roland Mais Leiche in der Blutlache, Roswitha mit dem roten Drink, der Zettel mit der Aufschrift »Fühl dich nicht zu sicher«, die Handgranaten in der IKEA-Tasche, Dr. Augustins Knöchel, der Pfarrer. »Fühl dich nicht zu sicher« …

Hilmar von Kluthe hielt dem Blick stand. Nach einer Zeitspanne, die sich für Barbara Veltroni wie eine Ewigkeit anfühlte, sagte der Präsident: »Gut, dann belassen wir es für den Augenblick damit. Aber eines verspreche ich Ihnen: Wir kommen wieder.«

Wenig später standen die vier Ermittler des Landeskriminalamts neben dem zivilen Einsatzfahrzeug, mit dem Zimmerschied, Barbara Veltroni und Hannes Södlinger zu der Villa gefahren waren.

»Was war denn das?«, meinte Hannes Södlinger.

»Ich habe so etwas schon erwartet, als ich diesen komischen Spruch auf dem Schild im Keller gesehen habe. Wir haben diese Reichsbürger viel zu lange unterschätzt.« Zimmerschied sprach ruhig, er warf einen ernsten Blick in die Runde. »Wenn wir zurück im LKA sind, sollten wir schnellstens eine Anfrage bei den Kollegen vom Finanzamt und beim Kreisverwaltungsreferat machen, ob dieser Kluthe schon als Steuerverweigerer oder sonst wie aufgefallen ist.«

Der Präsident wandte sich dem Fahrzeug zu. »Wie sind Sie eigentlich da, Herr Hensch?«

»Mit der U-Bahn.« Der junge Blinde hielt seinen ausklappbaren Blindenstock in der einen, die Hundeleine in der anderen Hand. Wie er so dastand in seinen dunklen Kleidern und mit der dunklen Sonnenbrille auf der spitzen Nase, erinnerte er Zimmerschied an einen Außerirdischen.

»Dann fahren Sie jetzt bei uns mit.«

»Ich fürchte, mit dem Hund – da passen wir – nicht alle rein«, meinte Barbara Veltroni vorsichtig.

Zimmerschied schüttelte den Kopf und zeigte auf Södlinger. »Sie fahren, Sie, Frau Veltroni, sitzen auf dem Beifahrersitz, und der Herr Hensch, der Hund und ich sitzen hinten.«

Barbara Veltroni wiederholte leise »der Herr Hensch, der

Hund und ich« und zuckte dann mit den Schultern. Ihr schwante nichts Gutes für die Ermittlungsarbeit in den nächsten Monaten, aber vorerst zeigte sie keine Gegenwehr.

Im Auto nahm Zimmerschied den Kopf des Hundes zwischen seine großen, von der landwirtschaftlichen Arbeit gezeichneten Hände und fragte: »Und wie heißt du, Hund?«

»Benno Berghammer«, antwortete Tommy Hensch. »Aber Sie können Benno zu ihm sagen.«

»Benno Berghammer, das ist gut«, erwiderte der Präsident. »Otfried Fischer als Bulle von Tölz war mir immer sympathisch. Und mein Vater hieß übrigens auch Benno.« Er kraulte den Hund am Hals. »Was meinst du, Benno: Sollen wir uns für das Haus von diesem Reichsbürger-Spinner einen Durchsuchungsbefehl besorgen und dem noch einmal richtig die Hütte auf den Kopf stellen?«

Der schwarze Labrador winselte.

»Meinen Sie denn, der Einbruch hat etwas mit den Reichsbürgern zu tun?« Barbara Veltroni warf einen Schulterblick nach hinten.

»Was ist *Ihr* Eindruck, Herr Hensch?«, reichte Zimmerschied die Frage weiter.

»Mittelbar vielleicht. Aber … Für mich eine eher zu vernachlässigende Verbindung. Viel mehr würde mich interessieren, was diese Leute noch verbergen.« Der Blinde sprach jedes einzelne seiner Worte mit Bedacht.

»Wie kommst du darauf?«, fragte Hannes Södlinger, der eben den Wagen aus der schmaleren Wohnstraße auf eine größere Durchgangsstraße lenkte.

»Es ist nur so ein Gefühl. Ich glaube, er wollte unbedingt, dass wir den Keller verlassen. Obwohl das neben dem Schrank, in dem die Wertsachen waren, der Schlüsselort ist, an dem sich die Aufklärung des Falls entscheidet. Der Keller ist eminent wichtig für uns – und für ihn auch, wenn er seinen Schmuck wiederhaben will. Warum wollte er uns von dort weglotsen?« Zimmerschied musterte den Blinden, und seine Miene signalisierte Wohlwollen. Er nahm sich vor, dessen Vorgesetztem, dem Leiter der Cybercrime-Spezialisten, der ihn eingestellt hatte, ein Lob auszusprechen. »Warum schauen Sie mich so an?«

Henschs Frage riss den Präsidenten aus den Gedanken. »Woher wissen Sie, dass ich Sie anschaue?«, fragte er erstaunt zurück.

Tommy Hensch hob die Schultern. Er wusste es eben einfach.

»Ist Ihnen noch etwas aufgefallen?« Zimmerschied beschäftigte sich mit dem Hund, der ihn gerade spielerisch in die Hand biss.

»Interessant, dass er Ihnen das erlaubt«, kommentierte Tommy Hensch.

Zimmerschied sah den Blinden nun noch erstaunter an, aber er beschloss, nicht noch einmal zu fragen, woher Hensch wusste, dass seine Hand soeben zur Hälfte in Benno Berghammers Maul verschwand. Der Junge schätzte derlei Fragen offensichtlich nicht. Nachdem er sich gefasst hatte, meinte der Präsident: »Wir hatten früher auch einen Hund. Inzwischen habe ich nur noch Kühe, Schweine und Hühner.« Und keine Frau, dachte er. Aber das sprach er nicht aus. Stattdessen entfuhr ihm ein tiefer Seufzer. Die vier im Auto schwiegen eine Weile.

»Es ist das Geld. Ich glaube, mit dem Geld ist noch etwas.« Tommy Hensch drehte das Gesicht in Richtung des Chefs. In den Gläsern der Sonnenbrille sah Zimmerschied sein eigenes verzerrtes Spiegelbild. »Es war nicht nur etwas mit dem Keller komisch, sondern auch mit dem Geld. Über das Geld, das bei dem Einbruch verschwunden ist, hat er anders gesprochen als über die Wertsachen.«

»… sprach Tommy, das Orakel«, warf Barbara Veltroni ein.

Die Ironie in ihrer Stimme war nicht zu überhören. »Sag mal, hast du eigentlich auch etwas über deine eigentliche Aufgabe zu sagen? Ich meine – Stichwort Alarmanlage?«

Die Antwort kam prompt: »Die Alarmanlage ist gehackt worden. Und ich glaube, dass es sich bei dem Geld um Schwarzgeld handelt.«

Den zweiten Satz schien keiner gehört zu haben, denn Barbara Veltroni fragte nun: »Wenn die gehackt wurde, heißt das, dass da Profis am Werk waren?«

»Das glaube ich eher nicht. Der Witz ist: Die meisten modernen Alarmanlagen sind mit dem Internet verbunden. Damit ihre Besitzer oder die zuständigen Sicherheitsfirmen sie aus der Ferne aktivieren und deaktivieren können. Wer sich ein bisschen mit dem Thema beschäftigt, bekommt das hin, so ein Ding zu hacken. Da muss man kein Magier sein.«

»Das heißt, die Einbrecher standen vielleicht mit einem Laptop vor dem Haus und haben erst in Ruhe die Alarmanlage ausgeschaltet, bevor sie rein sind?« Zimmerschied war hin- und hergerissen zwischen dem Gefühl, alt zu sein, weil er nicht mehr auf dem aktuellsten Stand der Technik war, und sich jung zu fühlen, weil dieser Kerl etwas von seiner Jugendlichkeit auf ihn übertrug.

»Kann sein. Als Nächstes werde ich versuchen, im Netz die Spuren der Hacker zurückzuverfolgen. Wobei ich keine Garantie geben kann, dass ich das auch schaffe.«

Zimmerschied nickte. Draußen führten zwei dank ihrer Stilettos über zwei Meter große Dragqueens ihre Katzen an der Leine spazieren. Die Welt war ein Zoo. Dann fragte er: »Waren Sie eigentlich schon immer blind?«

»Nein. Unfall.«

»Mit dem Auto?«

»Nein. Eine Bombe.«

»Eine Bombe?!«

»Ja, aber eine computergesteuerte.«

»Was?«, entfuhr es Barbara Veltroni. »Das wusste ich ja gar nicht…«

»Ja.« Alle warteten gespannt, dass er noch etwas mehr erzählte. Deshalb schob Hensch ein verlegenes »Ich war dumm und sechzehn« hinterher.

»Und jetzt bist du zweiundzwanzig und schlau, Sherlock, oder was?« Angesichts dieser spöttischen Frage Veltronis stutzte Zimmerschied. Fühlte sich die Kriminalhauptkommissarin durch die plötzliche Aufmerksamkeit, die der Präsident einem der unerfahrensten Mitarbeiter der gesamten Behörde einräumte, gekränkt, oder warum war sie derart zickig?

»Na ja«, meinte Tommy Hensch. »Man tut, was man kann.«

Der Junge hatte eine Bombe gebaut, und jetzt war er Cybercop. Das gefiel Zimmerschied, er fühlte sich an seine eigene Jugend erinnert. Auch er war kein unbeschriebenes Blatt: Er war als Boxer gestartet, zu seiner semiprofessionellen Zeit hatten ihn manche auch einen »Schläger« genannt. Nicht ganz zu Unrecht. Zimmerschied hatte seine Reichweite nicht nur im Boxring ausgespielt. Und nun war er einer der ranghöchsten Polizisten Bayerns. »Aus Ihnen kann noch etwas werden.« Als er den Satz ausgesprochen hatte, spürte er, wie altbacken er klang. Vielleicht war Roswitha deswegen abgehauen? War er zu alt? Musste er sich ändern? Jugendlicher werden? »Haben Sie eine Freundin?«

»Nein. Die war drei Monate nach der Sache mit der Bombe weg.«

Zimmerschied nickte, ohne diesen Satz richtig wahrgenommen zu haben, ihm schossen zu viele Gedanken gleichzeitig durch den Kopf. Er beugte sich nach vorn. »Wo fahren Sie eigentlich hin, Herr Södlinger?«

»Ja, zurück ins LKA natürlich.«

»Aha«, entgegnete Zimmerschied spitz. »Aber das geht mir

eigentlich zu langsam. Wenn wir jetzt eh schon miteinander unterwegs sind, dann könnten wir doch gleich auch noch nach Schwabing fahren.« Er ordnete kurz seine Gedanken, dann nickte er. »Ja, das machen wir – Frau Veltroni, bitte rufen Sie die Studentin an, das Vergewaltigungsopfer.«

»Aber … die haben wir doch schon befragt … und … der Tommy muss doch auch zurück ins … Amt.«

»›Der Tommy, der Tommy‹«, ahmte Zimmerschied sie nach. »Sie sind nicht seine Mutter. Der Herr Hensch kommt mit, Frau Veltroni. Rufen Sie die Dame jetzt an!« Zimmerschied schenkte Tommy Hensch ein Lächeln, woraufhin der Hund Benno seinen Kopf auf dem Oberschenkel des Präsidenten ablegte.

VIERZEHN | Schweinchenbau

Barbara Veltroni nahm das Diensthandy vom Ohr und drehte sich zu ihrem Chef nach hinten um. Der spürte, dass sie sich alle Mühe gab, nicht allzu genervt zu klingen. Es gelang ihr nicht. »Also, Frau Lokisch ist gerade aus der Vorlesung gekommen. Sie wartet auf uns vor der Mensa. Aber – ich habe mal eine Frage, Herr Zimmerschied.« Er sah sie erwartungsvoll an. »Warum wollen Sie jetzt überall dabei sein? Was soll das? Trauen Sie uns keine vernünftigen Ermittlungen zu, oder was?«

»Frau Veltroni, ich kann mir denken, dass Sie das nervt, aber – ich habe meine guten Gründe. Es sind vor allem politische Gründe, allerdings … auch andere …« Zimmerschied sah aus dem Fenster. Auf die Hauswand, an der sie gerade vorbeifuhren, hatte jemand »Fick dich Staht wir sin das Volg«

gesprüht. Die Gedanken des Präsidenten wanderten zu der merkwürdigen Übereinstimmung der DNA-Spuren, zum vor Wut schäumenden Innenminister und dann zu den Drohbriefen. Sollte er seine Mitarbeiter einweihen in diese komische Geschichte? Er konnte einfach nicht einschätzen, ob es sich dabei um einen harmlosen Scherz handelte oder ob da wirklich eine Gefahr für ihn drohte. Wenn er das Team einweihte – vielleicht fiel jemandem dazu ja etwas ein? Aber was, wenn einer von ihnen der Verfasser war? Sein Blick fiel auf Hensch. Der Blinde war der Einzige, bei dem er dies ausschließen konnte. Konnte er? Seine Gedanken flogen weiter: Mit seiner neuen Ermittlungsoffensive machte er sich keine Freunde. Offensichtlich hatten die Kollegen ein Problem mit einem LKA-Präsidenten, der sich einmischte. Es war ja auch nicht selbstverständlich, dass sich einer, der alles erreicht hatte, der ganz oben auf der Karriereleiter stand, einer mit direktem Draht zu den höchsten politischen Stellen, dass so einer sich jetzt wieder an die Basis begab und Menschen befragte und Tatorte in Augenschein nahm. Ja, warum tat er das überhaupt? Es waren ja gar nicht nur der Innenminister und die Politik und diese merkwürdige DNA-Geschichte, die ihn dazu gebracht hatten. Dieses Gefühl, etwas ändern, eingreifen zu müssen, war schon seit Längerem in ihm gewachsen. Seit dem 11. September 2001, seit den Finanzkrisen, seit dem Wiederaufleben des Terrorismus. Es hatte etwas damit zu tun, dass er äußerst besorgt war – über die sich unter den Menschen ausbreitende Unsicherheit; und weil er vor vielen Jahren einmal Polizist geworden war, um genau diese Unsicherheit zu beseitigen. Ehe Zimmerschied sich dazu durchringen konnte, seine Mitarbeiter über diese Beweggründe zu unterrichten, erklangen die »Hells Bells«. Es brauchte einige Sekunden, bis er begriff: Die Musik kam aus seinem Handy. Es war die präsidiale Sekretärin. »Ja, Frau Rötli?«

»Das Ministerbüro vom Herrn Innenminister hat schon dreimal angerufen. Man bittet Sie um Rückruf.«

»Gut, danke.« Zimmerschied legte auf und gab einen ächzenden Laut von sich. Der Innenminister! Der Präsident tippte und wischte, und wenig später meldete sich eine Sekretärin. Doch sie teilte ihm lediglich mit, dass Alfred Werner eben das Büro in Richtung Landtag verlassen habe. Ob Zimmerschied ihn auf dem Handy anrufen könne? Vielleicht erreiche er ihn so noch.

»Ja, kann ich«, versicherte Zimmerschied. Aber als er aufgelegt hatte, sagte er mehr zu sich selbst: »Muss ich aber nicht.« Er war gerade nicht in der Stimmung, sich mit dem aktionistischen Franken auseinanderzusetzen. Bei ihm im Dorf nannte man solche Typen »Gschaftlhuber«, und in der Politik war diese Sorte Mensch überproportional vertreten.

Beim sogenannten Schweinchenbau der Universität, dem rosafarbenen Gebäude, das die Mensa von der Straße trennte, angekommen, fasste er einen spontanen Entschluss: »Planänderung: Sie, Frau Veltroni, und Sie, Herr Södlinger, fahren zurück ins LKA. Da Sie die junge Frau – wie heißt sie noch …?«

»Sissi Lokisch«, schnaufte Hannes Södlinger auf, auch ihm schienen die neuen Gewohnheiten des Chefs allmählich auf die Nerven zu fallen.

»Ja, richtig. Da Sie die Frau Lokisch ja schon kennen und um Ihnen zu ersparen, dass Sie mir dabei zuhören müssen, wie ich alle Fragen, die Sie ja vermutlich bereits gestellt haben, noch einmal stelle, ist es besser, wenn das der Herr Hensch und ich allein machen.«

»Aha?«, erwiderte Barbara Veltroni spitz. Und dann leiser: »Der Hensch, der Hund und ich. Na, dann …«

»Was meinen Sie?«, fragte Zimmerschied.

»Ach nichts.«

»Aber ich habe noch eine Frage: Haben Sie der Frau Lokisch

bereits gesagt, dass die DNA, die wir an ihrem Slip gefunden haben, dieselbe ist wie die DNA bei dem Mord und den anderen Fällen?«

»Also bitte, Herr Zimmerschied! Wir sind doch nicht blöd!«

Na immerhin das, dachte sich der LKA-Präsident und stieg mit den Worten »Kommen Sie, Herr Hensch, komm, Benno« aus dem Wagen.

FÜNFZEHN | Vergewaltigung

Die Studentin, die den Vergewaltigungsversuch angezeigt hatte, war etwa eins siebzig groß und trug ein weißes T-Shirt, durch das Zimmerschied die Struktur eines Spitzen-BHs sehen konnte; außerdem eine schwarze Haremshose, die er unmöglich fand, und dunkelblaue Converse-Sneakers. Ihr Haar war dunkel, kurz und lockig. Dass sie erst kürzlich beinahe vergewaltigt worden war, sah man ihr nicht an. Anders als so viele Opfer, denen Zimmerschied im Laufe seines Polizistenlebens begegnet war, wirkte sie ungebrochen. Der Präsident reichte ihr die Hand und stellte ihr seine beiden Assistenten vor. »Das ist der Herr Hensch, und das ist der Herr Berghammer.« Beim Klang seines Namens hob der Hund den Kopf. »Der Herr Hensch ist blind, deswegen hat er den Herrn Berghammer.« Der Präsident lächelte die Studentin an. Ihre Mundwinkel zuckten lediglich ein klein wenig. Zimmerschied sah sich um. Gerade strömten zahllose Studenten über den Platz vor der Mensa, ein ungünstiger Zeitpunkt und Ort für eine Vernehmung. »Sie wohnen nicht weit von hier?«, fragte Zimmerschied.

»Nein.«

»Und der Angriff auf Sie hat bei Ihnen zu Hause stattgefunden, richtig?«

Die Studentin nickte.

»Wäre es denn möglich, dass Sie uns dort hinführen? Bei Ihnen können wir uns vielleicht ruhiger unterhalten als hier.«

Sissi Lokisch nickte, schlüpfte mit ihrem rechten Arm durch die noch freie Schlaufe ihres Rucksacks und ging voraus. Im angrenzenden Leopoldpark, als niemand mehr in Hörweite war, fragte der Präsident: »Wie geht es Ihnen denn jetzt?«

»Gut?« Sie bedachte ihn mit einem prüfenden Seitenblick. Ihre Antwort klang wie eine Frage. Sie schlug jetzt einen schnelleren Schritt an.

Zimmerschied wartete ein wenig, dann fragte er: »Was studieren Sie?«

»Kunstgeschichte, viertes Semester.«

»Kunstgeschichte ... das ist interessant. Was wollen Sie mal werden?«

»Ausstellungsmacherin.«

Der Präsident betrachtete die junge Frau von der Seite. Warum war sie so kurz angebunden? Wenig später erreichte das Quartett die Eisentür am Ende des Parks. Aufgrund der einsilbigen Antworten seiner Vernehmungsperson beschloss Zimmerschied, keine weiteren Fragen zu stellen. Aber dann hatte er wiederum das Gefühl, das lange Schweigen könnte das anschließende Gespräch erschweren. Deshalb fragte er freundlich: »Nehmen Sie eigentlich psychologische Hilfe in Anspruch?«

»Nein!«, brauste Sissi Lokisch auf und schüttelte energisch den Kopf. »Meinen Sie, ich bin 'n Psycho, oder was? Der hat doch *mich* überfallen, nicht ich *den*.«

Bevor Zimmerschied etwas erwidern konnte, stoppte sie vor dem Eingangsportal eines Altbaus in der Konradstraße. Rechts und links neben der doppelflügeligen Holztür glänzten metallicfarbene Klingelbretter. Das Mädchen blieb stehen, holte den Rucksack vom Rücken und begann, in der vorderen Tasche zu kramen.

»Hier wohnen Sie?«, fragte der LKA-Präsident. Er bemühte sich um einen sanften Tonfall. Der Hund schnüffelte am grau gestrichenen, steinernen Rahmen der Tür. Tommy Hensch stand reglos da und schien mit seinen blinden Augen, die noch immer unter der Sonnenbrille verborgen waren, zu beobachten, wie die angehende Kunsthistorikerin nach ihrem Schlüssel suchte.

»Sieht so aus, ja.«

»Und hier ist es auch passiert?«

»Ja.« Aus der Tiefe ihres Rucksacks drang ein klimperndes Geräusch.

»Ähnliche Situation wie jetzt – Sie kramen nach einem Schlüssel und …« Zimmerschied verzichtete darauf, seinen Satz zu vollenden, er hoffte, die Frau würde selbst weitererzählen.

Aber sie sagte wieder nur: »Ja.« Dann fand sie endlich den Schlüssel und sperrte auf. In großen Schritten durchmaß sie die Einfahrt zum Hinterhof. Zimmerschied, Hensch und der Hund fielen etwas ab.

Der Präsident, er war schwerer und älter als seine beiden menschlichen Begleiter, geriet außer Atem. »Warten Sie.« Die Studentin blieb abrupt stehen und drehte sich mit einer kantigen Bewegung um. Sie sah Zimmerschied mit einem Blick an, den er als angriffslustig empfand. Jetzt konnte er durch ihr T-Shirt nicht nur den BH sehen, sondern auch ihre Brustwarzen. Er überlegte, ob dieser freizügige Kleidungsstil normal war für eine Frau, die erst kürzlich knapp einer Vergewaltigung entgangen war. Aber er kam zu keinem Ergebnis. »Frau Lokisch, ich weiß, dass das für Sie sehr unangenehm ist, aber damit wir den Täter finden können, müssen wir alles möglichst präzise wissen. Sehen Sie sich in der Lage, uns den Ablauf des Angriffs noch einmal genau zu beschreiben?«

Sissi Lokisch zuckte trotzig mit den Schultern. »Klar. Ich sperre die Tür auf, so wie gerade eben. Davor habe ich schon das Gefühl gehabt, dass mir jemand folgt. Aber ich habe mich nicht umgedreht, weil ich nicht ängstlich wirken wollte. Das ermuntert die ja oft noch. Ich sperre also die Tür auf und gehe rein. Wie ich ungefähr hier bin, höre ich, dass die Tür nicht hinter mir zufällt. Ich denke mir, die hält jemand auf. Aber ich tue so, als würde ich nichts merken, und gehe hier zu den Treppen.« Sie deutete auf die drei Stufen, die zum Treppenhaus des an die Straße grenzenden Vordergebäudes führten. Zimmerschied musterte die grün gestrichenen Schwingtüren mit Glaseinsatz. »Dann macht die Sau ein paar schnelle Schritte, das höre ich, er packt mich von hinten – und drückt mir ein Messer an den Hals.«

»Haben Sie gesehen, was für ein Messer das war?«

Zimmerschied traf ein verstörter Blick. »Wie? Ein Messer halt! Ein großes. Ein Küchenmesser oder so.«

»Nicht zufällig ein Dönermesser?«

»Nö.« Sie verzog das Gesicht.

»Hatte das Messer eine Spitze?«

»Ja.«

»Es war also nicht vorn abgerundet?« Er dachte an das Dönermesser und Roland Mai.

»Nein.« Zimmerschied wartete, ob sie von selbst weitererzählen würde. Doch Sissi Lokisch fragte zurück: »Wieso wollen Sie das wissen?«

»Nur so. Und dann?«

»Dann …« Plötzlich schossen der jungen Frau Tränen in die blauen Augen. Schniefend sagte sie: »… dann hat er mein Kleid zerschnitten und mir runtergerissen und dann den Slip …« Sie brach ab und begann wieder, in ihrem Rucksack zu wühlen. »Wo sind meine Taschentücher, verdammt?«

Zimmerschied ließ sie in Ruhe, bis sie sich die Nase geputzt und die Tränen abgewischt hatte. Dann fragte er vorsichtig: »Das heißt, Sie waren praktisch nackt?«

»Ja, nein, den BH hatte ich noch an.«

Vom Innenhof her waren Schritte zu hören.

Zimmerschied wandte sich um. Da kam jemand. »Lassen Sie uns in Ihre Wohnung gehen«, schlug er vor.

Sissi Lokisch stapfte energisch die drei Stufen zur Schwingtür nach oben und drückte sie auf. Schweigend stiegen die vier die polierten Holzstufen nach oben. Im zweiten Stock angekommen, sperrte Sissi Lokisch die linke von drei Türen auf und bat den Polizeipräsidenten und seine Begleiter herein. In dem winzigen Flur standen eine Kommode, ein schmales Schuhregal, ein Kasten Mineralwasser, ein Schirmständer mit einem Schirm und einem Hockeyschläger darin und ein Stapel Altpapier. Über der Kommode hing ein Spiegel mit einem Rahmen aus hellem Holz, in dem Postkarten steckten – eine davon zeigte einen Sandstrand. Zimmerschied dachte an Bali. In der Küche nahmen er und Hensch an einem Tischchen Platz.

»Ich ziehe mir nur eben Hausschuhe an, dann koche ich uns einen Tee«, erklärte die Studentin und verschwand im Flur, um kurz darauf wiederzukommen und am Waschbecken den weißen Wasserkocher zu befüllen. Benno Berghammer machte sich unter dem Tisch breit. Er roch ein wenig. Zimmerschied spürte, dass der Kopf des Tiers auf seinen Füßen lag. Weil ihn dieser Vertrauensbeweis rührte, wagte der LKA-Chef es nicht, sich zu bewegen.

»Auch wenn es belastend für Sie ist: Könnten Sie bitte mit Ihrer Erzählung fortfahren? Wir waren da stehen geblieben, wo Sie praktisch unbekleidet vor dem Zugang zum Treppenhaus standen. Was passierte danach?«

»Er hat …« Die Studentin stockte. »… er hat mir zwischen die Beine gefasst …« Sie brach ab.

Zimmerschied wartete eine Weile. Dann fragte er: »Grob, oder wie?«

»Natürlich grob! Was fragen Sie für einen Scheiß?«

Der LKA-Chef blieb ruhig. »Haben Sie sich gewehrt?«

»Hä? Ich meine – der hat mir ein Messer an die Gurgel gedrückt!« Sissi Lokischs Antwort kam so prompt wie empört.

»Und dann?«

»Dann habe ich gehört, wie er sich die Hose aufgemacht hat.«

»Wie haben Sie das gehört?«

»Na, der Gürtel wird halt geklackert haben, oder?«

»Das heißt, zu diesem Zeitpunkt hatte er seine Hand aus Ihrem Intimbereich entfernt?«

»Jaa!« Ein trotziges Lachen brach aus ihr hervor. Sie hatte den Wasserkocher eingeschaltet und öffnete den Hängeschrank über dem Spülbecken. Zimmerschied sah Nudelpackungen, Gewürztüten und -streuer, Schachteln und eine Kaffeedose.

»Und dann?«

»Dann hatte er die Hose unten.«

»Woher wissen Sie das? Haben Sie es gesehen?«

Sie zögerte. »Nein.«

»Woher wissen Sie es sonst?«

Sissi Lokisch drehte sich vom Schrank weg, zum Tisch hin. »Was soll der Mist? Warum fragen Sie das so? Glauben Sie mir nicht, oder was?«

Zimmerschied fühlte sich missverstanden. Behutsam, Wort für Wort abwägend, sagte er: »Um … den Täter einschätzen zu können … ist es notwendig, seine Vorgehensweise möglichst genau zu verstehen.« Er sah sie mit freundlichem Ernst an. »Also: Haben Sie gesehen, dass er die Hose unten hatte?«

»Nein, aber ich weiß es.«

»Gut. Was passierte als Nächstes?«

»Die Tür vom Hinterhaus schlug zu. Da hat er mich losgelassen und ist rausgerannt.«

»Mit der Hose unten.«

»Die hat er sich wohl hochgezogen. – Mann, können Sie sich das nicht vorstellen? Ich hatte in dem Moment andere Probleme, als zu schauen, ob der Arsch, der mich gerade ficken wollte, seine Hose wieder anhatte!«

Der Hund hob den Kopf. Zimmerschied verschob seine Füße kaum merklich. »Wer kam dann vom Hinterhaus?«

»Niemand!« Wieder hatte Sissi Lokisch in trotzigem Ton geantwortet.

»Können Sie sich erklären, was das für ein Geräusch war, das Sie – und offensichtlich auch der Täter – gehört haben?«

»Nein. Aber ich bin froh, dass es da war.«

Das Teewasser kochte. Sissi Lokisch hängte zwei Teebeutel, die sie aus einer Schachtel aus dem Hängeschrank gefischt hatte, in eine Kanne und goss auf.

»Will der Benno vielleicht auch was trinken?«, fragte Zimmerschied seinen noch immer stumm lauschenden Assistenten mit der Sonnenbrille.

»Nein danke«, sagte Tommy Hensch.

Sissi Lokisch stellte die Kanne auf den Tisch. Während sie sich aus einem Regal an der Wand drei Tassen griff, fuhr Zimmerschied fort: »Der Täter stand, wenn ich Sie richtig verstanden habe, während des gesamten Tathergangs hinter Ihnen. Können Sie ihn dennoch beschreiben?«

»Der war groß, hatte einen Bart und dunkle Haut. Das habe ich Ihren Kollegen schon gesagt, dem Herrn Södlinger und der Frau Veltroni.« Sie stellte die Tassen auf den Tisch und setzte sich auf den freien Stuhl.

»Haben Sie den Mann schon einmal gesehen?«, fragte Zimmerschied.

»Nein.«

»Könnte es ein Kommilitone von Ihnen gewesen sein?«

»Weiß ich nicht.«

Sie goss die Tassen voll und schob erst Hensch, dann Zimmerschied eine hin. Auf der von Zimmerschied stand »Ich hab dich lieb«.

»Können Sie sich daran erinnern, dass der Täter mit seinem Mund Ihren Slip berührt hat?«

»Äh, nein.« Sissi Lokisch sah ihn überrascht an. »Wieso?«

Zimmerschied überlegte kurz, ob er ihr von den Speichelspuren erzählen sollte, aber er verwarf den Gedanken. »Nur so.« Er holte Luft. »Meine Frage hört sich vielleicht seltsam an, aber … Wäre es vorstellbar, dass es gar kein Mann war, der Sie angegriffen hat?«

»Sondern? Ein Alien, oder was?«, platzte die Studentin sofort heraus.

»Sind Sie sich sicher, dass die angreifende Person einen Bart hatte?«

»Ja.« Die Antwort kam prompt.

»Sie sagten, die Person war groß. Können Sie das präzisieren?«

»So eins fünfundachtzig, eins neunzig vielleicht.«

»Haben Sie – entschuldigen Sie bitte, wenn ich das so genau wissen muss: Haben Sie den Penis der angreifenden Person gesehen oder …« – Zimmerschied räusperte sich – »… gespürt?«

»N… nein«, antwortete Sissi Lokisch zögerlich. Die Frage schien sie nachdenklich zu machen. »Ich konnte den nicht sehen, der war hinter mir, und der hatte ja noch die Unterhose an, und spüren … Ich meine, vielleicht habe ich dem seinen Schwanz gespürt, aber ich hatte da echt andere Probleme in dem Moment …«

Der Polizeipräsident drehte die heiße Tasse in seinen Händen. Sein Blick fiel auf den Schriftzug. »Haben Sie eigentlich einen Freund?«

»Nein.«

»Schon lange allein?«

Sie stöhnte genervt. »Vielleicht so … sechs Wochen?« Wieder erhielt Zimmerschied eine pampige Frage als Antwort.

»Dass es Ihr Exfreund …«

Weiter kam Zimmerschied nicht, denn sie unterbrach ihn: »Georg? Nein!«

»Wer von Ihnen beiden hat Schluss gemacht?«

»Das war … in beiderseitigem Einvernehmen.«

Zimmerschied hob die Tasse, pustete ein wenig in den heißen Tee hinein und meinte beiläufig: »Dass der Angreifer eine Frau gewesen ist, das können wir ganz sicher ausschließen?«

Sissi Lokisch, die eben noch in ihre Tasse gestarrt hatte, riss den Kopf hoch: »Wollen Sie mich verarschen?«

Der Polizeipräsident verzichtete auf eine Antwort.

SECHZEHN | Facebook

»Und, Herr Hensch, was ist Ihr Eindruck?« Der Polizeipräsident und der junge Computerexperte befanden sich auf dem Rückweg, sie betraten gerade erneut den Leopoldpark.

»Ich weiß nicht, ich habe noch nie ein Vergewaltigungsopfer kennengelernt, deswegen …«

»Jetzt reden Sie einfach einmal so aus dem Bauch raus«, unterbrach ihn Zimmerschied.

»Ich mag mir da kein Urteil erlauben.«

»Die hatte ein T-Shirt an, da konnte man durchschauen. Finden Sie das normal?«

Hensch hob ratlos die Schultern. »Vielleicht ist sie nicht das typische Vergewaltigungsopfer.«

Das Trio erreichte die Mensa. Jetzt waren weniger Studenten unterwegs als gerade eben noch.

»Ich würde gerne die U-Bahn nehmen. Geht das mit dem Hund?«

»Klar.«

Als die beiden Männer und der Hund die Hälfte der Treppe zum Untergeschoss der U-Bahn-Station Giselastraße hinter sich hatten, gab das Smartphone des LKA-Präsidenten Glockentöne von sich. Er ignorierte es. Als er bemerkte, dass Henschs Gesicht einen irritierten Ausdruck annahm, sagte er: »Schon wieder mein Handy. ›Hells Bells‹. Gutes Lied.« Hensch nickte, sagte aber nichts. Der Song wurde immer lauter. Als Brian Johnson zu singen anfing – es handelte sich um eine Aufnahme, die vor Axl Roses Eintritt in die Band eingespielt worden war –, beschloss Zimmerschied, zumindest mal nachzuschauen, wer ihn sprechen wollte. Als er sah, dass die Nummer des Anrufenden nicht angezeigt wurde, spielte er kurz mit dem Gedanken, das Telefonat wegzudrücken. Aber dann ging er doch dran. Es war der Innenminister.

»Werner hier.«

»Grüß Gott, Herr Minister«, meinte Zimmerschied und unterdrückte ein Stöhnen. Er hätte sich verfluchen können. »Was gibt's?« Er hielt Hensch an der Schulter zurück, sie blieben stehen.

»Zimmerschied, das ist jetzt ein privater Anruf.«

Der Polizeipräsident runzelte die Stirn. »Aha?«

»Ja.« Der Innenminister räusperte sich. »Ich habe – also – ich bin, gelinde gesagt, bin ich …« Zimmerschied wunderte sich, dass der Politiker, der sonst redete wie ein Wasserfall, plötzlich so stammelte. »Also, um es kurz zu machen: Ich bin ja mit Ihrer Frau auf Facebook befreundet, seit wir letztes Jahr gemeinsam auf dem Filmball waren. Ich denke, das wissen Sie.« Er wartete nicht auf eine Antwort. »Ich bin ja nicht so oft auf Facebook, weil mich das eigentlich nicht interessiert. Aber weil ich – wie soll ich es formulieren? Weil ich … Also, Zimmerschied, ich mache mir Sorgen um Sie. Und deshalb war ich auf der Facebook-Seite von Ihrer Frau, und da habe ich Fotos gesehen … Da wollte ich jetzt fragen, ob Sie diese Fotos auch kennen?« Der LKA-Präsident war schon seit Tagen nicht mehr bei Facebook gewesen, und zwar nicht, weil er keine Zeit dazu gehabt hätte, sondern weil er andere Probleme hatte. »Kommt drauf an.«

»Also dann wohl eher nicht. Ich meine bloß: Sie sagten ja, mit Ihrer Ehe sei alles in Ordnung. Aber wenn ich mir diese Fotos ansehe, dann … Kurz und gut: Zimmerschied, schauen Sie sich die Fotos an und dann – wenn Sie Beistand brauchen, dann können Sie mich jederzeit anrufen. Ich bin da. Ihre Frau ist ja unglaublich!«

»Ja, da könnten Sie recht haben«, erwiderte der Präsident abwesend.

»Alles Weitere dann beizeiten, nicht wahr? Überlegen Sie sich, ob wir Sie nicht eine Weile beurlauben sollen. Der Abgeordneten-Mord ist eine brisante Nummer. Ich habe Verständnis, wenn Sie sich dem jetzt gerade nicht gewachsen fühlen.«

»Ja.«

»Denken Sie darüber nach. Ich kann Sie bei Bedarf ersetzen.«

»Okay.«

Nachdem Zimmerschied aufgelegt hatte, starrte er noch eine Weile reglos auf das Display seines Smartphones. Dann sagte er: »Gehen wir zur U-Bahn, Herr Hensch.«

Während der Fahrt bis zur Maillingerstraße schwiegen sie. Zimmerschied dachte fieberhaft darüber nach, was der Innenminister damit gemeint haben könnte, dass Roswitha »ja unglaublich« sei, und was das mit Facebook zu tun hatte. Als sich an ihrem Ziel die Türen der U-Bahn öffneten, hatte er sich dazu entschlossen, der Sache schnellstmöglich auf den Grund zu gehen. Kaum hatten er, Hensch und der Hund das schlimmste Gewühl hinter sich gelassen, zog er das Smartphone aus der Tasche, steckte sich die Kopfhörerstöpsel ins Ohr und loggte sich ein. Er musste nur die Buchstaben »Ro« eingeben, da wurde ihm bereits das Profil seiner Frau angeboten. Er klickte es an. Und wusste sofort, was der Innenminister gemeint hatte. Roswitha hatte vor zwei Tagen ein Video gepostet. Das Startbild des Films zeigte sie vor einer Strandhütte, über deren Tür ein Schild angebracht war mit der Aufschrift »Rose Garden«. Roswitha hatte zwar wenig an – nur einen knappen Bikini, barbusig war sie immerhin nicht –, aber schlimm war, was da neben ihr stand. Hatte Zimmerschied sich in seinem Albtraum Roswithas neuen Gefährten als Hippie mit schulterlangem, verfilztem, grau-blondem Haar vorgestellt, so war das, was er hier sah, doch viel besorgniserregender: Der Mann neben Roswitha hatte praktisch denselben Bart wie er, trug das dunkle, noch kaum angegraute Haar ebenso kurz wie er; ja der Mann war sogar etwa im selben Alter, etwa ebenso groß; und auch wenn niemand gerne von sich sagt, dass es einen anderen gibt, der ihm ähnlich sieht – außer vielleicht es handelt sich um Robert de Niro oder George Clooney –, so versetzte die folgende Erkenntnis Zimmerschied doch einen schmerzhaften Stich: Der Typ, der da neben seiner Roswitha stand, sah ihm unglaublich ähnlich. Beide lächelten. Roswitha wirkte glücklich. Wie gelähmt tippte Zimmerschied auf das Play-Zeichen, und Roswitha begann zu sprechen: »Hallo, Freunde, ich möchte euch alle in meinen Rose Garden einladen, eine wunderschöne Strandbar auf Bali. Hans und ich«, sie lächelte den Mann an ihrer Seite an, »haben ihn erst vor Kurzem eröffnet. Ich sage euch, es ist ein Traum hier. Direkt am Meer. Wir machen alles Essen selbst, egal ob Nasi Campur, Bakso oder Bakwan, und super erfrischende Drinks oder auch nur ein eiskaltes Bier. Wenn ihr Urlaub machen und kommen wollt, besorgen wir euch auch eine Unterkunft. Ich sage euch, ihr müsst das machen, es ist das reinste Paradies hier. Carpe diem! Wer Bedenken hat wegen der Reise oder der Sicherheit: Bali ist total sicher. Erstens gibt's praktisch keine Kriminalität, die Menschen sind total liebenswert, und zweitens war mein Hans früher bei der Kripo.« Sie flirtete mit dem Typen, der aussah wie eine sonnengegerbte Version ihres Ehemanns. Dieser Hans lächelte schmierig zurück und nickte stumm. »Der passt auf uns auf. Hier ist also wirklich alles traumhaft. So, jetzt schicken wir euch tausend Küsse und freuen uns auf euch!« Roswitha warf eine Kusshand in die Kamera, und dann war das Video zu Ende. Das Klackern von Henschs Teleskopstock, den der Blinde inzwischen ausgeklappt hatte, holte Zimmerschied zurück in die Gegenwart.

»Kommen Sie, Herr Hensch, ich führe Sie, da kommen wir schneller voran«, meinte Zimmerschied und packte den jungen Kollegen viel zu fest am Arm. Doch Hensch schüttelte sich sofort frei. »Nein, lassen Sie.«

»Ach so«, sagte Zimmerschied betreten. Erst jetzt bemerkte er, wie grob er gewesen war. »Entschuldigung.«

So gingen sie schweigend ein Stück nebeneinanderher. Der LKA-Präsident versuchte, die Bilder aus dem Video zu verdrängen, aber es gelang ihm nicht. »Sie haben keine Freundin, nicht wahr, haben Sie gesagt?«

»Ja«, antwortete der Blinde. »Ist etwas mit Ihrer Frau?« Tommy Hensch hatte die Frage leise und sanft gestellt.

»Woher wissen Sie das?«

»Na ja, ich … weiß nicht …«

»Wissen Sie, was Frauen angeht – wenn man denkt, man hat schon alles erlebt, dann gibt es da immer noch eine Steigerung.« Kaum hatte der LKA-Präsident dies ausgesprochen, spürte er an seinem rechten Bein etwas Warmes. Er blickte nach unten und sah, dass es der Hund war, der seinen kräftigen Körper an den seinen drückte.

Nachdem Hensch und Zimmerschied den Portier gegrüßt und die Sicherheitsschleuse am Haupteingang des LKA passiert hatten, verabschiedete sich der junge Computerexperte. Der Präsident war bereits auf dem Weg zu seinem Büro, da beschloss er, doch nicht direkt dorthin zu gehen, sondern vorher noch der Soko Dönermesser einen Besuch abzustatten.

SIEBZEHN | Hells Bells

Der Präsident klopfte nicht an, er trat einfach ein. Es roch nach Filterkaffee und Streichwurstvollkornbrot. Veltroni tippte auf ihrer Computertastatur herum, und Södlinger schichtete durchsichtige Asservatenbeutel von einer Seite seines Schreibtischs auf die andere. Veltroni entfuhr ein überraschtes »Oh, Chef, Sie!«.

»Ja«, bestätigte Zimmerschied. »Ich.«

»Wo ist denn der Herr Hensch?«, fragte Veltroni. Der ironische Unterton, der in ihrer Frage mitschwang, nervte den LKA-Chef.

»In seinem Büro.«

»Und, wie war's mit der Frau Lokisch?«

Der Präsident zögerte einen Moment. »Mmh – sie kommt mir merkwürdig abgebrüht vor für eine, die eben erst einem Vergewaltigungsversuch entkommen ist.«

»Wie meinen Sie das?«, fragte Veltroni.

Zimmerschied trat zu Södlinger an den Tisch und musterte

die Asservaten. »Ich bin ja keine Frau, aber ich meine: Der hat ihr die Kleider vom Leib geschnitten. Würden Sie, Frau Veltroni, nach so einem Erlebnis mit einem T-Shirt herumlaufen, durch das man Ihren Spitzen-BH sieht?«

Die kleine kräftige Frau hob den Kopf und sah ihn nachdenklich an: »Keine Ahnung. Heißt das, Sie glauben ihr nicht?«

»Ich bin da unschlüssig.« Der Präsident dachte nach. »Es gab in letzter Zeit ja doch einige Vergewaltigungsanzeigen, die sich dann als gegenstandslos erwiesen haben. Aber darauf möchte ich gar nicht hinaus. Es ist nur so, dass ...« Zimmerschied stockte. Das Video seiner Frau kam ihm in den Sinn, und sofort verlor er den Faden. »... dass ... ich weiß auch nicht, in diesem Fall ... dieser Tatserie ... ist einfach der Wurm drin. Von Anfang an.« Jetzt hatte er sich wieder im Griff und deutete auf einen Asservatenbeutel, der zuoberst lag und ihm ins Auge gefallen war. Grantig fragte er: »Was ist das?«

»Ja, das wollte ich Ihnen ohnehin schon sagen«, erwiderte Södlinger hastig. »Das ist das Dönermesser, die Tatwaffe vom Politikermord. Wir wissen inzwischen, wo das Messer her ist.«

»Es ist nämlich kein neu gekauftes Messer«, schaltete sich Veltroni ein.

»Es wurde angeblich in einem Dönerimbiss in der Bayerstraße – dem Münih-Döner – entwendet«, ergänzte Södlinger. »Die Geschäftsführer haben sich von sich aus bei uns gemeldet, als sie gehört haben, dass ein Politiker mit einem Dönermesser getötet worden ist.«

»Die Wahrscheinlichkeit, dass die Tatwaffe wirklich von denen ist, halten wir für hoch. Denn dieser Imbiss liegt ja praktisch beim Tatort um die Ecke.« Während Veltroni sprach, nahm Zimmerschied das Dönermesser aus dem Beutel und begutachtete es. Nachdem er den Sitz seiner Fliege überprüft hatte, meinte Södlinger unterwürfig: »Wir wollten da jetzt gleich mal vorbeischauen.«

»Gut, bin dabei.« Zimmerschied sah genau, wie sich in Veltronis Miene unverzüglich eine Spur von Genervtheit spiegelte.

»Aha, und der Herr Hensch kommt vermutlich auch mit?«, erkundigte sich die Kriminalhauptkommissarin in schnippischem Ton.

»Genau, den holen wir, wenn wir eh hinuntergehen, in seinem Büro ab.« Zimmerschied bemühte sich um ein freundliches Lächeln für die Mitarbeiterin mit dem Pagenkopf, was ihm sogar halbwegs gelang, aber es wurde nicht erwidert. So entstand eine unangenehme Stille, die nur durch das Knistern der Asservatentüte durchbrochen wurde, die Zimmerschied wieder zurück zu den anderen Beweisstücken legte. Einige schweigende Sekunden vergingen. Hinter der Bürotür klackerten eilige Schritte den Korridor entlang, ein Handy klingelte, eine gedämpfte Stimme drang herein. Dann holte Veltroni tief Luft, so als müsste sie ihren Mut sammeln, und sagte: »Was mich mal interessieren würde, Herr Zimmerschied – also, ich meine, ich finde das ja super, dass wir Behinderte integrieren. Aber … wieso muss jetzt eigentlich immer der Herr Hensch mit?« Sie wischte sich eine Haarsträhne aus der Stirn und sah den Chef ernst an. »Ich meine, der Herr Hensch ist zweiundzwanzig Jahre alt und hat null Erfahrung als Ermittler, geschweige denn im Leben. Der kennt sich vielleicht mit Computern aus, aber doch nicht mit der Tatortarbeit!«

»Und außerdem ist der Herr Hensch blind«, pflichtete ihr Södlinger bei, der nun auch den Kopf gehoben hatte und den Präsidenten fast herausfordernd ansah.

Zimmerschied antwortete nicht sofort, sondern ließ seinen Blick einige Sekunden durchs Zimmer schweifen. An der Wand hing eine Pinnwand mit Fotos des ermordeten Politikers Roland Mai in der Blutlache; außerdem waren da Fotos der Studentin Sissi Lokisch und der von Kluthes vor ihrer Villa.

Um die Fotos herum waren kleine, verschiedenfarbige Zettel angebracht, auf denen Begriffe wie »Schwarzgeld?«, »Tochter Carina?«, »Rotlicht?«, »Homosexualität Mai?« und »Dönermesser?« standen. Auf einem Zettel war das Wort »Scheiße« notiert. Ohne Fragezeichen. Zimmerschied schmunzelte. Anscheinend hatte sich, seit er selbst noch an Tatorten aktiv gewesen war, nicht viel geändert. Sein Blick glitt weiter. Neben der Pinnwand hing an einem Nagel ein Zen-Kalender mit Fotos und Sprüchen. Die aufgeschlagene Seite zeigte einen Teich mit Seerosen. Das kursiv gedruckte Zitat darüber lautete: »Wenn du zurück zur Quelle willst, dann musst du gegen den Strom schwimmen.« Der LKA-Präsident steckte beide Hände in die Hosentaschen, sah dem Leiter der Soko Dönermesser direkt in die Augen und sagte: »Genau, Södlinger, der Herr Hensch ist blind. Und weil der Herr Hensch blind ist, sieht der Herr Hensch Sachen, die wir nicht sehen.«

Der LKA-Chef wollte auch in Henschs Büro einfach eintreten, aber dann stoppte er doch abrupt vor der Tür und runzelte die Stirn. Von drinnen war eine sehr schnell sprechende Mickymaus-Stimme zu hören. Auch Veltroni und Södlinger lauschten. »Was macht der da?«, fragte Zimmerschied. Die beiden Kollegen zuckten mit den Schultern. Der Präsident klopfte dreimal. Sofort verstummte die Comic-Stimme, und Hensch rief »Herein«. Die drei Polizisten betraten das Büro. Der junge Mann saß an seinem Schreibtisch vor einem Laptop. Benno Berghammer lag in einem Korb unter einem weiteren Tisch und hob neugierig den Kopf. »Alles gut, Benno«, sagte Hensch und wandte sich den Besuchern zu. Auch hier im Haus trug er die dunkle Agentensonnenbrille.

»Wir sind's«, meinte Zimmerschied. »Also, der Herr Södlinger, die Frau Veltroni und ich. Wir fahren zu dem Imbiss in der Bayerstraße, aus dem vermutlich das Dönermesser stammt, mit dem Roland Mai getötet wurde. Ich dachte mir, Sie wollen vielleicht mitkommen.«

»Ach so, mitkommen«, antwortete der junge Blinde und murmelte einen unverständlichen Satz, in dem der Präsident Wortbausteine wie »Skriptkiddie« und »verseuchte Privatserver«, »cracken und hacken« sowie »fremder Quellcode« zu hören glaubte. Ob Henschs Technikgeschwurbel mit der Alarmanlage der Familie von Kluthe zusammenhing oder einen völlig anderen Hintergrund hatte, erschloss sich dem LKA-Chef nicht. Jedenfalls sagte der junge Computerexperte dann: »Kann ich aber eigentlich auch später machen, klar komme ich mit.«

»Sag mal, Tommy, ehe wir hier reingekommen sind – hast du da einen Film im Internet angehört, oder was war das für eine Piepsstimme?«, fragte Veltroni.

»Film? Nö. Das ist meine Lesesoftware. Die ist gekoppelt mit einem Lesegerät. Da kann ich ein Blatt Papier drunterlegen, und dann wird es mir vorgelesen. Funktioniert zwar nur so halb gut, aber eine andere Möglichkeit gibt's ja nicht. Habe mir eben noch einmal die Protokolle von den DNA-Auswertungen angeschaut. Ist doch total unlogisch, diese Identität.« Er ging zum Schrank, öffnete ihn und holte eine Jacke heraus.

»Und du bist Mickymaus-Fan, oder wieso lässt du dir das von so einer Piepsstimme vorlesen?«

Zimmerschied beobachtete belustigt, wie Veltroni nicht lockerließ.

Hensch lächelte verschmitzt. »Mickymaus? Nicht wirklich. Ich bin nur ungeduldig und stelle die Software auf sehr schnelles Sprechen ein. Dann hört sich das so an. Weiß schon, ist ein bisschen komisch, wie wenn man auf Helium redet oder so, aber weil ich Blindenschrift erst relativ spät gelernt habe, bin ich mit der Vorlesesoftware schneller; also jedenfalls, wenn ich sie so einstelle.«

Plötzlich ertönten mal wieder die »Hells Bells« aus der Innentasche von Zimmerschieds Jackett. Der Präsident zog das Handy heraus und sah auf das Display. »Grüß Gott, Frau Rötli, was gibt's?«

»Grüezi, Herr Zimmerschied! Ich sehe Sie ja gar nicht mehr, wo sind Sie denn?«

»Auf dem Weg zu einer Vernehmung in der Innenstadt«, erklärte der LKA-Chef knapp.

»Zu einer Vernehmung … Ja, da hätte ich jetzt eine Frage: Können denn das nicht die Kollegen machen? Ich meine, Sie sind ja unser Präsident. Und da liegt ein ganzer Stapel Dokumente, die Sie noch unterschreiben müssen.« Rötlis Schweizer Akzent klang herzig.

»Ja, also – jetzt geht's nicht. Ich mache das später …« Zimmerschied dachte nach. Dass er das später noch schaffen würde, war absolut unrealistisch, er musste ja auch noch zu den Kühen. Es war bereits später Nachmittag. »Oder – Frau Rötli – anderer Vorschlag.« Er stoppte. Konnte er das wirklich bringen? Sein Blick streifte die Kollegen, er dachte an die Tatserie und an den Innenminister, der Ergebnisse gefordert hatte. Dann raunte er in den Hörer: »Können nicht Sie das Zeug unterschreiben – ich meine so ›i. A.‹?«

»Ich?« Die Sekretärin war entsetzt. »Aber ich kann doch nicht Ihre Sachen da unterschreiben. Das muss doch alles geprüft werden! Das kann man doch nicht einfach nur unterschreiben, also Herr Zimmerschied! Das sind wichtige Beschlussvorlagen, ein Arbeitsvertrag, ein Gesetzesentwurf, da will man eine Stellungnahme von Ihnen; da ist eine Dienstaufsichtsbeschwerde … und hier, in dieser Prozesssache um die Sprengstoffgeschichte läuft eine Frist ab.«

Zimmerschied gähnte. Irgendwie hatte er keine Lust mehr auf diesen ganzen Papierkram. Widerwillig antwortete er: »Gut, ja, ich kümmere mich darum.«

»Aber wirklich, Herr Zimmerschied«, ermahnte Elisabeth Rötli ihn mit gouvernantenhafter Strenge. »Wo kommen wir denn da hin?!«

»Sie haben ja recht, nirgends. Also dann – bis später.« Er legte auf.

»›Hells Bells‹«, meinte Södlinger und nickte anerkennend, bevor er den ersten Vers des Songs zitierte: »›I'm rolling thunder, pouring rain / I'm coming on like a hurricane.‹« Wenig später saßen die vier ungleichen Polizisten in einem zivilen Einsatzfahrzeug. Kurz bevor sie vor dem Imbiss parkten, ließ Benno Berghammer einen hörbaren Furz fahren, der binnen Sekunden die Luft verpestete. Fast freuten sie sich auf den Dönergeruch.

ACHTZEHN | Knock-out

Der Imbiss Münih-Döner sah neu und für eine Dönerbude ziemlich schick aus. Er verfügte über einen Straßenverkauf, aber auch im Inneren des kleinen Raums befanden sich fünf oder sechs schlichte schwarze Holztische mit jeweils vier Stühlen. Als Zimmerschied der Geruch des gebratenen Fleischs in die Nase stieg, wurde ihm bewusst, dass er hungrig war. Aber er riss sich zusammen und ließ Veltroni den Vortritt. Er und die anderen beiden Polizisten folgten. Södlinger trug den Asservatenbeutel mit dem Dönermesser in einer Stofftasche bei sich. Es bedeutete zwar ein gewisses Risiko, mit Beweismitteln durch München zu spazieren, aber der Politikermord war auch kein normaler Fall. Man brauchte Ergebnisse. Auf einem in einer Ecke des Schnellrestaurants angebrachten Bildschirm lief »Kiss Kiss«, das Musikvideo des türkischen Popstars Tarkan.

Barbara Veltroni wandte sich an den höchstens fünfundzwanzigjährigen Mann hinter der Theke. Er war blond und trug ein Shirt mit der Aufschrift »Münih-Döner«: »Guten Tag, Veltroni mein Name, wir sind vom LKA.«

»Hallo, Maximilian Kohl.« Er reichte der Kriminalhauptkommissarin die Hand über die Theke. »August kommt auch gleich.«

»Ähm«, erwiderte Veltroni zögerlich. »Wir sind hier, weil wir gerne den Geschäftsführer sprechen würden.«

»Ja, Sie hatten angerufen. Deswegen kommt August auch gleich.« Er registrierte Veltronis Verwirrung und schob rasch nach: »August und ich *sind* die Geschäftsführer.« An Veltronis ungläubigem Blick vorbei schüttelte Maximilian Kohl auch Södlinger und Zimmerschied die Hand. Als Hensch auf die ihm hingestreckte Hand nicht reagierte, erklärte Södlinger: »Der Herr Hensch ist blind.«

»Ach so, hätte ich mir ja denken können! Deswegen der Hund. Na dann, guten Tag, Herr Hensch. Hunde sind hier eigentlich nicht zugelassen, aber bei einem Polizeihund können wir eine Ausnahme machen.«

»Hallo.« Tommy Hensch hielt den Kopf ein wenig schief, als könnte er so die Atmosphäre des Raums besser einfangen. »Riecht gut. Kann ich einen Döner haben?« Den strafenden Blick Veltronis sah er natürlich nicht. Es hatte auch Vorteile, blind zu sein, dachte sich Zimmerschied.

»Klar.«

»Dann nehme ich auch einen«, schloss sich Zimmerschied an. *Er* sah den strafenden Blick Veltronis sehr wohl.

»Sie auch?«, fragte der junge Dönerbuden-Chef in Richtung Södlinger und Veltroni, aber beide lehnten ab.

Wenig später, als er Zimmerschied und Hensch die Döner ausgehändigt hatte und der Präsident nach seinem Geldbeutel kramte, meinte er: »Die gehen aufs Haus.«

»Kommt gar nicht infrage«, antwortete Zimmerschied. »Das könnte als Beeinflussung aufgefasst werden. Wir müssen Sie im Rahmen eines Kriminalfalls vernehmen.«

Zimmerschied bezahlte, auch für Hensch, und Kohl schlug vor: »Wäre es für Sie in Ordnung, wenn wir uns an den hinteren Tisch setzen würden?«

Der LKA-Chef empfand die Höflichkeit des Jungspunds als übertrieben. Aber er konnte nicht einordnen, ob sie daher rührte, dass Maximilian Kohl etwas zu verbergen hatte, oder ob es sich um die ganz natürliche Freundlichkeit eines Menschen handelte, der es gewohnt war, mit Kunden umzugehen.

Kurz darauf parkte ein hellblauer Porsche direkt auf dem Gehsteig vor dem Imbiss. Ein junger Mann mit Bart und hellbraunem Undercut-Haarschnitt, gekleidet in ein schlichtes, aber teuer aussehendes T-Shirt, stieg aus, betrat den Gastraum, warf dem Mitarbeiter, der mittlerweile Kohls Platz hinter der Verkaufstheke übernommen hatte, ein paar Worte zu und stellte sich dann den Ermittlern als August Klinghammer vor. Nach Zimmerschieds Dafürhalten sah der Mann hinter der Theke mit seinem dunklen Teint und dem pechschwarzen Haar weit mehr als Kohl und Klinghammer so aus, wie man sich einen Dönerbuden-Besitzer vorstellte.

Södlinger zog den Asservatenbeutel aus der Stofftasche und legte ihn auf den Tisch. »Ist das Ihr Messer?«

Kohl griff nach der Tüte und sah sich das Messer darin genau an. »Ja, das ist unseres. Wo haben Sie das her? – Schau mal, August, das ist doch unseres, oder?« Er reichte das Küchenwerkzeug an Klinghammer weiter.

Auch der warf einen Blick darauf und stimmte zu: »Ja, das ist das Messer. Gehört ganz sicher uns.«

Dann warteten beide mit ernsten Gesichtern auf die nächste Frage.

»Kannten Sie den Politiker Roland Mai?« Veltroni schaute erst Klinghammer, dann Kohl an.

»Nein«, sagte Kohl. »Ich habe diesen Namen zum ersten Mal gehört, als das mit dem Mord in der Zeitung stand.«

»Ich auch nicht«, pflichtete Klinghammer bei.

»Sie … sind Deutsche?«, fragte Södlinger vorsichtig.

»Na, das sieht man ja wohl«, erwiderte Kohl und verzog das Gesicht.

Zimmerschied, der seinen Döner mittlerweile aufgegessen hatte, fand diese Antwort seltsam.

»Hat es Ihnen geschmeckt?«, erkundigte sich Kohl.

»Ja«, meinte der LKA-Präsident trocken und wischte sich den Mund ab. Dann fragte er: »Wie kommt man dazu, als Deutscher einen Dönerimbiss aufzumachen?«

»Wir haben nach einer Möglichkeit gesucht, wie wir neben dem Studium gut Geld verdienen können. Und ein qualitativ hochwertiger Döner mit Zutaten aus der Region und bio geht in München einfach immer«, erklärte Kohl. »Und Tramezzini, Sandwiches und Currywurst macht ja mittlerweile jeder.«

»Wir studieren BWL. Mit so 'nem Start-up kann man dann gleich mal ausprobieren, was man an der Uni lernt.« Klinghammer lehnte sich zurück. Zimmerschied empfand die überselbstbewusste Haltung des jungen Mannes als Provokation.

»Sie sind sich ganz sicher, dass Sie Roland Mai nicht kannten?«, fragte er noch einmal. »Der Mann war hier in der Hauptbahnhofgegend viel unterwegs.«

»Ja«, erwiderten beide unisono.

»Sind Sie politisch aktiv?« Diese Frage kam von Veltroni.

Die beiden sahen sich befremdet an. Dann sagte Kohl: »Äh, nein?«

»Warum haben Sie sich gerade so angesehen?«

»Nur so.«

»Sind Sie politisch aktiv?«, wiederholte Veltroni ihre Frage.

»Nein«, antwortete Kohl, und Klinghammer schüttelte dazu den Kopf.

»Ihre Mitarbeiter«, Zimmerschied deutete in Richtung des Mannes an der Theke, »sind die auch Deutsche?«

»Sie sind alle in Deutschland geboren, haben aber türkische Wurzeln. Wir glauben, dass es für die Authentizität eines Dönerimbisses wichtig ist, dass hier Leute arbeiten, die nach Döner aussehen. Dieser Laden hier ist für uns nur step one. Wir wollen das Ganze zu einer Franchise-Kette ausbauen. Nach Möglichkeit treten wir hier nicht in Erscheinung. Wir sehen einfach nicht wie Döner aus.« Vor seinem nächsten Satz zog Klinghammer die Augenbrauen hoch. »Und jetzt fragen Sie nicht, ob die Jungs hier schwarzarbeiten. Die sind alle angemeldet.«

»Wie viele Mitarbeiter haben Sie?«, fragte Veltroni.

»Vier. Alp, Mehmet, Ismael und Selek.« Klinghammer wies in Richtung der Theke. »Das ist Selek.«

Södlinger packte den Asservatenbeutel mit dem Messer wieder in die Stofftasche. »Jetzt mal ganz vorsichtig formuliert: Könnten Sie sich vorstellen, dass einer Ihrer Mitarbeiter Roland Mai getötet hat?«

»Was? Niemals! Das sind alles absolut saubere Jungs. Wieso sollten die denn einen Politiker umbringen?« Klinghammer zog eine Dose Kaugummis aus der Hosentasche und bot sie mit der Information »Zuckerfrei« den anderen am Tisch an. Alle lehnten ab.

»Der Tatort ist gleich hier um die Ecke. Die Tatwaffe stammt aus Ihrem Restaurant.« Veltroni beobachtete jede Bewegung des Porschefahrers.

»Wenn Sie das Messer meinen – ist uns geklaut worden.«

»Sicher?«

»Muss ja wohl.« Klinghammer machte eine empörte Gebärde.

»Dass einer Ihrer Mitarbeiter die Waffe mitgenommen hat, könnte nicht sein?«

»Wir haben die alle gefragt. Die können sich das Verschwinden des Messers auch nicht erklären.«

»Wo waren Sie am Montagabend?«

Klinghammers Antwort kam sehr schnell: »Bis zwanzig Uhr in einer Vorlesung an der Uni. Danach zu Hause. Dann kurz vor zwölf hier. Wir sind jeden Abend gegen Mitternacht hier, um die Kasse zu machen.«

»Sie waren beide in der Uni und danach beide zu Hause?« Diese Frage richtete Zimmerschied an Maximilian Kohl.

»Ja.«

»Bei wem?«

»Bei August. Wir haben noch den Stoff wiederholt von der Bilanzierungsvorlesung.«

»So fleißig sind Sie …«, kommentierte Zimmerschied. »Und danach waren Sie hier?«

»Ja. Das kann Selek bezeugen.« Diese Antwort kam aus Klinghammers Mund.

Zimmerschied dachte nach: Der Mord an Roland Mai war um kurz nach zwölf passiert. Wenn die beiden Döner-Studenten vorhatten, sich ein Alibi zu konstruieren, dann waren sie nun schon fast am Ziel.

»Selek«, rief Kohl dem Dönerverkäufer zu. »Komm mal bitte.«

Minuten später hatte der Mitarbeiter das Alibi bestätigt.

»Na schön«, meinte Zimmerschied mit gerunzelter Stirn. Er fühlte sich plötzlich ausgelaugt. »Hat hier noch jemand Fragen?«

»Ja, ich«, sagte Hensch zur Überraschung aller am Tisch Sitzenden, vor allem aber seiner Kollegen Veltroni und Södlinger. »Essen Sie eigentlich auch selbst gerne Döner?«

»Ich bin Veganer«, entgegnete Kohl. »Also wenn, dann nur

unseren Veggie-Döner. Aber – ich finde Essen ohnehin überbewertet.«

Sehr sympathisch, dachte Zimmerschied und meinte natürlich das Gegenteil. Wobei ihm der Döner schon geschmeckt hatte. Aber die Vorstellung, dass jemand, der selbst nicht gerne aß, gutes Essen fabrizierte, um damit reich zu werden, stieß ihn irgendwie ab. Leider schien dies zum Zeitgeist zu gehören: nicht aus Überzeugung zu handeln, sondern aus Kalkül. Oder warum gab es immer mehr Politiker, die Politik verachteten und doch Wahlen gewannen? Warum verkauften Onlinehändler, die sich nicht für Bücher interessierten, die meisten Bücher? Wie konnte es angehen, dass Dating-Plattformen, die keine Gefühle kannten, äußerst erfolgreich Liebespaare vermittelten? – Da fiel ihm ein: Er musste mit Roswitha Kontakt aufnehmen.

»Und Sie?« Hensch fixierte Klinghammer mit seinem Sonnenbrillenblick.

Der Porschefahrer setzte sich selbst die Sonnenbrille auf – gerade so, als ginge es um ein Duell – und sagte in beinahe gütigem Ton: »Ich esse schon mal hin und wieder einen. – Ähm, war's das jetzt?«

»Ja. Danke, dass Sie sich die Zeit genommen haben«, antwortete Veltroni. »Allerdings müssen wir Sie dann trotzdem noch eigens ins LKA einbestellen. Und Ihre Mitarbeiter auch.« Als sie die hochgezogenen Augenbrauen der beiden Dönerbudenbetreiber sah, schob sie noch nach: »Wir brauchen einen DNA-Test von Ihnen allen.«

»DNA?«, entfuhr es dem erschütterten Klinghammer. »Sind wir denn jetzt verdächtig? Ich meine … wir haben uns freiwillig bei Ihnen gemeldet wegen des Messers …«

»Wie das zu werten ist, wird man sehen«, erklärte Zimmerschied und dachte dabei daran, dass er in den vielen Jahren seines Kampfs gegen das Verbrechen schon mit einer ganzen Armada an Kandidaten zu tun gehabt hatte, die von sich aus sogar eine Tat zur Anzeige gebracht hatten, weil sie hofften, damit einen Verdacht von sich ablenken zu können. Und am Ende waren sie es selbst gewesen.

Die Ermittler waren im Begriff, wieder in den Dienstwagen zu steigen, da entstand plötzlich einige Meter weiter auf dem Gehsteig Geschrei. Zimmerschied hielt inne und beobachtete, wie eine Frau mit Kinderwagen mit einem Mann diskutierte, der seinen SUV so auf dem Gehsteig geparkt hatte, dass nicht mehr durchzukommen war. Der Präsident war froh, kein Verkehrspolizist mehr zu sein; er dachte an die Aktenstapel im Amt und die Kühe im Stall, und er war versucht, sich in den Wagen zu setzen und Södlinger losfahren zu lassen. Was ging ihn das an? Kam es in der Münchner Innenstadt nicht täglich zu solchen Streitigkeiten? Aber dann schüttelte er den Kopf, rief den Kollegen ins Wageninnere zu, dass er gleich komme, und erreichte mit wenigen Schritten die beiden Streitenden.

Die Frau trug einen dunkelblauen Businessanzug und eine teure Sonnenbrille. Zimmerschied schätzte sie auf gut vierzig. Der Kinderwagen schien eines jener Luxusgefährte zu sein, die im München der Babyboom-Ära plötzlich in Mode waren. Eine Kreuzung aus Autoscooter und Raumschiff. Zimmerschied war die Frau auf Anhieb unsympathisch. Sie strahlte etwas Bissiges aus. Der Mann war um die dreißig, trug eine weiße Jogginghose, goldene Joggingschuhe und ein weißes T-Shirt, durch das sich die Brustmuskeln wie Germknödel drückten. Der Bodybuilder war noch einmal mindestens zehn Zentimeter größer als Zimmerschied, und Zimmerschied war nicht eben klein.

Als der LKA-Chef zu den beiden trat, keifte die Frau gerade: »Sie fahren hier weg, Sie fahren jetzt sofort hier weg!«

In das Geschrei hinein fragte Zimmerschied: »Was ist hier los?«

Die Frau musterte den Präsidenten von oben bis unten, das verächtliche Zucken in ihrem Gesicht über seine vermutlich nicht schick genug aussehende Kleidung nahm er genau wahr. Aber dann schien die Opportunistin in ihr zu siegen, und sie giftete, auf das Muskelpaket vor sich zeigend: »Er meint, er könne hier parken! Ich sage zu ihm, er kann hier nicht parken! Hier kommt sonst kein Kinderwagen mehr durch! Aber er weigert sich!«

Zimmerschied bereitete die Stimme der Frau Kopfschmerzen. Sie war schrill und hexig. Zimmerschied mochte keine schrillen Hexen. Dennoch wandte er sich mit ruhiger Stimme an den SUV-Besitzer: »Fahren Sie bitte Ihr Auto weg, es kommt ja wirklich keiner mehr durch.«

»Ey, was willst du, Alter? Geht's dich was an hier, oder was?«

Zimmerschied wandte sich kurz um. Seine Kollegen warteten noch beim Dienstfahrzeug. Er fühlte sich eigentlich zu müde für diese Auseinandersetzung, außerdem hatte er keine Zeit. Seine Frau war abgehauen, und der Innenminister saß ihm im Nacken. Er drehte sich wieder um. »Ich fordere Sie hiermit auf, Ihr Fahrzeug unverzüglich vom Gehsteig zu bewegen. Andernfalls werde ich meine Kollegen von der Verkehrspolizei anrufen.«

»Geiler Spruch, Alter. ›Meine Kollegen von der Verkehrspolizei‹, ey! Aber den Spruch kannst du dir in den Arsch schieben. Weißt' was, Kollege? Ich bin nämlich der Tom, und das hier ist meine Area. Und du …« Er tippte Zimmerschied mit seinen fleischigen Fingern auf die Brust. »Du steckst dir jetzt den Finger in den Arsch und machst 'n Abflug, ja?«

»Das glaube ich nicht«, antwortete der Präsident, seine Stimme vibrierte kaum merklich.

»O doch, Alter!« Er deutete auf das Haus, vor dem sie standen, ein Altbau mit etwas heruntergekommener Stuckfassade. »Da drin wartet nämlich meine Braut. Und die Karre bleibt so lange hier stehen. Und du Schwuchtel« – er wandte sich wieder an die vor ihm stehende Frau im Businesskostüm – »wartest, bis die Britney und ich wieder da sind, oder du wechselst mit deinem Hosenscheißer die Straße. Voll die Faschos, ey!«

Zimmerschied spürte, wie Wut in ihm aufstieg. Dennoch bemühte er sich, nicht zu laut zu werden. »Sie fahren jetzt sofort weg. Ansonsten bekommen Sie gewaltige Probleme.«

Unversehens trat der Bodybuilder einen Schritt auf Zimmerschied zu, der Präsident wich zurück. Doch der Typ setzte ihm nach, hob seinen rechten, aufgepumpten Muskelarm und gab Zimmerschied einen harten Stoß vor die Brust. »Probleme? Du Schwanzprothese willst mir Probleme machen?« Er schubste den Präsidenten noch einmal. »Weißt du, was du bist?« Zimmerschied starrte ihn an. »Obst bist du, Mann!«

Die beiden Schubser ließen den LKA-Präsident straucheln, und er brauchte einen Moment, um sich von seiner Überraschung zu erholen. Als er das Gleichgewicht wiedergefunden hatte, sagte er: »Es reicht jetzt. Sie haben schon längst jede rote Linie überschritten. Dies ist meine letzte Warnung: Ich bin wirklich von der Polizei. Wenn Sie jetzt nicht sofort Ihr Auto wegfahren, nehme ich Sie fest.«

Anstatt zurückzuweichen, machte der Jogginghehoste noch einen Schritt auf Zimmerschied zu und streckte seine Hände nach dessen Hemdkragen aus. Doch das konnte Zimmerschied nicht zulassen. Und die alten Reflexe funktionierten noch: Der Präsident packte die Unterarme des Muskelpakets und drückte sie mit einer Schnelligkeit und Kraft nach unten, mit denen sein Gegner nicht gerechnet zu haben schien. Es entstand ein Handgemenge, in dessen Verlauf der Bodybuilder, der Zimmerschied an Muskelkraft und Jugendlichkeit eigentlich deutlich überlegen war, seine Hände wieder freibekam. Er holte mit der Rechten weit aus, doch bei Zimmerschied lief das alte Boxerprogramm ab – wie in Zeitlupe sah er die Faust auf seinen Schädel zufliegen. Zimmerschied machte einen Ausfallschritt und war gleichzeitig so geistesgegenwärtig, den Kopf zurückzuziehen. Die Faust, die keinen Widerstand fand, flog ins Leere, ihr Besitzer taumelte. Nun holte Zimmerschied seinerseits aus und versetzte seinem Gegner einen wuchtigen Schlag in die Magengrube. Das Geräusch, das entstand, als seine Faust auf Toms Körper traf, erinnerte an eine auf den Boden fallende Melone. Der Bodybuilder gab einen erstaunlich leisen, ächzenden Laut von sich und sackte nur einen Moment später, einem angestochenen Luftballon gleich, in sich zusammen. Allerdings schien der von Zimmerschieds Fausthieb verursachte Schmerz ihm so sehr zuzusetzen, dass er sich nicht lange auf den Knien halten konnte; er kippte ganz um, rollte sich auf die Seite, und schon lag er auf dem Pflaster. Die weiße Jogginghose traf auf eine fast gänzlich geschmolzene Schokoladeneiskugel und verfärbte sich braun. Zimmerschied kniete sogleich neben dem Mann nieder, griff dessen Kopf und überprüfte, ob er noch bei Bewusstsein war. Die Augen waren geöffnet, der Blick starr, der Bodybuilder schnappte nach Luft, kurz darauf presste er hervor: »Das wirst du mir bezahlen, du … du … Sissi.«

»Sissi?«, fragte Zimmerschied. »Ich rufe jetzt dann mal die Kollegen an.«

»Das haben wir schon gemacht.« Überrascht wandte der Präsident sich um und schaute schräg über sich in Södlingers Gesicht. »Krass, Chef.« Mehr sagte der Leiter der Soko Dönermesser nicht.

NEUNZEHN | Vibrationen

Er war durchgedreht. Anders konnte man es nicht bezeichnen. Aber jetzt saß Zimmerschied im Auto, und es war Feierabend, Freitag, Wochenende. Eine stille Sehnsucht nach Freiheit pulsierte in seinen Adern. Der LKA-Präsident aktivierte den CD-Player und drückte so lange weiter, bis »Child in Time« von Deep Purple lief. Als die ersten Töne der Hammond-Orgel erklangen, atmete er auf. Hätte er geraucht, dann wäre dies der Moment für eine Zigarette gewesen. Aber so fuhr er einfach nur aus der Stadt hinaus. Die Sommersonne war im Begriff unterzugehen, die Silhouetten der Bäume schimmerten noch vom abendlichen Rot. Er hätte sich jetzt gerne entspannt. Doch sein Gedankenkarussell drehte sich in höllischem Tempo. Er hatte einen Mann niedergestreckt. Dann schoss dem LKA-Präsidenten das Telefonat mit dem Innenminister in den Sinn. Und gleich darauf zogen wieder die Bilder von Roswithas Facebook-Video vor seinem inneren Auge vorbei. Zimmerschied verspürte einen Brechreiz. Was war in Roswitha gefahren? Er musste sofort mit ihr sprechen. Direkt nachdem er die Autobahnausfahrt genommen hatte, bog er in einen Feldweg ab, stoppte den Wagen und suchte im Telefonverzeichnis nach ihrer Nummer. Er tippte den Kontakt an und wartete. Würde sie abnehmen, wenn sie sah, dass er es war – oder war sie bereits so abgedriftet, dass er für sie gar nichts mehr galt? Just in dem Moment, in dem ihm einfiel, dass es auf Bali wegen der Zeitverschiebung vermutlich gerade drei oder vier Uhr morgens war, und er schon wieder auflegen wollte, hörte er tatsächlich ihre verschlafene Stimme: »Ja?«

Zimmerschied war hin- und hergerissen. Sollte er gleich wieder auflegen? Aber machte er sich damit nicht lächerlich?

Natürlich wusste sie, dass er der Anrufer war. Gleichzeitig spürte er beim Klang ihrer Stimme, dass er Roswitha noch liebte und wie sehr er sie vermisste. »Hallo? Karl, bist du's?«

Zimmerschied räusperte sich. Ob dieser komische Hans neben ihr lag? Zimmerschied stellte fest, dass er zitterte. »Du schläfst noch, oder?« Wie dämlich er nur war! Seit zwei, drei Wochen hatten sie nicht gesprochen, weil er beleidigt war, nun rief er sie mitten in der Nacht an, und ihm fiel nichts Intelligenteres ein, als zu fragen, ob sie noch schlafe.

»Jetzt nicht mehr. Schön, dass du anrufst, Karl.« Sie gähnte.

»Ja«, antwortete Zimmerschied.

»Wie geht's dir?«

Warum hatte er sie nur angerufen? »Ich habe da deinen Film gesehen im Internet. Der Innenminister Werner hat mich darauf hingewiesen. Also …« Zimmerschied brach ab. Er wusste nicht mehr, worauf er hinauswollte, was er sagen sollte. Wie konnte sich ein Mann, der einen friedlichen G7-Gipfel inmitten von Terrordrohungen organisiert hatte, in einer Privatangelegenheit derart lächerlich anstellen?

»Du meinst das Video von unserem Rose Garden?«

»Ja.« Zimmerschieds Antwort glich mehr einem Grunzen.

»Ja, du, das war total erfolgreich. Über vierhundert Likes. Ich glaube, wir haben bald einen Haufen Gäste.« Er hörte, dass sie während des Sprechens lächelte. »Ist aber auch wunderbar hier. Magst du nicht auch kommen, Karl? Geh doch in Frühpension und mach bei uns mit!«

Frühpension. Zimmerschied äugte aus dem Fenster. Am Waldrand ästen zwei Rehe. Er konnte die weißen Flecken an ihren Hinterteilen sehen. Dann fiel ein Schuss. Einem der Tiere knickten die Beine ein. Es gab sie noch, die Jagd. »Dieser Hans da«, meinte er.

»Ja?«, fragte Roswitha zögerlich. »Mit dem mache ich den Rose Garden zusammen. Du verstehst den Namen schon, oder? Das ist nämlich ein Wortspiel: Ich bin die Rose, und das ist mein Garten. Und außerdem gibt's doch da das Lied ›I never promised you a rose garden‹.« Der Präsident verzog das Gesicht. Erneut entstand eine Pause. »Und du sagst, sogar der Alfred Werner hat unseren Post gesehen? Das ist ja super, bessere Werbung gibt's gar nicht!«

Zimmerschied konnte nicht einschätzen, ob sie bekifft war oder sonst wie unter Drogen stand. Er überlegte, wie er seine Frage formulieren sollte. Er wollte wissen, ob Roswitha wirklich mit diesem Hallodri, der aussah wie er selbst, nur eben braun gebrannt, zusammen war. Also richtig zusammen. Ohne auf ihre Ausführungen einzugehen, setzte er noch einmal an: »Dieser Hans ... was mich interessiert ... also, nur zum Beispiel ...« Zimmerschied war zwar bewusst, dass dies nun ein sehr ungünstiger Moment war, um die Frage zu stellen, und vermutlich auch eine ungünstige Art zu fragen, aber er musste das jetzt einfach wissen. Also presste er hervor: »Liegt dieser Hans gerade neben dir?«

Nach einem kurzen Schweigen antwortete Roswitha kess: »Ja?« Wieder entstand eine Pause. Dann sagte sie: »Aber es ist nicht so, wie du denkst: Nächste Woche kommt nämlich auch noch seine Frau.« Das war eine überraschende Information, die ihre Wirkung nicht verfehlte. Zimmerschied schluckte. »Magst du nicht auch kommen, Karl? Dann sind wir zu viert! Es ist wirklich das Paradies hier!«

Zu viert! Es gab keinen Zweifel: Sie war verrückt geworden. »Roswitha«, begann er eindringlich.

»Rose, bitte sag Rose zu mir, Karl. Ich habe mich hier neu erfunden. Wir machen jeden Tag Yoga.«

Zimmerschied schüttelte den Kopf. »Neu erfunden! Du spinnst! Und ... und ... Mensch, Roswitha! Ich bin der Präsident vom LKA und kein Rainer Langhans! Und ich habe momentan einen Haufen Probleme am Hals. Und abgesehen davon, dass du meine Frau bist und ich dich nach wie vor … liebe …«

Sie unterbrach ihn und sagte nachdrücklich und nicht vollkommen frei von Mitleid: »Ich liebe dich doch auch, Karl.«

Zimmerschied hörte, wie bei Roswitha im Hintergrund jemand fragte: »Was machst du denn hier so früh am Morgen?« Es war eindeutig eine Männerstimme.

»Abgesehen davon …«, versuchte Zimmerschied an seinem Satz festzuhalten, »… gehst du mir hier auch als meine wichtigste Unterstützerin ab. Der beste Freund vom Ministerpräsidenten ist abgestochen worden; das ist ein vertrackter Fall, bei dem keiner durchblickt, und ich bin verantwortlich. Außerdem hat mich der amerikanische Geheimdienst …« Er stoppte seinen Satz abrupt. »Scheißdreck, das darf ich dir gar nicht erzählen, die hören mich garantiert ab. Na ja, und der Pfarrer hat mir Kriegswaffen ins Haus gelegt, darunter auch Handgranaten, womöglich aus dem Jugoslawienkrieg. Und dann noch die Kühe und die anderen Viecher.« Er holte Luft. »Es ist also gerade viel los hier. Und die Kühe sind eigentlich dein Job, Roswitha. Aber du spielst verrückt und … und … und zwar auch noch so, dass es alle mitbekommen, inklusive dem Innenminister. Roswitha, das geht nicht! Du gefährdest unsere Existenz! Es muss jetzt einmal Schluss sein mit der Spinnerei.«

»Also, Karl, weißt du was? So negative vibrations brauche ich jetzt wirklich nicht von dir. Du rufst hier mitten in der Nacht an und kippst eine Ladung Mist über mir aus. Ich bin hier, weil Bali für good emotions und good vibrations steht. Karl, weißt du was? Ruf mich doch an, wenn du wieder normal bist. Küss dich, ciao!« Dann hatte sie aufgelegt, und in Zimmerschieds Schläfen pochte so heftig das Blut, dass er um sein Herz fürchtete. Neben dem toten Reh kniete mittlerweile ein grün gekleideter Mann mit Hund und Gewehr. Der LKA-Präsident starrte ein, zwei Minuten lang nach draußen zu der Jagdszene. Minuten, die sich anfühlten wie die Ewigkeit. Die einzigen Geräusche, die er hörte, waren sein eigener Atem und das Pochen seines Herzens. Dann klingelte das Handy. Im ersten Moment dachte er, dass Roswitha zur Vernunft gekommen sei, aber ein Blick auf das Display verriet ihm, dass es sich um den Pfarrer handelte. Mit einem »Ja, Herrmann?«, das ihm fester und besser gelang, als er dies angesichts seines Gefühlszustands erwartet hätte, nahm Zimmerschied den Anruf entgegen.

»Wo bist du denn?«, fragte der Pfarrer ungeduldig.

»Auf dem Weg.«

»Ich bin gerade bei dir.« Der Pfarrer senkte die Stimme. »Folgendes: Die Story geht weiter. Heute Morgen lagen auf der Terrasse vom Pfarrhaus ein Sturmgewehr und eine Schachtel mit Munition. Ich habe dir das jetzt gerade in den Stall hineingelegt.« Zimmerschied fuhr sich mit der freien Hand über das Gesicht. In was für einer Welt lebte er? »Und da habe ich gesehen, dass … also … ich meine, ich kenne mich mit solch Kreatürlichem nicht so aus, aber ich glaube – kann es sein, dass eine von deinen Kühen gekalbt hat?« Der LKA-Präsident stöhnte auf. Daran hatte er gar nicht mehr gedacht! Dass die Angelina trächtig war! »Also, jedenfalls liegt da ein kleines Tier in Geschlabber und Blut, die Fruchtblase vermutlich. Ich meine, ich kenne mich wirklich nicht aus, aber … also … es bewegt sich, und ich würde sagen, es ist ein neu geborenes Kalb …«

Zimmerschied legte mit den Worten »Bin gleich da« auf, startete den Motor und fuhr los. Sekunden später klingelte erneut das Telefon, diesmal war es Elisabeth Rötli: »Herr Zimmerschied, wo sind Sie denn?«

»Wie, was, wo sind Sie denn?«

»Na, jetzt ist doch der Empfang mit Prinzessin Huyu von Jordanien im Rathaus. Das Büro vom Oberbürgermeister hat schon zweimal angerufen und nach Ihnen gefragt.« Rötli hörte sich an wie eine besorgte Mutter. Zimmerschied dachte an die Prinzessin. Sie war die Zweitfrau des Emirs der Arabischen Emirate, eine intelligente und attraktive Person, die er vor zwei Jahren bereits bei der Eröffnung eines christlich-islamischen Kindergartens kennengelernt hatte. Diesen Termin hatte er vollkommen vergessen!

»Scheiße«, entfuhr es ihm.

»Na, na, na«, entgegnete die Sekretärin. »Wo sind Sie denn?«

»Ich kann jetzt nicht.«

»Sie, Herr Präsident, das können Sie nicht sagen! Der Ministerpräsident kommt, der ehemalige Ministerpräsident wird da sein, der Innenminister, der Hoeneß, der Schuhbeck, die Senta Berger ...«

»Das ist mir wurscht.«

»Das wird Ihnen nicht zum Vorteil gereichen.«

»Das ist mir wurscht«, sagte Zimmerschied noch einmal.

»Das ist unvernünftig.«

Er dachte daran, wie er eben seiner Frau Unvernunft vorgeworfen hatte. Und nun benahm er sich selbst so. War er doch reif für Bali? »Frau Rötli, ich muss jetzt in den Stall, ein Kalb retten. Wenn das Büro vom Oberbürgermeister noch einmal anruft, dann sagen Sie denen das. Es geht hier um das Leben von einem Tier.«

»Der Innenminister hat ...«

Zimmerschied legte auf und gab Gas.

ZWANZIG | Corps Lupinia

Immerhin ging es dem Kalb am nächsten Tag halbwegs gut. Und der stolzen Mutter Angelina auch. Jedoch wurde diese ganze Kriegswaffengeschichte immer merkwürdiger. Die Patronen, die der Pfarrer samt Gewehr im Stall hinterlegt hatte, waren in einer Schachtel aufbewahrt, auf der eine Aids-Schleife und der Schriftzug »Christopher Street Day 2004« zu sehen waren. Munition für insgesamt 34 Schuss, allesamt vom Kaliber 7,65. Sie passten also in die Maschinenpistolen, die er bereits im Keller liegen hatte. Zimmerschied hatte nicht die geringste Ahnung, was das alles bedeutete.

Das Wochenende verbrachte der LKA-Präsident mit der Planung des POTUS-Besuchs. Die Zeit rannte ihm davon. Es waren nur noch siebenunddreißig Tage. Dabei war die Kreation eines Events, der den Präsidenten von Amerika begeisterte, sein größtes Problem. Aber natürlich durfte Zimmerschied darüber nicht all die anderen Punkte vernachlässigen. Das Kräftemanagement musste stimmen, die Versorgung der Beamten, der Einsatz von Drohnen, die Campstandorte und eine Gefangenensammelstelle wollten geplant werden, genauso wie Abschleppkonzepte und die Anordnung der Sperrgitter. Eventuelle Blockaden mussten antizipiert werden, ja sogar über die Betankung der Dienstfahrzeuge musste er sich Gedanken machen.

Als Zimmerschied am Montagmorgen das Präsidentenbüro betrat, fand er auf dem Schreibtisch eine Einladung zum Benefizkonzert des Polizeiorchesters in Moslbach zugunsten des Kindergartens Kleine Frösche vor. Der Präsident schüttelte unwillig den Kopf: »Kleine Frösche … Moslbach … Ich kann nicht.« Er schob die Einladung beiseite und erstarrte: Da lag wieder einer dieser Zettel.

Nerven blank, vielen Dank.

Zimmerschied murmelte »Hundsfott« und überlegte kurz, ob er Rötli fragen sollte, wie der Zettel in sein Büro gekommen sei. Aber genau genommen war das vollkommen egal. Woran es nun definitiv keinen Zweifel mehr geben konnte: Er hatte einen Feind, der sehr genau Bescheid wusste. Einen Gegenspieler, der über relativ gute Einblicke in seinen Präsidentenalltag verfügte und dem diese idiotischen Zettelbotschaften so wichtig waren, dass er sich für deren Zustellung sogar ins Auto setzte, aufs Land fuhr und in Zimmerschieds Garage einbrach. Die Frage war, ob dieser Feind nur lästig oder auch gefährlich war. Bislang hatte es sein Gegenspieler ja bei kryptischen Nachrichten belassen, anhand derer sein Gefahrenpotenzial schwer einzuschätzen war. Zimmerschied überlegte, ob er den Zettel den DNA-Leuten zur Überprüfung geben sollte. Aber wer sagte denn, dass die Anfeindungen nicht sogar aus dieser Ecke kamen? Der Präsident dachte an Dr. Augustin, an ihre schönen Fesseln und die gepflegten Hände. Warum hatte auch auf ihrem Bürotisch so ein Blatt gelegen? Und wie war es von dort verschwunden? Dr. Herbst war auch da gewesen. Herbst war ein komischer Vogel, aber Dr. Augustin nicht weniger. Dieser Reinigungstick …

Zimmerschied rief seine E-Mails ab. Darunter viel Belangloses, aber auch ein Schreiben von Kate McMunny, Deputy National Security Advisor, United States of America. Als der Präsident den Namen der Sicherheitsberaterin las, ergriff ihn ein beklemmendes Gefühl.

Die Nachricht begann unverfänglich. McMunny fragte, ob er schon eine spektakuläre Eventidee habe, die man dem POTUS vorschlagen könne. Nein, hatte er nicht, verdammt. Außerdem bat McMunny um eine Bankverbindung, damit man ihm die ersten fünfzigtausend Dollar überweisen könne. Man könne das Geld bei Bedarf auch auf ein Konto auf Barbuda oder den Jungferninseln transferieren. Zimmerschied musste den Satz zweimal lesen, um sich sicher zu sein, dass die Sicherheitsberaterin des amtierenden Präsidenten wirklich so etwas geschrieben hatte.

Fünfzigtausend auf Barbuda. Zimmerschied dachte an seine Frau. Wenn Roswitha wüsste, wie viel Geld er jetzt verdiente, würde sie es sich vielleicht noch einmal überlegen, ob dieser Aussteiger-Hanswurst wirklich die erste Wahl war. Er wandte sich wieder dem Bildschirm zu. Nun kam der unangenehmere Teil der E-Mail. Die stellvertretende Sicherheitsberaterin schrieb, dass ihre Informanten ihr zugetragen hätten, dass Zimmerschied in seinem Keller Kriegswaffen aus dem Jugoslawienkonflikt aufbewahre. Zudem sei sie beunruhigt wegen des Politikermords im Herzen Münchens. Sie bitte diesbezüglich schnellstmöglich um eine Stellungnahme. Mit einem Schnauben lehnte sich der LKA-Präsident auf seinem Schreibtischstuhl zurück. Das mit dem Mord an Roland Mai hatte ja bereits in der Zeitung gestanden. Aber wie konnte es sein, dass die Amis von den Waffen wussten?

Er begann, in seinem nicht mehr ganz aalglatten Schulenglisch eine Antwort in die Tasten zu tippen, die dahingehend lautete, dass die Kriegswaffen ihm vom Pfarrer übergeben worden seien, welcher jene selbst im Beichtstuhl erhalten habe (die Übersetzung für das Wort »Beichtstuhl« musste Zimmerschied im Online-Wörterbuch nachschlagen – »confessional«); die Herkunft sei unklar, aber er sei auf der Suche … Als er den angefangenen Satz las, wurde ihm bewusst, wie unseriös sich seine Ausführungen anhören mussten. Die Geschichte von den Handgranaten im Beichtstuhl war nicht dazu geeignet, sich als

Sicherheitschef für den Staatsbesuch eines von Verfolgungswahn geplagten POTUS zu empfehlen. Er löschte den Satz wieder, dachte kurz nach und tippte dann: »Seien Sie unbesorgt, was die Waffen in meinem Keller angeht, ich stehe kurz vor der Aufklärung der Angelegenheit. Und auch den Fall des ermordeten Politikers habe ich bereits an mich gezogen. Bis der POTUS zu uns kommt, wird München so sicher sein wie das Pentagon.«

Nur einen Moment lang spielte er noch mit dem Gedanken, seine ersten Ideen für den Event zu äußern; aber dann kam ihm das Weißwurstfrühstück in der Fußballarena des FC Bayern mit sämtlichen Spielerfrauen im Bikini und vor ausverkauften Rängen ebenso undurchführbar vor wie eine Kutschfahrt mit prominenter Kutscherin nach Schloss Neuschwanstein hinauf. Die Spielerfrauen waren mittlerweile extrem anspruchsvoll geworden, und Neuschwanstein befand sich fest in der Hand chinesischer Touristen. Beides konnte man vergessen.

Um neun Uhr erhielt der Präsident wie vereinbart einen Anruf von Barbara Veltroni: Die beiden Chefs von Münih-Döner seien eingetroffen, außerdem die vier Mitarbeiter des Imbisses. Man nehme gleich die DNA-Proben. »Wollen Sie da jetzt etwa auch dabei sein?«

»Nein«, erwiderte der LKA-Präsident, »aber bei der anschließenden Vernehmung möchte ich dabei sein.«

Zimmerschied feilte noch ein wenig an seinen Formulierungen und gab seine Bankverbindung an – sie bezeichnete keine Bank auf den Jungferninseln, sondern ein Konto bei der Münchner Stadtsparkasse –, dann raffte er sich auf, um zur Soko Dönermesser zu stoßen.

Um den Prozess zu beschleunigen, teilten sich die Ermittler die Vernehmungen auf. Barbara Veltroni knöpfte sich Alp Okan vor, Mehmet Gül wurde von Hannes Södlinger vernommen. Veltroni schlug vor, Ismael Rentsch und Selek Yıldız warten zu lassen. Aber Zimmerschied entschied, dass Tommy Hensch die Befragung von Ismael Rentsch übernehmen sollte, was ihm entsetzte Blicke der Soko-Leiter eintrug, aber das war ihm egal. Der Hensch konnte das. Vor allem aber hatte Zimmerschied das Gefühl, dass ihm dieser seltsame Hensch guttat. Allein die Anwesenheit des Blinden verlieh ihm Sicherheit. Der junge Computerexperte war der Einzige, der garantiert nicht sein Feind war. Denn dazu war er noch nicht lange genug im Haus, und auch aus praktischer Sicht war es schlichtweg unvorstellbar, dass der Blinde überall Drohbotschaften verteilte, ohne dabei ertappt zu werden.

»Um die Geschäftsführer kümmere ich mich, und der Herr Yıldız muss dann halt warten, bis jemand für ihn Zeit hat.« Södlinger und Veltroni zuckten mit den Schultern, was Zimmerschied kaltließ, und die Ermittler verteilten sich auf die Räume.

Zufrieden stellte Zimmerschied fest, dass Maximilian Kohl und August Klinghammer nach der Entnahme ihrer DNA-Proben doch etwas beeindruckt wirkten. Vor allem August Klinghammers Großspurigkeit vom Vortag war wie weggewischt. Er trug nicht einmal eine Sonnenbrille.

»Worüber ich mit Ihnen sprechen möchte, ist …« Zimmerschied setzte bewusst eine Pause und sah die beiden jungen Männer nacheinander ernst an. »… Ihre politische Haltung.«

»Das haben wir Ihnen doch schon erklärt.« Klinghammer wirkte hilflos. »Uns interessiert Politik nicht. Wir machen den Döner, weil es ein gutes Geschäft ist.« Der LKA-Präsident musterte den Studenten abwartend. Fügte er dem Gesagten noch etwas hinzu? Oder Kohl? Doch von beiden kam nichts. Deshalb fragte er mit einem Anflug von Häme in der Stimme: »Und was, wenn ich Ihnen sage, dass ich weiß, dass Sie lügen?«

Die beiden wechselten einige Blicke miteinander. Maximilian Kohl fragte: »Wie meinen Sie das?«

Zimmerschied genoss die Wirkung, die seine Frage erzielt hatte. Dann sagte er: »Stichwort Corps Lupinia. Zufällig findet sich Ihr Name auf der Mitgliederliste dieser Studentenverbindung.«

Klinghammer sah Kohl empört an. »Das ist deine Baustelle.«

»Das … das … ich bin da nicht Mitglied«, stammelte der Angesprochene.

»Aber Sie waren da Mitglied, richtig?«, erkundigte sich Zimmerschied. Mehr aus einem Gefühl heraus hatte er noch am Morgen eine kleine Online-Recherche durchgeführt. Die Mitgliederliste des Corps Lupinia war frei im Internet zugänglich gewesen. Nun passte alles gut zusammen: Der Münih-Döner lag sehr nahe am Tatort des Mords an Roland Mai, das Messer stammte aus besagtem Imbiss, und Roland Mai war nicht nur Politiker gewesen, sondern ein guter Freund des Ministerpräsidenten. Warum sollte die Tat denn keinen politischen Hintergrund haben? »Ja, ich war Mitglied da; aber nur ein halbes Jahr oder Jahr.«

»Wie ich gelesen habe, handelt es sich um eine Studentenverbindung mit extrem rechter Gesinnung.« Der Präsident verschärfte seinen Ton um eine Nuance.

»Ich sage Ihnen das ganz ehrlich: Ich habe damit nichts mehr zu tun. Ich bin da nur Mitglied geworden, weil ich wegen des Studiums neu in München war und keine Wohnung gefunden habe. Die haben Zimmer angeboten – kostenlos.«

»Kostenlos«, wiederholte Zimmerschied verächtlich. »Geld und wie man es vermehren oder sparen kann spielt in Ihrem Leben wohl eine ziemlich wichtige Rolle …«

»Was das für eine Verbindung ist, habe ich erst nach einer Weile kapiert. Ich habe mit denen ehrlich nichts mehr am Hut.«

»Es bestehen Verbindungen zwischen dem schlagenden

Corps Lupinia und der militanten Reichsbürgerbewegung.« Zimmerschied lehnte sich zurück. Ein kaum merkliches Lächeln huschte über seine Lippen.

Jetzt ergriff Klinghammer das Wort, er wirkte entrüstet: »Das ist doch absurd! Meinen Sie wirklich, dass jemand, der einen Dönerimbiss betreibt und vier türkischstämmige Mitarbeiter beschäftigt und vielleicht bald noch ein paar mehr – dass so jemand rechtsradikal ist?«

»Was weiß denn ich! Vielleicht halten Sie sich ja für Herrenmenschen! Mit zweiundzwanzig einen Porsche fahren!«

»Sie sind ja verrückt! Ich dachte, es geht heute nur noch um den DNA-Test. – Ich sage nichts mehr ohne Anwalt!«, brach es aus Maximilian Kohl hervor.

Der Präsident zuckte mit den Schultern. »Pflegen Sie eigentlich Kontakte nach Amerika?«

»Nichts mehr ohne Anwalt.« Kohl schüttelte empört den Kopf.

Zimmerschied lehnte sich wieder nach vorn. »Gut, Sie können jetzt gehen. Über das Ergebnis des DNA-Abgleichs werden Sie informiert. Und wenn Ihnen noch etwas in Sachen rechter Gesinnung einfallen sollte, dann würde mich das interessieren.«

Zimmerschied glaubte ein »Wichser« zu hören, als er sich entfernte, um einen Mitarbeiter herbeizurufen, der die beiden zur Pforte bringen konnte – im LKA durfte sich kein Unbefugter unbegleitet bewegen –, aber sicher war er sich nicht. »Nerven blank, vielen Dank«, schoss es ihm durch den Kopf. Womöglich hörte er bereits Stimmen.

Als er sein Vorzimmer betrat, empfing ihn Elisabeth Rötli mit einem nicht ganz glaubwürdigen Lächeln. »Der Herr Pfarrer Gänswein hat schon zweimal angerufen. Er sagt, er erreichte Sie nicht auf dem Handy.«

»Hat er gesagt, was er will?«

»Er sagte, es gehe um Kriegswaffen …«, schweizerisch ausgesprochen hörte sich das Wort an wie »Chrichswaffin«; zu einem anderen Zeitpunkt hätte dies Zimmerschied belustigt, aber jetzt …, »und es sei dringend. Sie wüssten Bescheid.« Sie sah den Präsidenten ernst an. »Herr Zimmerschied, ist das denn wirklich ein Pfarrer? Ich meine: Kriegswaffen … das ist doch nicht normal, oder?«

»Ein alter Freund. Aus dem Dorf. Vielleicht ist was mit dem …« Der LKA-Chef räusperte sich. »… Schützenverein.«

Er nahm das sachte Kopfschütteln seiner wichtigsten Mitarbeiterin sehr wohl wahr, ging aber ohne weiteren Kommentar in sein Büro, schloss die Tür, was ihm einen weiteren verständnislosen Blick der Sekretärin einbrachte, weil er das sonst nie tat, und wählte die Nummer des Pfarrers.

»Ich bin's, der Karl. Was rufst du hier an, Herrmann, und redest über Kriegswaffen mit meiner Sekretärin? Bist du noch ganz dicht? Von dieser Geschichte darf niemand wissen. Schon gar nicht hier im Haus. Du weißt schon, dass du gerade meinen Job riskierst!«

»Es tut mir leid, Karl, das ist mir so herausgerutscht. Ich wollte nur fragen, ob du schon was rausgefunden hast. Mich beunruhigt das doch auch.«

»Dann ruf hier nicht mehr an, verdammt!«

»Ja, hast du schon was?«

»Nein!«

»Ja, aber … es wäre schon gut, wenn du da allmählich was rausfinden würdest. Ich meine: Was, wenn hier ein Irrer im Dorf lebt? Und der plötzlich bei mir im Gottesdienst auftaucht und alle erschießt?«

»Ich kann dich beruhigen, mein Lieber: Dieser Kriegswaffen-Kasperl ist längst nicht der einzige Irre in meinem Leben. Aber immerhin liefert der momentan noch brav seine Waffen bei dir ab.«

»Hör auf mit solchen blöden Witzen, mir lässt die Sache keine Ruhe. Du musst jetzt schon mal was machen, Karl. Raus aus den Sandalen!«

»Raus aus den Sandalen! Ich glaub, ich spinne! Soll ich dir mal was sagen, Herrmann? Bei mir brennt hier gerade die Hütte. Aber lichterloh. Raus aus den Sandalen! Ich kämpfe gerade an allen Fronten. Da sind deine beschissenen Handgranaten noch das geringste Problem! Den amerikanischen Geheimdienst habe ich am Hals, so schaut's aus!« Sofort bereute Zimmerschied, dass ihm dieser Satz herausgerutscht war.

»Geheimdienst?«, fragte der Pfarrer. »Wie meinst du das?«

»Ach nichts.« Der Präsident ärgerte sich. »Es ist gerade viel, aber ich kann nicht darüber sprechen.«

»Ruhig Blut, ruhig Blut«, sagte der Geistliche mit plötzlich sanfter Stimme. »›Wer Gott liebt, für den wird alles gut; was immer auch geschieht.‹ So schreibt es Apostel Paulus an die Römer.«

»Paulus«, knurrte Zimmerschied. »Ist das nicht der, der die Christen verfolgt hat?«

»Aber dann wurde er bekehrt, Karl. Glaub mir: Für eine Umkehr ist es nie zu spät. Auch nicht für dich.«

Zimmerschied überlegte, ob diese Worte nur das gewöhnliche Pfarrer-Blabla waren oder ob sich in ihnen eine spezifische, womöglich sogar übersinnliche Botschaft verbarg, die nur für ihn galt, aber er kam zu keiner Lösung.

EINUNDZWANZIG | Lauschangriff

Kaum hatte der Pfarrer aufgelegt, hörte Zimmerschied das Pling, das ihm den Eingang einer E-Mail ankündigte. Die Nachricht war von Kate McMunny und in knallhartem Stakkato-Stil verfasst. In einem solchen Ton war Zimmerschied noch nie jemand schriftlich gegenübergetreten. Sinngemäß schrieb die Sicherheitsberaterin des POTUS: keine Gespräche über den Besuch des US-Präsidenten – nie wieder! Auf Zimmerschieds Stirn bildeten sich Schweißperlen. Die Amis saßen also direkt in seiner Leitung. Er blickte sich um. Womöglich hatten sie auch sein Büro verwanzt, vielleicht filmten sie ihn sogar. Wie war das möglich? Bislang hatte er das Landeskriminalamt stets für eine äußerst abhörsichere, von der Außenwelt abgeschnittene Behörde gehalten. Hatten die Amerikaner Rötli gekauft? Da fiel ihm etwas ein.

»Frau Rötli«, rief er ins Nebenzimmer hinüber.

»Ja?«

»Haben Sie nicht mal erzählt, dass Sie einen Cousin in Amerika haben?«

»Ja, warum?«

»Was macht der denn so beruflich?«

»Der vermietet Getränkeautomaten in öffentlichen Waschsalons.«

»Aha?«

»Ja, ja, hört sich unspektakulär an, ist aber ein lukratives Geschäft. Warum fragen Sie?«

»Nur so.« Zimmerschied konnte sich beim besten Willen nicht vorstellen, dass seine Schweizer Sekretärin mit dem amerikanischen Geheimdienst anbandelte. Was sollte das auch für einen Sinn haben? Schließlich hatte ihn der NSA doch engagiert, weil der POTUS in seinem Verschwörungswahn seinen eigenen Leuten nicht traute. Hatten die Amis zusätzlich noch jemanden eingesetzt, der ihn hier im LKA kontrollierte?

Zimmerschied wandte sich wieder der Lektüre von McMunnys E-Mail zu. Neben dem Redeverbot über sämtliche den baldigen Staatsbesuch betreffenden Angelegenheiten forderte die Deputy National Security Advisor die sofortige Erledigung und endgültige Beilegung von Zimmerschieds »privater Kriegswaffenangelegenheit«, ansonsten: diplomatische Verwerfungen auf höchster Eskalationsstufe. Der amerikanische Präsident erwäge bereits, den Staatsbesuch abzusagen. Ihn beschleiche zunehmend das ungute Gefühl, Zimmerschied und die übrigen Vertreter der Bundesrepublik bis hin zum bayerischen Ministerpräsidenten und zur Kanzlerin gönnten ihm keinen triumphaleren Auftritt in Deutschland, als ihn sein Vorgänger zelebriert hatte. In kleiner Runde habe er den Verdacht geäußert, die Kanzlerin sei von seinem Vorgänger gekauft. Zimmerschied schüttelte den Kopf. Es war ja klar, dass viele Politiker einen an der Waffel hatten, das brachte ein derartiges Amt wohl mit sich, aber dieser Amerikaner mit der Brikettfrisur spielte in einer eigenen Liga.

Kaum hatte sich der LKA-Präsident bei diesem Gedanken ertappt, schoss ihm ein weiterer in den Sinn, einer, der ihn vollends elektrisierte: Wenn es für die Amerikaner so leicht war, die Sicherheitsbarrieren des LKA zu umgehen, musste man ihnen dann nicht auch zutrauen, dass sie bereits über Möglichkeiten verfügten, Gedanken zu lesen? Lasen sie am Ende gerade mit, was er dachte? Sein Blick glitt zum Fenster. Draußen flog etwas. Für einen Moment glaubte er, eine Drohne zu sehen. Aber dann erkannte er eine Taube mit beigefarbenem Gefieder.

Das Telefon klingelte. Es war Innenminister Werner. »Wie sieht es aus mit Fortschritten im Dönermesser-Fall, Zimmerschied?« Der LKA-Präsident war in Gedanken noch bei den

Möglichkeiten des Gedankenlesens. Wenn die Amis seine Hirnströme anzapfen wollten, dann könnten sie dies nur, wenn sie ihm etwas ins Hirn eingebaut hätten, einen Prozessor oder dergleichen. Langsam wurde er wohl endgültig verrückt.

»Zimmerschied?«

»Ja?

»Ich habe Sie etwas gefragt.«

»Äh, was war noch einmal Ihre Frage, Herr Minister?«

»Ob es was Neues gibt in Sachen Dönermesser – Menschenskinder, Zimmerschied, sind Sie sicher, dass Sie nicht mal eine Pause vertragen könnten? Die Sache mit Ihrer Frau ist gravierend …«

»Nein, nein, wir ermitteln mit Hochdruck. Aber … es hat sich noch keine eindeutige Richtung herauskristallisiert.«

»Und was ist mit dem Staatsbesuch?«

Zimmerschied räusperte sich. »Darüber …« Er zögerte. Wie sollte er es dem Vorgesetzten sagen, wo doch der US-Geheimdienst mithörte? »Darüber bin ich zu … Stillschweigen verpflichtet.«

»Mir gegenüber?« Der Politiker lachte überrascht, ja peinlich berührt.

»Ja«, presste der LKA-Präsident hervor, mehr gelang ihm nicht, er griff nach seinem Kugelschreiber und knipste zweimal.

Nun räusperte sich der Innenminister seinerseits. Dann sagte er: »Ähm, Ihnen ist schon klar, dass ich Ihr Vorgesetzter bin?«

»Ja, ja, ist doch logisch. Ist mir vollkommen verständlich, dass Sie das – ähm – irritiert. Aber …« Zimmerschied senkte die Stimme, was ihm umgehend selbst lächerlich erschien, denn wenn der Geheimdienst mithörte, dann lauschte er vermutlich gerade bei den leisen Worten besonders genau. »… Die lassen sonst alles platzen. Das wurde mir … eben … gerade … so … vermittelt.«

Nun lachte Innenminister Werner laut auf. »Herr Zimmerschied, wir sind ein autarkes Land. Ihnen muss doch klar sein, dass wir nicht jeden Blödsinn mitmachen können, den uns der Amerikaner vorschreibt. Ist das wirklich wahr? Die wollen alles platzen lassen, wenn wir nicht nach ihrer Pfeife tanzen?«

»Ja.«

»Die spinnen ja wohl!« Innenminister Werner war lauter geworden.

»Psst«, zischelte der LKA-Präsident.

»Was heißt hier ›Psst‹? Ihnen geht's wohl zu gut. Sie haben mir hier gar nichts zu pssten! Ich bin Ihr Chef! Und auch wenn jetzt die Nerven blank liegen, müssen Sie sich zusammenreißen!« Der Politiker legte eine maliziöse Pause ein. »Sie wissen, dass der Ministerpräsident Sie auf dem Kieker hat …« Zimmerschied überkam ein Frösteln – »Nerven blank liegen« hatte Alfred Werner gesagt. Genau die Formulierung, die auf dem verfluchten Zettel stand. Sag jetzt nicht auch noch, dass mein Stuhl wackelt, dachte Zimmerschied, während er fühlte, wie sich unter seinen Achseln die Schweißporen öffneten. Und prompt kam es: »Ihr Stuhl wackelt, Zimmerschied.«

Steckten hinter diesen Drohbriefen womöglich wesentlich höhere Stellen? Wollte man ihn auf diese Weise loswerden? Aber weshalb? Er machte doch nur seinen Job! Und auch wenn es derzeit suboptimal lief, so hatte er bislang doch sämtliche Projekte stets zum Erfolg geführt. Von einem leichten Schwindel befallen, sagte der LKA-Präsident: »Bitte missverstehen Sie mich nicht, Herr Minister: Ich habe das doch alles nicht in der Hand. Ich bin bloß ein ausführendes Organ unseres …« Er fahndete nach einem positiv besetzten Begriff, mit dem er den durchgeknallten Amerikaner bezeichnen konnte: »… anspruchsvollen Partners. Ich kann Ihnen nur sagen, dass ich strikte Weisungen habe – von ganz oben. Maulkorb. Ich darf nicht sprechen. Mit niemandem. Nicht einmal mit Ihnen.«

»Haha, von ganz oben! Wissen Sie was, mein Lieber: Für Sie bin ich ganz oben! Da werden Sie mir das wohl sagen *müssen*!« Der Innenminister war jetzt richtig sauer.

»Nein – also ja, also nein ...« Was sollte der LKA-Präsident hierauf erwidern? Er befand sich in einer vertrackten Situation. Während seine Frau auf Bali durchdrehte, drohte er von den Mühlen der Weltpolitik zermahlen zu werden – und sein Vorgesetzter kapierte es nicht!

»Zimmerschied«, begann Alfred Werner jetzt streng. »Muss ich Ihre Loyalität infrage stellen? Heben Sie ab, oder was? Hundertfünfzigtausend Dollar auf einen Schlag! Für die Organisation eines Weißwurstfrühstücks für einen durchgeknallten Spinner!«

»Herr Minister!«, entfuhr es dem Präsidenten entsetzt.

»Steigt Ihnen das viele Geld zu Kopfe? – Zimmerschied, ich appelliere an Ihre Bodenständigkeit: Dieser Amerikaner, wegen dem wir diesen ganzen Zirkus hier veranstalten, ist doch letztlich auch nur ein Mensch ...« Der LKA-Präsident wusste nicht, was er tun sollte, um den Innenminister zu stoppen. Der Mann redete sich um Kopf und Kragen. »... und ich prophezeie Ihnen: In nicht einmal drei Jahren ist der weg vom Fenster. Erst das stümperhafte Ausländergesetz, dann die Steuerreform, die Mauer nach Mexiko, die Bombardierung Syriens ... Der Trottel macht doch einen Fehler nach dem anderen, verschrottet gehört der. Wir dürfen beten, dass er Amerika nicht völlig gegen die Wand fährt!«

»Reden Sie bitte nicht so über den Herrn Präsidenten.« Zimmerschieds Stimme zitterte.

»Den ›Herrn‹ Präsidenten! Ich glaube, ich spinne! Größenwahnsinnig ist der. Und ich rede, wie's mir passt. Und zwar über jeden, Sapprament ...« Er hielt inne, schien nachzudenken und sagte dann etwas zögerlicher: »... außer vielleicht über unseren Herrn Ministerpräsidenten.«

»Ich bitte Sie, Herr Werner«, flehte Zimmerschied.

»Was stellen Sie sich jetzt eigentlich so an? Nennen wir das Rumpelstilzchen doch beim Namen: Dieser POTUS ist irre, ein Narzisst, ein Psychopath. Das weiß doch jeder, das sagt sogar unser Ministerpräsident. Wir spielen dieses Spiel doch nur mit, weil …«

»Schluss jetzt, Herr Werner! Bitte!«, fuhr Zimmerschied dem Chef über den Mund. Dann schob er leiser, aber gerade so laut, dass es der Innenminister noch verstehen konnte, hinterher: »So dürfen wir nicht reden. Die Amis, die hören doch alles mit.«

ZWEIUNDZWANZIG | Phantomin

»*Alle* haben zu kommen«, hatte Zimmerschied Rötli erklärt. Er hatte die Faxen dicke. Er wollte die komplette Soko Dönermesser plus die komplette Mannschaft aus der DNA-Analyse plus den jungen Tommy Hensch um sich versammelt sehen. Man befand sich in einer prekären Situation. Man musste die Kräfte zusammenziehen. Ihnen rannte die Zeit davon. Und die Problematik lag auf der Hand: Solange ihm die von dieser mysteriösen Mannfrau begangene Tatserie im Kopf herumspukte, war es doch vollkommen unmöglich, sich auf den Besuch des US-Präsidenten zu konzentrieren. Wer an zu vielen Fronten kämpfte, dem drohte der Untergang. Diese bittere Erfahrung hatten bereits zahllose Feldherren vor ihm gemacht. Aber er, Zimmerschied, brauchte einen freien Kopf; er brauchte kreative Ideen. Nur so konnte es ihm gelingen, einen Event zu kreieren, der den amerikanischen Präsidenten im Herzen seines Größenwahns traf und damit zufriedenstellte. Geriet der Event zu klein, kappte der POTUS womöglich sämtliche Wirtschaftsbeziehungen zu Deutschland. Zimmerschied hatte nichts weniger als die Zukunft des Landes an der Backe.

Mit einem Ruf aus dem Vorzimmer rüttelte ihn seine Sekretärin aus seinen schwerwiegenden Überlegungen: »Der Herr Doktor Ballko kann nicht, der hat einen Zahnarzttermin.«

Sofort war Zimmerschied auf hundertachtzig, und das war seiner Antwort anzuhören: »Der Herr Doktor Ballko wird seinen Zahnarzttermin absagen und zu dieser Besprechung kommen! Jeder hat zu kommen. Das ist ein Befehl. Die Zeit der Ausreden ist vorbei!«

»Der hat aber akutes Zahnweh …«

»Das ist mir wurscht, was der hat. Wir haben hier eine akute Sicherheitsgefährdung, Kruzifix!«

Sekunden später stand Elisabeth Rötli im Büro ihres Chefs: »Ist alles gut mit Ihnen, Herr Präsident? Brauchen Sie vielleicht eine Aspirin oder Baldrian?«

Zimmerschied sah seine Mitarbeiterin aus zusammengekniffenen Augen an. Baldrian? Machte sich Rötli über ihn lustig? Wollte sie ihn schwächen? Baldrian war doch für alte Frauen! Er war Ex-Boxer und einer der mächtigsten Polizeipräsidenten Deutschlands. Stand Rötli überhaupt auf seiner Seite? Hatte am Ende sie die Leute vom Secret Service in sein Büro eingelassen? Er fühlte sich umzingelt.

»Warum schauen Sie mich so an?« Rötli blickte an sich hinunter, ihr beigefarbenes Kostüm saß tadellos bis hinab zu der weißen Seidenstrumpfhose und den beigefarbenen Pumps.

Anstelle einer Antwort schüttelte der LKA-Präsident nur unwirsch den Kopf und signalisierte ihr mit einer unfreundlichen Handbewegung, dass sie den Raum verlassen solle. Als er hörte, wie Rötli genervt ausatmete, rief er ihr hinterher: »Und so genervt ausgeatmet wird hier in meinem Büro auch nicht mehr!« Dann schob er noch grummelig hinterher: »Muss ich hier jetzt andere Saiten aufziehen, oder was?«

Die Wut des LKA-Präsidenten steigerte sich noch, als er feststellte, dass plötzlich auch Ramona Ahlhaus am Besprechungstisch saß. Die Staatsanwältin mit den abgekauten Fingernägeln und der wuchtigen Figur erinnerte ihn stets an einen Panzer auf Pumps. Obwohl mit reichlich stämmigen Fesseln ausgestattet, trug sie hohe, um nicht zu sagen: höchste Schuhe; und diese meist vorn spitz zulaufenden Waffen waren oft auch noch mit schillernden Pailletten besetzt. Für einen Hand- und Fußästheten wie Zimmerschied bot allein der Anblick der Ahlhaus'schen Hände und Füße hinreichende Gründe, um aus dem Fenster zu springen. Ein weiterer war ihr schwäbischer Akzent, der sie noch neunmalklüger wirken ließ, als sie es ohnehin schon war. Kaum hatte sie Platz genommen, breitete sich ihr moschuslastiges Parfüm im Raum aus wie eine Seuche. Zimmerschied hasste diesen Geruch. Wie Ramona Ahlhaus von der spontan einberufenen Konferenz erfahren hatte, war ihm schleierhaft. Aber es gab noch einen weiteren Teilnehmer, der ihm sofort auf die Nerven ging: Dr. Ballko war tatsächlich erschienen. Allerdings sah seine linke Wange aus, als wäre ein Schwarm Hornissen über sie hergefallen. Wegen der Schwellung saß ihm die Woody-Allen-Brille schief ihm Gesicht. Zimmerschied mied den Blickkontakt mit dem DNA-Experten. Immerhin wirkten die anderen, also die Molekularbiologen Dr. Augustin, Dr. Hammerschmidt und Dr. Herbst sowie die Ermittler Barbara Veltroni und Hannes Södlinger und auch der Computerexperte Hensch, auf den ersten Blick einsatzfähig.

Nach einem kurzen »Grüß Gott« kam der LKA-Chef ohne Umschweife zum Thema. »Meine lieben Freunde«, begann er sarkastisch, »so geht das nicht weiter: Ich habe das unangenehme Gefühl, dass wir im Dönermesser-Fall auf der Stelle treten. Wo bleiben die Fortschritte?« Er schrie jetzt beinahe: »Wo sind die Ergebnisse? Wir sind das Landeskriminalamt! Wir brauchen Ergebnisse!« Er sah alle der Reihe nach an. »Hat mir irgendjemand an diesem Tisch etwas Neues zu berichten? Etwas, das mich beruhigen könnte? Haben die Vernehmungen der Döner-Mitarbeiter einen Hinweis zutage gebracht, der uns weiterbringt? Ich selbst habe immerhin eine Verbindung zu einer rechtsradikalen Studentenverbindung enthüllt. Aber was ist mit Ihnen?«

»Wenn ich mir hier einen Kommentar erlauben darf, Kollege Zimmerschied: Der Ton, mit dem Sie hier ins Rennen gehen, ist weder angemessen noch zielführend.« Das Schwäbisch war wirklich unerträglich. Der Präsident warf Ramona Ahlhaus einen bitterbösen Blick zu, erwiderte aber nichts. Wie gerne wäre er sie losgeworden. Aber obwohl er der einflussreichste Polizist des Freistaats war und Ahlhaus nur eine stinknormale Staatsanwältin, musste er sie dulden.

Wissenschaftler und Ermittler starrten nach Zimmerschieds Ausbruch und Ahlhaus' Kommentar betreten auf den Tisch. Nur Hensch schaute unverwandt in Richtung seines Chefs, aber der war ja auch blind. Dr. Augustin hielt ein Sagrotantuch in der Hand, sie wischte derart emsig, dass Zimmerschied Angst um seine Tischplatte bekam. Die Eleganz ihrer Hände beruhigte ihn ein wenig. Dennoch brach ein wütendes »Also gar nichts!« aus ihm hervor. Sich zurücklehnend, musterte er alle Mitarbeiter der Reihe nach. Ramona Ahlhaus' Blick mied er, es reichte schon, dass er ihren Geruch einatmen musste. »Wissen Sie, wie wir gerade dastehen? Wie – die – Deppen.« Erneut versuchte er, Augenkontakt mit den Mitarbeitern herzustellen, aber alle außer Hensch wichen aus. Und außer Dr. Herbst. Seine Lippen waren zu einem schmalen Strich zusammengepresst, aber Zimmerschied beschlich das Gefühl, dass der DNA-Fachmann innerlich lächelte. Konnte das sein? Was maßte der sich an?

Der LKA-Chef ließ einige Zeit verstreichen. Dann sagte er viel zu laut: »Jetzt – mal – ganz – ehrlich: Diese DNA-Identität ergibt doch überhaupt keinen Sinn! Frau Doktor Augustin, sind Sie sich wirklich hundertprozentig sicher, dass wir es hier nicht mit einem Laborfehler zu tun haben?«

»Ich weiß nicht, wie oft ich Ihnen das noch sagen soll«, verteidigte sich die Wissenschaftlerin, die im selben Moment abrupt ihre Säuberungsaktion gestoppt hatte. »Wir haben alle Abläufe mehrmals geprüft.«

»Das haben wir«, bestätigte Dr. Hammerschmidt, und auch der angeschlagene Dr. Ballko nickte.

Zimmerschied schnaubte. »Abläufe! Was ist mit den Wattestäbchen, mit den Pipetten, mit den Wischtüchern, was weiß ich, mit was Sie noch alles herumfummeln in Ihrem Scheißlabor? – Leute, ich kann alles brauchen, nur keine Blamage. Und ich sage euch: Wenn uns so etwas passiert wie den Kollegen mit dem Wattestäbchen-Fall vor ein paar Jahren, dann steht hier kein Stein mehr auf dem anderen! Oder diese idiotische Schlamperei mit den NSU-Spuren, die plötzlich am Fundort der Leiche von Peggy aufgetaucht sind. So etwas brauche ich in unserem Haus nicht!«

»Herr Kollege, bitte mäßigen Sie sich«, warf die Staatsanwältin schon wieder ein. Zimmerschied hätte sie erwürgen können.

»Uns ist kein Fehler unterlaufen. Dafür lege ich meine Hand ins Feuer«, sagte Dr. Augustin. Sie war um eine feste Stimme bemüht, aber Zimmerschied glaubte, einen Anflug von Unsicherheit herauszuhören. Wackelte die Augustin etwa? War sie überfordert? Dr. Hammerschmidt nickte der Leiterin der DNA-Analyse beifällig zu. Dr. Ballko schien sich wieder in seine Zahnschmerzen verkrochen zu haben. Dr. Herbst jedoch blickte Zimmerschied direkt an, und der empfand die Miene des Wissenschaftlers als indifferent und irgendwie merkwürdig. Was wollte Herbst? Was schaute der so saudumm? Der Präsident wich dem Blick aus. Als er Hensch ins Visier nahm, dessen blinde Augen wie immer hinter einer Sonnenbrille verborgen waren, sagte dieser: »Ich habe das ja schon mal gesagt: Ich würde die Villa Kluthe auf Schwarzgeld untersuchen.«

»Hört, hört, das blinde Orakel«, meinte Barbara Veltroni nicht ohne Hohn. Ohne sich von dem Einwurf rausbringen zu lassen, fuhr Hensch fort: »Das bringt uns zwar vielleicht nicht direkt weiter, aber womöglich indirekt. Ich finde noch immer, dass diese Kluthes sich komisch angehört haben, als es um die entwendeten Sachen ging. Da stimmt was nicht.«

»Wäre schön, wenn du auch mal was sagen könntest, was uns in Sachen Mai-Mord weiterbringt«, erwiderte Veltroni patzig.

Zimmerschied war das mit dem Schwarzgeld genau genommen egal. Aber weil er Barbara Veltronis Art provokant fand, befahl er: »Die Villa wird durchsucht – und zwar von Ihnen und Ihnen«, er deutete auf Veltroni und Södlinger.

»Und noch etwas wollte ich sagen«, meinte Tommy Hensch. »Ich konnte die Spur zu den Leuten, die die Alarmanlage gehackt haben, leider doch nicht ganz zurückverfolgen.«

»Aber hier sitzen und klugscheißen«, giftete Veltroni, was ihr einen strafenden Blick Zimmerschieds eintrug. »Es wäre gut, wenn sich jeder auf seinen Job konzentrieren würde.«

Zimmerschied wurde bewusst, dass ihm die Kontrolle über die Stimmung unter seinen Mitarbeitern längst entglitten war. Doch Hensch sprach ungerührt weiter: »Fest steht nur, dass das keine Superprofis waren. Oder vielleicht waren die auch nur faul.«

»Woher wollen Sie das wissen?«, erkundigte sich der LKA-Präsident, nun bemüht um eine ruhigere Gangart.

»Na ja, wenn man so was professionell macht, dann gibt man sich mit der Verschlüsselung ein bisschen mehr Mühe.«

»Dürften wir erfahren, was unser Orakel damit sagen will?« Für diese Frage erntete Veltroni jetzt sogar von dem eher zurückhaltenden Södlinger einen kritischen Seitenblick. Nervös rückte er seine Fliege zurecht.

»Kapiert hier doch eh keiner, wenn ich erkläre, wie man seinen Hackerangriff nach den Regeln der Kunst verschlüsselt«, erwiderte Hensch erstaunlich frech.

»Also, ganz blöd sind wir ja auch nicht«, konterte Södlinger.

»Genau. Erklär doch mal«, zickte Veltroni direkt hinterher.

Hensch warf einen blinden Blick in die Runde und sagte: »Also gut. Es gibt verschiedene Möglichkeiten, die Spuren eines Hacks gut zu verschleiern. Eine davon ist die: Man parkt vor einem Haus mit WLAN und hackt sich rein. Dann öffnet man den Tor-Browser – dieses Anonymisierungsnetzwerk kennt hier ja vermutlich jeder – und verbindet sich mit einem doppelten VPN-Netzwerk; VPN steht für Virtual Private Network. Damit es wirklich sicher ist, sollte es über verschiedene Anbieter laufen. Dann stellt man die Verbindung zu einem eigenen Peer-to-Peer-Botnet mit Sock5-Proxyserver oder VPN-Feature her; natürlich muss das alles voll verschlüsselt ablaufen. Nun übernimmt der Botnet-Client den Proxyserver. Dieser wiederum leitet alle Verbindungen zu einem Random-Bot weiter, der dann als Proxy fungiert; dieser wiederum benutzt den Tor-Browser und mindestens einen Proxy, womit er eine Verbindung zum eigentlichen Ziel herstellt; in unserem Fall wäre das die Alarmanlage.«

»Aha«, meinte Veltroni sarkastisch.

Doch Hensch ließ sich nicht beirren. »So hätte ich das gemacht. Aber die Einbrecher bei den Kluthes waren nicht so geschickt. Die haben sich einfach nur in die San Francisco Coffee Company am Odeonsplatz gesetzt, haben sich mit einem Computer, dessen IP sonst noch nie in Erscheinung getreten ist, über das öffentliche WLAN eingeloggt, den Tor-Browser eingeschaltet und die Alarmanlage ausgeknipst.«

»Und warum kannst du das dann nicht zurückverfolgen?«

»Weil erstens der Tor-Browser ganz gut funktioniert und zweitens zum besagten Zeitpunkt ungefähr fünfhundert Leute im Free-WLAN auf dem Odeonsplatz eingeloggt waren. Ganz blöd waren die Täter also nicht. Aber eben auch keine Profis. Was für mich bedeutet, dass die vielleicht doch nicht so wahnsinnig gut organisiert sind, wie es diese Tatserie zunächst einmal erwarten lassen würde.«

»Was bitte soll an der gescheiterten Vergewaltigung wahnsinnig gut organisiert gewesen sein?«, wollte Veltroni wissen.

»Okay, Punkt für dich«, gab Hensch zu.

Wenig später löste Zimmerschied die Sitzung auf. Zu Hause auf dem Bauernhof erwartete ihn eine weitere böse Überraschung – und den Ahlhaus'schen Moschusgestank hatte er noch den ganzen Abend in der Nase.

DREIUNDZWANZIG | Cocktail

Obwohl er zwecks Seelenhygiene seine Stereoanlage im Auto extrem laut gestellt hatte – es lief »Camarillo Brillo« von Frank Zappa –, vernahm Zimmerschied, als er in die Einfahrt zu seinem Bauernhof einbog, ein Geräusch, das nicht in die Idylle passte. Der klagende Laut hatte etwas Unmenschliches. Am ehesten konnte er noch von einer Kuh stammen. Aber so hatte der Präsident noch nie eines seiner Tiere schreien gehört.

Das Brüllen ging ihm derart durch Mark und Bein, dass er nicht wie sonst erst im Wohnhaus den Anzug gegen die Stallkleider eintauschte, sondern direkt zu den Kühen ging. Es war Angelina, die frischgebackene Mutter, die so schrie. Sie hörte sich monströs und unnatürlich an. Als Zimmerschied neben sie trat, begriff er ihren Kummer: Das Kälbchen, das noch am

Morgen einen stabilen Eindruck gemacht hatte, lag leblos auf dem Boden. Der Präsident kniete nieder und hielt sein Ohr an die Nasenöffnungen. Immerhin: Da war noch der zarte Hauch eines Atems. Das kleine Tier lebte noch. Sofort wählte er die Telefonnummer des Tierarztes. Doch als der große Mann eine Viertelstunde später mit seinem Geländewagen auf den Hof fuhr, bekleidet mit dunkelblauen Gummistiefeln, einer nicht ganz sauberen Jeans und einer Strickjacke, erhielt Zimmerschied eine niederschmetternde Nachricht. »Ist tot«, sagte der Veterinär mit einem Akzent, dem man noch immer das Land seiner Geburt anhörte. Goran Tomic war jenseits des einstigen Eisernen Vorhangs geboren worden, Zimmerschied wusste nicht genau, wo. Tomic zündete sich eine Zigarette an. Dann fragte er: »Soll ich packen Kalb in Schachtel, oder will Präsident selber schmeißen weg?«

»Sind Sie verrückt?«, rief Zimmerschied böse. »Natürlich schmeißen wir das Kalb nicht weg. Das ist ein Lebewesen! Das bleibt da.« Leiser fügte er an: »Das werde ich … begraben.« Er war unendlich müde. Die Last des Tages war von ihm abgefallen. Er fühlte sich verletzlich.

Der Tierarzt zuckte mit den Schultern, zog an seiner Zigarette und sah sich um. Sein Blick blieb an dem Gewehr und der Schachtel mit dem Christopher-Street-Day-Aufdruck hängen. Zimmerschied hätte sich in den Hintern beißen können – wieso hatte er die Waffe nicht in den Keller gebracht zu den anderen? Jetzt wandte der Veterinär die Augen wieder ihm zu und fragte in einem Tonfall, den Zimmerschied als unverschämt ironisch empfand: »Christopher Street Day und Gewehr …« Er zögerte. »Wo ist eigentlich Frau von Präsident?«

»Sie ist …« Zimmerschied überlegte, was hier nun die klügste Antwort war. Der Tierarzt kam viel herum. Was Tomic wusste, wussten bald nicht nur sämtliche Bauern und Pferdebesitzer in einem Umkreis von fünfzig Kilometern, sondern auch die Besucher seiner Kleintierpraxis am Stadtrand von München. Es war nicht klug, ihm Dinge anzuvertrauen, die nicht für die Öffentlichkeit bestimmt waren.

»Schon lange nicht mehr gesehen, Frau von Präsident«, schob der Veterinär jetzt nach.

»Ja, sie … Roswitha ist … sie ist verreist …«

»Sag mir mal: Christopher Street Day ist Schwulenparty?«

»Ja, schon«, meinte Zimmerschied. Er wollte nicht sagen, dass es sich bei der Schachtel um ein Beweismittel handelte. Der Fall war ja noch gar nicht aktenkundig. Außerdem durften Beweismittel nicht so offen herumliegen. Was seine Nachforschungen im Dorf betraf, da hatte er auf ganzer Linie versagt. Nichts hatte er unternommen, um die rätselhafte Waffeneinlieferung im Beichtstuhl aufzuklären. Vielleicht hatte der Innenminister recht und er brauchte ein Sabbatical?

»Und Waffe da ist echt?« Tomic deutete mit der Hand, die die Zigarette hielt, auf das Sturmgewehr.

»Nein«, antwortete Zimmerschied schnell. Im selben Moment ärgerte er sich über sich selbst: Jetzt log er auch noch!

Ehe es der Präsident verhindern konnte, machte der Tierarzt drei Schritte in Richtung der Waffe und griff danach. »Wiegt aber wie echt.« Er warf Zimmerschied einen kritischen Blick zu.

»Ja, ja, vielleicht ist sie das ja auch. Ich habe … die Waffe … geschenkt bekommen.« Der LKA-Präsident konnte es nicht fassen: Jetzt stotterte er auch noch! Er, der er Menschen verhört hatte, die kapitale Verbrechen begangen hatten, ließ sich von den Fragen eines Tierarztes, der nicht einmal richtig Deutsch sprach, vollkommen aus dem Konzept bringen!

»Also doch echt. Und wo ist Frau von Präsident?« Er zog an seiner Zigarette und betrachtete Zimmerschied abschätzend von oben bis unten.

»Das sagte ich doch bereits: verreist! Sie ist in Asien. Roswitha nimmt sich eine Auszeit.«

»Ist Präsident sicher?« Tomic zwinkerte ihm derart saudumm zu, dass Zimmerschied fast schlecht wurde.

»Ja!«, rief er aufgebracht.

»Du sicher nicht Frau um Ecke gebracht mit diese Gewehr?« Der Tierarzt hatte die Frage wohl eher als Scherz gedacht, aber Zimmerschied fühlte sich außerstande, locker darauf zu reagieren.

»Aber ganz sicher nicht«, antwortete er empört. »Ich werde doch nicht meine Frau … also bitte!«

»Damit Präsident kann gehen auf Street Day und machen Party mit Männern wie Lust hat …?«, sponn der Veterinär glucksend seine Geschichte weiter.

»Nein, verdammt, hören Sie auf mit diesen blöden Andeutungen!«

Zimmerschied wusste nicht, was den Tierarzt ritt, aber anstatt aufzuhören, trieb der das Spiel noch weiter. »Präsident mit Gewehr auf Schwulenparty, lustig ist das …« Lachend griff er nach der Schachtel. »Darf ich reinschauen? Ist rosa Hose drin? Dildo oder anderes Schweinskram?«

»Nein, dürfen Sie nicht. Es reicht jetzt!«, entfuhr es Zimmerschied.

Der Arzt zog die Hand zurück, sagte aber: »Also doch schwul, Präsident? Und Frau Roswitha nicht in Asien, sondern vergraben in Garten … und das …«, er hielt das Sturmgewehr hoch, »… ist Tatwaffe, hahaha!«

In diesem Moment brannten im Rechenzentrum von Zimmerschieds Gehirn mehrere Sicherungen durch – anders war nicht zu erklären, was er tat: Der Präsident des Landeskriminalamts holte aus, machte einen Schritt auf den großgewachsenen Tierarzt zu und schlug ihm mit der Faust ins Gesicht. Der Nasenknochen gab ein knackendes Geräusch von sich, und der

Gegner ging sofort zu Boden. Allerdings berappelte er sich wenig später, sodass er zum Sitzen kam. Nun hielt er sich mit beiden Händen die Nase. Zwischen seinen Fingern tropfte das Blut heraus. Die beiden Männer starrten sich an. Als der Präsident sich niederkniete, um dem Tierarzt zu helfen, zuckte dieser ängstlich zurück.

»Alles gut, ich ... das ... ich ... wollte das nicht«, stammelte Zimmerschied und fummelte aus der linken Außentasche seines grauen Anzugs eine Packung Papiertaschentücher hervor. »Es tut mir leid, Herr Tomic. Ich bin ... ich habe ... es ist gerade sehr viel.« Er gab dem Tierarzt ein Taschentuch. »Hier, Sie bluten.«

Der Tierarzt hielt sich das Taschentuch an die Nase und schüttelte ungläubig den Kopf. »War bloß Witz. Aber ...« Er zögerte. »Präsident nicht witzig. Mann, Mann, Mann! Guter, harter Schlag auf Nase. Woher kommt?«

Zimmerschied dachte an den Vorfall in der Stadt, als er den unverschämten SUV-Fahrer niedergeschlagen hatte. Und jetzt das. Den Tierarzt! Er hatte den Tierarzt fast krankenhausreif geschlagen.

Zimmerschieds Opfer kam mühsam auf die Beine. »Habe Mull in Auto.« Schleppenden Gangs schlurfte er zum Kofferraum seines Geländewagens. Zimmerschied folgte ihm. Schockiert von sich selbst. Wo war der souveräne Polizeipräsident geblieben, der er noch vor wenigen Tagen gewesen war?

Der Tierarzt drückte sich mit der einen Hand eine Mullbinde an die Nase, mit der anderen prüfte er das Nasenbein. »Tut weh, aber nicht kaputt.« Er hob den Blick. »Also, Präsident, guter Schlag, woher kommt? Boxer?«

»Ja, war ich mal. Früher, als ich jung war. Herr Tomic, mir tut das so leid. Ich weiß nicht, was ich ... wie ich Ihnen ... das wiedergutmachen kann.«

»Schon gut. – Also Präsident nicht schwul. Aber was ist jetzt mit Frau? Alte ist abgehauen, oder was?«

»Nein, nein, hören Sie auf. Kommen Sie, Herr Tomic, wir gehen rein. Da können Sie sich reinigen, und ich mache uns einen Drink.«

Während der Tierarzt sich im Badezimmer notdürftig vom Blut befreite, mixte der Präsident einen Drink rötlichen Farbtons und verteilte ihn auf zwei Gläser. Als die beiden Männer am Küchentisch saßen, hob Tomic das Glas und prostete ihm zu: »Auf Street Day! Auf Waffen! Auf Frauen! Gut verteidigt Ehre, Präsident!« Zimmerschied erwiderte hierauf nichts, sondern nickte nur und trank mit einem Zug das halbe Glas leer.

Auch der Veterinär nahm einen Schluck. »Mmh, schmeckt gut«, kommentierte er. »Was ist?«

»Mein Lieblingsdrink«, sagte der Präsident.

»Heißt?«

»El Presidente.«

»Haha, Präsident ist doch witzig!«

»Nein, der heißt echt so. El Presidente. Habe ich auf Kuba entdeckt. Da waren Roswitha und ich vor zwölf Jahren.«

»Schmeckt gut.« Der Arzt nickte anerkennend.

»Ja.« Der Präsident trank sein Glas leer. »Noch einen?«

»Nein, nicht gut für Autofahren.«

»Sie können ruhig noch einen.«

»Nein, nicht gut. Wenn Polizei mich erwischt ...«

»Kommen Sie, ich bin der Präsident vom LKA. Trinken Sie noch einen. Wenn Sie auf dem Weg Kollegen begegnen, dann rufen Sie mich einfach an. Sie haben jetzt wirklich etwas gut bei mir.«

»Schön. Dann ich nehme noch einen El Presidente.« Die Stimme des Tierarztes klang etwas nasal.

Zimmerschied mixte noch drei weitere Drinks für jeden. Als es kurz vor Mitternacht war und ihr intensives Gespräch plötzlich verstummte, sagte der LKA-Präsident nach einer Weile des Schweigens: »Und jetzt, Herr Tomic, beerdigen wir das Kalb.«

»In Garten?«, fragte der Veterinär zwar leicht lallend, aber durchaus unternehmungslustig.

»Ja. Weil in eine Kiste stecken und dann wegschmeißen, das geht nicht.«

»Nein? Geht nicht?«

»Nein.«

»Gut. Wo Schaufel?«

»Im Stall.«

Eine halbe Stunde später war das Kalb im hinteren Teil des Bauerngartens beerdigt. Die beiden Männer standen sich im grellen Licht eines Bauscheinwerfers gegenüber. Der Präsident des LKA im Anzug und der Tierarzt in Gummistiefeln. Letzterer meinte: »Und jetzt wir schießen mit Gewehr.«

»Nein, das tun wir lieber nicht«, lallte Zimmerschied. Er trat einen Schritt zum Veterinär hin, legte ihm den Arm um die Schulter und sagte: »Wir rufen Ihnen jetzt ein Taxi.«

VIERUNDZWANZIG | Elefantenschwanz

Der Morgen graute, der Tierarzt stieg gerade in ein Taxi, und der Präsident des LKA war sturzbetrunken. Dennoch entfaltete sich in seinem Kopf ein klarer Gedanke: Er musste die Kriegswaffen loswerden. Jetzt sofort. Kaum war das Taxi vom Hof gerollt, eilte Zimmerschied in den Stall und versorgte die Tiere, so gut es angesichts seines desolaten Zustands ging. Auch nach Angelina schaute er. Ihr kummervoller Blick rührte ihn. Natürlich hatten Kühe auch Gefühle. Zimmerschied strich ihr über den Rücken. »Es tut mir leid«, sagte er, dann ging er duschen. Zwanzig Minuten später lagen sämtliche Kriegswaffen, die er in seinem Haus aufbewahrte, inklusive der Schachtel mit den Patronen und dem unerklärlichen Christopher-Street-Day-Aufdruck im Kofferraum seines Dienstfahrzeugs. Der Präsident fuhr in Richtung Landeshauptstadt. Als er die Autobahn verließ und auf den Mittleren Ring wechselte, schickte er ein Stoßgebet gen Himmel, dass er nicht einer Streife begegnete. Für die Kollegen im Streifendienst gab es keinen größeren Triumph, als einen Polizeipräsidenten betrunken am Steuer zu erwischen. Das wusste er genau, da er lange genug selbst Streife gefahren war.

Aber Zimmerschied hatte Glück. Als er die Schranke zum LKA passierte, vermeldete der Zeitmesser am Armaturenbrett seines BMW die Uhrzeit: vier Uhr dreiundvierzig. Das Amt war verwaist. Von den wenigen Menschen, die um diese Uhrzeit Dienst schoben, war nichts zu hören oder zu sehen. Der Präsident trug die Waffen durch die leeren, spärlich beleuchteten Gänge. Er schwitzte, der Alkohol wollte raus, und er bemühte sich, nicht zu wanken. Im Präsidentenbüro angekommen, stellte er erleichtert fest, dass ihn kein Mitarbeiter gesehen hatte. Er deponierte die gefährlichen Gerätschaften auf seinem Tisch und ging ins Vorzimmer. Ein Hauch von Optimismus wehte durch seinen Kopf. War er nicht schon wieder einigermaßen nüchtern? Doch dann sah er den Arbeitsplatz seiner Sekretärin in seiner perfekten Aufgeräumtheit vor sich liegen, und ihn schwindelte. Planlos wandte er sich der Kaffeemaschine zu und drückte hier und da einen Knopf. Das Modell war, soweit er sich erinnerte, vor gar nicht langer Zeit angeschafft worden. Seine Funktionsweise erschloss sich dem Präsidenten jedoch nicht. Er dachte an Henschs Vortrag über das Hacken fremder Alarmanlagen, ihm spukten die Begriffe »Peer-to-Peer-Botnet« und »VPN-Feature« durch den Kopf. Sich mit der Kaffeemaschine zu befassen war sinnlos. Zimmerschied schnappte sich ein Glas aus dem Schrank und befüllte es am Wasserhahn. Als er kurz darauf, auf seinem Stuhl am

Schreibtisch sitzend, an dem Glas nippte, stellte er allerdings fest, dass das Wasser lauwarm war. Es schmeckte widerlich. Ihm war nicht gut. Dennoch fuhr er den Computer hoch und öffnete das E-Mail-Programm. Neben vielen unwichtigen Nachrichten – einer Einladung zum Sommergrillfest des Vereins der Polizei- und Schutzhunde Loisachtal e.V., dem Angebot, den Polizistinnen-Kalender des Folgejahrs vorzubestellen, einer Einladung zur Bayerischen Bullen-Rallye mit historischen Polizeifahrzeugen und einer weiteren zur Ausstellungsvernissage einer Förderschule mit dem Titel »Dein Freund und Helfer« – fand er auch zwei E-Mails vor, die das flaue Gefühl in seinem Magen noch verstärkten. Die eine war ihm vom Büro des Innenministers weitergeleitet worden. Als Zimmerschied sie anklickte, erkannte er, dass die Ursprungsmail aus der Staatskanzlei stammte. Der Präsident schluckte. Er scrollte nach unten und stellte fest, dass die Mail sogar vom Ministerpräsidenten persönlich unterschrieben worden war. In diesem Moment bereute Zimmerschied, in diesem Zustand und so früh am Morgen ins Amt gekommen zu sein. Er spielte mit dem Gedanken, sich hinter dem Schreibtisch auf den Boden zu legen und ein wenig zu schlafen. Aber schlafen konnte er, wenn er tot war, und außerdem war es nun mal nicht seine Art, unangenehmen Dingen aus dem Weg zu gehen. Also scrollte er doch wieder an den Anfang des Schreibens und las, was der Ministerpräsident dem Innenminister Alfred Werner schrieb:

Grüß dich, Alf,
Bezug nehmend auf unser eben erfolgtes Telfgspr. halte ich zwecks Dokumentation Folgendes fest: Die Tendenz, dass Staatsreg. in Roland-Mai-Sache zur Lachnummer wird, muss unvrzgl. gestoppt werden. Erkenne trotz deiner gegenteil. Beteuerungen nicht geringsten Fortschritt. Verstehe deine Loyalität Z. gegenüber, aber das ist privat

(Frau !) und kann nicht ewig gelten. Halte daher fest :
Wenn LKA nicht binnen einer Woche liefert, muss Z. weg.
Bevölk. muss zumind. subj. Gefühl haben, wir haben alles im Griff.
Mfg MP

Gegen die plötzliche Trockenheit in seinem Mund nahm Zimmerschied einen weiteren Schluck von dem schalen Leitungswasser. Dann öffnete er die nächste E-Mail. Sie stammte von Kate McMunny.

Mr. Zimmersheet!
President of the United States impatient. Waits for your precise ideas. Deliver immediately. POTUS absolutely wants to beat his predecessor in every fucking field, especially concerning visit germany. Create something! POTUS wants to be loved by all (!) Deutschmen. I am wondering, if you are motivated? Think of your money! 150 000 bucks is lot. Think of America! We'll make it great again!
See you in 34 days,
Kate
National Security Advisor

Während Zimmerschied noch auf die E-Mail starrte, spürte er, wie massive Kopfschmerzen vom Nacken her über seine Schädeldecke zogen. Zudem nahm er plötzlich mit großer Intensität den Alkoholgeruch wahr, der ihm aus allen Poren drang. Der Reihe nach zog er die Schubladen seines Schreibtischs auf und suchte mit zitternden Händen nach einer Kopfschmerztablette. Als er fündig geworden war, hievte er sich aus seinem Stuhl, schleppte sich mit dem Wasserglas zum Waschbecken im Vorzimmer und ließ es einlaufen. Die Tablette löste sich zischelnd auf. Es war entsetzlich, sogar dieses leise Geräusch bereitete ihm Kopfschmerzen. Dann setzte er sich wieder an den Tisch und dachte nach: Am meisten von allem ging ihm der Mai-Mord auf die Nerven. Von Anfang an war da der Wurm drin gewesen. Aber was sollte er tun? Er stieß säuerlich auf, blickte auf den Bildschirm. Unmöglich. Er konnte in seinem derzeitigen Zustand nicht über weitere Schritte nachdenken. Da mochte der Ministerpräsident noch so finster drohen. Und was war mit dem US-Präsidenten? Dessen Sicherheitsberaterin konnte anscheinend ja nicht einmal richtig Englisch. Unglaublich, dass man sich als LKA-Präsident für eine derartige Bagage einsetzen musste! Hundertfünfzigtausend Dollar ... Was bedeutete schon all das Geld angesichts des toten Kalbs, der verschwundenen Ehefrau, der Kriegswaffen und des Feindes, der sich vermutlich im eigenen Haus eingenistet hatte? Zimmerschied grübelte: Ihm blieb nur eine Chance, um diesen Staatsbesuch zum Erfolg zu führen: Er musste den POTUS bei seinen Vorlieben packen, so absurd sie sein mochten; und im Optimalfall hatten diese Vorlieben dann auch noch irgendetwas mit Bayern zu tun, sodass man der bayerischen Bevölkerung und den Politikern der Oppositionsparteien die massiven Belastungen, die die Visite des unbeliebten Mannes mit sich brachte, vermitteln konnte. Aber was für Vorlieben hatte der mächtigste Mann der Welt außer Frauen und Golf? Weil dem LKA-Präsidenten nichts einfiel, tippte er die Begriffe »Hobbys« und »US-Präsident« in das freie Feld der Suchmaschine. Gleich der erste Treffer elektrisierte ihn. Der Bericht des Online-Klatschblatts war überschrieben mit »Das grausame Hobby seiner Söhne« und handelte von der Jagd. Die Jagd – das war doch was! Das passte doch perfekt zu Bayern. Die Jagd hatte im Freistaat Tradition. Schon der einstige Ministerpräsident Franz Josef Strauß war ein passionierter Jäger gewesen, ja, er war sogar bei der Jagd gestorben. Die offizielle Version lautete, dass Strauß im

Jahr 1988 bei einer von Fürst Johannes von Thurn und Taxis organisierten Hirschjagd einem Multiorganversagen erlegen sei. Doch Zimmerschied hatte Einblick in geheime Akten genommen, in denen eine völlig andere Version ausgebreitet wurde: Demnach war der Tod des Ministerpräsidenten die geheime Racheaktion einer militanten Gruppe von Starfighter-Piloten-Witwen gewesen. Die von Strauß gegen jeden besseren Rat angeschafften Starfighter-Kampfflugzeuge (vermutlich waren Schmiergelder geflossen) waren technisch derart anfällig gewesen, dass ein Drittel der Maschinen abgestürzt war, wobei insgesamt 116 Piloten verunglückten.

In dem Artikel aus dem Klatschmagazin stand, dass der POTUS und seine Söhne besonders gerne Jagd auf Elefanten, Büffel und Leoparden machten. Es gab sogar Fotos, auf denen der US-Präsident mit einem blutigen Elefantenschwanz in der Hand abgelichtet war. Doch von den Dickhäutern gab es in Bayern nicht gerade viele. Und die lebten im Zoo. Zimmerschied dachte weiter nach. Was gab es in Bayern für Tiere, die imposant genug waren, um dem Ego des POTUS hinreichend zu schmeicheln? Hasen, Rehe und Wildschweine waren zu harmlos. Es brauchte etwas Größeres, um Amerika great again zu machen. Ein Bär war groß. Aber auch die waren selten in bayerischen Wäldern. Im Idealfall wanderte zufällig zur Zeit des POTUS-Besuchs wieder ein Problembär aus Italien ein, wie es in den vergangenen Jahren immer wieder einmal vorgekommen war; am besten einer, den man ohnehin abschießen wollte, vielleicht wanderte auch ein Wolf zu. Am besten wären ein Bär *und* ein Wolf. Und zusätzlich ein Hirsch. Aber dem US-Präsidenten diese Tiere in der bayerischen Wildnis vor die Flinte zu treiben – war nicht auch das viel zu gewöhnlich für die großartigste Jagd aller Zeiten?

Zimmerschieds Blick glitt über die Fotos in seinem Regal. Eines davon zeigte ein Porträt König Ludwigs des Zweiten, des

Herrn von Schloss Neuschwanstein. Der LKA-Präsident studierte das Gesicht des größten aller bayerischen Herrscher. Der Märchenkönig war vermutlich auch verrückt gewesen … Ja, das war es doch: der Märchenkönig! Man musste eine Jagd auf den Spuren König Ludwigs organisieren! In den Wäldern um Schloss Neuschwanstein! Nein, nicht Schloss Neuschwanstein, nicht mit den ganzen Chinesen und der diffusen Sicherheitslage. Da musste man dann nur wieder die halbe Bergwelt einzäunen und sämtliche Gullydeckel zwischen Immenstadt, Schongau und Garmisch-Partenkirchen zuschweißen. Das ganze Programm hatte er schon einmal gehabt, und die Bevölkerung hatte es nicht goutiert. Das brauchte er kein zweites Mal. Auch die anderen Schlösser König Ludwigs lagen ungünstig. Aber was war denn mit dem Hofgarten in München? Eine Jagd direkt im Herzen der Landeshauptstadt! Das war doch eine Idee. Ja, das war was: Zimmerschied würde für diese unglaublich dämliche Kate McMunny ein bayerisches Hamburger-Frühstück organisieren. An einer großen Tafel im Hofgarten der königlichen Residenz. Mit anderen spektakulären Gästen. Wer kam da infrage? Zimmerschied fielen sofort welche ein, jetzt hatte er wirklich einen Lauf: natürlich die Kanzlerin und Franz Beckenbauer; der Schlagersänger Hansi Hinterseer, die Fürstin von Thurn und Taxis, der Starkoch Alfons Schuhbeck, das Fotomodell Heidi Klum, der ehemalige Tennisspieler Boris Becker, die Hollywood-Schauspielerin Diane Kruger und der ehemalige deutsche und amerikanische Fußballnationaltrainer Jürgen Klinsmann. Vielleicht auch Berti Vogts. Und wenn dann all diese Figuren an der Tafel Platz genommen hätten, würde man einen wilden Problembären in den Hofgarten treiben; die Frauen, also Heidi Klum und die Fürstin, vielleicht auch Veronika Ferres, müssten vor Angst loskreischen, und rein zufällig müsste der US-Präsident in seiner Nähe ein Jagdgewehr erblicken. Zimmerschied würde schon dafür sorgen, dass da eines lag. Dann würde der POTUS den Bären erlegen, der Bär würde sofort von Alfons Schuhbeck und Uli Hoeneß zu Hackfleisch und schließlich zu bayerischen Burgern und Nürnberger Würstchen verarbeitet werden. Vielleicht konnte Christian Jürgens, der Sternekoch vom Tegernsee, auch noch mithelfen? Und wenn die Stimmung gut war, konnte man dann auch noch einen Wolf vor die Tafel treiben. Oder einen Hirsch. Ja, so würde die Sache ein Erfolg werden. Vermutlich galt es für dieses Konzept noch einige Überzeugungsarbeit zu leisten, aber letztlich hatte es beim Besuch des letzten US-Präsidenten auch niemand für möglich gehalten, dass man ein Weißwurstfrühstück in den Bergen ohne jeglichen Zwischenfall hinbekommen würde. Und am Ende waren sogar die Gipfelgegner, die eigentlich zum Demonstrieren gekommen waren, mit Tourismusprospekten nach Hause gefahren. Ein guter bayerischer Einfall konnte Berge versetzen. Zimmerschied hob gestärkt den Kopf. Die Schmerztabletten entfalteten ihre Wirkung.

Er musste eingenickt sein, denn plötzlich riss ihn ein lauter Ausruf vom Tisch hoch: »Ja, um Gottes willen, Herr Präsident! Wie schauen Sie denn aus?« Elisabeth Rötli stand im Türrahmen. Ihr wüstenfarbenes Kostüm saß tadellos, und ihr Gesicht war von einer geradezu unerträglichen morgendlichen Frische, genauso wie ihr Chanel-Duft. Zimmerschied schwindelte es. Er bemerkte, wie ein verknittertes Blatt Papier sich von seiner linken Wange löste und auf den Tisch segelte. Aber der Präsident hatte sich sofort im Griff. Er sagte: »Besondere Herausforderungen verlangen nach besonderem Einsatz, Frau Rötli. Ich habe eine Nachtschicht eingelegt, um mir über den Staatsbesuch Gedanken zu machen. Tagsüber komme ich ja nicht dazu.«

»Aha«, meinte die Sekretärin und ließ ihren prüfenden Blick

durch den Raum wandern. »Und warum riecht es hier so nach Alkohol – haben Sie etwas …«, sie zögerte, »… desinfiziert?«

»Ja«, sagte Zimmerschied. »Sozusagen – mich selbst.« Er konnte sich kein Lächeln abringen.

Rötli rümpfte die Nase. »Ich mache mal das Fenster auf, wenn es Sie nicht stört.« Ohne auf eine Antwort zu warten, stöckelte sie durch den Raum und ließ die frische Morgenluft hinein. »Was ist denn das?«, erkundigte sie sich, als sie die Waffen und die Christopher-Street-Day-Schachtel auf dem Besprechungstisch entdeckte.

»Das ist privat.«

»Aha. Maschinengewehr. Maschinenpistole. Privat.«

Obwohl Zimmerschieds Eingebungen für den Staatsbesuch unter strikter Geheimhaltung standen, konnte er damit nicht hinterm Berg halten. Er sagte: »Mir ist heute Nacht ein Kalb gestorben. Das war schlimm. Aber danach hatte ich plötzlich gute Ideen. Ich darf Ihnen das eigentlich nicht sagen …« Er schaute sich verschwörerisch in seinem Büro um, als würden ihm Wanzen oder Kameras der Amerikaner sofort ins Auge fallen, schüttelte dann den Kopf und meinte kurz entschlossen: »Wenn es meine Sekretärin nicht wissen darf, wer dann? – Wir veranstalten für den POTUS eine Bärenjagd im Hofgarten mit anschließendem Bären-Burger-Essen. Die Burger macht der Uli Hoeneß, vielleicht zusammen mit dem Schuhbeck. Was sagen Sie dazu?« Auf den verständnislosen Blick der Sekretärin hin fügte er an: »Der US-Präsident jagt doch gerne. Und der Uli Hoeneß hat eine Wurstfabrik …«

»Ja, ja, schon klar, aber … also …«

Weil sie es noch immer nicht zu verstehen schien, sagte Zimmerschied: »Dazu laden wir natürlich noch andere interessante Leute ein.« Er verlas die Gästeliste, welche mit Hansi Hinterseer endete. Dann fragte er: »Was halten Sie davon?«

»Toll, Herr Präsident. Aber vielleicht wären die Scorpions

anstatt dem Hansi Hinterseer passender, weil internationaler.« Elisabeth Rötli klang nicht ganz überzeugt. »Oder LaBrass-Banda, die sind wenigstens bayerisch … Weiß der Innenminister schon von Ihren Plänen?«

»Nein, dazu ist es noch zu früh … Könnten Sie mir bitte einen Kaffee machen? Ich kann das mit dem Proxy-Server nicht.« Er lachte über seinen eigenen Witz, er hatte wieder Zuversicht. Trotz des Katers. Rötlis Stirnrunzeln war ihm vollkommen gleichgültig.

Als eine dampfende Tasse Kaffee vor ihm stand, klingelte das Telefon.

»Guten Morgen, Herr Minister«, grüßte Zimmerschied den Vorgesetzten mit einem Lächeln auf den Lippen.

Alfred Werner hörte sich nicht so an, als hätte er ein Lächeln auf den Lippen. »Grüß Gott, Herr Zimmerschied. Haben Sie die Neuigkeiten aus den sozialen Netzwerken schon zur Kenntnis genommen?« Der LKA-Präsident verneinte, und der Politiker meinte: »Jetzt mal ehrlich, Herr Zimmerschied, ein Sabbatical würde Ihnen doch wirklich nicht schaden. Ich meine, dann könnten Sie die Sache mit Ihrer Frau klären …«

»Was ist denn jetzt schon wieder?«, platzte Zimmerschied heraus.

»Es kursiert da ein Video im Netz, auf dem man sieht, wie Sie mitten in München auf offener Straße einen Mann niederschlagen.« Der Innenminister wurde lauter. »Zimmerschied, was ist in Sie gefahren? Sie können doch nicht einfach Leute umhauen! Das ging vielleicht früher; aber jetzt, wo überall irgendein Idiot sein Handy draufhält, kann man sich solche Entgleisungen nicht mehr leisten!«

»Das war ein rücksichtsloser Typ, der eine Frau mit Kind angepöbelt hat«, verteidigte sich der LKA-Präsident. »Da ist mir die Hand ausgerutscht.«

»Die Hand ausgerutscht!«, empörte sich Alfred Werner. »Sie

sind der Präsident des Landeskriminalamts! Das Video wurde mittlerweile sogar von der *Monaco* geteilt. Diese Boulevardblätter sind die Pest …« Der Minister schnaubte empört. »Das muss Ihnen doch klar sein, dass das nicht geht. Sie sind schließlich kein Rapper oder Boxer oder US-Präsident.«

Dieses Stichwort nahm Zimmerschied gerne an, obgleich er damit unverzüglich und erneut gegen seine Geheimhaltungspflicht verstieß. »Ich habe übrigens eine Idee für den Staatsbesuch …«

»Ein Sabbatical …«, unterbrach ihn Alfred Werner. »Ich empfehle Ihnen dringendst ein Sabbatical. Die Mail vom MP haben Sie gesehen?«

»Ja«, erwiderte Zimmerschied widerwillig.

»Sie wissen, wer mit ›Z. muss weg‹ gemeint ist?«

»Ja.« Zimmerschied nahm die Fragen des Vorgesetzten gar nicht bewusst wahr. Er hatte eine Idee für den Staatsbesuch. Das war wichtiger.

»Die Uhr tickt. Sie haben noch eine Woche.«

»Ja. Nun hören Sie doch auf …«

»Dann muss im Fall Roland Mai respektive Dönermesser ein großer Schritt nach vorn getan sein, sonst …«

»Ja doch«, schrie Zimmerschied jetzt gegen den ungerührt weitersprechenden Minister in den Hörer – um dann etwas zu tun, was er beim Innenminister noch nie getan hatte. Vielleicht war es dem Restalkohol geschuldet, vielleicht auch der ungünstigen Gesamtsituation: Zimmerschied legte auf.

FÜNFUNDZWANZIG | Blumensandalen

Es war acht Uhr, und Dr. Isabelle Augustin duftete nach ihrer Morgendusche. Überall hing dieser blumige Duft. Sie konnte noch nicht lange im Büro sein. Einmal mehr blieb Zimmerschieds Blick an ihren Füßen hängen. Dr. Augustin trug zur ausgewaschenen Jeans wieder die mit Blumen verzierten Sandalen. Oh, er mochte ihre Füße wirklich sehr! Als die Wissenschaftlerin seinen Blick spürte, sagte sie: »Ich weiß, dass diese Schuhe ein bisschen speziell sind, aber mir gefallen sie.«

Erst als Zimmerschied »Mir auch« herausrutschte, bemerkte er seine krächzige Stimme. Sie sahen einander in die Augen. Tief in Zimmerschieds Innerem regte sich etwas.

»Was haben Sie da?«, fragte Dr. Augustin und nickte in Richtung der Christopher-Street-Day-Schachtel und des Sturmgewehrs, das Zimmerschied im Arm hielt.

»Das ist etwas, das ich Ihnen gerne anvertrauen würde.« Zimmerschied sprach langsam, auf jedes einzelne Wort bedacht.

»Alles klar. Gibt's schon ein Aktenzeichen?«

»Nein. Das soll der Fall auch vorerst nicht bekommen.« Die DNA-Expertin sah ihn erstaunt an. »Ich weiß, dass das für Sie ungewöhnlich klingen muss, aber ...« Wie sollte er es formulieren? Wie viel sollte er ihr verraten? Dass die Waffen aus dem Beichtstuhl des Pfarrers stammten? Gar nichts? »... aber diese Gegenstände haben für mich eine private Bedeutung.«

»Das ist ja nett«, lachte Dr. Augustin ironisch. »Ein Maschinengewehr mit privater Bedeutung.« Sie rieb sich die Hände ab. Irgendwoher hatte sie schon wieder ein Tuch gezaubert. Der Anblick ihrer kurzen, gepflegten Fingernägel gefiel ihm.

»Ich verstehe, dass Sie das seltsam finden. Dennoch muss ich

Sie um absolutes Stillschweigen bitten. Dass diese Gegenstände nun in Ihre … Hände gelangen, davon darf niemand erfahren.« Zimmerschied wandte den Kopf zur Tür. Für einen Moment glaubte er ein Geräusch von dort vernommen zu haben. Er lauschte kurz, um dann mit gedämpfter Stimme weiterzusprechen: »Ich möchte Sie bitten zu untersuchen, ob Sie auf diesem Gewehr und auch auf den Dingen in dieser Schachtel DNA-Spuren finden können.« Er trat zum Schreibtisch der Wissenschaftlerin, stellte die Kiste ab und öffnete den Deckel. Sie spähte einige Sekunden lang hinein. Dann fragte sie, ohne mit der Wimper zu zucken, was angesichts der Pistole und der Handgranaten durchaus nicht ungewöhnlich gewesen wäre: »Die dann mit was abzugleichen wären?« Zimmerschied versuchte, Dr. Augustin in die Augen zu schauen, aber er konnte sich nicht vom Anblick ihrer Hände lösen, die sie nun ineinandergefaltet vor ihren schlanken Bauch hielt, beinahe wie eine Nonne.

»Das … kommt dann noch.« Erneut glaubte er ein Geräusch hinter der Tür zu vernehmen. Schnell machte er vier, fünf Schritte in diese Richtung, riss die Tür auf und trat in den Gang. Ein Luftzug entstand, eine andere Tür schlug zu, aber das war viel weiter hinten, am Ende des Flurs. Sonst war da nichts. Kopfschüttelnd ging der Präsident zurück in Dr. Augustins Zimmer und sah sie eindringlich an: »Können Sie das für mich machen?«

Die junge Frau antwortete nicht sofort. Stattdessen trat sie zum Waschbecken, griff sich ein Desinfektionstuch aus dem Spender und reinigte sich die Hände. Der scharfe Geruch erinnerte den LKA-Präsidenten an seine Rumorgie mit dem Veterinär und an das tote Kalb. »Kann ich schon. Wobei das gegen die Regeln verstößt.«

»Schon klar«, erwiderte Zimmerschied mit gedämpfter Stimme. »Es wäre ein Gefallen.«

»Wir machen uns damit angreifbar. Nun sagen Sie schon: Woher sind diese Waffen?«

»Das kann ich Ihnen – nein: Das möchte ich Ihnen nicht sagen.«

»Ich soll diese Gegenstände untersuchen und mich damit beruflich aufs Glatteis begeben, aber Sie wollen mir nicht sagen, woher diese Waffen sind und was es mit ihnen auf sich hat?«

»So ist es«, sagte Zimmerschied. »Ich wäre Ihnen dankbar.« Er zögerte. »Und es ist auch nicht … so richtig eilig. Nur ein wenig …«

Er sah sie an. Sie sah ihn an. Es war ein klarer, offener Blick, den er aus ihren Augen empfing. Sie setzte etwas in ihm in Bewegung, sie machte einen ehrlichen Eindruck auf ihn. Im selben Moment dachte er an den Zettel, den er auf ihrem Schreibtisch gesehen hatte. Konnte sie wirklich die Verfasserin der Drohbotschaften sein? Er betrachtete ihr halblanges dunkelbraunes Haar. Sollte er sie jetzt auf diese seltsamen Zettel ansprechen? Was hatte er schon zu verlieren? Dadurch, dass er ihr die Waffen und die Handgranaten übergeben hatte, hatte er sich ihr ohnehin ausgeliefert. Sie hatte seinen Blick auf ihr Haar bemerkt und streifte sich mit ihrer schönen rechten Hand eine Strähne hinters Ohr.

»Was ich schon immer mal …«, setzte Zimmerschied nach einem verlegenen Räuspern zu seiner Frage an, und er bemerkte genau, dass sich ihre Augen weiteten; doch da war schon wieder ein Geräusch auf dem Flur. Sofort ging ein Ruck durch den Körper des LKA-Präsidenten; er sagte jetzt mit fester Stimme: »Also, Sie untersuchen das bitte, und wenn Sie an den Waffen DNA finden, dann schicken Sie das mal routinemäßig durch die Datenbank. Und ich überlege mir in der Zwischenzeit, ob es Spuren geben könnte, die uns als Vergleichsmaterial dienen könnten.« Er riskierte einen letzten Blick auf Dr. Augustins wohlgeformte Zehen und wandte sich abrupt zur Tür um. Im

Hinausgehen warf er ihr noch ein »Also dann ... und vielen Dank schon mal« zu.

Auf dem Flur rumpelte Zimmerschied prompt in einen anderen Mann hinein. Es war Dr. Herbst, er schien gerade von den Laboren zu kommen. Irritiert machte Zimmerschied einen Schritt rückwärts. Der DNA-Experte kommentierte den Zusammenstoß mit einem süffisanten Lächeln: »Täter verlässt fluchtartig Tatort, was?«

Zimmerschied empfand den Spruch als vollkommen deplatziert und Herbsts Lächeln als falsch, doch er brauchte einige Augenblicke, um sich zu sammeln. Die Hände, die Blumensandalen – Dr. Augustins Weiblichkeit hatte ihn verwirrt. Nachdem er sich sortiert hatte, fragte er: »Was machen Sie hier?«

Dr. Herbst rümpfte die Nase. »Arbeiten? Darf ich Sie darüber aufklären, dass Sie sich hier im Gang mit den DNA-Laboren befinden? Ist die Frage nicht vielmehr: Was machen *Sie* hier?«

Zimmerschied wollte etwas Schlagfertiges sagen, aber es fiel ihm nichts ein. Plötzlich wurde er sich wieder seines Schlafmangels bewusst, und mit einem grunzenden Laut drehte er ab. Nach wenigen Metern stieg Wut in ihm auf: Wer war denn hier der Chef? Was bildete sich dieser Herbst eigentlich ein? Er hielt an, wandte sich noch einmal um, weil er den Mitarbeiter nun doch zurechtweisen wollte, aber da sah er, dass Dr. Augustin auch auf den Flur getreten war, und er hörte, wie Dr. Herbst sie fragte: »Alles okay? Was wollte der Chef von dir?«

Dr. Augustin schaute in seine Richtung, ihre Blicke verfingen sich einmal mehr ineinander, und die Wissenschaftlerin antwortete, ohne Dr. Herbst anzusehen: »Nichts Wichtiges.«

»Aha«, erwiderte dieser spitz. »Aber ich habe was für dich, schau mal.« Dr. Herbst hielt der Leiterin der DNA-Analyse einen kleinen Gegenstand hin. Zimmerschied konnte es aus der Entfernung nicht genau sehen, aber das Ding sah aus wie eine in bronzefarbenes Papier verpackte Praline. Vielleicht ein Ferrero-Küsschen.

Im Weggehen hörte er noch, wie Dr. Augustin »Nein danke« sagte. Und er hatte kein Problem damit, sich einzugestehen, dass er ihre Ablehnung irgendwie gut fand.

Auf dem Weg zurück zu seinem Büro entschloss sich der Präsident dazu, eine E-Mail an Kate McMunny zu verfassen und ihr den Vorschlag mit dem Burger-Essen und der Bärenjagd im Hofgarten der königlichen Residenz zu unterbreiten. Doch kaum hatte er Adresse und Anrede getippt, erhielt er einen Anruf von Dr. Augustin. Und die überbrachte ihm eine ziemlich unglaubliche Nachricht: An Blüten, die an einem Kiosk im Münchner Hauptbahnhof aufgetaucht seien, habe man im Labor genau dieselbe DNA gefunden, die man auch am Dönermesser, in der Neuhausener Villa und am Slip der Studentin festgestellt hatte! Sofort schoss Zimmerschied die Vermutung in den Sinn, die auch Tommy Hensch nach dem Besuch bei den von Kluthes geäußert hatte: dass der Unternehmensberater und seine Frau deshalb so seltsam über das gestohlene Bargeld gesprochen hätten, weil es sich um Schwarzgeld gehandelt haben könnte. Womöglich hatte der junge Blinde den richtigen Riecher gehabt, und es war nicht lediglich Schwarzgeld, sondern vielleicht sogar Falschgeld gewesen. Womöglich bestand hier eine Verbindung, die Licht in dieses unerklärliche DNA-Mysterium bringen konnte?

Es kostete Zimmerschied lediglich einen Anruf, und schon eine halbe Stunde später saß der Besitzer des Kiosks in einem der Vernehmungszimmer des Landeskriminalamts. Außerdem im Raum: Barbara Veltroni, Hannes Södlinger, Tommy Hensch und der Präsident selbst. Der Kioskmann hieß Karolus Pfeiffer, war um die vierzig, sprach Hochdeutsch mit leichtem bayerischen Akzent und wirkte auf den LKA-Chef auf Anhieb unverdächtig. Aber musste man nicht gerade den Unverdächtigen misstrauen?

»Ich habe mit dem Geld nichts zu tun. Damit hat bei mir irgendein Kunde bezahlt.« Der Kioskbetreiber zeigte einen empörten Gesichtsausdruck. »Für wie blöd haltet ihr mich? Dass ich mit Falschgeld zur Bank marschiere und glaube, dass die das nicht merken, oder was?«

»Wenn wir annehmen, dass es stimmt, was Sie sagen …«, setzte Barbara Veltroni an.

»Und ob das stimmt«, fiel er ihr ins Wort.

Die Kriminalhauptkommissarin und stellvertretende Leiterin der Soko Dönermesser sprach unbeirrt weiter: »Können Sie sich noch erinnern, wer was mit diesem Schein bei Ihnen gekauft hat?«

»Ha!«, rief der Befragte laut. »Wissen Sie, wie viele Fünfzig-Euro-Scheine ich am Tag reinbekomme? Wie viele Kunden ich am Tag bediene? Sie, ich stehe da den ganzen Tag allein. Nicht einmal aufs Klo kann ich. Und manchmal habe ich da eine Schlange von zwanzig, dreißig Leuten. Wie soll ich mir da merken, wer mit einem bestimmten Geldschein bezahlt hat?«

»Bitte mäßigen Sie sich ein wenig, Herr Pfeiffer«, übernahm Zimmerschied mit ruhiger Stimme das Wort. »Die Faktenlage ist, dass Sie Falschgeld in Verkehr gebracht haben. Deshalb müssen Sie sich derartige Fragen schon gefallen lassen.«

»In Verkehr gebracht«, schrie Karolus Pfeiffer nun. »*Ich* bin doch der Betrogene! Irgendein Sack hat mit dieser Blüte bezahlt, und ich hab's nicht gemerkt. Wer hat denn dann den Schaden? Das bin doch ich!«

»Haben wir ein Foto von Herrn und Frau von Kluthe?«, fragte Tommy Hensch leise in Richtung des Präsidenten, und obwohl Zimmerschied übernächtigt war, reagierte er sofort.

»Das ist eine gute Idee. Frau Veltroni, wir haben doch sicher ein Foto von den Kluthes, oder? Könnten Sie das schnell holen, damit wir es dem Herrn Pfeiffer zeigen können?«

Die Ermittlerin verdrehte die Augen. »Holen?« Mit den Worten »Das können wir auch einfacher haben« zog sie ihr Smartphone aus der Tasche, wischte ein wenig darauf herum und hielt schließlich dem Kioskbesitzer das Display hin. »Haben Sie diese beiden Personen schon einmal gesehen beziehungsweise: Könnte es sein, dass eine dieser beiden Personen bei Ihnen den falschen Fünfziger eingelöst hat?«

Im selben Moment erklangen die »Hells Bells« von Zimmerschieds Handy. Er entschuldigte sich und trat vor die Tür. Dann nahm er ab, bereute es aber sofort. »Grüß Gott, Herr Innenminister. Was kann ich für Sie tun?« Nach zwei Minuten heftiger Diskussion war das Gespräch beendet. Und Zimmerschied wusste, dass er sich noch am selben Tag der Presse würde stellen müssen. Er hatte mit großem Engagement versucht, dem Innenminister die Sinnlosigkeit, ja sogar die Gefährlichkeit dieses Unterfangens darzulegen. Schließlich verfügten sie über nichts als verwirrende Informationen – und das würde Corinna Galeffi mit ihren Schickimicki-Goldschühchen, ihren beiden affigen Kollegen Heberer und Löschmann sowie dem Rest der Journalistenbagage nicht lange verborgen bleiben.

Als der LKA-Chef mit verdrießlichem Gesicht wieder den Vernehmungsraum betrat, starrte Karolus Pfeiffer noch immer auf Veltronis Smartphone. Zimmerschied fuhr ihn an: »Und, sagen Ihnen diese Leute etwas?«

»Nein, verdammt! Ich weiß nicht, wann Sie das endlich kapieren: Ich bediene Hunderte von Menschen am Tag. Wie soll ich mir die alle merken?«

Jetzt hatte Zimmerschied genug von allem, insbesondere aber von der Unfreundlichkeit dieses ungehobelten Typen. Barsch sagte er: »Gut, Sie können gehen. Herr Hensch, bringen Sie den Herrn Pfeiffer bitte nach draußen.«

»Der Blinde?«, fragte der Mann vom Kiosk verächtlich.

»Ganz genau, der Blinde«, blaffte Zimmerschied zurück. »Das gibt's ja wohl nicht. Der Herr Hensch kennt sich in unserem Haus besser aus als Sie. Also – Abflug jetzt.«

Nachdem Tommy Hensch, den Blindenstock in der Hand, mit dem Kioskbesitzer den Raum verlassen hatte, sagte Zimmerschied: »So, ich habe in einer Stunde eine Pressekonferenz mit dem Minister. Ich kann nichts sagen, außer dass wir jetzt noch eine DNA-Spur mehr haben, die nicht ins Schema passt. Oder hat jemand eine andere Idee? Ein Scheißdreck ist das doch!«

Södlinger und Veltroni schwiegen betreten. Zimmerschied grübelte. Dann ordnete er an: »Sie beide fahren jetzt zum Hauptbahnhof und schauen sich die Mitschnitte von der Überwachungskamera an. Da gibt's eine, die ist direkt auf den Kiosk eingestellt. Vielleicht sehen Sie dann ja eine Frau mit Bart oder sonst irgendein Monster oder eine muskelbepackte Phantomin, die sich beim Herrn Pfeiffer mit einem Fünfziger eine Semmel kauft und der wir das alles zutrauen, was sich da angesammelt hat. Ich kann das ja immer noch nicht glauben, dass das keine Trugspur sein soll wie seinerzeit mit den Wattestäbchen.« Er fuhr sich ruckartig durchs Haar. »Außerdem beantragen Sie einen Hausdurchsuchungsbefehl für die Villa der Familie Kluthe. Noch Fragen?«

Die beiden Kriminalhauptkommissare schüttelten die Köpfe. Und Zimmerschied ahnte, was sie dachten: ob dieses herrische Arschloch noch ihr eigentlich netter Chef war.

SECHSUNDZWANZIG | Monaco

Oh, wie er diese Lackaffen alle hasste! Wenn er die Galeffi von der *Bayerischen am Morgen* mit ihren goldenen Bommel-Ballerinas nur sah! Sie war wieder völlig überschminkt, und die Parfümwolke, die sie umgab, raubte Zimmerschied den Atem, obwohl er mindestens vier Meter von ihr entfernt und zudem auf dem Pressepodium saß. Mal sehen, ob die Schnepfe ihn erneut nach seinen Wellnessvorlieben fragen würde. So eine lächerliche Person!

Aber zunächst ging es um etwas völlig anderes. Claudius Heberer wurde nach einer Vorrede des Innenministers als Erster aufgerufen – und obwohl der Politiker allerlei Belangloses zur Dönermesser-Serie von sich gegeben hatte, bezog sich die Frage des *Monaco*-Reporters nicht auf die mysteriöse Verbrechensserie. Vielmehr fragte Heberer in scheinheiligem Tonfall: »Herr Präsident, wurde bereits ein Strafverfahren gegen Sie eröffnet?«

Zimmerschied starrte den Journalisten an. Er fühlte sich mies, die Wirkung der Kopfschmerztablette hatte längst nachgelassen, der Raum war völlig überheizt, es stank nach Corinna Galeffi, und der Zeitungsfuzzi wollte ihn wegen seines Boxkampfs mit dem Bodybuilder vorführen. Der Reporter nahm die Verunsicherung des Präsidenten offensichtlich mit Freude zur Kenntnis und schob hinterher: »Nun?«

Zimmerschied war perplex, er wusste nicht, was er sagen sollte. Da sprang der Innenminister ein: »Präsident Zimmerschied ist ein unbescholtener Mann, Herr Heberer. Ich verstehe die Zielrichtung Ihrer Frage nicht.«

»Na ja«, meinte der hagere Journalist gedehnt. Er schien diese Momente zu genießen, in denen nur das leise Surren der

Fernsehkameras und das Klicken der digitalen Fotoapparate zu hören waren. »Es gibt da ja so ein Video im Netz.«

Es dauerte eine Millisekunde, dann war auch dem Innenminister klar, worauf Heberer hinauswollte. Wenn er es nicht ohnehin bereits gewusst und nur geblufft hatte. Zimmerschied rutschte unangenehm berührt auf seinem Stuhl herum, das Gesicht des Innenministers war erstarrt und hatte etwas von seiner Bräune verloren – Alfred Werner sah vermutlich gerade seine Karrierefelle davonschwimmen. Dabei hatte ihm der Ministerpräsident noch am Vorabend signalisiert, er könne unter Umständen in einigen Jahren sein Nachfolger werden. Natürlich hatte der MP das vermutlich auch der Wirtschaftsministerin, dem Heimatminister und noch ein paar Staatssekretären in Aussicht gestellt, da machte Werner sich nichts vor. Aber vielleicht war ja doch etwas Wahres dran …

»Im Netz kursieren viele Videos«, sagte der Innenminister bestimmt.

Claudius Heberer schüttelte den Kopf und wandte sich in besserwisserischem Ton wieder direkt an Zimmerschied: »Ich meine das, auf dem Sie, Herr Präsident, einen Mann mit einem einzigen Fausthieb niederstrecken. Richtig profimäßig. Wie ein Boxer sehen Sie da aus.«

Der Innenminister sah Zimmerschied an. Der LKA-Präsident zwang sich, die Kontrolle über seine Gesichtszüge zu bewahren. Im Saal herrschte Schweigen. Ein Kugelschreiber klickte, eine Regenjacke knisterte, Corinna Galeffi schlug eines ihrer schönen Beine über das andere. Zimmerschied überdachte in Windeseile seine Chancen: Den Vorfall zu leugnen brachte nichts. Ihn einzuräumen konnte ihn das Amt kosten. Für den Bruchteil einer Sekunde machte sich in ihm ein angenehmes Gefühl breit, nämlich als er daran dachte, dass es auch ein Gutes haben konnte, die ganze vermaledeite Verantwortung, die seine Präsidentschaft mit sich brachte, auf einen

Schlag loszuwerden; den ständigen Zwang zur Diplomatie, die permanente Furcht vor Dingen, die er womöglich übersehen hatte und die katastrophale Folgen für die Sicherheit in Bayern, ja ganz Deutschland haben konnten … Er dachte an seine Frau, die noch immer attraktiv war, an das Oben-ohne-Café, an die Sonne von Bali. Aber dann hatte er sich wieder im Griff, und er antwortete: »Ich bin davon ausgegangen, dass wir uns heute über den Tatkomplex ›Dönermesser‹ unterhalten. Womöglich interessiert es Sie, dass sich nun eine weitere Tat zu den bereits bekannten gesellt hat. Aber natürlich beantworte ich Ihnen auch gerne andere Fragen, Herr Heberer.« Zimmerschied griff mit einer bedeutungsvollen Geste nach dem Kugelschreiber, der vor ihm auf einem unbeschriebenen DIN-A4-Block mit Freistaat-Bayern-Aufdruck lag. »Wie wir medien-kompetenten Menschen wissen, zeigen Internetvideos für gewöhnlich nur Ausschnitte der Wirklichkeit.«

»Ausschnitte der Wirklichkeit!« Heberer lachte laut und hämisch auf.

»Lassen … Sie … mich … ausreden«, sagte der Präsident, er war nun die Ruhe selbst. »Ich habe einer Frau geholfen, die von einem Mann rüde angegangen worden ist. Mehr nicht.«

»Geholfen! Sie haben den Mann umgenietet«, johlte der Berichterstatter der *Monaco*. »Wissen Sie was? Ich habe im Strafgesetzbuch nachgesehen: Wenn das Gericht das als Körperverletzung im Amt einstuft, dann drohen Ihnen mindestens drei Monate Freiheitsstrafe«, feixte Heberer. Zimmerschied hätte auch ihm gerne seine Faust ins Gesicht betoniert. Aber das ging nicht, und so verflüchtigte sich seine Gelassenheit schnell wieder; anscheinend versagte nun zudem auch noch sein Deo. Zum Glück trug er ein Jackett, sonst hätten die Hyänen von der Presse vermutlich die Schweißflecken unter seinen Achseln gesehen. Jetzt bewegte sich Corinna Galeffi ruckartig, und eine Duftwolke strömte in Richtung Podium. Zimmerschied verspürte Sehnsucht nach seinem Stall, nach dem einförmigen Wiederkäuen der Kühe. Auch andere im Saal schienen die Atmosphäre als unangenehm zu empfinden. Man räusperte sich, hüstelte, rutschte auf den Stühlen herum. Doch Claudius Heberer schien dies alles nicht zu tangieren. »Ich frage mich«, nahm der Journalist erneut und nun direkt an Alfred Werner gewandt, den Faden wieder auf, »wie Sie, Herr Minister, diesen Mann noch im Amt halten können. Bereits ein *einfacher* Polizist, der um sich schlägt, ist unhaltbar. Aber hier haben wir es mit dem höchsten Polizisten Bayerns zu tun! Ich dachte, die Zeiten der Rüpel-Polizei in Bayern seien vorbei?«

»Ich weiß nicht, wohin Ihr Gerede führen soll«, erwiderte der Innenminister Alfred Werner mit belegter Stimme. Jegliche Angriffslust oder Verteidigungsbereitschaft schienen aus ihm gewichen zu sein. Für Zimmerschied klang er so, als hätte er ihn bereits abgeschrieben. Der Politiker sagte: »Uns ist bislang kein justiziables Fehlverhalten des bewährten Herrn Präsidenten Zimmerschied bekannt. Womöglich hat er etwas überreagiert, aber was feststeht ist, dass er einer Frau und Mutter zur Seite stand. Den Rest werden die Untersuchungen zeigen. Und so lange gilt die Unschuldsvermutung. Mehr gibt es vorerst in dieser Angelegenheit nicht zu sagen.« Er blickte in die Runde der Berichterstatter. »Haben Sie jetzt noch Fragen zum Dönermesser-Fall?«

Corinna Galeffi hob die Hand. »Ja, und zwar an Herrn Zimmerschied. Mich, Herr Präsident, würde interessieren, ob Sie Boxer sind oder ins Fitnessstudio gehen – oder woher haben Sie diese Power, diesen Punch, dass Sie einfach so aus dem Stand einen viel jüngeren Mann umhauen können? Ich meine, ich finde das gut. Der Typ hat sich ja wohl wirklich wie ein Arschloch benommen.«

»Ob Sie noch Informationsbedarf zum Dönermesser-Fall

haben, habe ich gefragt«, knurrte der Minister und schüttelte den Kopf.

»Der Herr Präsident hat vorhin angedeutet, dass es noch eine weitere Tat gibt, die in die Serie passt?« Die Frage kam von einem sehr jungen Fernsehjournalisten, den Zimmerschied noch nie auf einer Pressekonferenz gesehen hatte, vermutlich ein Volontär.

»So ist es: Wir können Ihnen mitteilen, dass gestern an einem Kiosk im Hauptbahnhof ein falscher Fünfzig-Euro-Schein sichergestellt worden ist, der dieselbe DNA-Spur aufweist wie jene, die wir bereits von der Tatserie – Mord am Landtagsabgeordneten Mai, versuchte Vergewaltigung an Studentin L. und Einbruch in Neuhausen – kennen. Wir haben den Besitzer des Kiosks, der den Schein bei der Bank einzahlen wollte – es handelt sich um einen deutschen Staatsbürger – vernommen, aber wir halten ihn momentan nicht für verdächtig.« Zimmerschied war froh, nicht mehr über seinen Faustschlag sprechen zu müssen, obgleich er zu der Tatserie der Phantomfrau auch nichts Erhellendes mitzuteilen hatte, außer dass sie um ein Verbrechen erweitert worden war. Es kamen auch noch Nachfragen zu der neuen Falschgeldgeschichte, aber irgendwie hatte sich Zimmerschieds Bewusstsein aus der Konferenz verabschiedet. Er befand sich in einer Art Trance, spürte große Müdigkeit und auch ein ungewohntes Gefühl: Einsamkeit.

Auf dem Heimweg nach Holzleute testete er die Kapazitäten der Musikanlage seines Dienstwagens. Die Aufnahme, mit der er sich betäubte, war eine Heavy-Metal-Rarität, der Mitschnitt eines Liveauftritts des Gitarristen Yngwie Malmsteen mit den japanischen Philharmonikern. Als Zimmerschied zu Hause ankam, standen ihm Tränen in den Augen. Der Song hieß »Blitzkrieg«. Ehe er sich um die Kühe im Stall kümmerte, tat er etwas, das er schon lange nicht mehr getan hatte: Er kniete im Garten am Grab des Kälbchens nieder und betete.

SIEBENUNDZWANZIG | Obsessionen

Welche Wucht die Bombe hatte, die in Kürze platzen würde, davon hatte Zimmerschied nicht den leisesten Schimmer, als er sich am nächsten Tag in seinen Schreibtischstuhl fallen ließ. Erst einmal hob er mit spitzen Fingern die von seiner Sekretärin bereitgelegte Presseschau vom Stapel und ließ sie in den Papierkorb flattern. Er wusste, was da drinstand. Es war ja klar, dass Heberer und die übrigen Idioten auf dem Faustschlag herumreiten würden. Doch verschaffte ihm diese kleine anarchische Handlung nur kurze Entspannung. Denn als hätte die Sekretärin seine verantwortungslose Altpapierentsorgung vorausgeahnt, stand Rötli Sekunden später Chanel-umweht im Raum und sagte ernsten Blicks: »Herr Präsident, die Presseschau ist heute schlimm, aber ich glaube, dass Sie schon wissen sollten, was drinsteht. Was ich damit sagen will: Sie müssen das lesen. Den Kopf in den Sand stecken geht gar nicht.«

»Ach ja, die Presseschau?«, fragte Zimmerschied unschuldig und blickte suchend um sich. »Wo ist sie denn?« Er war ein erbärmlicher Schauspieler.

Rötli verdrehte die Augen, stöckelte um seinen Bürotisch herum, um sich trotz des engen Kostüms elegant zu bücken und die von ihm soeben versenkten Presseberichte wieder aus dem Papierkorb zu angeln. Gezwungenermaßen begann der LKA-Präsident also zu lesen. Die erste Schlagzeile war noch beinahe harmlos:

Prügel-Präsident

Boxender LKA-Chef dreht bei Jagd auf
Dildo-Vergewaltigerin durch

Der Beitrag behauptete, die Studentin Sissi Lokisch sei von einer Frau mit einem umgeschnallten Plastikpenis angegangen worden. »So ein Schwachsinn«, sagte Zimmerschied. »Die hat doch ausgesagt, dass sie einen Mann gesehen hat.« Ferner stand in dem Artikel, dass er eine Gefahr für die Menschheit darstelle und es unerklärlich sei, wie eines der sicherheitsrelevantesten Ämter von einem Schläger bekleidet werden konnte. Auch warf der Reporter folgende Frage auf: »Wäre der LKA-Präsident nicht geeigneter als Vorsitzender der Hells Angels oder der Bandidos?« Zimmerschied schüttelte ungläubig den Kopf. Doch schon flog sein Blick weiter zur *Münchner Zeitung*. Die schrieb:

Der Polit-Mörder und der boxende Präsident
Wann ergreift Ministerpräsident endlich Initiative
und feuert LKA-Boss?

Der Text fragte ernsthaft, ob der Innenminister und sein LKA-Präsident noch die Kontrolle über die Sicherheit in Bayern hätten. »Oder warum verdrischt ein LKA-Präsident sonst einen unschuldigen Passanten? Sollte Deutschland den Besuch des US-Präsidenten abblasen? Ist München am Ende zu gefährlich für die Weltpolitik? Der Druck auf die bayerische Staatsregierung angesichts des nur noch dreiunddreißig Tage entfernten Staatsbesuchs wächst. Die Opposition fordert Innenminister Alfred Werner zum Rücktritt auf, und aus wohlinformierten Regierungskreisen wird verlautbart, der Ministerpräsident werde sich das Spektakel nicht länger ansehen. ›Köpfe werden rollen‹, prophezeit ein nicht namentlich genannter, aber zur Führungsebene der Regierungspartei zählender Gesprächspartner gegenüber unserer Zeitung.«

Nach dieser Lektüre konnte Zimmerschied die postalische Mitteilung, in der ihm die Staatsanwaltschaft verkündete, ein

Verfahren wegen Körperverletzung gegen ihn eröffnet zu haben, nicht mehr recht beeindrucken. Er beschloss, die katastrophale Situation, in der er sich befand, erst mal, so gut es ging, zu verdrängen. Immerhin teilten ihm Veltroni und Södlinger im Laufe des Vormittags mit, dass sie auf den Filmaufzeichnungen der Überwachungskameras im Hauptbahnhof weder Herrn von Kluthe noch dessen Frau gefunden hätten. »Auch sonst ist uns da niemand Bekanntes aufgefallen«, berichtete die stellvertretende Leiterin der Soko Dönermesser. »Aber es sind halt auch einfach zu viele Menschen auf dem Band zu sehen.«

Der Präsident forderte Södlinger und Veltroni auf, auch für den Kiosk und die Privatwohnung des Kioskbesitzers eine Hausdurchsuchung zu beantragen. Vielleicht fanden sich dort ja noch mehr Blüten.

Kaum hatten die Mitarbeiter sein Büro verlassen, überkam Zimmerschied eine große Lustlosigkeit. Unkonzentriert tippte er auf seiner Tastatur herum, surfte im Internet, loggte sich schließlich auf seinem Bankkonto ein – und konnte es nicht fassen: Die Amerikaner hatten ihm tatsächlich fünfzigtausend Dollar überwiesen! Natürlich hatte er in den vergangenen Jahren nicht schlecht verdient, aber jetzt war er auf einen Schlag und wie aus dem Nichts fast ein bisschen reich! Der Anblick des hohen Geldbetrags weckte seine Lebensgeister, und er beschloss, nun endlich Kate McMunny seine geniale Idee vom Burger-Essen im Hofgarten samt Bärenjagd zu unterbreiten.

»Sehr geehrte Frau Kollegin McMunny«, schrieb Zimmerschied in etwas ungelenkem Englisch. »Ich denke, ich habe eine Idee für den POTUS, die noch großartiger ist als jedes Weißwurstessen. Es ist eine königliche Idee, die genau seinen Geschmack trifft und ihn und Ihr Land noch größer machen wird. Und zwar ist Ihr geehrter Vorgesetzter doch Jäger. Deshalb habe ich mir gedacht, ihm …« Weiter kam er nicht, denn

Elisabeth Rötli stellte ihm telefonisch eine aufgeregte Barbara Veltroni durch. »Herr Zimmerschied, der Tommy hatte recht: Wir haben in der Kluthe-Villa ein Schriftstück gefunden, das den Verdacht erhärtet, den wir bereits hatten. Dass die Kluthes Reichsbürger sind, war ja klar. Aber jetzt haben wir auch noch eine Art Pamphlet entdeckt, das eine Verbindung zum Staatsbesuch des US-Präsidenten herstellt: Die Bürger des Neuen Deutschen Reichslands, so nennt sich dieser Verein, bei dem die Kluthes offensichtlich Mitglieder sind, sammeln anscheinend schon seit seiner Ankündigung, kandidieren zu wollen, Informationen gegen den US-Präsidenten, um ihn in Richtung ihrer Interessen ›zu beeinflussen‹. Damit kann ja wohl nur ›erpressen‹ gemeint sein.«

»Steht da auch was Konkretes?«

»Ja. Die wollen erreichen, dass er die BRD als ungültigen Staat deklariert und das Deutsche Reich wieder als rechtmäßig existent anerkennt. ›Insbesondere‹, so heißt es hier, würden diese ›Neuen Deutschen Reichsländer‹ über ›kompromittierende persönliche und finanzielle Informationen‹ verfügen, und sie wüssten sogar über seine ›persönlichen Obsessionen bis hin zur sexuellen Perversion‹ Bescheid. So steht das hier. Die Rede ist unter anderem von einem Sexvideo mit Prostituierten in einem Berliner Hotel, das den Präsidenten angeblich in Aktion zeigt. Ist das nicht unglaublich?«

»Ja, das ist es«, brummte Zimmerschied. »Schaffen Sie mir diese Kluthes her. Die möchte ich mir persönlich vorknöpfen.« Nachdem er aufgelegt hatte, dachte der Präsident nach. Er konnte nach wie vor nicht einschätzen, ob diese Neudeutschen Reichsländer nur verrückte Spinner oder richtig gefährlich waren.

Ehe er sein Büro für das Verhör des Unternehmensberater-Ehepaars verließ, wies ihn Rötli darauf hin, dass gerade eben eine siebenundzwanzigseitige Beschlussvorlage des Innenministeriums zum Umgang mit Reichsbürgern eingetroffen sei und Alfred Werner noch heute eine Stellungnahme vonseiten Zimmerschieds erwarte. Der Präsident nahm die Information mit einem Nicken zur Kenntnis. Siebenundzwanzig Seiten aus dem Innenministerium, das hörte sich nach geballter Langeweile an.

Leider ergab die Vernehmung der von Kluthes keinerlei Ansatzpunkte für weitere konkrete Ermittlungen. Anke von Kluthe hüllte sich in Schweigen, und ihr Mann müllte den Präsidenten derart mit Verschwörungsgeschwätz zu, dass dem der Kopf rauchte. Allerdings erhielt Zimmerschied, der sein Handy auf lautlos gestellt hatte, während des Verhörs eine Textnachricht von Dr. Augustin. Die DNA-Analytikerin schrieb: »Bitte sofort melden. Wirklich dringend! Gruß, Augustin.« Er dachte an ihre makellosen Hände. Wollte sie ihm ihre Liebe erklären?

Kaum hatte der Präsident das Büro der Molekularbiologin betreten, schob diese die Tür hinter ihm zu. Für einen Moment waren sich die beiden sehr nah. Zimmerschied nahm Dr. Augustins Blumenduft wahr – war es Jasmin? Doch die Wissenschaftlerin schritt energisch zu ihrem Schreibtisch hinüber und wies ihn an, Platz zu nehmen, gerade so, als wäre sie seine Vorgesetzte und nicht er der ihre. Nachdem der LKA-Chef sich auf den Besucherstuhl gesetzt hatte, sagte Dr. Augustin in scharfem Ton: »So, jetzt will ich von Ihnen wissen, wo Sie die Handgranaten und die anderen Waffen herhaben.«

»Das kann ich Ihnen nicht sagen.«

»Das können Sie mir sehr wohl sagen!« Ihre Stimme wurde lauter. »Das müssen Sie mir sogar sagen.«

Der Präsident schüttelte langsam den Kopf.

»Oh doch!«

Die robuste Art seiner sonst so filigranen Mitarbeiterin irritierte und faszinierte Zimmerschied gleichermaßen. Ihr Blick war konzentriert, ihr Schweigen eine Aufforderung. Aber Zimmerschied wollte die Herkunft der Waffen nicht verraten. In der DNA-Expertin schien es zu brodeln.

Als er ein zaghaftes »Wie ich Ihnen schon sagte, das ist privat und sollte hier im LKA keine Rolle spielen …« in die Stille hineinschickte, schüttelte sie so energisch den Kopf, dass der mädchenhafte Pferdeschwanz, zu dem sie an diesem Tag ihre Haare gebunden hatte, heftig hin und her schwang. Ihr entfuhr ein wütendes »Verdammt«, dann griff sie nach einer Packung Desinfektionstücher, die neben ihrer Tastatur bereitlag. Allerdings legte sie diese gleich wieder unverrichteter Dinge an ihren Platz zurück und sagte mit ernster Miene und leise, beinahe konspirativ: »Herr Zimmerschied, das geht so nicht. Das ist nicht privat, sondern hochbrisant. Nun rücken Sie endlich damit heraus: Wo kommen diese verfluchten Waffen her?« Sie warf einen hektischen Blick zur Tür, als hätte sie Sorge, belauscht zu werden.

»Was ist denn mit den Waffen? Konnten Sie eine Spur feststellen?« Die Tatsache, dass die sonst so sachliche Expertin plötzlich derart emotional reagierte, beunruhigte ihn langsam.

Sie atmete tief durch, dann sagte sie: »Okay, ich sage Ihnen jetzt, was ich gefunden habe. Und danach sagen Sie mir sofort, woher die Waffen sind. Ich prophezeie Ihnen: Wir sind auf dem besten Weg in Teufels Küche!« Nun beschleunigte sich auch Zimmerschieds Herzschlag. Dr. Augustin holte noch einmal Luft und erklärte schließlich: »Auch auf der Handgranate, den Maschinenpistolen und dem Gewehr habe ich die DNA aus dem Dönermesser-Fall gefunden. Die DNA der Phantomfrau!«

»Das kann nicht sein! Das gibt's nicht!« Zimmerschied schoss das Blut ins Gesicht. Die DNA der Tatserie auf den Waffen des Pfarrers … Wie war dies zu erklären?

»So, und jetzt will ich wissen, wie Sie ›privat‹«, sie machte mit den Fingern Gänsefüßchen in die Luft, »an diese Waffen gekommen sind.«

»Vom Pfarrer, die sind vom Pfarrer aus Holzleute«, stammelte der LKA-Präsident.

»Vom Pfarrer aus Holzleute?« Dr. Augustin setzte einen Gesichtsausdruck auf, der irgendwo zwischen Ungläubigkeit und Ironie lag.

»Doch, vom Pfarrer des Dorfs, in dem ich lebe ...« Zimmerschied wischte sich über den Bart. »Der Herrmann ist ein alter Freund von mir ... Deshalb ... kann das ... auch nicht sein, Frau Dr. Augustin. Da müssen Sie einen Fehler gemacht haben.«

»Ich habe keinen Fehler gemacht.« Sie schien sich absolut sicher zu sein.

»Aber bitte! Wie soll eine kaltblütige Mörderin, die einen Landtagsabgeordneten umbringt, nach Holzleute kommen? Holzleute ist ein kleines Dorf vor den Toren Münchens. Da gibt's so was nicht – Kriegswaffen! Solche Leute gibt's bei uns nicht!«

»Wie sind Sie an diese Waffen gekommen?«

»Die hat mir Herrmann Gänswein übergeben. Der hat sie im Beichtstuhl bekommen ...«

»Im Beichtstuhl?!« Dr. Augustin zog die Augenbrauen nach oben und stöhnte. Es hörte sich verzweifelt an.

»Ja, im Beichtstuhl. Von einer unbekannten Frau. Deswegen müssen Sie da einen Fehler gemacht haben.«

Dr. Augustin schüttelte energisch den Kopf. »Ich mache keine Fehler!«

»Jetzt hören Sie mal, machen Sie sich mal locker. Das kann doch mal passieren. Das ist doch kein Beinbruch. Die Kollegen haben doch im Fall Peggy damals auch gedacht, sie hätten DNA-Spuren von dem NSU-Böhnhardt in der Nähe der Mädchenleiche gefunden. Und was war es am Ende? Schlamperei!«

»Ich schlampe aber nicht.« Die DNA-Analytikerin griff noch einmal zu den Desinfektionstüchern, riss die Packung auf und wischte die Tischplatte ab, als ginge es um ihr Leben.

»Oder die Wattestäbchengeschichte …«, brachte Zimmerschied hervor.

Rubbelnd sagte sie: »Nicht bei uns! Ich weiß nicht, wie oft ich Ihnen das noch sagen soll: Annika und ich, also ich meine Frau Dr. Hammerschmidt, wir haben alle Abläufe akribisch überprüft. Wir haben da keinen Fehler gemacht. Das kann einfach nicht sein. Wir haben das Spurenmaterial aus den fünf Fällen getrennt aufbewahrt, wir haben alle Abläufe überprüft, wir haben die Videoüberwachung gecheckt, wir haben …« Sie brach ab. Dann, nach einer kurzen Pause, fuhr sie in besonnenerem Ton fort: »Aber … vielleicht sollten wir das Ganze doch noch von einer unabhängigen Instanz überprüfen lassen.« Sie wechselten einen Blick. »Vielleicht könnten die Kollegen von der Universität Innsbruck …«

»Nein, auf keinen Fall! Nicht die Innsbrucker«, platzte Zimmerschied heraus. »Da will ich erst noch bei mir in Holzleute Nachforschungen anstellen. Ich weiß nicht, ob Ihnen klar ist, was das für uns bedeutet, Frau Dr. Augustin: Wir stehen mit dem Rücken zur Wand! Und mit ›wir‹ meine ich das gesamte LKA! Dieser ganze Mist hier bedroht unsere Existenz!«

ACHTUNDZWANZIG | Ministerpräsident

Fluchtartig verließ der Präsident des Landeskriminalamts Dr. Augustins Büro. Ohne noch einmal in sein eigenes Zimmer zurückzukehren, begab er sich in die Tiefgarage und fuhr mit quietschenden Reifen los. Er war so benommen, dass er erst als er bereits auf der Autobahn war und die sportliche Limousine auf über zweihundert Stundenkilometer beschleunigt hatte, den unter dem Scheibenwischer flatternden Zettel bemerkte. Keine Sekunde zog er in Erwägung, anzuhalten und zu lesen, was darauf stand. Södlingers Anruf nahm er dann allerdings schon entgegen. Der Leiter der Ermittlungsgruppe Dönermesser teilte ihm mit, dass man Carina von Kluthe, die Tochter der Reichsbürger, ausfindig gemacht habe. »Sofort zur Vernehmung einbestellen«, bellte der Präsident in die Freisprechanlage.

»Haben wir schon gemacht, Chef«, sagte Södlinger.

»Gut«, schrie Zimmerschied. »Noch was?«

»Nein«, antwortete der Kriminalhauptkommissar. Er schrie jetzt auch, sodass die Lautsprecher der Freisprecheinrichtung schepperten.

Nach dem Telefonat schaltete der LKA-Präsident das Radio ein. Zufällig lief »Born to be wild« von Steppenwolf. Doch der Easy-Rider-Sound konnte nur kurz seine entspannende Wirkung entfalten, denn schon wieder machte sich Zimmerschieds Smartphone bemerkbar. »Hells Bells«. Erst als er, ohne hinzusehen, die Taste für die Rufannahme gedrückt hatte, erblickte er die Nummer auf dem Display. Er erkannte sie sofort, obgleich sie in den vergangenen Monaten kein einziges Mal aufgeleuchtet hatte. Allerdings war sie ihm aus der Zeit des G7-Gipfels noch bestens im Gedächtnis – die Ziffern 089-122 kennzeichneten den Telefonanschluss der Bayerischen Staatskanzlei. Es war der Ministerpräsident höchstpersönlich. Er sagte: »Grüß Gott, Herr Zimmerschied.«

»Grüß Gott, Herr Ministerpräsident«, erwiderte der LKA-Chef, wobei er sich schlagartig wie hypnotisiert fühlte. Der Ministerpräsident telefonierte sonst mit russischen oder chinesischen Präsidenten, mit Scheichs und Königen. Er spielte definitiv in einer anderen Liga.

»Aha, Sie hören im Dienst Musik?«, erkundigte sich der Landesvater, denn es schallte ja noch immer »Born to be wild« durch den Wagen.

Hastig drückte Zimmerschied auf den Lautlos-Knopf. »Das ist der Bayerische Rundfunk … Radio … also, nur der Nachrichten wegen …«, antwortete der Polizeichef. Sein Gestammel war ihm selbst peinlich.

»Radio habe ich auch schon lange nicht mehr gehört«, meinte der Ministerpräsident. »Warum spielen die da eigentlich solch eine …«, er fahndete nach einer passenden Bezeichnung und wurde fündig, »… Bombenlegermusik? Läuft da nicht auch einmal etwas Bayerisches?«

»Doch, doch, schon«, erwiderte Zimmerschied unterwürfig. »Aber eher selten. Wobei, in letzter Zeit wieder häufiger.«

Das hierauf von dem Politiker geäußerte »Aha« klang unzufrieden. »Eher selten, zuletzt häufiger … Sagen Sie, Herr Zimmerschied, muss man da einmal ein Gesetz einbringen? Zum Schutz der bayerischen Sprache? Der Bayerische Rundfunk ist schließlich unser Staatssender.«

»Könnte man, könnte man …«, antwortete Zimmerschied beflissen. Durch die Datenautobahnen seines Gehirns rasten Gedanken wie Sportwagen. Was wollte der MP von ihm? Ihn feuern? Jetzt schien der Landesvater nachzudenken. Das Rattern seines Denkapparats war förmlich zu spüren. Dann sagte er in die klamme Stille hinein, die nur durch das gleichmäßige Schnurren des Wagens gestört wurde: »Wie dem auch sei, ich rufe aber nicht wegen der Musik bei Ihnen an, sondern als guter Freund.« Zimmerschied war sofort bewusst, dass es kein gutes Zeichen sein konnte, wenn der Ministerpräsident sich ihm gegenüber als Freund bezeichnete. Denn wenn es eines im Leben eines hohen Politikers nicht gab, dann waren es Freunde; und falls der MP vielleicht doch einmal einen gehabt haben sollte, dann war dies Roland Mai gewesen; und den hatte ein brandgefährlicher Hermaphrodit oder eine Dragqueen oder welches Geschlechtswunder auch immer im Bahnhofsviertel den Hals aufgeschlitzt, ohne eine relevante Spur zu hinterlassen. Erneut ließ der Ministerpräsident eine unangenehme Gesprächspause entstehen. Zimmerschied wagte es kaum zu atmen. »Was ich Ihnen also in aller Freundschaft sagen will …« Jetzt schien der Ministerpräsident noch einmal Luft zu holen. Und wie aus dem Nichts brüllte er plötzlich: »Bringen Sie mir endlich eine Lösung in diesem gottverdammten Mordfall! Es kann ja wohl nicht sein, dass in unserer Hauptstadt Landtagsabgeordnete abgestochen werden, und wir finden nicht heraus, wer das war! Wir machen uns zum Gespött der Welt! Zimmerschied! Sie gefährden unseren Wirtschaftsstandort! In wenigen Wochen kommt der Präsident der Vereinigten Staaten von Amerika zu uns! Wissen Sie, was das bedeutet?«

»Ja«, entfuhr es Zimmerschied, nur zu gut wusste er dies. Erst als seine Antwort bereits draußen war, bemerkte er, dass er sich an die Lautstärke des Politikers angepasst hatte. Er hatte zurückgebrüllt. Silberrücken unter sich.

Prompt donnerte der MP: »Schreien Sie mich nicht an!« Zimmerschied schluckte und schwieg. »Ich will, dass Sie diese Sache umgehend regeln. Wir brauchen einen Schuldigen. Und kommen Sie mir nicht mit dieser idiotischen Geschichte, dass wir eine Frau jagen, die das alles verbrochen haben soll! So einen Phantomfrau-Schmarren glaubt vielleicht RTL oder die Lumpen von der *Monaco*, aber sonst auch gleich keiner! Was ich verlange, sind Ergebnisse, Zimmerschied! Sie müssen jetzt liefern, sonst werden Sie …« Zimmerschied rechnete mit allen möglichen Strafen, die der MP sich für ihn ausgedacht haben konnte, von guillotinieren über eine Ausweisung nach Syrien bis hin zu in Weißbier ertränken; aber dann sagte der Landesvater nur: »… ersetzt.«

»Ja«, entgegnete der LKA-Präsident nun sehr leise.

»Das war's dann«, brüllte der Politiker und legte auf.

Zimmerschied blieb keine Sekunde Zeit, den Anruf gedanklich zu verarbeiten, denn nun schaltete sich mit einem erneuten Klingeln seine Sekretärin ins Wageninnere: »Ja, wo sind Sie denn, Herr Zimmerschied? Ich habe Ihnen doch gesagt, dass Sie noch die Beschlussvorlage des Innenministeriums zum Umgang mit den Reichsbürgern überprüfen und gegenzeichnen müssen. Das Innenministerium hat eben schon wieder angerufen. Die brauchen Ihr Einverständnis.«

»Scheißdreck«, entfuhr es dem Chef des Landeskriminalamts. Was sollte er tun? Er hatte die Beschlussvorlage vergessen. »Frau Rötli, das geht jetzt nicht.«

»Wie, das geht jetzt nicht? Ist Ihnen vielleicht nicht gut?«

Zimmerschied überlegte: Wenn er umkehrte und wieder zurück nach München fuhr, um sich mit der Beschlussvorlage zu beschäftigen, dann würde er den Pfarrer ganz sicher heute nicht mehr erwischen. Aber er musste dringend diese Kriegswaffengeschichte auflösen, schließlich tangierte sie ihn nicht nur beruflich, sondern auch privat. Es ging um die Sicherheit in seiner Nachbarschaft. Kurz entschlossen befahl er: »Frau Rötli, Sie sind für mich die wichtigste Vertrauensperson, und Sie haben lange genug im Innenministerium gearbeitet. Wir müssen jetzt ungewöhnliche Wege gehen: Sie kennen sich doch aus mit den ganzen Beschlussvorlagen. Bitte lesen Sie diesen ministeriellen Entwurf. Lesen Sie kritisch und unvoreingenommen. Und sollten Sie sinnvolle Anmerkungen dazu machen können, dann machen Sie diese.«

Zimmerschied spürte, dass seiner Sekretärin kurz die Spucke wegblieb. Kaum war in ihr Bewusstsein vorgedrungen, was ihr Chef da eben gesagt hatte, platzte sie heraus: »Ja, aber Herr Zimmerschied, das geht doch nicht! *Sie* sind doch der Präsident und nicht ich. Und außerdem müssen Sie das doch auch *unterschreiben.*«

»Liebe Frau Rötli, setzen Sie einfach Ihren gesunden Menschenverstand ein. Sie sind eine so erfahrene Frau.«

»Und die Unterschrift ...?«

Mit fester Stimme antwortete der LKA-Präsident: »Die fälschen Sie.«

»Das geht nicht!« Sie war entrüstet.

»Dies ist eine dienstliche Anordnung.« Mit diesen Worten legte er auf, drehte das Radio wieder an und konnte sich nun endlich über die Musik freuen. Es waren wohl gerade Motorradwochen, denn nun lief »Highway Star« von Deep Purple. Als der Präsident die Schilder der Raststätte sah, bremste er abrupt, verließ die Autobahn, ging in den Tankstellenshop und kaufte sich eine Packung Tabak und Papers. Genüsslich rollte er sich eine Zigarette. Das hatte er seit seiner Zeit als Polizeischüler nicht mehr getan. Während er rauchend neben seinem Wagen stand und ihm der ungewohnte Tabakgenuss den klaren Kopf verqualmte, fiel sein Blick erneut auf den Zettel an der Windschutzscheibe. Den hatte er ganz vergessen. Zimmerschied griff nach dem Blatt, zerknüllte es, machte ein paar Schritte und warf es in den am Rand des Parkplatzes stehenden Mülleimer. Er hatte drei Viertel des Wegs zum Auto zurückgelegt, da drehte er um, ging wieder zu der Mülltonne, öffnete den Deckel und spähte hinein. Der Zettel lag ziemlich weit unten zwischen Fastfood-Verpackungen, Bierdosen, leeren Saftflaschen, einem geplatzten Kondom und einem schmierigen Käsebrot. Die Tonne stank. Kurz entschlossen ließ Zimmerschied die Selbstgedrehte auf den Boden fallen und trat sie aus. Dann griff er in den Mülleimer und versuchte, den Zettel zu fassen zu kriegen. Zunächst kam er nicht dran, aber dann beugte sich Zimmerschied so tief in die Tonne hinein, dass deren Rand ihm in die Achselhöhle schnitt, und es gelang ihm, den Wisch herauszufischen. An seinem Hemd blieb im Achselbereich ein schwarzer Striemen zurück.

Der Präsident wollte schon das zerknüllte Papier auseinanderfalten, da trat ein schnieker Mann in feinem Zwirn mit Hipsterbart und im besten Alter eines österreichischen Außenministers, also um die dreißig, neben ihn und hielt ihm eine leere Flasche Cola Zero hin. »Für Sie«, sagte er mit gönnerhaftem Blick. Zimmerschied sah verständnislos auf die Flasche und meinte: »Ähm, die ist leer?«

»Das Pfand, Mann! Das Pfand ist für Sie«, belehrte ihn der Erfolgsmensch. »Fünfundzwanzig Cent. Das ist doch was.«

»Ach so, danke«, stotterte Zimmerschied reflexartig. Er stammte aus einem Arbeiterhaushalt, man hatte ihm Manieren beigebracht. Der junge Schnösel zuckte mit den Schultern, begleitet von einer Prise Mitleid und Verachtung, und ging zu seinem Tesla hinüber. Der Präsident blickte auf die klebrige Flasche in seiner Hand und dann zu dem Hipster, der in den Sportwagen mit Elektroantrieb stieg. Als er hinter dem Steuer saß, winkte er Zimmerschied noch einmal und zeigte ihm den Gewinnerdaumen. Der LKA-Präsident nickte seufzend und ging zu seinem Wagen. Er öffnete die Fahrertür, legte die Flasche vorsichtig auf den Sitz und entfaltete den Zettel.

Jetzt bist du bald am Ende, Arschloch.

Das war es, was auf dem Blatt stand. In derselben Schriftart wie die anderen Nachrichten. Zimmerschied schnaufte tief durch. Nach »Fühl dich nicht zu sicher«, »Dein Stuhl wackelt, A.« und »Nerven blank, vielen Dank« war diese vierte Botschaft die drastischste. Zimmerschied schüttelte den Kopf, während in seinem Bauch ein großer Schmerz wuchs. Welcher seiner Mitarbeiter oder welche seiner Mitarbeiterinnen hatte so einen Hass auf ihn, dass er oder sie ihn mit derartigen Nachrichten traktierte – und vor allem: weshalb? Einer oder eine aus dem LKA musste es ja wohl sein, denn niemand sonst hatte Zugang zur Tiefgarage des Landeskriminalamts. Aber warum hatte er oder sie sich dann die Mühe gemacht, auch noch eine Botschaft bei ihm in Holzleute zu deponieren? Während der Präsident auf den Zettel starrte und seinen Herzschlag spürte, dachte er weiter: War es möglich, dass der Nachrichtenschreiber auch etwas mit den Kriegswaffen und mit der unerklärlichen Tatserie zu tun hatte? Doch dann kam ihm ein noch viel unerhörterer Gedanke: Konnte es sein, dass der Feind in seinem eigenen Haus am Ende die Phantomin selbst war – die Mörderin und Vergewaltigerin, die Einbrecherin und Geldfälscherin? Ging es bei all dem vielleicht gar nicht um einen Politiker, eine Studentin und die Reichsbürger, sondern nur um eine ganz bestimmte Person? Nämlich um ihn selbst? Wollte ihn jemand vernichten? Und was war mit dem amerikanischen Geheimdienst und dem seltsamen Auftrag für den Staatsbesuch, der ihm so viel Geld einbrachte? Handelte es sich womöglich gar nicht um den US-Geheimdienst? War dieses unglaubliche Szenario eine Falle, in die er getappt war?

Zimmerschied war derart vertieft in seine Überlegungen, dass er gar nicht bemerkt hatte, dass der Tesla seines Cola-Zero-Gönners direkt neben ihm zum Stehen gekommen war. Jetzt fuhr die Scheibe herunter, und der junge Mann sagte: »Sorry, Alter, so 'ne Betrugsmasche geht ja wohl gar nicht!« Als er Zimmerschieds verstörte Miene wahrnahm, sah er sich doch zu einer Erklärung verpflichtet: »Also, mal ehrlich, Kumpel, im Müll wühlen und BMW fahren … ist doch 'ne Scheißnummer!« Dann wandte er den Blick nach vorn und stob mit quietschenden Reifen davon. Perplex stieg Zimmerschied nun selbst ein. Er klaubte die leere Flasche vom Sitz und stellte sie vorsichtig in die Halterung der Mittelkonsole. Dann fuhr er endlich nach Holzleute. Er hatte genug weggesteckt. Jetzt war der Pfarrer dran.

NEUNUNDZWANZIG | Tantra

Das Pfarrhaus mochte über hundert Jahre alt sein. Es war ein schlichter, zweistöckiger Bau mit weißem Anstrich. Ein hellblauer Rahmen umgab die Fensteröffnungen, und auch die Läden waren blau gestrichen. Zimmerschied drückte auf die Klingel, neben der ein Messingschild mit der Aufschrift »Pfarrer« hing, und wartete. Nach einer Weile klingelte er noch einmal, dieses Mal länger. Auch jetzt war aus dem Inneren des Hauses nichts zu hören. Sein alter Freund Herrmann Gänswein lebte allein auf dem großen Anwesen. Dies nicht ganz freiwillig, denn es fand sich einfach keine Frau, die bereit war, die Nachteile eines Lebens als Pfarrhaushälterin in Kauf zu nehmen.

Mit einem unwirschen Brummen wandte sich Zimmerschied vom Wohnhaus ab und überquerte den Rasen in Richtung der Kirche auf dem Nachbargrundstück. Er öffnete das Gartentürchen und betrat den Friedhof. Für das frisch aufgeworfene Grab mit dem schlichten Holzkreuz hatte der Präsident keinen Blick. Stattdessen umrundete er das Gotteshaus und schob die große, schwere Holztür auf. Ihr Knarzen verursachte einen unheimlichen Nachhall im Kirchenschiff. Der LKA-Chef tauchte Zeige-, Mittel- und Ringfinger der rechten Hand ins Weihwasser, bekreuzigte sich und betrat den Mittelgang. Seine schwarzen Lederschuhe klackerten auf dem hellen, nackten Steinboden. Die hölzerne Jesusstatue zu seiner Linken ignorierend, eilte er die zwei Stufen zum Altar hinauf. Er hatte gesehen, dass die Tür zur Sakristei offen stand. Er schaute hinein und schickte ein vorsichtiges »Herrmann?« in den Raum.

»Ja?«, kam es prompt zurück. Als Gänswein erkannte, wer da kam, fragte er überrascht: »Karl, was machst denn du hier in der Sakristei? Du warst ja sicher schon seit vierzig Jahren nicht mehr da! Seit unserer Ministrantenzeit, oder?«

»Ich habe keine Zeit für Sentimentalitäten, Herrmann. Wir müssen reden.« Als der Geistliche ihm wegen seines unterschwellig aggressiven Tonfalls einen fragenden Blick zuwarf, fügte der Präsident an: »Es geht um die Kriegswaffen.« Im selben Moment rumpelte es auf dem Chorgestühl, woraufhin Zimmerschied völlig übertrieben zusammenschreckte. Gehetzt flüsterte er: »Was war das? Ist da wer?«

»Bloß die Mesnerin«, raunte der Pfarrer zurück.

Der LKA-Präsident trat vorsichtig in den Türrahmen, der die Sakristei mit dem Altarraum verband, und warf einen Blick zur Empore hinauf. Dann zog er den Kopf wieder ein und flüsterte dem Mann im Talar zu: »Wegen der Kriegswaffen müssen wir reden, Herrmann.«

»Ja was, weißt du etwas Neues?«

»Nein, also ja.« Zimmerschied war sich unschlüssig, inwieweit er den Pfarrer in die neuesten Entwicklungen einweihen sollte. Mittlerweile konnte er niemandem mehr vertrauen, nicht einmal mehr dem alten Freund. Oder doch?

»Also was?«

»Wir haben auf den Waffen DNA-Spuren gefunden, die zu einer ziemlich krassen Verbrechensserie passen«, raunte Zimmerschied.

»Nein!«, entfuhr es dem Geistlichen. Er starrte den Präsidenten erschrocken an.

»Doch, Herrmann. Und deswegen müssen wir ums Verrecken diese Frau finden, die bei dir die Waffen abgeliefert hat. Weil ... wie es aussieht, ist sie der Schlüssel zu ganz anderen ... Verbrechen.«

Erneut rumpelte es auf der Empore, dann gab die Kirchenorgel einen kurzen, so schrillen wie schrägen Mehrton von sich. Zimmerschied warf dem Pfarrer einen unsicheren Blick zu.

Der hob ratlos die Schultern und flüsterte: »Vielleicht wischt sie Staub auf den Tasten …«

Erneut zerriss ein dissonanter Akkord die Stille.

»Herrmann«, sagte Zimmerschied eindringlich. »Ich muss unbedingt wissen, wer diese Frau ist. Da bist jetzt du gefragt. Du kannst nicht einfach diese Scheißwaffen bei mir abladen und dich dann um nichts mehr kümmern …«

»Ich habe dir alles gesagt, was ich weiß.«

»Jetzt hör mal her, Herrmann«, unterbrach ihn der Präsident rüde. »Mir ist es komplett egal, ob es ein Beicht- oder sonstiges Geheimnis gibt. Diese Person, die dir die Waffen gegeben hat, ist brandgefährlich. Vielleicht ist sie sogar eine Mörderin.«

»Nein!«

»Doch, Zefix, die DNA war auch an dem Dönermesser, mit dem der Landtagsabgeordnete aufgeschlitzt worden ist! Und genau diese Person lebt anscheinend in unserem Dorf – oder war jedenfalls mehrfach hier. Anders lässt sich das alles nicht erklären. Ich sag's dir, Herrmann: Dieser Fall kann mich alles kosten, was ich bislang erreicht habe. Ich weiß nichts Genaueres, aber je mehr ich herausfinde, umso wahrscheinlicher wird, dass höchste politische Kreise in diese Tatserie verwickelt sind.« Zimmerschieds Blick fixierte die Augen des Freunds. Dann sagte er ernst: »Vielleicht sogar der amerikanische Präsident.«

»Pfff! Jetzt machst du aber Sprüche, Karl«, platzte der Pfarrer heraus.

»Psst«, zischte der LKA-Präsident.

»Herr Gänswein?« Die Frauenstimme kam von der Empore.

»Die Mesnerin«, flüsterte der Geistliche dem Freund zu und trat aus der Sakristei. »Ja?«, rief er scheinheilig zur Orgel hinauf.

»Ist alles in Ordnung mit Ihnen?«

»Ja, warum?«

»Na, ich dachte nur, ich hätte Sie reden gehört.«

»Ich rede bloß mit dem …«

»Scht«, fuhr ihm Zimmerschied dazwischen. »Die braucht nicht zu wissen, dass ich da bin.«

»Ja?«, rief die Mesnerin.

»Es ist alles in Ordnung, Frau Bauernfeind. Ich habe lediglich für mich allein ein Gebet gesprochen.« So elegant log es sich als Pfarrer. Er nickte Zimmerschied verschwörerisch zu, doch der nickte nicht zurück, sondern zog den Geistlichen in die Sakristei und schloss die Tür.

Dann packte er Gänswein mit beiden Händen bei den Schultern und sagte eindringlich und nun etwas lauter: »Herrmann, denk nach! Was ist dir an dieser Frau noch aufgefallen, außer dass sie vielleicht ein wenig Bairisch gesprochen hat? Kannst du nicht wenigstens ihr Alter schätzen?«

»Ja, die war halt so … mittelalt?«

»Fünfzig?«

»Ja.«

»Oder sechzig?«

»Ja.«

»Oder vierzig?«

»Ja, Herrgott noch mal, was weiß denn ich! Die Frau hat geflüstert. Wenn ein Mensch flüstert, dann hört man seine Stimme nicht gut und kann schlecht sein Alter schätzen.«

Leider brachte auch die weitere Unterredung den Präsidenten keinen Schritt weiter, sosehr er auch insistierte. Der Pfarrer schien nichts zu wissen oder wollte nichts verraten. Ziemlich verärgert verließ Zimmerschied den Freund in Richtung seines Hofs. Dort angekommen, zog er sich um und ging in den Stall. Er hatte kaum mit dem Ausmisten begonnen, da erklangen einmal mehr die »Hells Bells«. Der Präsident sah auf dem Display seines Handys, dass es seine Frau war, und nahm ohne zu zögern ab.

»Hi, Karl, ich bin's, Rose«, knatterte es aus dem Smartphonelautsprecher. Zimmerschied rümpfte die Nase. Mit »Hi« hatte ihn Roswitha noch nie begrüßt. Nach einem kurzen Wortgeplänkel, das Zimmerschied wegen seiner Belanglosigkeit verletzte, fragte Roswitha: »Und sonst – geht's dir gut?«

Obwohl sein »Geht so« nicht gerade begeistert klang, erwiderte Roswitha erleichtert: »Da bin ich jetzt aber froh! Du, Karl, ich möchte nämlich mit einer Bitte an dich herantreten.«

O weh, Zimmerschied schwante nichts Gutes. »Weil wir haben ja immer mit offenen Karten gespielt – und ... da möchte ich ehrlich sein. Ganz ehrlich.« Zimmerschied bekam es mit der Angst zu tun: Was bitte wollte denn seine Frau jetzt von ihm? Die Scheidung? »Es ist ja so, dass der Hans und ich hier die Bar gemeinsam machen.« Der Name des Mannes, der nun seiner Frau näher war als er selbst, ließ Zimmerschied erstarren, und plötzlich nahm er alles um sich herum überdeutlich wahr: das Schnauben der Kühe, das Schmatzen der Schweine und die Fliege, die auf seiner Nase Platz nahm, das Sauviech. »Und ich habe dir ja schon angedeutet, dass ich ein bisschen ... also, wie soll ich sagen ...« Sag es bitte nicht, dachte Zimmerschied, sag es bitte nicht. »... dass der Hans und ich, also, um ganz offen zu sein, denn das waren wir ja immer, nicht wahr, Karl?« Sie wartete gar nicht auf seine Antwort, sondern fuhr ohne Pause fort: »Um ganz offen zu sein, ich habe mich ein bisschen in den Hans verknallt.« Das war nun beileibe keine überraschende Information, aber trotzdem hätte sich Zimmerschied in diesem Augenblick am liebsten durchs Telefon gestürzt und wäre seiner Frau an die Gurgel gesprungen – oder besser noch diesem Schwein, das sich an seine Frau herangemacht hatte. Roswitha hatte doch keine Ahnung, wie niederträchtig Männer sein konnten, weil sie ihr ganzes Leben immer nur mit ihm zusammen gewesen war. Aber er hielt sich zurück – Selbstkontrolle war immerhin eines der Talente, die ihn die

Karriereleiter so weit hatten hinaufsteigen lassen. »Karl?« Dem LKA-Präsident gelang nur ein Grunzen. »Ah, du bist also schon noch da.« Es folgte ein weiterer eher tierischer Laut. »Du hörst dich so komisch an …« Roswitha schien nachzudenken. Dann sagte sie, scheinbar kurz entschlossen: »Na ja, ich bin also verknallt. Und, aber, bis jetzt … Ehrenwort … also, ganz ehrlich, Schatzi …« Zimmerschied verdrehte die Augen. »… war ich dir immer treu. Unsere ganze Ehe lang. Bis zum heutigen Tag. Und du weißt, dass ich ehrlich bin. Und deswegen bin ich jetzt auch so offen zu dir.« Zimmerschied wurde es ganz anders. Die Scheidung. »Was ich sagen will: Ich möchte, dass du mir erlaubst, dass ich – also, weißt du, der Hans begehrt mich wirklich sehr, und … und … der kennt sich aus mit … na ja, also, mit … Tantra.« Tantra? Zimmerschied war fassungslos. Scheiß Tantra! Scheiß Hans!, wollte er seiner Frau entgegenschleudern, aber die sprach einfach weiter: »… und weil wir so verknallt sind und der Hans das kann und du so weit weg bist, frage ich dich hochoffiziell: Ist es ein Problem für dich, wenn ich mit dem Hans schlafe?«

Bamm!

Obwohl er es längst geahnt hatte, traf dieser Satz Zimmerschied wie die linke Gerade eines Schwergewichtsweltmeisters. Ihn schwindelte, er strauchelte, er griff ins Leere, ruderte mit beiden Armen und bekam auf der Suche nach Halt den Schwanz der Kuh zu greifen, deren Platz er gerade von Mist hatte befreien wollen. Das erschrockene Tier versetzte ihm einen Tritt, und das Letzte, was der LKA-Präsident von seiner Frau hörte, war die Frage: »Also, bist du einverstanden?« Dann lag er in der Scheiße.

DREISSIG | Schönheitsfleck

Isabelle Augustins kurzes Sommerkleid brachte die untere Hälfte ihrer schlanken Oberschenkel und ihre wohlgeformten Knie zur Geltung. Zimmerschied fiel sofort auf, dass sie nicht die Blumenschuhe anhatte. Dafür war ihr Kleid geblümt. Ihre Füße steckten in weißen Oldschool-Adidas-Turnschuhen mit grünen Streifen. In der Hand hielt sie ein noch verpacktes Sagrotantuch. »Mir ist etwas aufgefallen«, kam sie ohne Umschweife zur Sache. »Neben der DNA, die die fünf Fälle verknüpft, gibt es noch eine weitere Gemeinsamkeit.« Der LKA-Präsident schaute sie interessiert an. »Ich sehe eine sexuelle Komponente.«

Kaum war der Satz draußen, hatte Zimmerschied wieder seine Frau vor Augen, die vermutlich genau in diesem Moment Tantraübungen mit ihrem Liebhaber Hans vollführte. Der Präsident litt, aber er setzte einen sachlichen Gesichtsausdruck auf. »Eine sexuelle Komponente – in dieser Tatserie?«, wiederholte er ungläubig.

»Ja, ich will Ihnen das erklären. Also: Bei der versuchten Vergewaltigung ist die sexuelle Komponente ja eindeutig. Aber auch bei den Kriegswaffen sehe ich eine, denn schließlich ist da neben den Handgranaten und Pistolen diese Schachtel mit dem Aufdruck ›Christopher Street Day‹. Und das steht für den Kampf gegen sexuelle Ausgrenzung.«

»Und was ist mit den Einbrüchen und dem Falschgeld – sehen Sie da auch eine sexuelle Konnotation?« Zimmerschied war bemüht, sich von Dr. Augustins Beinen nicht zu sehr aus dem Konzept bringen zu lassen. Sie waren einfach perfekt; direkt unter dem Saum des Kleids fiel ihm ein Muttermal auf.

»Tja, das habe ich mir auch gedacht – und da ist das Sexuelle zunächst wirklich nicht sichtbar. Aber ich habe mir die Protokolle durchgelesen …«

»Entschuldigung«, unterbrach sie der Präsident. »*Sie* haben Vernehmungsprotokolle gelesen? – Nicht dass Sie mich falsch verstehen, aber Sie sind doch in erster Linie für die Laboranalysen zuständig …?«

»Ja, ich habe die Protokolle gelesen. Das tue ich manchmal. Auch wenn das nicht mein Job ist – es erleichtert mir doch, die Zielrichtung unserer Analysen zu präzisieren.«

»Aha.« Zielrichtung. Analysen. Zimmerschied war sprachlos.

»Und in den Protokollen stand, dass diese seltsame Familie von Kluthe eine Tochter hat. Und dass mit dieser Tochter aus Sicht der Eltern irgendetwas nicht zu stimmen scheint. Vielleicht haben die Eltern vor allem ein Problem mit ihrer Adoptivtochter Carina, weil sie lesbisch ist?«

»Also na ja«, erwiderte Zimmerschied, »das ist jetzt aber schon sehr weit hergeholt.«

»Und der Roland Mai war vielleicht einfach schwul«, sagte Dr. Augustin und faltete ihre Hände fast wie eine Nonne vor dem Bauch. Zimmerschied hatte Schwierigkeiten, sich zu konzentrieren. Er überlegte, ob der gestrige Anruf seiner Frau irgendetwas in seiner Beziehung zu Dr. Augustin veränderte, aber er gelangte zu keinem vernünftigen Ergebnis. »Was sagen Sie zu meiner Theorie?«

»Ich finde sie schön«, sagte Zimmerschied und bemerkte im selben Augenblick seinen Lapsus.

»Schön?«

»Na ja, ähm, gut. Ich meine, ich finde sie gut im Sinne von interessant, Ihre Theorie …«

Die Wissenschaftlerin nickte zögerlich und meinte dann: »Okay, das war's schon, wollte das nur loswerden. Wiedersehen.«

Zimmerschied sah ihr hinterher. Die Haut in ihren Kniekehlen war sehr hell. Ob sie sich wohl so zart anfühlte, wie sie aussah? Als er sich wieder gefangen hatte, schrieb er endlich die E-Mail an Kate McMunny, die er schon längst hatte abschicken wollen. Würde der illustre Gast ein Burger-Essen im Hofgarten samt Bärenjagd als spektakulär genug empfinden? Zimmerschied war sich noch immer nicht sicher. Dieser POTUS war wie ein Glücksspielautomat, ein einarmiger Bandit. Ein Ruf der Sekretärin katapultierte ihn zurück ins Hier und Jetzt. »Das Innenministerbüro«, rief Elisabeth Rötli. »Ich stelle durch.«

»Nein«, schrie der LKA-Präsident erschrocken, sprang auf und rannte ins Vorzimmer. »Nicht! Ich bin nicht da, unterwegs an einem Tatort oder im Amt, irgendwas dergleichen.«

»Aber Sie sind doch da.«

»Praktisch nicht mehr.« Zimmerschied eilte am Tisch seiner wichtigsten Mitarbeiterin vorbei und riss die Tür auf.

»Herr Zimmerschied, vielleicht möchte der Herr Werner mit Ihnen die Beschlussvorlage durchsprechen?«

»Ja, das mag sein«, schrie Zimmerschied. Er stand bereits auf dem Gang. »Aber die kenne ich ja gar nicht, die Beschlussvorlage, die kennen Sie doch viel besser! Reden *Sie* mit dem Herrn Minister. Ich bin jetzt jedenfalls weg, Frau Rötli. WEG!« Dann schlug er die Tür hinter sich zu und war tatsächlich – weg.

Rötli, die von ihm zugeworfene Tür fest im Blick, hob nach einem schweizerisch geseufzten »Also, der braucht wirklich ein Sabbatical« den Hörer ab und meldete sich mit »Landeskriminalamt, Präsidialbüro, Rötli?«, ohne dass ihrer Stimme auch nur der Hauch irgendeiner Gefühlsregung anzumerken gewesen wäre. Elegant wehrte sie den Wutanfall des Innenministers wegen Zimmerschieds permanenter Unerreichbarkeit ab und erläuterte ihre Sicht der Dinge auf die Beschlussvorlage, selbstverständlich im Namen ihres Chefs. Elisabeth Rötli war professionell und loyal bis in die Nähte ihres Chanel-Kostüms, das heute in einem dezenten Hellblau leuchtete, und sie spürte, dass der Präsident mit dem Rücken zur Wand stand. Sie konnte ihn unmöglich hängen lassen.

Zimmerschied stand vor der Tür zu Tommy Henschs Büro, und wieder war die Mickymaus-Stimme zu hören. Aber dieses Mal ließ er sich nicht davon irritieren. Er klopfte an und trat ohne abzuwarten ein. Hensch stoppte das Vorleseprogramm und wandte dem LKA-Chef das Gesicht zu. »Warum schauen Sie so böse?«, fragte der Blinde.

»Woher wissen Sie jetzt schon wieder, wer ich bin und wie ich schaue?«, fragte Zimmerschied zurück. Er war noch immer in Rage. War dieser Hensch überhaupt blind?

Der Computerexperte zuckte verlegen lächelnd mit den Schultern und erklärte dann: »Ich höre mir gerade noch einmal sämtliche Protokolle an. Ich glaube, dass wir etwas übersehen haben.«

»Was Sie nicht sagen«, erwiderte Zimmerschied ironisch. Er war kurz davor zu explodieren.

»Jedenfalls habe ich eine Vermutung«, fügte Hensch an.

Der Präsident ließ sich mit einem erschöpften Schnauben auf den Sessel des Mitarbeiters fallen. »Soso. Und könnten Sie vielleicht auch schon andeuten, in welche Richtung diese Ihre Vermutung führt?«

»Wo ist der Kugelschreiber?«, wollte Hensch jetzt wissen.

»Welcher Kugelschreiber?«

»Na, mein Kugelschreiber, der eben noch hier auf dem Tisch lag«, antwortete der Computertechniker geduldig. Seine Hand tastete die Platte ab.

»Oh, pardon«, erwiderte der LKA-Chef und betrachtete den Stift in seinen Händen, als handelte sich um ein Ufo. Er hatte keine Ahnung, wie er zu ihm gekommen war. Dann hielt er dem Blinden den Stift hin. Als der nicht reagierte und der Präsident verstand, knipste er ein paarmal genervt mit dem Kugelschreiber. Noch im selben Moment fühlte er sich jedoch schlecht, denn dafür, dass er blind war, konnte Hensch ja nun wirklich nichts.

Hensch griff sogleich nach dem Schreibgerät und legte es neben seinem Laptop ab, das an eine Braille-Tastatur angeschlossen war. »Wissen Sie, ich bin abhängig von absoluter Ordnung.« Während Zimmerschied einen Laut der Zustimmung von sich gab, tapste Tommy Hensch durch den Raum und ertastete den Besucherstuhl.

Sofort begriff Zimmerschied und sprang auf. »Sie können sich hierher setzen. Es tut mir leid, ich bin derzeit etwas durcheinander. Ich wollte Ihnen nicht Ihren Platz …«

Der Blinde winkte ab. »Sie fragten mich, was mir aufgefallen sei. Es handelt sich um Folgendes: Wenn ich richtig gehört habe, handelt es sich bei allen DNA-Spuren um Speichelspuren. Finden Sie das nicht auch merkwürdig?« Der Blinde merkte wohl, dass Zimmerschied nicht begriff, worauf er hinauswollte. Deshalb erläuterte er weiter: »Was ich meine: An Geldscheinen wie bei den Blüten aus dem Kiosk lässt sich eine Speichelspur ja noch gut erklären, und an der Zigarettenkippe aus der Villa, in die eingebrochen wurde, auch. Aber an einem Slip bei einer missglückten Vergewaltigung ist das doch schon schwieriger nachzuvollziehen.«

Zimmerschied nickte nachdenklich. »Zumindest passt eine Speichelspur nicht zu der Beschreibung des Tathergangs, die die Studentin Lokisch geliefert hat …«

Nun übernahm der Blinde wieder: »Was aber völlig unglaubwürdig ist: Speichelspuren der Täterin am Griff des Dönermessers. Wie sollen die denn da bitte hinkommen? Hat sich diese Mörderin das Messer zwischen die Zähne geklemmt und ist dann über Roland Mai hergefallen? So tarzanmäßig? Oder hat sie das Messer vor oder nach der Tat abgeschleckt? Hat sie womöglich einen Tick, eine psychische Störung, die sie so etwas tun lässt?« Hensch schüttelte den Kopf. »Wenn Sie mich fragen, Chef, da stimmt was nicht.«

»Sie könnte während der Tat auf den Griff gespuckt haben oder gehustet oder so«, warf Zimmerschied nicht sehr überzeugt ein.

»Sie meinen, wir sollten die Beschreibung der gesuchten Person noch erweitern? Also, dass es sich nicht nur um einen äußerst gewalttätigen Hermaphroditen handelt, der auf Studentinnen scharf ist, sondern auch noch um einen, der vor lauter Mordlust am Tatort auf die Waffe sabbert?« Hensch schüttelte noch einmal den Kopf. »Kann ich mir nicht vorstellen. Ich sage Ihnen: Mit den Speichelspuren stimmt was nicht.«

»Das glaube ich ja auch, aber was? Haben Sie das mit den Speichelspuren schon der Veltroni und dem Södlinger gesagt?«

»Nein, ich wollte erst noch die anderen Protokolle komplett anhören.«

»Dann geben Sie jetzt Gas. Und unterrichten Sie die beiden möglichst bald von Ihren Überlegungen. Ich weiß zwar nicht, ob da wirklich was dran ist, aber es kommt mir plausibel vor. Die Frage ist, was das für unsere Ermittlungen bedeutet.«

EINUNDDREISSIG | Tagesschau

Als Zimmerschied ins Präsidentenbüro zurückkam, war das Vorzimmer leer. Das war außergewöhnlich. Verdutzt ging er in sein Zimmer, aber auch dort war Elisabeth Rötli nicht. Er konnte sich nicht daran erinnern, dass die Sekretärin zu ihrer Dienstzeit jemals nicht an ihrem Platz gewesen wäre. Zum ersten Mal, seit er LKA-Präsident war, fragte er sich, ob die Schweizerin denn gar nie auf die Toilette musste. Er ging noch einmal zur Tür, öffnete sie und trat in den Flur hinaus. Da knallte vier Büros weiter eine Tür zu. Ein kalter Luftzug wehte ihm ins Gesicht. Der Präsident schüttelte den Kopf, ging zurück, und – er hatte sich noch gar nicht auf seinem Platz niedergelassen – da sah er es: Auf seinem Schreibtisch lag wieder einer dieser vermaledeiten Zettel.

Die Zeit der Rache ist nah, Arschloch.
Nur ein Rücktritt kann dich noch retten!

Der LKA-Chef nahm das Blatt und hielt es gegen das Licht. Was sollte er nur gegen die Ratte tun, die ihn auf derart widerwärtige Weise belästigte? Das Absurde an seiner Situation war, dass ihm in seiner Behörde alle Experten zur Verfügung standen, die es brauchte, um die Herkunft des Papiers festzustellen; ja für seine Analytiker wäre es vermutlich die leichteste Sache der Welt, den Drucker, auf dem die Botschaften ausgedruckt worden waren, zu identifizieren. Jedenfalls dann, wenn es sich tatsächlich um einen Drucker handelte, der sich im Besitz des Landeskriminalamts befand. Aber wenn ihn nicht alles täuschte, dann war sein Feind entweder ein Mitarbeiter oder zumindest jemand, der Zugang zu den Räumen des LKA hatte. Gab er das Blatt zur Analyse ins Labor, dann bestand die Gefahr, dass sein Widersacher davon Wind bekam oder das Ergebnis manipulierte. Natürlich könnte er eine externe Stelle konsultieren, aber das wollte er nicht, denn das hätte die ganze Problematik nach außen getragen und seine eigene Position noch mehr geschwächt. Obwohl sein Herz flatterte, zwang sich Zimmerschied zur Ruhe. Irgendwann musste der Verfasser der Drohbotschaften doch einen Fehler machen. Irgendwann machte jeder mal einen Fehler. Und dann würde er sich den

Saboteur vorknöpfen. Der Präsident steckte den Zettel in einen Asservatenbeutel und setzte sich an den Computer. Er musste ein paar Dinge recherchieren. Zwar fand er Dr. Augustins Theorie, die Verbrechen der Serie seien nicht nur durch die übereinstimmenden DNA-Sequenzen miteinander verbunden, sondern auch durch eine sexuelle Komponente, gewagt, aber vielleicht entdeckte er im Netz ja tatsächlich einen Hinweis auf eine eventuelle Homosexualität des toten Roland Mai? Und dann konnte das mit dem Christopher Street Day ja womöglich Sinn machen … Zimmerschied gab den Namen des Politikers in die Suchmaschine ein. Alle Berichte, die er in den folgenden Minuten entdeckte und die nichts mit Roland Mais politischer Tätigkeit zu tun hatten, sprachen eine deutliche Sprache: Wenn Roland Mai schwul gewesen war, dann hatte er dies gut verborgen. Mit dem Christopher Street Day hatte der Mann anscheinend nur in seiner Funktion als Mitglied des Landtags zu tun gehabt, wenn überhaupt. Insofern ergab sich hier auch keine Verbindung zu der Schachtel mit den Handgranaten und dem CSD-Aufdruck. Das war also ein Holzweg. Der LKA-Chef änderte die Zielrichtung seiner Recherche: Er wollte nun herausfinden, ob Roland Mai womöglich Verbindungen zu Reichsbürgern gepflegt oder ob er sich vielleicht sogar mit dieser Gruppierung angelegt hatte. Aber auch hier stieß er nicht auf eine eindeutige Spur. Sämtliche Berichte erweckten den Anschein, Roland Mai habe dem linken Spektrum seiner eher rechts angesiedelten Partei angehört. Und wenn man den Fotos im Internet Glauben schenken konnte, dann hatten Mais liberale Ansichten seiner Freundschaft zu dem konservativen Ministerpräsidenten keinen Abbruch getan: Zimmerschied stieß auf mehrere Artikel mit Fotos, auf denen Mai gemeinsam mit dem Landesvater zu sehen war. Ein weiteres Foto zeigte den Politiker zwischen zwei schönen Frauen. Plötzlich schoss Zimmerschied ein Gedanke durch den Kopf, der ihm zunächst abwegig erschien – aber war es in dieser Situation nicht notwendig, auch abwegigste Thesen in Betracht zu ziehen? War es möglich, dass Roland Mai eine Verbindung zu Carina von Kluthe hatte? Vielleicht sogar ein Verhältnis? Oder waren sie politische Feinde? Hatte sie ihn womöglich deshalb umgebracht? Aber warum sollte eine junge Frau, die von ihren Eltern als links und alternativ geschildert wurde, einem Politiker, der keine rechten Thesen vertrat, Böses wollen? Wer war dieser Roland Mai? Nichts passte zusammen. Zimmerschied nahm den Telefonhörer in die Hand. Als Barbara Veltroni am Apparat war, sagte er: »Bitte klopfen Sie umgehend Roland Mais privates und berufliches Umfeld ab. Was mich interessiert, ist dreierlei. Erstens: War er schwul? Zweitens: Hatte er eine Freundin oder gab es Rotlichtkontakte? Und drittens: Gibt es irgendwelche Verbindungen zwischen ihm und den Reichsbürgern?

Nach diesem Telefonat saß der Präsident eine Weile lang schweigend da und suchte in Gedanken nach der Verbindung zwischen all den Taten, Drohbotschaften und politischen Verwicklungen. Aber es stellte sich keine Erleuchtung ein.

»Herr Zimmerschied, die *Tagesschau* steht an der Pforte. Gehen Sie hinunter und geben denen ein Interview?«, riss ihn seine Sekretärin aus den Grübeleien.

»Nein.«

»Aber Sie wissen doch gar nicht, um was es geht.«

»Es ist mir scheißegal, um was es geht.«

»Die wollen eine Stellungnahme von Ihnen zur allgemeinen Sicherheitslage im Hinblick auf die Verbrechensserie und den Besuch des US-Präsidenten.«

»Dazu gibt es nichts zu vermelden.«

»Was soll ich denen denn jetzt sagen? Ich meine, der Staatsbesuch ist schon in dreißig Tagen.« Rötli hörte sich hilflos an.

»Zweiunddreißig«, stellte Zimmerschied richtig. Das Einzige, was er zu jedem Zeitpunkt ganz sicher wusste, war die Anzahl der Tage, die ihm noch blieb. »Und was die *Tagesschau* angeht, Frau Rötli: Tun Sie, was Sie für richtig halten.«

Nach einer kurzen Schrecksekunde strich Elisabeth Rötli den Rock ihres Kostüms glatt, frischte ihr Make-up auf und gab der *Tagesschau* ein Interview.

ZWEIUNDDREISSIG | Punk

Dass diese Frau niemals einen Meter achtzig groß sein konnte, erkannte Zimmerschied sofort, als sich Carina von Kluthe von ihrem Stuhl im Vernehmungszimmer erhob und ihn lustlos begrüßte. Der Präsident hatte mit Tommy Hensch im Schlepptau den Raum betreten; Barbara Veltroni und Hannes Södlinger saßen bereits am Tisch. Die Tochter von Hilmar und Anke von Kluthe hatte kurz geschorenes Haar, ein ringförmiges Piercing an der Unterlippe und trug ein Punkoutfit, bestehend aus schwarzen Dr.-Martens-Stiefeln, einer eng anliegenden schwarzen Hose, deren Vorderseite so aufgeritzt war, dass die Haut ihrer schlanken Beine durchschimmerte, und einem schwarzen Shirt, auf dem in großen weißen Lettern stand:

MESSER REIN
MESSER RAUS
MESSER ROT
NAZI TOT.

Zimmerschied verspürte keinerlei Lust, sich mit dieser Person auseinanderzusetzen. Er sah Carina von Kluthes schwarzen

Gürtel, der locker doppelt um ihre Hüfte lag und von silbernen Nieten bedeckt war. Er sah ihren wohlgeformten Kopf. Die trotzigen Gesichtszüge der jungen Frau wirkten im Kontrast zu den raspelkurzen Haaren erstaunlich zart. Als Zimmerschied ihr die Hand reichte, nahm er auf ihrem Handrücken ein schwarzes Blumentattoo wahr, gerahmt von dem Schriftzug: »Gott heute leider aus«. Insgesamt wirkte Carina von Kluthe sportlich und eher maskulin. Rein von ihrer Statur und ihrer Körperspannung her wäre sie zweifellos dazu in der Lage, durch das Kellerfenster in das Haus ihrer Eltern einzubrechen. Aber war ihr auch zuzutrauen, dass sie ein Verhältnis mit dem Politiker einer Regierungspartei einging oder gar einem Menschen den Hals aufschlitzte? Zimmerschied hatte da so seine Bedenken. Als Täterin im Fall der versuchten Vergewaltigung kam sie schon wegen ihrer viel zu geringen Körpergröße nicht infrage. Es sei denn, Sissi Lokisch hatte eine vollkommen falsche Beschreibung abgegeben. Diese Frau hier war höchstens eins siebzig groß.

Nachdem die Punkerin, Zimmerschied und Hensch Platz genommen hatten, stellte Barbara Veltroni die erste Frage: »Sie wissen, dass wir Sie vorgeladen haben, weil in das Haus Ihrer Eltern eingebrochen wurde?«

Carina von Kluthe nickte.

»Warum haben Sie schon so lange keinen Kontakt mehr zu Ihren Eltern?«

»Das hat sich so ergeben.« Die Antwort kam in rotzigem Tonfall.

Barbara Veltroni und die anderen Ermittler warteten, aber die Zwanzigjährige wich jedem Blick aus und schwieg.

»Könnten Sie ein wenig präziser werden?« Veltronis Ton war freundlich, aber bestimmt.

»Ich hatte keine Lust mehr auf Schule. Meine Eltern fanden das nicht gut. Da bin ich ausgezogen.«

»Das war der einzige Grund?«

Jetzt hob die Punkerin den Kopf und sah Veltroni direkt an: »Sie haben ja wohl schon ausführlich mit meinen Eltern gesprochen. Da wissen Sie vermutlich, dass die auch ein Problem mit meiner Freundin hatten.«

»Nein, das hören wir zum ersten Mal«, entgegnete Veltroni überrascht. Zimmerschied dachte an Dr. Augustins These von einer sexuellen Verbindung zwischen den Taten. Hatte sie doch recht? »Wir hatten Schwierigkeiten, Ihren Wohnort ausfindig zu machen. Wo leben Sie augenblicklich – bei Ihrer Freundin?«

»Nein, das mit Moni ist aus.«

»Wo leben Sie dann?«

»Bei Freunden.«

»Könnten Sie uns bitte eine ladungsfähige Adresse geben?«

»Nö.«

»Warum nicht?«

»Weil ich mal bei diesen Freunden wohne und mal bei anderen.« Veltroni zuckte mit den Schultern.

Jetzt räusperte sich Hannes Södlinger. »Und … von was leben Sie?«

Da wurde Carina von Kluthe lauter: »Verdammt, Ihre Fragen nerven! – Hören Sie, ich war das nicht mit diesem Einbruch bei meinen Eltern. Ich bin doch nicht blöd und breche bei meinen eigenen Eltern ein.«

»So blöd wäre das doch gar nicht. Immerhin kennen Sie sich dort aus«, gab Veltroni zu bedenken.

Die junge Verdächtige sah die Ermittler der Reihe nach an, bis ihr Blick bei Zimmerschied, der von ihr aus gesehen ganz links außen saß, hängen blieb. Eindringlich und überdeutlich sagte sie: »Ich war das nicht mit dem Einbruch. Ich habe zwar kein Alibi, aber ich war das wirklich nicht.« Sie wechselte die Blickrichtung und starrte den neben Zimmerschied sitzenden Hensch an, als erwartete sie eine Reaktion von dem Blinden.

Der sagte prompt: »Ich glaube Ihnen«, gerade so, als hätte er gesehen, dass Carina von Kluthe ihn anschaute. Alle Anwesenden wandten ihm verdutzt die Köpfe zu. Zimmerschied gab ein unwilliges Brummen von sich. Es war nicht intelligent, einer Verdächtigen derart entgegenzukommen. »Sie sprachen vorhin von Ihrer Exfreundin«, fuhr Tommy Hensch unbeirrt fort. »Sind Sie denn lesbisch?«

Ohne den Blick von ihm zu wenden, reagierte die junge Frau mit einer Gegenfrage: »Darf ich fragen, was diese Frage mit dem Einbruch in das Haus meiner Eltern zu tun hat?«

»Nein«, sagte Hensch freundlich, womit er seine Kollegen noch mehr verblüffte. »Und – sind Sie lesbisch?«

»Haben Sie ein Problem mit Randgruppen?«, konterte Carina von Kluthe angriffslustig.

»Nein«, antwortete der junge Computerexperte erneut sehr freundlich. »Ich gehöre selbst zu einer Randgruppe – ich bin blind.« Er griff mit der linken Hand zu seiner schwarzen Sonnenbrille, nahm sie ab und schaute der Punkerin direkt ins Gesicht. Aus dem Augenwinkel sah Zimmerschied, dass Henschs Augen vollkommen schwarz waren. Der LKA-Präsident spürte ein schmerzhaftes Ziehen im Bauch. Phantomschmerz. Er hatte sich Henschs Augen immer weiß vorgestellt. Wie waren die Augen so schwarz geworden? Waren sie bei der Explosion der Bombe verbrannt? Aber wieso wirkten sie ansonsten unversehrt? Kurz darauf saß die Brille wieder auf Henschs Nase.

Auch Carina von Kluthe war überrascht, ihr entfuhr ein »Krass«, und sie starrte Hensch fasziniert an.

»Krass? Finden Sie? Na ja …« Hensch zuckte mit den Schultern. »Beantworten Sie mir nun meine Frage?«

»Ich glaube zwar nicht, dass Sie das was angeht, aber ich bin bi.« Die Antwort, direkt an Hensch gerichtet, klang beinahe weich. Der Blinde schien etwas in ihr bewegt zu haben.

Zimmerschied nickte nachdenklich. Dann fragte er vorsichtig: »Und – sind Sie auch politisch aktiv?«

»Politisch aktiv?« Jetzt klang Carina von Kluthes Stimme wieder so rotzig wie zuvor. »Was soll das heißen, ›politisch aktiv‹? Sie checken wohl gar nichts. Punk sein heißt politisch sein, Mann!«

»Inwiefern?«, traute sich der Präsident zu fragen.

»Indem man …« Sie suchte nach der richtigen Beschreibung. »… anders lebt.«

»Wie meinen Sie das?«

»Nicht wie ein Spießer.«

»Das heißt?«

»Anders eben.«

Nach diesem kurzen Schlagabtausch akzeptierte Zimmerschied, dass er so nicht weiterkommen würde. »Gehen Sie auf Demonstrationen?«

»Nein.«

»Nie?«

Carina von Kluthe zögerte, sah Zimmerschied nachdenklich an, schob ihre Zunge über das Piercing an ihrer Lippe und zog sie wieder zurück. »Selten.«

»Haben Sie den Namen Roland Mai schon einmal gehört?«

Die junge Frau schien durch den Präsidenten hindurchzuschauen, und Zimmerschied war sich nicht sicher, ob sie überlegte oder ihr Gehirn auf Stand-by geschaltet hatte. Wie eine Kifferin wirkte sie allerdings nicht. »Roland Mai? Vielleicht? Wieso denn? Wer ist das?«

»Haben Sie den Namen schon einmal gehört?« Der LKA-Chef verschärfte nun seinen Ton, er hatte langsam genug von diesem Gespräch.

»Kann sein, kann aber auch nicht sein.«

Zimmerschied holte tief Luft.

»Was schnaufen Sie da jetzt so?«, blaffte die Zwanzigjährige den Präsidenten an.

Ihre Augen bohrten sich tief in die seinen, aber er hielt dem Blick stand. Er war fest entschlossen, sich nicht provozieren zu lassen. Zimmerschied sagte: »Wo haben Sie in der vergangenen Woche den Montagabend verbracht?«

Diese Frage quittierte Carina von Kluthe mit einem zickigen »Keine Ahnung«.

»Ähm …«, schaltete sich Barbara Veltroni wieder in das Gespräch ein. »… nur damit Sie die Genauigkeit unserer Fragen ein bisschen besser einordnen können: Wir fragen das alles auch, weil der Einbruch in das Haus Ihrer Eltern womöglich mit einem Mord in Verbindung steht.«

»Einen Mord? Echt?«, kiekste Carina von Kluthe. Ihre Reaktion wirkte vollkommen deplatziert. Nahm sie doch irgendwelche Drogen? Jedenfalls schien sie die gesamte Situation nicht ernst zu nehmen.

»Ja, echt«, antwortete Veltroni trocken. »Und – wo waren Sie jetzt am Montagabend?«

Die Befragte zuckte mit den Schultern und senkte den Blick zu ihren Oberschenkeln. Dann begann sie an den losen Fäden ihrer zerrissenen Hose herumzuzupfen. Alle beobachteten sie schweigend – außer Hensch, der lauschte. Ohne den Kopf zu heben, fragte Carina von Kluthe: »Haben meine Eltern was mit dem Mord zu tun?« Jetzt hob sie doch den Blick, und Zimmerschied sah, dass ein schwer einzuordnendes Lächeln ihre Lippen umspielte. Was ging in diesem großen Mädchen nur vor?

»In das Haus Ihrer Eltern ist eingebrochen worden. Bei unserer Suche nach dem Verantwortlichen haben wir eine Spur gefunden, die zu einem Mordfall passt, der sich kürzlich in München ereignet hat.« War es Zimmerschied gelungen, die ersten Sätze noch einigermaßen sachlich von sich zu geben, so verlor er jetzt die Geduld. Seine Rede wurde schneller und immer wütender. »Deswegen haben wir Sie nach Roland Mai gefragt: Roland Mai war Landtagsabgeordneter. Seine Kehle ist von einem unbekannten Täter oder einer unbekannten Täterin mit einem Dönermesser aufgeschlitzt worden. Er ist erbärmlich verblutet. Lesen Sie eigentlich keine Zeitung?«

»Nö. Alles Lügenpresse.« Sie schien nachzudenken. Dann sagte sie wie aus dem Nichts: »Meine Eltern sind Nazis. Denen traue ich alles zu.«

Zimmerschied schnaufte erneut auf. Er hatte Hilmar und Anke von Kluthe beileibe nicht sympathisch gefunden, aber dass sie an dieser Adoptivtochter verzweifelt waren, das konnte er gut nachvollziehen. Er wollte schon aufgeben und diese widerborstige junge Frau als durchgeknallt abhaken, da kam ihm doch noch eine Idee. Unvermittelt fragte er: »Waren Sie schon einmal in Holzleute?«

»In Holz... was?«

»Holz – leute.« Der Präsident wiederholte den Namen seines Heimatorts überdeutlich.

»Haha! Holzleute! Habt ihr Holz, Leute? Braucht ihr Holz, Leute, oder was? Das ist ja lustig«, brach es aus Carina von Kluthe hervor. Sie wirkte nun vollends geistig verwirrt.

Zimmerschied wandte den Blick von ihr ab. Irgendwie ekelte das alles ihn an. Was war mit diesem Mädchen los? Hatte sie Entzugserscheinungen? Oder eine Psychose? Er sah Barbara Veltroni und Hannes Södlinger von der Seite an. »Dann machen wir jetzt noch einen DNA-Test, und dann kann sie gehen, oder?«

»Wer ist ›sie‹?«, wollte Carina von Kluthe von ihm wissen.

»Na ja, wer wohl«, kommentierte Södlinger trocken, auch er hatte die Nase gestrichen voll.

»Sie kommen jetzt mit mir mit ins Labor, Frau von Kluthe, da lutschen Sie an einem Wattestäbchen, und dann können Sie gehen«, entschied Zimmerschied.

»Nee, Alter. Das könnt ihr mal schön vergessen. Von mir kriegt ihr keine DNA. Fuck Nazi-Überwachungsstaat.«

Nachdem Carina von Kluthe, begleitet von Södlinger, das Vernehmungszimmer verlassen hatte, meinte Veltroni: »Was interessant ist: Die hat genauso einen Hass auf den Staat wie ihre Eltern, nur von der anderen Seite her. Eigentlich komisch, dass die sich nicht verstehen.«

»Ich würde eine Gegenüberstellung vorschlagen«, sagte Hensch so plötzlich, dass alle ihn anstarrten. »Sissi Lokisch, diese Studentin, soll sich Carina von Kluthe anschauen. Ob sie an der Kluthe irgendwas an die Person, die die Vergewaltigung versucht hat, erinnert.«

»Also bitte, Tommy«, platzte Veltroni empört heraus. »Die Sissi Lokisch hat ausgesagt, dass sie von einem Mann vergewaltigt worden ist. Was soll da eine Gegenüberstellung bringen? Carina von Kluthe ist eine Frau …«

»Was der Herr Hensch sagt, wird gemacht«, befahl Zimmerschied, obwohl er selbst nicht ganz verstand, welchen Sinn die von Tommy Hensch vorgeschlagene Gegenüberstellung haben sollte. Auf dieses Machtwort des Chefs hin schwiegen alle eine Weile lang betreten. Bis Veltroni in einem Tonfall fragte, den Zimmerschied nicht anders als scheinheilig empfinden konnte: »Wieso haben Sie eigentlich nach Holzleute gefragt? Ist das nicht das Dorf, in dem Sie wohnen?«

»Doch«, erwiderte der LKA-Präsident. »Das ist mein Dorf.« Mehr sagte er nicht, obwohl das gesamte Team ganz offensichtlich auf eine Antwort wartete. Doch Zimmerschied hatte keine Lust, sich zu erklären. Reichte es nicht schon, dass Dr. Augustin von den Handgranaten wusste? – Und er hatte einen Feind im Haus. Wer sagte ihm denn, dass es nicht Veltroni oder Södlinger oder Hensch waren, die an seinem Stuhl sägten … na ja, Hensch wohl eher weniger.

»Herr Präsident, wir warten auf eine Antwort.« Veltronis Ton war fordernd, um nicht zu sagen frech.

»Das mag sein«, antwortete der LKA-Chef. »Aber die bekommen Sie jetzt gerade nicht.« Er setzte sein Robert-de-Niro-Gesicht auf oder jedenfalls das, was er dafür hielt, denn seine Gesichtszüge waren ja weicher als die des Hollywoodstars, und sagte mit der Schärfe eines Handkantenschlags: »Es gibt Dinge, bei denen es reicht, wenn ich sie verstehe – und sonst niemand. Basta.« Denn noch bin ich hier der Präsident, dachte er sich, verzichtete aber darauf, es auszusprechen. Als er vom Vernehmungszimmer auf den Flur trat, bemerkte Zimmerschied, dass ihm Schweiß auf der Stirn stand. Dabei war der Münchner Himmel heute feldgrau – und die eigentliche Bombe des Tages war noch gar nicht explodiert.

DREIUNDDREISSIG | Massaker

Zimmerschied war reichlich überrascht, als er die E-Mail, mit der Dr. Augustin zu einer Sitzung lud, öffnete. Dies weniger wegen des Inhalts der Mail, sondern wegen der Vielzahl ihrer Adressaten. Neben den Leitern der Soko Dönermesser, Hannes Södlinger und Barbara Veltroni, und den Leuten vom DNA-Labor, Dr. Herbst, Dr. Ballko und Dr. Hammerschmidt, tauchten auch seine Sekretärin Elisabeth Rötli und obendrein zwei Mitarbeiter der Pressestelle – Manfred Henkel und Christa Markwort – im Empfängerfeld auf. Immerhin stand diese Schnepfe von Staatsanwältin, Ramona Ahlhaus, nicht auch auf der Liste. Aber was wollte Dr. Augustin vor derart großem Publikum verkünden?

Mit schalem Geschmack im Mund und begleitet von Tommy

Hensch, den er eigenmächtig dazugebeten hatte, betrat der Präsident das große Pressezimmer, in dem die Konferenz stattfinden sollte. Er hatte sich bewusst ein wenig verspätet. Das war sonst nicht seine Art, aber wenn Dr. Augustin derart merkwürdige Einladungen aussprach, ohne herauszulassen, um was es ging, dann sah er sich selbst auch nur begrenzt in der Pflicht. Längst zeitigten die Belastungen der vergangenen Tage Wirkung, er fühlte sich schlapp und lustlos, gleichzeitig aber auch ein wenig aggressiv.

Er mied den Blickkontakt mit Dr. Augustin und nahm den Platz am Kopfende des langen Besprechungstischs ein. So saß er – die Zimmertür und das Pressepult, von dem aus Fernsehstatements gegeben wurden, im Visier – buchstäblich mit dem Rücken zur Wand. Isabelle Augustin hatte sich auf der linken Seite in der Mitte niedergelassen. Ihr Haar war zu einem Pferdeschwanz gebunden, und ihr Gesichtsausdruck wirkte angespannt. Vor ihr lagen ein dünner Schnellhefter, eine Packung Papiertaschentücher und ein Sprühfläschchen, das vermutlich Desinfektionsmittel enthielt. Plötzlich beschlich Zimmerschied das miese Gefühl, dass es doch Dr. Augustin war, die ihn mit diesen Drohbotschaften traktierte.

»Sie und ihr seid sicherlich alle etwas überrascht, dass ich euch in dieser großen Runde zusammenrufe, aber wir haben im Labor eine Entdeckung gemacht, die so brisant ist, dass wir …« – Dr. Augustin klappte mit einem Räuspern ihren Ordner auf – »… alle Kräfte mobilisieren müssen, um das in der Öffentlichkeit auch nur halbwegs glaubwürdig rüberzubringen.« Eine gespannte Stille erfüllte den Raum. Dr. Augustin fuhr fort: »Es ist nämlich so, dass unsere jüngste Laboranalyse der wahnwitzigen Tatserie, die mit diesem Politikermord angefangen hat, noch ein verwirrendes Puzzleteil hinzufügt. Und um jetzt nicht noch ewig um den heißen Brei herumzureden …« Sie holte tief Luft, atmete zur Hälfte aus und verkündete dann mit Blick in die Runde: »Wir haben heute eine Maschinenpistole untersucht, an der wir neben der aus dem Dönermesser-Fall und der damit verknüpften Verbrechensserie bekannten DNA der Mannfrau, der Phantomin, des Hermaphrodits oder wie auch immer wir sie nennen wollen, einen weiteren unerhörten Treffer gelandet haben. An dieser Maschinenpistole finden sich auch Fingerabdrücke eines der meistgesuchten Kriegsverbrecher aus dem jugoslawischen Bürgerkrieg.« Die Anwesenden reagierten mit Geräuschen, die Zimmerschied an Zootiere erinnerten, und auch er selbst gab ein grimmiges Brummen von sich. Doch in seinem Kopf arbeitete es fieberhaft: Weshalb machte Dr. Augustin das? Bei der Maschinenpistole handelte es sich ja wohl hundertprozentig um eine der Waffen aus dem Beichtstuhl von Holzleute! Es war ein eklatanter Vertrauensbruch, dass sie ihn nicht vor den anderen informiert hatte. Was führte sie im Schilde? – Aber er musste sich konzentrieren, denn Dr. Augustin referierte längst weiter: »Ratko Korodic wird seit fünfzehn Jahren gesucht, weil er als Präsident einer serbischen Minderheit in Kroatien während des Bürgerkriegs, also im Zeitraum von 1991 bis 1995, unter anderem das Massaker serbischer Verbände im ostkroatischen Vukovar zu verantworten hat.« Die Wissenschaftlerin setzte kurz ab und warf erneut einen Blick in die Runde, der auch Zimmerschied kurz streifte. »Ich weiß das alles, weil ich mir die Sache ein bisschen genauer angesehen habe. Damals, im November 1991, sind zweihundertvierundsechzig Kroaten ermordet worden. Und der Mann, dessen DNA wir gemeinsam mit der DNA der Serientäterin auf der Maschinenpistole gefunden haben, war derjenige, der dieses Massaker angeordnet hat. Ratko Korodic ist seit Jahren auf der Flucht.«

Zimmerschieds Mund war trocken. Er schluckte. War das möglich: dass die Waffen, die der Pfarrer im Beichtstuhl in Empfang genommen hatte, mit einem Kriegsverbrechen zusammenhingen? Was für ein Verbrecher ging denn da in Pfarrer Gänsweins Kirche?

»Von dieser Maschinenpistole höre ich jetzt zum ersten Mal«, wandte Hannes Södlinger ein. »Wo hast du die her, Isabelle?«

»Das …«, die DNA-Expertin stockte, »… kann ich jetzt noch nicht …«, ihre und Zimmerschieds Augen kreuzten sich, der Präsident spürte in seinem Inneren ein kurzes Aufflammen schlecht sortierter Gefühle, »… sagen.«

»Aha, das ist ja sehr interessant.« Die Ironie in Södlingers Stimme war nicht zu überhören. »Sind wir hier gar nicht beim LKA, sondern beim Geheimdienst, oder was?«

»Das ist doch nicht das Wesentliche von dem, was Frau Dr. Augustin da berichtet«, riss Zimmerschied das Gespräch an sich, »sondern dass unsere Serientäterin womöglich mit einem Kriegsverbrecher zusammenarbeitet. Was für mich jedenfalls bereits jetzt feststeht, und damit meine ich Sie alle, die Sie hier sitzen: Diese Information darf zunächst unter keinen Umständen an die Öffentlichkeit dringen. Ja, sie darf von Ihnen nicht einmal an Kollegen weitergegeben werden. Dieses Ergebnis muss absolut unter uns bleiben. Ehe wir mit dieser unglaublichen Information an die Medien gehen, brauchen wir eine klare Strategie, wie wir das kommunizieren. Sonst werden wir zerlegt.«

»Zerlegt sind wir doch schon längst«, sagte Christa Markwort von der Pressestelle, und die Verachtung, die aus ihren Worten sprach, war nicht zu überhören. »Also, mir kommt's manchmal so vor, als wäre das hier nicht das LKA, sondern ein Sieb, aus dem die nicht für die Öffentlichkeit gedachten Informationen raussickern wie Sand. Es ist doch ein Witz, was bei uns zurzeit abläuft!«

Der Präsident quittierte ihre Bemerkung mit einem verärgerten Stirnrunzeln. »Wie dem auch sei, diese Information bleibt in dieser kleinen Runde. Keiner, ich wiederhole: Keiner von Ihnen, die Sie hier an diesem Tisch sitzen, gibt sie nach draußen, geschweige denn an irgendeinen Arbeitskollegen! Ich warne Sie!« Er fixierte die Mitarbeiter der Reihe nach mit einem raubtierhaften Blick. »Wir alle wissen ganz genau, wer in diesem Moment an diesem Tisch sitzt. Und wenn da was durchsickert – das prophezeie ich Ihnen –, ich kriege denjenigen. Die Durchstecherei hat hier und jetzt ein Ende!«

»Ähm«, räusperte sich Barbara Veltroni, »darf ich was sagen?« Zimmerschied nickte unwirsch. »Also, ganz ehrlich: Ich finde das irgendwie ungut, dass Sie uns alle quasi unter Generalverdacht stellen.«

»Ich habe meine guten Gründe dafür.«

Daraufhin senkten alle Zuhörer am Tisch die Köpfe, nur Dr. Herbst nicht, der sah Zimmerschied ernst in die Augen. Wenigstens einer mit Rückgrat, dachte sich der Präsident und nickte dem DNA-Analytiker im Holzfällerhemd zu.

»Und woher kommt jetzt die Maschinenpistole?«, griff nun Manfred Henkel, Christa Markworts Kollege von der Pressestelle, die bereits gestellte Frage auf.

Ohne darauf einzugehen, sagte Zimmerschied in Richtung der beiden Pressebeamten: »Ich möchte, dass Sie beide sich umgehend daranmachen, ein Kommunikationskonzept zu erarbeiten, das uns erklärt, wie wir den Medien diese unerhörte Nachricht präsentieren können, ohne dass gleich wieder auf allen Kanälen vom Weltuntergang schwadroniert wird.«

»Ein Konzept«, meinte Christa Markwort so abfällig, dass Zimmerschied ihr am liebsten eine Ohrfeige verpasst hätte. »Na, dann viel Spaß, Manfred.« Der angesprochene Kollege reagierte nicht, und die Sitzung war kurz darauf beendet.

Am nächsten Tag jedoch sprang Zimmerschied im Quadrat, als er feststellte, dass die nun nicht mehr geheime Information nicht nur in der *Monaco*, sondern auch in der *Südzeit* und der

Münchner Zeitung für jeden zu lesen war. Sämtliche Artikel legten ein Versagen des LKA nahe, wiesen auf die sich in der Behörde häufenden Probleme hin und setzten sich mit einer Frage auseinander, die Zimmerschied die größten Bauchschmerzen bereitete: »Ist LKA-Chef Zimmerschied mit der Komplexität der Tatserie und mit seinem Amt überfordert?« Zimmerschied konnte es nicht fassen: Einer unter den zehn Teilnehmern der Sitzung hatte sein Verbot ignoriert und die Nachricht von den DNA-Spuren des Kriegsverbrechers Ratko Korodic nach draußen gegeben. Wer zum Teufel war der Maulwurf?

Noch am Vorabend, bevor Zimmerschied von diesem weiteren Schritt seiner Demontage wusste, hatte er seinen Freund Pfarrer Gänswein aufgesucht. Die Sonne war gerade im Begriff, blutrot hinter den Bergen unterzugehen, als er ihn auf dem Friedhof abgepasst hatte. »Herrmann«, hatte er geschrien. »Wir haben einen Kriegsverbrecher im Dorf! Und du hattest direkten Kontakt mit ihm! Jetzt denk endlich darüber nach, wer das gewesen sein kann!«

Doch dies hatte dem Geistlichen nur ein unverständliches Stammeln entlockt. Während Zimmerschied weitergetobt hatte, war Herrmann Gänswein schlagartig so weiß im Gesicht geworden wie der Stehkragen seines Hemds. Nachdem Zimmerschied endlich aufgehört hatte zu brüllen – natürlich hatte das halbe Dorf mitgehört – und für einige Momente Stille eingekehrt war, die nur durch das Läuten weit entfernter Kuhglocken durchbrochen wurde, hatte der Pfarrer gesagt: »Alles, was wir nun tun können, Karl, ist, bei Gott Zuflucht zu suchen. Lass uns beten.« Zimmerschied hatte erst nicht gewollt, eigentlich war er sofort bereit gewesen weiterzuschreien, seiner Verzweiflung über diesen vermaledeiten Sommer Luft zu machen, aber dann hatte er sich eines Besseren besonnen und die Hände gefaltet, während der Pfarrer folgendes Gebet gesprochen hatte: »Lieber Gott, du hast deinen Knecht Abraham auf allen Wegen behütet. Du hast die Söhne Israels auf trockenem Pfad mitten durch das Meer geführt. Durch den Stern hast du den Weisen aus dem Morgenland den Weg zu Christus gezeigt. Geleite auch den Karl und mich auf unserer Fahrt zur Wahrheit. Amen.«

Kaum hatte der Pfarrer geendet, war Zimmerschied ein »Scheißdreck« entfahren, aber es war zu dunkel, als dass er den Gesichtsausdruck des Geistlichen hätte sehen können.

Das Wochenende verbrachte Zimmerschied mit lustlosem Nachdenken über eventuelle Bahnstreckensperrungen, sichere Möglichkeiten der Waffenaufbewahrung und die erforderliche Quantität und Qualität der Videoüberwachung in und um München herum. Außerdem brütete er darüber, wie groß die Flugverbotszone sein musste, ob wie beim G7-Gipfel einundzwanzig Hubschrauber und drei Flugzeuge für die Luftraumüberwachung ausreichen würden; er sinnierte darüber, wie er in der kurzen Zeit noch sechstausend Schachtdeckel überprüfen und versiegeln lassen sollte, wo er spontan siebzehn Kilometer Sperrgitter und vier Kilometer Bauzaun herzaubern sollte; ja, sogar an die zweihundertdreiundvierzig Diensthunde dachte er, die ihm seinerzeit beim Gipfel im Schloss Elmau zur Verfügung gestanden hatten. Beinahe wurde er ein wenig wehmütig. Schließlich verfasste er noch eine E-Mail an seinen Polizeipräsidenten-Kollegen im benachbarten Tirol. Der konnte vielleicht dafür sorgen, dass die ganz schlimmen Randalierer bereits in Österreich festgehalten wurden. Letztlich genügten die in Bayern und anderen Teilen Deutschlands ansässigen gewaltbereiten autonomen Gruppen und sonstigen Terroristen jedoch vollkommen, um für eine hinreichende Gefährdung zu sorgen.

Am Sonntagabend ging Zimmerschied erschöpft zu Bett und fiel auch schon bald in tiefen, traumlosen Schlaf. Hätte er gewusst, wer ihn am folgenden Tag in seinem Büro aufsuchen würde, hätten ihm womöglich Albträume die Nachtruhe geraubt.

VIERUNDDREISSIG | Flugticket

»So, Herr Zimmerschied, Sie machen jetzt mal Urlaub«, sagte der Innenminister, direkt nachdem er den LKA-Präsidenten mit einem jovialen »Guten Morgen, na, wie geht's?« begrüßt hatte. Es war Montag gegen neun, und Alfred Werner hielt Zimmerschied einen Briefumschlag hin.

Der LKA-Chef starrte ihn verständnislos an. »Was soll das?«

»Ein Flugticket.« – Wie es sich als Franke gehörte, sprach Werner es wie »Fluchticket« aus. Aber der Politiker fügte mit seiner tiefen, freundlichen Stimme auch noch eine Präzisierung hinzu: »Nach Bali, zu Ihrer Frau.« Zimmerschied stierte seinen Vorgesetzten an, als wäre er ein Nackttänzer. »Es ist alles abgesprochen, die Roswitha freut sich sogar. Und wir kümmern uns derweil um das Glätten der Wogen.« Es klang wie »Kleddn der Woochn«. »Der amerikanische Präsident kommt ja in vier Wochen, und da können wir solche Kriegsverbrecher-Storys nicht brauchen.«

Zimmerschied fühlte sich plötzlich fremd in seinem Körper. Ein mysteriöses Flirren durchzog seine Blut- und Nervenbahnen. War das alles wirklich wahr? Konnte es sein, dass er innerhalb von nicht einmal zwei Wochen vom gefeierten G7-Gipfel-Organisator zum Problemfall in einer der wichtigsten Polizeibehörden Deutschlands geworden war?

»Nein, Herr Minister, das mache ich nicht.«

»Was machen Sie nicht?«, erkundigte sich Werner liebenswürdig. Sein Tonfall entsprach in etwa dem, den er anschlug, wenn er eine Kinderkrippe eröffnete und kleine wuschelige Köpfe tätschelte.

»Bali und den ganzen Scheiß, den Sie mir da vorschlagen. In dieser schweren Zeit ist mein Platz ...«

Weiter kam er nicht, denn mit einem Kopfschütteln sagte der Politiker: »Zimmerschied, Sie sind suspendiert.«

»Nein!«

»Doch«, erwiderte der Innenminister erbarmungslos, und Zimmerschieds Wahrnehmung glich plötzlich einem Zeitlupenfilm: Im Türrahmen stand die Sekretärin. Im Vorzimmer klingelte das Telefon. Aus seiner Jacketttasche läuteten die »Hells Bells«. Zimmerschied griff nach hinten, um sich an seinem Schreibtisch festzuhalten, aber er rutschte auf den darauf gestapelten Papieren ab und rumpelte mit seinem ganzen schweren Körper gegen das Möbel.

Kurz darauf war der Innenminister wieder weg. Wie genau er aus dem Präsidentenbüro verschwunden war, daran konnte sich Zimmerschied nicht mehr erinnern. Wenn er zwischendurch daran zweifelte, dass Alfred Werner wirklich da gewesen war, dann brauchte er nur den Umschlag anzusehen, der zwischen dem Propeller-Brieföffner der Bundeskanzlerin und dem Stiftbecher lag: Denpasar, Bali, sechzehn Stunden und fünfzig Minuten Flugzeit. So nah war er seiner Frau. Natürlich meinte es der Innenminister gut mit ihm. Aber ... Zimmerschieds Gedanken bildeten ein unentwirrbares Knäuel. Als hätte man ihm Styropor in die Ohren gestopft und einen Schleier über die Augen geworfen, nahm der Präsident wahr, wie Hannes Södlinger zu ihm kam und von einem weiteren Falschgeldfund berichtete. Dieses Mal sei welches in einem Waffengeschäft im Münchner Vorort Aschheim aufgetaucht, erläuterte der Leiter der Soko Dönermesser. Irgendwann verzog Södlinger das Gesicht, er unterbrach seinen Vortrag und rief: »Hallo? Herr Zimmerschied! Hören Sie mich?«

»Ja, ja«, beeilte sich Zimmerschied zu antworten. »Ich … höre … alles.«

»Ja, also dann«, fuhr Södlinger genervt fort, »ein Kunde hat mit dem Falschgeld bar bezahlt. Dieses Mal waren es drei Fünfzig-Euro-Scheine. Wer es war, lässt sich angeblich nicht mehr nachvollziehen, sagt der Besitzer von dem Waffenladen. Der Tommy Hensch, der bei der Vernehmung mit dabei war – ich denke, das ist in Ihrem Sinne? –«, Zimmerschied nickte abwesend, »hat allerdings das Gefühl, dass der Waffenhändler nicht alles sagt, was er weiß. Aber wie viel man auf die Meinung von so einem jungen Kerl geben kann – also, ich weiß nicht …« Södlinger kratzte sich am Kopf. »Und dann noch was. Die Frau Veltroni und ich haben jetzt das Umfeld von Roland Mai überprüft. Wir haben mit einem sogenannten Freund des Politikers gesprochen«, er deutete mit beiden Händen Gänsefüßchen an, »und außerdem mit mehreren Leuten aus der Landtagsfraktion und mit seiner Nachbarin. Wie es aussieht, war der Roland Mai weder schwul, noch hatte er eine Freundin. Über Rotlichtkontakte ist auch nichts bekannt. Insgesamt scheint der ausschließlich für seine Arbeit gelebt zu haben …«

Zimmerschied spürte, dass Södlinger nach seiner Mitteilung auf eine Reaktion wartete, aber der Präsident war außerstande, sich dazu zu äußern. Ja, er schaute den Mann von der Soko Dönermesser zwar an, aber er sah ihn nicht. Vielmehr dachte Zimmerschied nach, versuchte Schneisen in den wild wuchernden Wald seines Lebens, in dem immer neue Problembäume aus dem Boden schossen, zu schlagen. Seine Situation, zu diesem Schluss kam er nach geraumer Zeit, gestaltete sich wie folgt: Er hatte ein Flugticket vom bayerischen Innenminister und fünfzigtausend Dollar vom amerikanischen Präsidenten bekommen, er hatte eine Frau, die mit einem Arschloch auf Bali fremdging, und er war vom Dienst suspendiert. Er jagte ein mordendes und vergewaltigendes Monster mit weiblicher DNA, und in seinem Dorf gab es einen Irren, der Maschinenpistolen im Beichtstuhl ablud und vermutlich an einem der schlimmsten Kriegsverbrechen der jüngeren europäischen Geschichte beteiligt war. Ganz ehrlich: In so einer komplexen Gemengelage konnte man schon einmal den Durchblick verlieren und die Bedeutung eines dahergelaufenen Waffenhändlers aus München-Aschheim, der Blüten bei einer Bank eingeliefert hatte, nicht ganz überreißen. Das Sinnieren bereitete ihm Kopfschmerzen. Und irgendwann war auch Södlinger wieder weg. Zimmerschied hatte das gar nicht richtig mitbekommen. Aber er selbst saß noch immer auf seinem Stuhl im Büro und leistete Gedankenarbeit. Der Begriff »suspendiert« überstieg seine Vorstellungskraft. Im Vorzimmer war es bereits dunkel. Wie schnell der Tag vergangen war. Rötli hatte sich wohl schon in den Feierabend verabschiedet. Täuschte er sich, oder hatte sie ihm noch einen schönen Urlaub gewünscht? Urlaub? Der Präsident verzog das Gesicht.

FÜNFUNDDREISSIG | Basta

Plötzlich vernahm Zimmerschied ein Klopfen, und ihm wurde bewusst, dass Stunden vergangen sein mussten. Zunächst konnte er das Geräusch nicht zuordnen, aber dann realisierte er, dass es wohl von der Tür, die das Vorzimmer vom Gang trennte, gekommen war. Er warf einen Blick auf die Uhr – es war bald elf am Abend –, stand auf, durchquerte sein Büro, vorbei an dem langen Besprechungstisch und dem Glasschrank mit den Oktoberfestkrügen, passierte Rötlis Sekretärinnenzentrale und griff nach der Klinke. Ehe er sie hinunterdrückte, verspürte er ein Gefühl, das ihm in all den Jahren seiner außergewöhnlichen Karriere nur selten untergekommen war: Zimmerschied hatte Angst. Mit der beklommenen Frage im Kopf, wer da um diese Uhrzeit noch etwas von ihm wollte, zog er die Tür auf – und erstarrte. »Dr. Augustin.« Seine Stimme war vom langen Schweigen brüchig und rau geworden. Er trat zurück, um der Biologin Platz zu machen. Doch Isabelle Augustin blieb zunächst stehen und sah ihn an. Auch er musterte sie interessiert, fast so, als wäre sie eine seltene Pflanze. Im Dämmerlicht seiner Schreibtischlampe, die ihr spärliches Licht durch den Türrahmen ins Vorzimmer warf, wirkten ihre Gesichtszüge noch weicher als bei Tag. Zimmerschied wich *ihrem* Blick aus und landete mit *seinem* unversehens auf ihren Füßen. Ihre nackten Füße steckten – endlich wieder einmal – in den Blumensandalen. Beschämt registrierte er, wie sich zwischen seinen Beinen etwas regte. Er hob den Kopf wieder und sagte mit einer Handbewegung, die einladend wirken sollte, aber in ihrer ungelenken Eckigkeit vollständig missglückte: »Kommen Sie rein.« Dr. Augustin nickte und ging an ihm vorbei. Blumenduft – Rose? In der Mitte des Präsidentenbüros angekommen, drehte sich die Molekulargenetikerin um und zog fragend die Augenbrauen hoch. Er deutete in Richtung des Besprechungstischs. »Nehmen Sie Platz.«

Dr. Augustin folgte der Anweisung nicht. Jetzt standen sie einander direkt gegenüber. Sehr nah.

»Ich möchte mich bei Ihnen entschuldigen«, sagte sie leise. Zimmerschied betrachtete sie schweigend. Sie hatte blaue Augen, die seiner Frau waren braun. Sie schien auf eine Regung von ihm zu warten, aber er blieb still. »… wegen gestern.« Er reagierte noch immer nicht. »Ich habe einen Fehler gemacht: Ich hätte erst Sie informieren müssen, und dann hätten wir gemeinsam zu dieser Sitzung eingeladen. So wäre das richtig gewesen.« Ja, so wäre das richtig gewesen, dachte er sich. Aber es fiel ihm schwer, böse zu sein auf diese attraktive Frau. Er schwieg noch immer. »Sicher wollen Sie von mir wissen, warum ich das so gemacht habe.« Zimmerschied fiel auf, dass sie gar nicht wie sonst eine Packung mit Desinfektionstüchern oder sonst irgendeinem Putzzeug in der Hand hatte. Da er nicht antwortete, sprach sie weiter: »Ich kann es Ihnen nicht sagen. Ich weiß es nicht.« Ihre Augen waren auf ihn gerichtet. Er spürte, dass er mit hängenden Schultern vor ihr stand wie ein alter Mann. Aber jetzt gerade war er außerstande, dies zu ändern. »Und dass wir es dann auch noch mit einem Maulwurf zu tun bekommen, der alles an die Presse gibt … Ich kann mir überhaupt nicht vorstellen, wer das gewesen sein kann. Ich meine, wir waren doch nur zehn Leute bei dieser Konferenz … alles unsere eigenen Leute …« Sie senkte den Kopf. »Es tut mir so leid. Selbstverständlich werde ich alles tun, um zu retten, was noch zu retten ist.«

Entspann dich, Mädchen, schließlich bin ich suspendiert, dachte sich Zimmerschied. Ich werde hier gar nichts mehr retten. Irgendein dahergelaufener Hanswurst wird mein Amt vertretungsweise übernehmen, und dann, nach ein paar Wochen, irgendwann, wenn genügend Zeit verstrichen ist, sodass kein Hahn mehr danach kräht, werden sie mich in den vorzeitigen Ruhestand schicken. So sieht das aus. Aber sie hatte ja keine Ahnung.

»Verzeihen Sie mir?« Dr. Augustins Frage riss ihn aus den Gedanken.

Ohne nachzudenken, quasi reflexartig, sagte er: »Ja.«

»Oh, da bin ich aber erleichtert«, entfuhr es ihr, und Zimmerschied begriff erst in diesem Moment mädchenhafter Frische, was er gerade gesagt hatte. Für einen Moment ärgerte er sich, aber dann gewann das Gefühl überhand, dass dies alles nun ohnehin völlig gleichgültig war. Er war ja suspendiert. Da konnte er verzeihen, bis der Arzt kam.

»Haben Sie denn einen Verdacht, wer diese Information nach draußen getragen haben könnte?«, fragte Dr. Augustin jetzt und wandte sich zum Besprechungstisch um.

»Nein.«

Sie zog einen der Stühle vom Tisch weg und setzte sich. Zimmerschied blieb unentschlossen stehen. Sie schob den neben ihr stehenden Stuhl vom Tisch weg in seine Richtung. Ihre Blumensandalen fest im Blick, nahm er Platz.

Mit gesenkter Stimme fragte Dr. Augustin: »Darf ich Ihnen etwas anvertrauen?« Er zuckte lustlos mit den Schultern, doch sie ließ sich nicht beirren. »Es gibt jemanden im Haus, der mich nicht mag. Dieser Jemand legt mir komische Zettel auf den Schreibtisch.«

Sofort war Zimmerschied hellwach. »Aha?«, fragte er. »Was meinen Sie mit ›komisch‹?«

»Na ja, erstens komisch, weil sie von einem anonymen Absender stammen, und zweitens, weil sie in Richtung Mobbing gehen. Da stehen so Sachen drauf wie ›Fühl dich nicht zu sicher‹ oder ›Dein Stuhl wackelt, A.‹.«

Der Präsident beugte sich ein wenig vor, legte die Stirn in Falten, überlegte einige Sekunden lang, räusperte sich. »Jetzt sage ich Ihnen was, Frau Doktor Augustin: Ich bekomme auch solche Nachrichten.«

»Nein!«

Zimmerschied nickte. »Eine von den Nachrichten hat die Sau sogar bei mir zu Hause in Holzleute deponiert – es war die erste –, an der Windschutzscheibe, obwohl mein Auto in der Garage stand. Die war zwar nicht abgesperrt, aber die Tür war zu.« Plötzlich ging ein Ruck durch den LKA-Chef, als hätte ihn ein Starkstromschlag erwischt, und er haute sich mit der flachen Hand gegen die Stirn. »O Gott, ich habe die Kühe vergessen!« Er schaute auf die Uhr. Es war inzwischen nach elf. »Warten Sie, Frau Augustin, ich muss schnell telefonieren.« Er eilte zum Schreibtisch, griff nach dem Hörer und wählte.

»Grüß dich, Herrmann, ich bin's, der Karl. Du musst mir einen Gefallen tun. Ich habe die Kühe vergessen. Die brauchen Heu. Kannst du bitte schnell zu mir in den Stall fahren und ein wenig Heu aus der Tenne holen und denen hinschmeißen?« Und nach einer kurzen Pause: »Das mag schon sein, dass du das jetzt ungewöhnlich findest.« Zimmerschied wurde lauter: »Aber das ist mir egal! Du, pass mal auf, Herrmann ... Halt jetzt mal bitte den Mund! Nein, du hältst jetzt den ... Hör mal, wegen dir bin ich heute suspendiert worden. Wegen deinen verreckten Kriegswaffen. Du fütterst die Viecher. Das musst du jetzt für mich machen.« Zimmerschied schüttelte den Kopf. »Nein. Zieh dir deine Soutane aus und geh in den Stall. Keine Diskussion. Basta!« Dann legte er auf.

»Was war denn das?«

»Der Pfarrer, ein Freund von mir. Ich habe die Kühe vergessen, eigentlich müsste ich längst zu Hause sein.« Als er den überraschten Blick seiner Mitarbeiterin sah, fügte er erklärend an: »Ich habe eine Landwirtschaft von meinen Eltern geerbt. Die mache ich nebenbei.«

»Das ist ja krass.« Offenbar hatte Isabelle Augustin die Schlagzeilen in der Zeitung, die auf seinen Bauernhof abzielten, nicht gelesen. Es tat ihm gut, den faszinierten Gesichtsausdruck zu sehen, mit dem ihn die Wissenschaftlerin betrachtete.

»Nein, das ist nicht krass, sondern ...« Er setzte noch einmal neu an. »Ich habe das meinem Vater versprochen. Außerdem ist es ...« Er überlegte, welches Wort angemessen war, und entschied sich für: »... sinnvoll. Ohne die Landwirtschaft hätten wir nichts zu essen.« Er lächelte sie an. »Wissen Sie was, Frau Augustin?« Die DNA-Analytikerin schaute mit großen Augen zurück und schüttelte langsam den Kopf. Wieder atmete er ihren Blumenduft ein, vielleicht war es auch Lavendel. »Ich mache uns jetzt einen Drink.«

Der Präsident stand auf und ging zu dem Einbauschrank hinüber, der die gesamte Wand links vom Schreibtisch bedeckte. Ganz unten im Eck kniete er nieder und öffnete ein Türchen, auf dem das grüne Verbandskasten-Symbol prangte. Er holte zwei langstielige Gläser mit konischem Kelch, ein Rührglas und mehrere Flaschen hervor: Rum, Wermut, Curaçao und Grenadine. Dann ging er mit dem Rührglas zum Gefrierschrank in Rötlis Büro und befüllte es mit Eiswürfeln. Wieder zurück in seinem Büro, stellte er das Glas und die Flaschen auf den Besprechungstisch und goss vor Dr. Augustins Augen verschiedene Mengen Alkohol dazu, rührte um und teilte schließlich das Gemisch auf die beiden Gläser auf. Als er fertig war, hielt er der DNA-Expertin eines der Gläser hin. »Mein Lieblingsdrink. El Presidente. Ein Cocktailklassiker, benannt nach dem damaligen kubanischen Präsidenten Gerardo Machado und erfunden im Jahr 1919 von dem Barkeeper Constantino Ribalaigua. Sehr beliebt im Amerika der Prohibition«, referierte er. Dann hob er das Glas und sagte: »Prost.«

»Ich trinke keinen Alkohol …«, brachte Dr. Augustin hervor. »… also eigentlich …« Aber dann schnupperte sie an dem Drink und meinte: »Mmh, das riecht aber gut. Den probiere ich jetzt einfach.«

Das Getränk zeigte schon bald seine entspannende Wirkung. Dr. Augustin war rasch beschwipst, aber keineswegs auf eine primitive Art, sondern eher mädchenhaft. Das gefiel ihm. Ihr Gespräch blieb dabei jedoch stets berufsbezogen – die beiden vergegenwärtigten sich noch einmal die merkwürdigen Details der Verbrechensserie, und er unterrichtete sie über seine Eindrücke aus der Vernehmung Carina von Kluthes. Dr. Augustin knüpfte erneut an ihre bereits geäußerte Sex-Theorie an, die Verbindung zwischen der Schachtel mit dem

Christopher-Street-Day-Aufdruck, der versuchten Vergewaltigung einer Frau durch eine andere Frau und der Bisexualität von Carina von Kluthe. Zimmerschied räumte ein, dass an dieser These durchaus etwas dran sein konnte, aber er wies auch auf den Mord an dem Politiker hin, der sexmäßig nun wirklich gar nicht ins Bild passte. Und was bitte sollte diese neue Spur zu einem lange zurückliegenden Kriegsverbrechen im einstigen Jugoslawien? Das wiederum passte eher zur Tatwaffe Dönermesser. »Aber insgesamt«, stellte er fest, »ergibt das alles überhaupt keinen Sinn. Ich mache uns noch einen Drink.« Dr. Augustin wehrte sich nicht.

Als die frisch gefüllten Cocktailgläser vor ihnen standen, fiel dem Präsidenten plötzlich noch etwas ein: »Mensch! Das habe ich Ihnen ja noch gar nicht gesagt! Der Herr Hensch hat noch einmal die Protokolle durchgelesen, äh, also gehört, und da ist ihm etwas aufgefallen. Und zwar meinte er, dass in den Laborprotokollen steht, dass es sich bei sämtlichen DNA-Spuren, die wir an den Asservaten der Tatserie gefunden haben, um Speichelspuren handelt. Um Speichelspuren! Ist das nicht sehr ungewöhnlich?«

Dr. Augustin reagierte auf diese Frage nicht sofort. Während sie nachzudenken schien, griff sie nach der kleinen Papierserviette, auf die Zimmerschied ihr Glas gestellt hatte, und begann zu wischen. Der LKA-Chef lächelte in sich hinein. Dr. Augustins Putzfimmel weckte zärtliche Gefühle in ihm. Nach einiger Zeit meinte sie: »Hm. Komisch ist das schon, da haben Sie recht. Aber …« Sie hörte auf zu wischen. »… vollkommen unmöglich ist es doch nicht?«

»Und wie kommen dann Ihrer Meinung nach die Speichelspuren an die ganzen Gegenstände?«

»Na ja«, sagte sie, »wenn jemand sich über den Mund wischt und danach ein Messer in die Hand nimmt, dann kann am Messer durchaus eine Speichelspur haften bleiben.«

»Und das Gleiche macht die Täterin dann auch noch am Slip und am Falschgeld und an den Handgranaten und …« Der LKA-Präsident schüttelte den Kopf.

Nach zwei weiteren El Presidentes, Dr. Augustin hatte bereits einen nicht zu überhörenden Zungenschlag, fragte sie: »Jetzt mal was anderes: Sie haben vorhin bei dem Telefonat mit Ihrem Pfarrersfreund was von einer Suspendierung gesagt. Ich meine«, sie hickste unüberhörbar, »mich geht das ja nichts an, aber vielleicht … also … Suspendierung?« Sie hickste erneut. »Was soll das heißen?«

Da Zimmerschied sich nicht daran erinnern konnte, die Suspendierung am Telefon erwähnt zu haben, traf ihn ihre Frage völlig unvorbereitet. Er grübelte, brauchte aber nicht lange, um für sich die Entscheidung zu treffen. »Das heißt …« Er stieß auf. »Ich bin des Amtes enthoben. Vom Innenminister. Heute. Vorhin.«

Er senkte den Kopf, und seine Augen blieben an Dr. Augustins im Schoß gefalteten Händen hängen.

»Oh, das tut mir leid«, sagte sie sehr leise. Ihre rechte Hand löste sich aus der linken und schwebte auf ihn zu. Zimmerschied nahm den Vorgang wie in Zeitlupe wahr. Gleich würde ihre Hand sich auf seine Linke senken, die schwer und muskulös auf dem Besprechungstisch lag. Schnell zog der Präsident seine Hand weg. Natürlich bemerkte Dr. Augustin das Manöver, aber sie überspielte die Situation, indem sie mit der Hand nach ihrem Glas griff und an ihrem Drink nippte.

»Das braucht Ihnen nicht leidzutun.« Auch Zimmerschied nahm einen Schluck von seinem El Presidente und stellte ihn wieder ab. »Wissen Sie, meine Frau ist auch weg.« Er wartete ab, ob die Wissenschaftlerin hierauf etwas erwidern würde, doch sie sah ihn nur an mit ihren großen Augen. »Die Roswitha nennt sich jetzt Rose und betreibt ein Oben-ohne-Café auf Bali. Gemeinsam mit einem Kollegen von uns.«

»Krass«, sagte Dr. Augustin.

»Ja, krass«, sagte Zimmerschied.

»Und so hat jeder sein Päckchen zu tragen.«

»Ja …«, antwortete der Polizeipräsident und realisierte erst danach, was Dr. Augustin eben gesagt hatte. Schnell schob er ein »Sie also auch?« hinterher. »Also, ich meine: Sind Sie auch verlassen worden?«

»Nein, aber ich bin schon lange allein. Unfreiwillig.«

»Das … das …« Zimmerschied wollte gerne etwas Charmantes zu ihr sagen; denn in diesem Augenblick war sie für ihn die attraktivste Person, der er jemals begegnet war, aber sie war – daran änderte auch seine Suspendierung nichts – immer noch eine Mitarbeiterin, eine Untergebene. Aber etwas Nettes konnte er doch sagen, oder? Wenn sie ungebunden war, dann konnte er ja vielleicht – was hatte sie noch einmal gerade zu ihm gesagt? Dass sie allein war, schon seit Langem? Zimmerschied sagte: »… das freut mich.«

Sofort zuckte Dr. Augustin zurück. »Wie meinen Sie das?«

Erst jetzt begriff der Präsident seinen Fehler. »Nein, nein, ich meine natürlich, dass ich das nicht verstehen kann«, platzte er heraus. »So eine schöne, kluge, tolle Frau wie Sie …« Ihre Augen trafen und umarmten sich. Zimmerschied spürte, wie ihm das Blut in die Wangen stieg.

»Das Problem ist, dass ich eine Mysophobie habe.«

»Was ist denn das?«

»Ganz einfach«, antwortete die DNA-Expertin plötzlich ganz klar, ihr Naturwissenschaftlerinnengehirn schien wieder die Kontrolle übernommen zu haben. »Ich kann keinen Schmutz ertragen.«

»Ach so.« Zimmerschied nickte. Er war beruhigt. »Mysophobie heißt das?«

Sie nickte. »Ich arbeite daran, aber irgendwie …« Aus ihrer Stimme sprach Ratlosigkeit. »… kriege ich das nicht in den

Griff. Und deswegen ist es für mich sehr schwierig, mit jemandem, also, zum Beispiel mit einem Mann … na ja …« Sie hob den Kopf, sah ihn an, rutschte auf die Vorderkante ihres Stuhls, beugte sich in seine Richtung, sodass ihr Gesicht nun seinem sehr nah war. Ihm wurde es schummrig. Er roch nur noch Blumen – Jasmin, Lavendel, Rosen, was auch immer Verführerisches es war. Und ein wenig Rum. Sie schloss die Augen. Er schloss die Augen nicht, sondern stand auf und sagte: »Ich muss einmal kurz auf die Toilette. Bis gleich.«

Während er am Pissoir stand, schossen ihm allerlei Gedanken durch den Kopf. Sie reichten von, was für ein Idiot er doch war, dass er die hübsche junge Wissenschaftlerin in diesem Moment nicht geküsst hatte – seine Frau betrog ihn ohnehin, und auch beruflich hatte er nichts mehr zu verlieren –, bis hin zu: Zimmerschied, das kannst du nicht machen. Ein Techtelmechtel mit einer Mitarbeiterin als LKA-Präsident – na ja, als Ex-LKA-Präsident –, das geht nicht. Als er in sein Büro zurückkam, konnte er es nicht fassen: Dr. Augustin war nicht mehr da. Zimmerschied ließ sich auf seinen Stuhl plumpsen. Nein, es war keine Fata Morgana gewesen: Ihr halb volles Glas stand noch vor ihm, vielleicht war sie auch nur kurz zur Toilette gegangen? Er schaute auf die Uhr. Es war schon nach Mitternacht. Plötzlich spürte er die Wirkung des Alkohols. Ans Nachhausefahren war nicht mehr zu denken. Der richtige Zeitpunkt, um von den gewohnten Bahnen des Lebens abzuweichen. Der Präsident beschloss, die Nacht auf der Pritsche im Erste-Hilfe-Raum des Landeskriminalamts zu verbringen.

SECHSUNDDREISSIG | Feind

Bali. Er lag am Strand. Die Wellen rauschten. Ein Segel flatterte im Wind. Möwen kreischten. Etwas Weiches, Warmes, Feuchtes berührte seine Stirn. Ein Kuss? Wer küsste ihn denn da? Die Liebkosung war so zärtlich, dass Zimmerschied es nicht wagte, die Augen zu öffnen. »Roswitha?«, flüsterte er. Die Antwort war ein Muhen. Zimmerschied riss die Augen auf. Anstatt des Kälbchens, mit dem er gerechnet hatte, starrte er gegen einen mit Tesafilm an einer weiß gestrichenen Wand befestigten Computerausdruck. »Auch der schlimmste Tag hat nur 24 Stunden«, stand da. Das konnte er trotz Dunkelheit entziffern, denn die Straßenbeleuchtung warf einen schwachen Lichtschimmer durch die Fensterscheibe in den Erste-Hilfe-Raum.

Zimmerschied stieß auf. Es schmeckte säuerlich, und sein Schädel schmerzte auch. Sachlich betrachtet ließ sich sein Zustand mit vier simplen Worten beschreiben: Er war am Ende. Was für ein absurder Traum: seine Frau als Kalb. Und dann noch der Kuss. Wie irre war das denn?

Der Präsident schmatzte, sein Mund war trocken, wie mit Raufaser tapeziert. Er rappelte sich auf. Etwas zu trinken brauchte er. Bei Frau Rötli im Vorzimmer gab es was. Cola wäre genau das Richtige. Ganz klapprig fühlte er sich. Vielleicht hatte Rötli ja Cola im Kühlschrank. Er hätte nicht so viele El Presidentes auf den leeren Magen trinken sollen. Warum war Dr. Augustin plötzlich verschwunden?

Er war bei der Tür des Erste-Hilfe-Raums angelangt. Legte die Hand an die Klinke. Die Tür war abgesperrt. »Das gibt's ja wohl nicht«, entfuhr es ihm schwächlich. Die hatten ihn eingesperrt – diese Schweine! … Oder hatte er sich selbst eingesperrt? War das ein Albtraum? Mit zittrigen Händen drückte

Zimmerschied noch einmal die Klinke nach unten. Ah, jetzt ging sie doch auf, die Tür hatte nur etwas geklemmt. Er machte sich auf den Weg in Richtung Cola. Aber weit kam er nicht. Kaum hatte er die Treppe erreicht, von der aus man Einblick in den Flur mit den DNA-Laboren hatte, zuckte er zusammen. Er stoppte abrupt: Schemen. Da war doch gerade noch jemand gewesen! Dahinten, am Ende des Gangs, im Halbdämmerlicht. Jemand Eiliges, Hastiges. Wer turnte nachts und ohne Licht durchs LKA? Und ausgerechnet durch die Gänge mit den Laboren, wo es doch nachts rein gar nichts zu tun gab? Wer war das, der da offensichtlich nicht von ihm gesehen werden wollte? Sein Feind? Der Verfasser der Zettelbotschaften? Wenn er diese Ratte in die Finger kriegen würde! – Oder war es jemand vom amerikanischen Geheimdienst?

Zimmerschieds Jagdinstinkt war geweckt. Natürlich gab es mehrere Beamte, die nachts im LKA Dienst schoben. Aber das waren keine Wissenschaftler, und außerdem hatte sich diese Gestalt nicht normal verhalten. Wenn gerade kein Notfall vorlag, dann war das nächtliche Tempo der Arbeitenden noch gemächlicher als tagsüber. Davon abgesehen, würde man das Licht anmachen. Diese Person aber war auffällig schnell um die Ecke verschwunden. Und zwar ohne Licht. Wer konnte das gewesen sein? Das Nachdenken fiel ihm schwer, aber er versuchte es: Die übliche Besetzung im Landeskriminalamt bestand aus rund fünfzehn Leuten, das wusste Zimmerschied, obwohl ihn derlei Themen nur am Rande tangierten. Die Nachtbesetzung bestand aus den acht Kollegen vom Kriminaldauerdienst, dem Pförtner Horvath oder einem von dessen Mitarbeitern und den fünf Leuten vom Rechenzentrum. Die DNA-Experten schoben im Normalfall keinen Nachtdienst. Es war also sehr ungewöhnlich, dass in den Laborgängen nachts jemand unterwegs war, außer natürlich, es machte gerade jemand eine Kontrollrunde. Aber würde sich einer der Beamten, die einen Kontrollgang machten, so eilig verdrücken, wenn er den Präsidenten kommen sah? Möglich war das. Aber unwahrscheinlich.

Zimmerschied war bereit, die Verfolgung aufzunehmen. Er machte einen Schritt vom Absatz der Treppe weg und betrat den langen Flur. Mit leisen Schritten eilte er durchs Dämmerlicht. Hinter den Fensterluken der Labortüren war alles dunkel. Als der Polizeipräsident am Ende des Gangs ankam, verlangsamte er sein Tempo. Vorsichtig schob er sich bis zum Ende der Mauer und lauschte. Totenstille. Herzklopfen. Beschleunigter Atem. Zitternde Hände. Eine zum Himmel stinkende Fahne. Und keine Dienstwaffe – die lag im Präsidentenbüro.

Zimmerschied schob den Kopf nach vorn und spähte um die Ecke. Nichts. Der Gang war leer. Behutsam betrat er ihn. Auch hier gingen DNA-Labore ab. Er schlich zu der ersten Labortür. Kein Licht hinter dem kleinen Fenster. Er war schon vorbei, da ging er, seiner Intuition folgend, noch einmal zurück und drückte die Türklinke. Klack. Das Labor war abgesperrt. Darauf bedacht, nicht mehr Geräusche als nötig zu machen, prüfte er jede einzelne Tür des Gangs, in dem der Schatten verschwunden war. Alle waren sie versperrt. Fahrig fingerte Zimmerschied nach seiner Chipkarte. Außer dem Sicherheitschef des LKA war er der Einzige im gesamten Haus, der mit seiner ID-Card sämtliche Türen aufsperren konnte. Doch die Suche blieb vergeblich. Die Chipkarte steckte in der rechten Innentasche seines Jacketts, und das hing über seinem Stuhl im Büro. Wie ärgerlich!

Mit angehaltenem Atem schlich er weiter. In keinem der Labore brannte Licht. Nirgends rührte sich etwas. Wo war der Unbekannte hin? Zimmerschied spürte Wut in sich aufsteigen. Da machte sich doch jemand über ihn lustig. Aber dem würde er helfen!

Der Pförtner riss den Kopf hoch, als plötzlich der LKA-Präsident vor ihm stand. Horvath war es also jedenfalls nicht gewesen, der sich im Halbdunkel des Laborflurs herumgedrückt hatte. So überrascht, wie der war. Der Pförtner hatte ganz offensichtlich ein Nickerchen gemacht. Verschlafen musterte er den Chef. Erst jetzt realisierte Zimmerschied, dass er einen desolaten Eindruck machen musste. Er folgte Horvaths Blick an seinem eigenen Körper entlang: Sein Hemd hing aus der Hose, und dem Geschmack im Mund nach zu urteilen, war seine Fahne auf mehrere Meter zu riechen.

»Herr Präsident«, entfuhr es dem Pförtner. »Was machen Sie denn hier – und jetzt?«

Zimmerschied konterte gleich mit einer Gegenfrage: »Herr Horvath, ich habe eine Frage: Welche Kollegen befinden sich gerade im Haus? Ist da auch jemand vom DNA-Labor dabei?«

»Kann ich mir nicht vorstellen …« Der Pförtner schüttelte den Kopf mit einer Langsamkeit, die Zimmerschied viel Geduld abverlangte.

»Sie sollen sich nichts vorstellen, sondern nachsehen!«

»Das kann ich nicht.«

»Wie, das können Sie nicht? Sie haben doch diesen Computer, da sind doch alle gemeldet, die da sind.«

»Nein, in diesem Computer sind die nicht alle gemeldet. Da habe ich nur Telefonnummern und so was drin. Ich kann keine Abfrage machen, aus der hervorgeht, wer jetzt gerade da ist oder nicht. Das kann nur der Herr Purrmann.« Zimmerschied nickte mürrisch. Purrmann war der Sicherheitschef des Landeskriminalamts. »Gut, aber vielleicht wissen Sie es ja auch so, wer da ist, Sie sind doch schon seit abends im Dienst, oder?«

»Ja.« Der Pförtner wirkte eingeschüchtert.

»Also: Ist die Frau Doktor Augustin noch im Haus? Die war ja vorhin da.«

Horvath schien nachzudenken. »Was ist jetzt?«, fuhr der Präsident ihn an.

»Nein, ich bin mir ziemlich sicher, dass die Frau Dr. Augustin vorhin an mir vorbei zur Pforte hinausgegangen ist. Ja, doch, da bin ich mir ziemlich sicher.«

Zimmerschied traute den Beobachtungen des Portiers keinen Meter weit. »Und Sie«, herrschte er ihn an. »Sind vielleicht Sie vorhin in den DNA-Gängen herumgelaufen?«

»Ich? Nein. Warum?« Den LKA-Chef traf ein Blick zwischen Erstaunen und Empörung.

Anstatt zu antworten, schaute Zimmerschied auf seine Armbanduhr. Es war drei Uhr und sechsunddreißig Minuten. Er beschloss, sich die Uhrzeit zu merken und sich gleich am nächsten Morgen von Hans Purrmann sagen zu lassen, wer um diese Zeit im Haus gewesen war.

Aber sein Jagdhunger war noch nicht gestillt. Ohne sich von Horvath zu verabschieden, eilte er von der Pforte weg. Auf dem Weg stopfte er sich noch schnell das zerknitterte Hemd in die Hose.

Die vier Kolleginnen und Kollegen vom Kriminaldauerdienst fuhren zusammen, als plötzlich die Tür zu ihrem gemeinsamen Büro aufgerissen wurde. »Guten Morgen«, bellte der Präsident und musterte jeden Einzelnen. Beinahe wie bei einer Schulklasse kam ein mehrstimmiges »Guten Morgen« zurück.

»Ich … habe … eine … Frage.« Mit jedem Wort fixierte er einen anderen Kollegen. »Ist jemand von Ihnen gerade eben im DNA-Flur herumgeschlichen?« Zimmerschied spürte, dass seine Untergebenen ihn in diesem Moment nicht für voll nahmen. Zwar verzogen weder die Frau noch die drei Männer das Gesicht, aber etwas in ihren Gesichtern sagte ihm doch, dass sie ihn innerlich auslachten, wenn nicht sogar verachteten.

Natürlich wurde die Frage verneint. Ohne eine weitere Erklärung abzugeben, verließ er den Raum und stapfte ins nächste Zimmer. Hier saßen nur drei Beamte, eine Frau und zwei Männer. In barschem Ton wiederholte er seine Frage. Nachdem sie auch hier verneint wurde, fiel ihm auf, dass er bislang nur sieben Polizisten des Kriminaldauerdienstes gesehen hatte. Eigentlich mussten es aber doch acht sein.

»Wer fehlt hier?«, wollte er wissen.

»Die Petra, also die Frau Waltner, die ist auf dem Klo«, erklärte die blonde Beamtin, von der er vermutete, dass sie Rösner hieß.

»Auf dem Klo«, wiederholte Zimmerschied. Sein Schädel hämmerte. Logen die ihn an? »Auf welchem Klo?«

»Na ja, Damentoilette halt, wahrscheinlich …«, antwortete die, die vielleicht Rösner hieß. Als sie Zimmerschieds ratlosen Blick sah, fügte sie an: »Raus, rechts lang bis zum Ende vom Gang, dann erste Tür links.«

»Danke, Frau …« Zimmerschied zögerte.

»Döring«, sagte die Beamtin. Der LKA-Chef war froh, sie nicht beim Namen genannt zu haben. Als er das Zimmer verließ, spürte er die ungläubigen Blicke hinter seinem Rücken. Es war ihm egal. Er ließ sich nicht belügen. Wenn Frau Waltner meinte, sie müsste im Dunkeln durch die DNA-Labore schleichen und dort was auch immer anstellen, jedenfalls nichts Gutes, dann hatte sie die Rechnung ohne ihn gemacht.

Als Zimmerschied an der Damentoilette ankam, hörte er eine Spülung. War sie also tatsächlich auf dem Klo? Während er noch nachdachte, öffnete sich die Tür und eine Frau prallte beinahe gegen ihn.

»Frau … äh … Waltner«, stammelte der Polizeipräsident und machte einen Ausfallschritt nach hinten. Dann sah er die Kommissarin. Ihr rundliches Gesicht war von kurzem blondem Haar gerahmt. In der Hand hielt sie eine Brille. Ihre Augen waren gerötet. »Was … warum …?«

»Suchen Sie *mich*?« Ihre Stimme klang brüchig, fast ein wenig heiser.

»Ja«, antwortete Zimmerschied geradeheraus. »Was haben Sie gerade gemacht?«

»Ich war auf der Toilette?« Ihre Antwort klang wie eine Frage.

»Was ist mit Ihren Augen?«

Die Mitarbeiterin betupfte sich mit einem Papiertaschentuch, das sie die ganze Zeit in der Hand gehalten haben musste, die Augen. »Ich …« Sie schluchzte los. Zimmerschied war betroffen. Er kannte diese Frau nicht, vielleicht hatte er sie ein einziges Mal gesehen, vielleicht auch noch nie, aber jetzt, da sie weinte, hätte er am liebsten mitgeweint, denn auch er fühlte sich schwach, einsam und überfordert. »Ich … ich habe geweint.« Dicke Tränen kullerten ihr über die Wangen. Zimmerschied trat einen Schritt näher und nahm Frau Waltner in die Arme. Daraufhin begann sie richtig zu heulen. »Er hat mich verlassen … mein Freund … er hat sich von mir getrennt.« Der Polizeipräsident verstand.

SIEBENUNDDREISSIG | Pussy

Jemand tippte auf seine Schulter. Zimmerschied war unfähig, sich zu rühren. Der Kater. Sein Kopf fühlte sich an, als steckte ein Messer darin. Der Jemand roch nach Chanel. Jetzt öffnete er vorsichtig die Augen. Rötlis taubenblaues Kostüm. Er richtete sich auf, wobei eine Büroklammer, die auf seinem Schreibtisch gelegen hatte, kurz an seiner Wange kleben blieb und dann herunterfiel. Er folgte ihr mit dem Blick. Sie landete neben einer vielseitigen Beschlussvorlage, deren Schrift von einem frischen feuchten Fleck verschmiert war. Er hatte gesabbert. Rötli flüsterte: »Kann ich … etwas … für Sie tun?«

»Warum? Wieso?«, stammelte der Präsident.

»Na ja, es geht Ihnen ja anscheinend nicht so gut …?«

Zimmerschied reagierte umgehend. Obwohl sein Kopf höllisch brummte, richtete er sich gerade auf und sagte in Richtung seiner Sekretärin: »Mir geht es blendend.«

Rötli zwinkerte ihm mit einem liebevollen Lächeln auf den Lippen und einem verständnisvollen Nicken zu. »Dann bin ich ja beruhigt. Da ist nämlich eine E-Mail aus Amerika für Sie im Postfach.« Sie wandte sich um und meinte, ehe sie das Zimmer verließ: »Sollten Sie vielleicht bald lesen. Aber wenn es Ihnen blendend geht, dann dürfte das ja kein Problem sein.«

Zimmerschied schaute ihr noch einen Moment nachdenklich hinterher. Dann erweckte er mit einem Räuspern, das eher an ein Röcheln erinnerte, seinen Computerbildschirm zum Leben. In seinem Posteingang waren achtunddreißig neue Nachrichten. Aber die, welche Rötli gemeint hatte, fiel ihm sofort ins Auge. Im Absenderfeld stand »Kate McMunny, Deputy National Security Advisor, USA«.

Ein beklommenes Gefühl kaperte Zimmerschieds Magen. Sein Blick suchte die Ecken des Büros ab. Da waren doch nicht irgendwo versteckte Kameras? Er verfluchte die vielen Tausend Euro auf seinem Konto. Trotz seines Katers wurde ihm mit einem Mal etwas Schreckliches bewusst: Er hatte seine Seele verkauft.

Kate McMunny schrieb, dass der US-Präsident ihr eine Liste mit handschriftlichen Kommentaren zu Zimmerschieds Eventvorschlägen überreicht habe. Sie erlaube sich, ihren Chef relativ wörtlich zu zitieren:

– *Klinsman not good, fucking loser*
– *Berti Vogts not good, too small*
– *Heidi Klum not good, too old pussy*

Zimmerschied schluckte. Er wusste gar nicht, was er zuerst denken sollte: dass man Frauen nicht als »Pussy« bezeichnen durfte? Weshalb dem US-Präsidenten Heidi Klum zu alt war? Die war doch gerade mal halb so alt wie der POTUS!

Der Polizeipräsident runzelte die Stirn. Er hatte keine Lust mehr auf den Mist. Kurz entschlossen tippte er seine Antwort: dass er Frau McMunny sehr für das Feedback ihres Vorgesetzten danke, dass er aber von seinem Chef suspendiert worden sei und sich von dem her außerstande sehe, hier noch weitere Vorschläge für die Events im Rahmen des Staatsbesuchs zu machen. Das Geld werde er unverzüglich zurücküberweisen. Dann schickte er die Mail ab, holte tief Luft und schloss die Augen. Die Kopfschmerzen waren unerträglich. Aus dem Vorzimmer hörte er Rötlis gedämpfte Stimme. Sie schien zu telefonieren. Zimmerschied griff sich, die Augen noch immer geschlossen, mit beiden Händen an die Schläfen und massierte sie vorsichtig. In ihm stieg gerade das Gefühl auf, dass diese Selbstmassage nicht vollkommen überflüssig war, da hörte er das »Pling«, mit dem sein E-Mail-Programm eine neue Nachricht ankündigte. Zimmerschied öffnete die Augen. Kate McMunny hatte geantwortet. »Nobody can fire you«, schrieb die Sicherheitsberaterin des Präsidenten, und weiter: »Don't worry. We'll take care. You are a great man, Zimmerschied. POTUS will talk to Angelina Merklin.« Zimmerschied schüttelte ungläubig den Kopf: Eine der wichtigsten Mitarbeiterinnen des amerikanischen Präsidenten war nicht einmal in der Lage, den Namen der deutschen Kanzlerin richtig zu schreiben! Dann las er noch den letzten Satz, in dem Kate McMunny ihn aufforderte, an der Organisation des Events dranzubleiben. Die Idee, den Präsidentenbesuch in »King Ludwig's garden, Munich« zu inszenieren, gefalle dem POTUS. Zimmerschied solle einfach noch ein Dutzend attraktiver, junger und prominenter Frauen auftreiben, die dem Ganzen Glanz verleihen würden. Mit einem unwilligen Brummen stand der LKA-Präsident auf. Die waren doch alle verrückt! Aber darum konnte er sich jetzt erst einmal nicht weiter kümmern. Viel wichtiger war es herauszufinden, wer von seinen Mitarbeitern sich um drei Uhr sechsunddreißig im LKA aufgehalten hatte.

»Frau Lokisch und Frau von Kluthe sind jetzt da. Wollen Sie bei der Gegenüberstellung auch dabei sein?« Zimmerschied gefiel der pampige Ton nicht, in dem Veltroni diese Frage stellte. Außerdem befand er sich gerade auf dem Weg in die Gebäudeleittechnik, um sich einen Überblick über die Mitarbeiter zu verschaffen, die in der vergangenen Nacht im Haus gewesen waren. Aber da er selbst die Gegenüberstellung angeordnet hatte, musste er wohl ... Wobei – offiziell war er ja suspendiert. Genau genommen hatte er weder in seinem Büro noch im LKA irgendetwas verloren. Sollte er einfach verschwinden? Aber wie waren McMunnys diesbezügliche Aussagen einzuordnen? Änderten sie etwas an seiner Suspendierung? Die würden doch nicht wirklich wegen ihm mit der Kanzlerin Kontakt aufnehmen!

»Herr Zimmerschied? Sind Sie noch da?«, riss Veltroni ihn aus seinen Gedanken.

»Ja, ich bin da.« Noch einmal dachte er nach: Letztlich war diese Suspendierung doch ein absoluter Witz. Was wollte er in Bali, wenn es hier an allen Ecken und Enden brannte? Spontan beschloss Zimmerschied, die Suspendierung zu ignorieren. Deshalb sagte er: »Frau Veltroni, ich komme gleich.«

Sissi Lokisch befand sich bereits mit Veltroni und Hensch im Vernehmungszimmer, als Zimmerschied zu ihnen stieß. Die Studentin trug einen Minirock, ein knappes Top und Stiefel, die fast bis zum Knie reichten. Zimmerschied hatte sie kaum begrüßt, da öffnete sich die Tür erneut, und Södlinger betrat den Raum, direkt gefolgt von Carina von Kluthe, die exakt dieselben punkermäßigen Klamotten wie bei der letzten Vernehmung zu tragen schien. So genau hatte sich Zimmerschied das nicht gemerkt. Für Kleider hatte er keinen Blick, sah man einmal von Dr. Augustins Blumensandalen ab. Der angriffslustige Gesichtsausdruck der Kluthe-Tochter verhieß nichts Gutes.

»Bitte nehmen Sie Platz«, forderte Södlinger die Punkerin höflich auf und deutete auf einen Stuhl am Tisch schräg gegenüber von der Studentin.

Widerwillig ließ sich Carina von Kluthe auf das Sitzmöbel plumpsen. »Und jetzt?«

»Frau Lokisch«, meinte Veltroni nun vorsichtig. »Das ist Carina von Kluthe. Haben Sie diese Frau jemals zuvor gesehen?«

»Nö«, antwortete die Befragte so kurz und knapp, dass kein Raum für Zweifel blieb. »Wieso sollte ich denn?«

»Könnte es vielleicht sein, dass Sie …« Veltroni zögerte. »… dass Sie Frau von Kluthe eher in einem verkleideten Zustand kennen?«

»Was soll das denn?«, stieß Carina von Kluthe ungehalten hervor. »Verkleidet! Wollen Sie mich verarschen? Ich verkleide mich nicht.«

Ohne auf den aufgebrachten Einwurf einzugehen, wiederholte Veltroni ihre Frage.

Die Studentin verneinte erneut und fügte an: »Und ehrlich gesagt verstehe ich auch nicht, was Sie von mir wollen. Ich kenne Sie nicht. Und warum sollte ich überhaupt?«

»Nun«, meinte Veltroni in einfühlsamem Tonfall. »Es ist so, dass … also …«

»Wir müssen das anders machen«, mischte sich nun Zimmerschied ein. Er wandte sich an Södlinger: »Wären Sie so freundlich, Frau von Kluthe wieder aus dem Zimmer zu begleiten – und wir reden noch einmal allein mit Frau Lokisch?«

Als die beiden Angesprochenen den Raum verlassen hatten, sagte Zimmerschied: »Wir sind immer noch auf der Suche nach der Person, die versucht hat, Sie zu vergewaltigen. Deshalb haben wir Frau von Kluthe hier hereingebeten.« Er räusperte sich und sah Sissi Lokisch ernst an. »Könnte es sein, dass Frau von Kluthe die Angreiferin war, die Sie in Ihrer Hauseinfahrt überfallen hat?«

»Nein.« Erneut kam die Antwort blitzschnell.

»Was macht Sie so sicher?« Zimmerschied wollte nicht sofort klein beigeben.

»Ich werde ja wohl …« Weiter kam die Studentin nicht, denn in Zimmerschieds Jackett meldeten sich die »Hells Bells«. Schnell griff der LKA-Chef in die Innentasche und warf einen Blick auf das Display. Es war Alfred Werner, der ihn da anrief. Der Präsident starrte auf das Smartphone. Sollte er mit dem Innenminister sprechen? Und was, wenn der erfuhr, dass er hier saß und keineswegs dabei war, die Koffer zu packen? Dass er sich seiner Weisung widersetzte? Zimmerschied drückte den Minister weg. Das fühlte sich gar nicht schlecht an.

»Also, zurück zu meiner Frage: Was macht Sie so sicher, dass Frau von Kluthe es nicht war?«

»Ich habe Ihnen doch schon gesagt, dass es ein Mann war, der mich überfallen hat!« Ihre Zickigkeit fiel Zimmerschied allmählich auf die Nerven, aber war es moralisch vertretbar, ein Vergewaltigungsopfer härter anzugehen?

Während er die Gesichtszüge des Mädchens studierte – in ihnen lieferten sich Wut und Unsicherheit ein Wechselspiel –, enterte wie aus dem Nichts ein Satz den Raum, mit dem keiner gerechnet hatte:

»Sie wurden gar nicht überfallen, stimmt's?«

Hoppla, dachte Zimmerschied. Ob sein jugendlicher Mitarbeiter Hensch da nicht gerade einen Riesenfehler gemacht hatte? Auch Veltroni wirkte unangenehm berührt, jedenfalls schubberte sie auf ihrem Stuhl herum, als hätte sie Flöhe in der Hose. Allerdings geschah jetzt noch etwas Unerwartetes: Diese Frage, die Hensch sehr leise und fast ein wenig vernuschelt gestellt hatte, veränderte die Stimmung im Raum vollständig.

Tommy Hensch schaute mit seiner dunklen Sportsonnenbrille in Sissi Lokischs Richtung, aber wenn man ihn genauer betrachtete, war zu erkennen, dass seine Nasenspitze ein wenig zu weit nach oben gereckt war, dass er also über die Befragte hinwegblickte. Es war nun so still, dass man ein Zündholz hätte fallen hören können. Irgendwo, weit weg und tief verborgen in den Eingeweiden des Landeskriminalamts, schlug eine Tür zu, und zwei oder drei Mitarbeiter brachen in Gelächter aus. Sissi Lokisch schwieg zunächst, aber ihre Körpersprache strahlte mit einem Mal Nervosität aus. Nicht nur, dass sie die Stellung ihrer übereinandergeschlagenen Beine änderte – sie tauschte das untere linke gegen das obere rechte –, ihre Wangen verfärbten sich zudem tiefrot.

»Wie … wie … meinen Sie das?«, stotterte die Studentin endlich.

»So, wie ich es sage«, nuschelte Hensch mit einer Seelenruhe, die ihm keiner zugetraut hätte. Zimmerschied war nicht allein mit seinem Gefühl, dass sein blinder Computerexperte ins Schwarze getroffen hatte.

Die Studentin starrte Hensch an. Der schaute zurück, aber eben ein bisschen über ihre kurzen dunklen Locken hinweg. Ansonsten warteten alle gespannt. Nach einer Pause, die Zimmerschied unendlich lang erschien, setzte Hensch den nächsten Stich: »Warum haben Sie das getan?«

Nachdem der junge Cybercop die Tür zur Wahrheit aufgestoßen hatte, lief der Rest der Vernehmung wie von selbst. Sissi Lokisch brach in Tränen aus und gestand, die gesamte Geschichte erfunden zu haben. Es hatte nie einen Vergewaltigungsversuch gegeben. Vielmehr hatte sie Streit mit ihrem Freund gehabt und ihn mit der erfundenen Vergewaltigung aufrütteln wollen. Seine Beschützerinstinkte wecken. Sie habe auch gar nicht zur Polizei gehen wollen. Aber er habe darauf bestanden, und so sei ihr das Ganze entglitten. Die Verletzungen habe sie sich selbst beigebracht.

Zunächst überwog bei Zimmerschied die Erleichterung über diese unerwartete Entwicklung: Er hatte einen Fall weniger. Aber auch ein Problem mehr: Wie war es möglich, dass die DNA-Spur einer Verbrecherin an den Slip eines Opfers gelangte, das die an ihm verübte Tat nur erfunden hatte?

ACHTUNDDREISSIG | Kanzlerin

Dr. Isabelle Augustin war bleich im Gesicht. Und als Zimmerschied seine Frage stellte, wurde sie noch ein bisschen bleicher. »Wo waren Sie heute Nacht plötzlich?«

Mit einem »Psst« bat die Wissenschaftlerin ihn in ihr Büro und schloss die Tür. Alles, was sie dann von sich gab, war geflüstert: »Es tut mir leid, aber ich war müde und betrunken – und wollte nur noch ins Bett.« Zimmerschied verzog ungläubig das Gesicht. Log sie ihn an? Müde und betrunken zu sein war das eine; aber einfach so zu verschwinden, nachdem man ja doch gemeinsam einen netten Abend verbracht hatte, war eine ganz andere Nummer. »Ich habe übrigens eine wichtige Neuigkeit für Sie«, raunte die Biologin weiter.

»Ich auch für Sie«, meinte Zimmerschied mit normaler Zimmerlautstärke.

Sie legte den Finger an den Mund und flüsterte: »Bitte reden Sie nicht so laut … Die Wände haben Ohren …«

»Blödsinn«, erwiderte der LKA-Chef unwirsch. »Aber mir wird allmählich klar, dass es hier so einiges gibt, was nicht so läuft, wie es sollte. Also, was ist *Ihre* Neuigkeit?«

»Auf den Blüten aus dem Waffengeschäft ist die DNA der Serientäterin nicht zu finden.«

»Aha«, antwortete der Präsident trocken und beinahe ein wenig verächtlich. Das Falschgeld aus dem Waffengeschäft spielte in seinen Überlegungen ohnehin nur noch eine untergeordnete Rolle.

»Und was ist *Ihre* Neuigkeit?«, fragte Dr. Augustin nun.

»Die Vergewaltigung war erfunden.«

»Wie?« Ihr überraschter Gesichtsausdruck war zweifellos echt.

Der LKA-Chef sprach überdeutlich: »Es gab nie eine Vergewaltigung. Die Studentin hat alles erfunden.« Er traktierte die Analytikerin mit einem derart bösen Blick, dass ein Außenstehender hätte meinen können, er halte sie persönlich für die gesuchte Serientäterin.

Die Molekularbiologin zog die Stirn in Falten. »Aber wie kann dann die DNA an den Slip gekommen sein?«

»Genau deshalb bin ich hier – um von Ihnen die Antwort auf diese Frage zu bekommen! Denn schließlich verantworten Sie diese Analysen hier!«, donnerte Zimmerschied nun so laut, dass man es vermutlich auch ein Stockwerk tiefer noch hören konnte. Dann aber riss er sich zusammen und schob nach einem Blick zur verschlossenen Tür leiser hinterher: »Und noch etwas: Ich war heute Nacht hier im Labortrakt und …«

»Warum waren Sie hier im Labortrakt?«, unterbrach sie ihn.

»Das tut nichts zur Sache. Aber etwas anderes: Wie ich hier im Dunkeln unterwegs bin – ich hatte das Licht absichtlich nicht eingeschaltet –, sehe ich jemanden herumschleichen; jemanden, der mir absolut nicht koscher vorkommt.« Jetzt schwiegen beide. Dann setzte Zimmerschied nach: »Sind vielleicht Sie hier herumgeschlichen heute Nacht?«

»Nein, ich … ich … bin direkt, nachdem ich von unserer … Unterredung … zurück im Büro war, nach Hause gegangen …« Als er sie so nachdenken sah, mit ihren hübschen, vor Anspannung leicht gekräuselten Lippen, verflog seine Wut, und er erinnerte sich daran, wie sie sich gestern beinahe geküsst hätten. Wenn er es gewollt hätte, dann hätten sie … aber er hatte es ja nicht … also gewollt … Nun straffte sich ihr schlanker Körper, und sie trat einen Schritt zurück. »Wenn die Vergewaltigung wirklich erfunden war, dann gibt es für mich nur eine Möglichkeit, was mit dem Slip passiert sein kann: Da ich einen Fehler bei den DNA-Untersuchungen hundertprozentig ausschließen kann, muss es sich um eine absichtliche Verunreinigung handeln.«

»Das heißt?«, knurrte Zimmerschied. Er sah sie an wie ein Leopard kurz vor dem Sprung auf die Beute.

»Das heißt, dass es mit an Sicherheit grenzender Wahrscheinlichkeit jemanden im Haus gibt, der im Labor DNA-Spuren manipuliert.«

»Aha.« Der LKA-Präsident zog die Augenbrauen hoch. »Und wer kommt für so etwas infrage?«

»Es muss jemand sein, der Zugang zu den Laboren hat.«

»Und wie viele Leute haben Zugang zu den Laboren?«

Dr. Augustin schien zu rechnen. Sie roch nach Blumen. Ihre feinen Finger lagen auf ihren feinen Lippen. Dann sagte sie: »Ich schätze, siebzig.«

»So viele?«, brach es empört aus ihm hervor.

»Na ja, wir vom Labor, dann die Leute vom Kriminaldauerdienst, Sie, Sicherheitschef Purrmann … Das ergibt Pi mal Daumen schon so um die siebzig.«

»Kommen Sie«, sagte Zimmerschied und wandte sich zur Tür. »Wir beide gehen jetzt zum Purrmann in die Gebäudeleittechnik. Ich will wissen, wer das gewesen sein kann, der da nachts durch die Laborgänge schleicht und vor mir wegrennt. So viele kommen da doch nicht infrage.«

Hans Purrmann war beleibt und trug ein kariertes Hemd, das er aus der Hose heraushängen ließ. Seine Füße steckten in ausgelatschten Zweiriemensandalen von Birkenstock. Zimmerschied war kein Modepapst, aber so wäre er nie im Leben herumgelaufen. Der LKA-Präsident trug dem Sicherheitschef sein Anliegen vor und endete mit den Worten: »Es geht uns genau um die Uhrzeit drei Uhr sechsunddreißig.«

»Und warum wollen Sie das wissen?« Purrmann blinzelte durch seine randlose Beckenbauer-Brille.

»Weil in unserem Haus seltsame Dinge geschehen. Mehr möchte ich dazu vorerst nicht sagen.«

Purrmann pfiff leise. »Interne Ermittlungen gegen eigene Leute?«

Zimmerschied schaute an die Wand, wo ein sehr altes vergilbtes Foto hing, das vermutlich ein amerikanisches Gebirge im Abendrot zeigte. Tonlos antwortete er: »Mir wäre sehr daran gelegen, wenn Sie, anstatt Fragen zu stellen, ganz schnell nachschauen könnten, wer um drei Uhr sechsunddreißig im Haus war.«

Der Sicherheitschef wandte sich dem vor ihm stehenden Computerbildschirm zu, wobei er mehr murmelte als sprach: »Sind Sie eigentlich nicht suspendiert?«

Zimmerschied spürte, wie heiße Wut in ihm aufstieg. Woher wusste dieser Mann von seiner Suspendierung? War denn das ganze Landeskriminalamt unterwandert von Maulwürfen und Saboteuren? »Nein«, log er den Mitarbeiter an, »ich bin nicht suspendiert, Herr Purrmann. Aber wären *Sie* jetzt bitte so freundlich und würden uns die Namen der Personen heraussuchen, die sich heute früh im LKA aufgehalten haben?« Jedem seiner Worte gab er eine Schärfe, die auch einem Mann mit Hörschaden nicht entgangen wäre.

Der Sicherheitschef zögerte einen Moment, sah Zimmerschied noch einmal an. Die beiden trugen ein kurzes Duell mit Blicken aus (Purrmann wusste genau, dass ihm der Präsident wegen seines Beamtenstatus nichts anhaben konnte), aber dann gab er sich geschlagen und tippte einige Befehle in die Tastatur. Seine Recherche ergab, dass um drei Uhr sechsunddreißig der Pförtner Horvath, die acht Beamten des Kriminaldauerdienstes, die fünf Mitarbeiter des Rechenzentrums und zwei weitere Personen im Meldesystem des Landeskriminalamts eingeloggt gewesen waren: Dr. Ballko und Dr. Augustin.

»Frau Doktor Augustin!«, fuhr Zimmerschied die Wissenschaftlerin neben ihm an. »Ich dachte, Sie wären … Sie sagten doch, Sie wären nach Hause gegangen?«

»Ach so, ja … das war so, dass ich …«, haspelte die Angesprochene hilflos herum. »Also … nach unserer …« Sie suchte nach dem passenden Wort und landete schließlich bei: »Unterredung. Also nach unserer Unterredung, da konnte ich nicht mehr … ähm … war ich zu … müde, um noch … die letzte U-Bahn war schon weggefahren … und da bin ich doch dageblieben.« Ihre Wangen liefen rot an, ihr Gesichtsausdruck signalisierte Verlegenheit, und Zimmerschied war empört, weil sie ihn angelogen hatte. Aber er wollte dieses Thema nicht vor dem Sicherheitschef ausbreiten. Stattdessen notierte er sich die Namen sämtlicher Mitarbeiter, die Purrmann ihm mitgeteilt hatte, sowie die genauen Uhrzeiten, zu denen diese sich mithilfe ihrer ID-Karten an- und abgemeldet hatten, und verließ die Abteilung Gebäudeleittechnik.

Kaum waren Dr. Augustin und Zimmerschied wieder auf dem Flur, begann die Wissenschaftlerin auf den Vorgesetzten einzureden: »Herr Zimmerschied, das tut mir wirklich leid, ich … ich wollte Sie nicht anlügen, aber ich … ich war vollkommen betrunken, und ich konnte nicht mehr, und ich hatte Sorge, dass …« Dr. Augustin stoppte ihre Rede abrupt, weil eine Bürotür aufging und ein Kollege heraustrat. Als sie etwas Abstand gewonnen hatten, wollte sie fortfahren, aber Zimmerschied schnitt ihr das Wort ab: »Schluss jetzt! Hier hören doch alle zu, verdammt! Kommen Sie, wir gehen jetzt eine Runde ums Haus. Hier drin ist man ja nicht mehr sicher.«

Auf dem Gehweg vor dem Landeskriminalamt entschied sich Zimmerschied, nicht in Richtung der Nymphenburger Straße zu gehen, weil dort viel zu viele Menschen, vor allem auch Mitarbeiter und Kollegen, unterwegs waren, sondern den Schutz der stark befahrenen Marsstraße vorzuziehen. Hier gab es kaum Passanten, und der Lärm der Autos würde verhindern, dass ein eventuell vorbeikommender Spaziergänger ihr Gespräch belauschen konnte. Als sie die mehrspurige Straße erreicht hatten, sagte der Präsident: »Erklären Sie mir doch bitte eins: Was macht der Herr Doktor Ballko nachts im LKA? Haben Sie ihn letzte Nacht dort gesehen?«

»Nein«, gab Dr. Augustin gefasst zurück. »Ich habe bei uns im Labortrakt gar niemanden gesehen. Ich war allerdings auch sehr müde.«

»Dann war das vielleicht der Ballko, der vor mir abgehauen ist …«, meinte Zimmerschied nachdenklich, und während er die Namen auf dem Notizzettel studierte, hatte er das Bild des glatzköpfigen Biologen mit der Woody-Allen-Brille ganz genau vor Augen. Es fiel ihm schwer, das zu glauben: Ballko war ihm noch nie negativ aufgefallen. »Das Zugangskontrollsystem verzeichnet, dass der Ballko das Haus um drei Uhr neunundvierzig verlassen hat. Also nur dreizehn Minuten nachdem ich auf den Laborfluren eine unbekannte Gestalt habe davonhuschen sehen. Der ist gleich, nachdem ich ihn erwischt hatte, abgehauen.«

»Ballko ist aber ein total zuverlässiger Kollege«, meinte

Dr. Augustin. »Ich kann mir das nicht vorstellen, dass er da nachts irgendwelche komischen Sachen macht …«

»Haben Sie den Ballko denn heute schon gesehen?«

Dr. Augustin schüttelte den Kopf. »Nein.«

»Warten Sie, dann …« Zimmerschied fischte sein Handy aus dem Jackett. »Ich rufe den Purrmann an.« Wenig später sagte er: »Ja, Herr Purrmann, ich bin's noch einmal, Zimmerschied. Sagen Sie, könnten Sie eben noch schnell in Ihrem Computer nachschauen, ob der Herr Doktor Ballko just in diesem Moment auch im System angemeldet ist? Also, ob er schon wieder im Haus ist, nachdem er ja gegen vier Uhr heute Nacht das Haus verlassen hat?«

Nachdem Zimmerschied die Antwort auf seine Frage vernommen hatte, sagte er: »Na, den knöpfen wir uns jetzt vor.«

Doch als der LKA-Präsident und die Leiterin der DNA-Analyse-Abteilung wieder die Schleusen zum Foyer des Landeskriminalamts passiert hatten, stürzte Elisabeth Rötli reichlich außer Atem auf sie zu: »Herr Zimmerschied! Da sind Sie ja! Ich habe Sie nicht erreicht, Sie waren besetzt. Sie müssen sofort in Ihr Büro kommen! Der Herr Innenminister ist da und möchte Sie dringend sprechen.«

In diesem Augenblick wäre Zimmerschied gerne eine Schildkröte gewesen oder ein Igel – jedenfalls ein Tier, das sich darauf verstand, seinen Körper derart zu verwandeln, dass man es schlecht angreifen konnte. Aber der LKA-Präsident besaß weder einen Panzer noch Stacheln, sondern war ein höchst verletzliches Lebewesen. Er sah Dr. Augustin an. Und sie sah ihn an. Beide dachten an den Innenminister. Und in diesem Moment der Schwäche fand Zimmerschied seine junge Mitarbeiterin noch anziehender. Aber er sagte: »Der Herr Werner geht dann jetzt vor. Wir sehen uns.« Die Wissenschaftlerin nickte.

Innenminister Alfred Werner sprang sofort von seinem Stuhl am Besprechungstisch auf, als Zimmerschied das Büro betrat. »Mein lieber Herr Zimmerschied«, rief der Politiker. »Gut, dass Sie da sind!«

Der LKA-Präsident musterte Alfred Werner mit einem kritischen Blick. Was hatte diese scheinbar freundliche Eröffnung zu bedeuten – schließlich bewies seine Anwesenheit, dass er sich über dessen Suspendierung, mithin über eine klare dienstliche Anweisung, hinweggesetzt hatte.

Doch der Innenminister gab sich auch weiterhin jovial: »Ich wollte eben der Eröffnung der neuen Kindertagesstätte Veganolino am Rotkreuzplatz beiwohnen, aber da ist eine Masernepidemie ausgebrochen, und das Event wurde abgesagt. Da habe ich mir gedacht, schaue ich doch einmal bei meinem hervorragenden Mitarbeiter Zimmerschied vorbei. Ganz spontan! Man erreicht Sie ja telefonisch gar nicht mehr. Immer unterwegs, immer im Dienst. Mann, Mann, Mann, Sie sehen blass aus!«

Zimmerschied ließ die Rede über sich ergehen. Warum hatte Alfred Werner ihn aufgesucht? Was war mit der Suspendierung? Warum schleimte er so herum?

Als beherrschte der Politiker die Fähigkeit zum Gedankenlesen, sagte er: »Was ich noch sagen wollte, wir hatten ja … diese … also … Sache angedacht mit dem, also, Ihrer Frau – und Bali … Das …« Er räusperte sich. »Das Flugticket bleibt natürlich zu Ihrer Verfügung, aber mir … Also uns, auch dem Ministerpräsidenten …« Er räusperte sich noch einmal. »… und der Bundeskanzlerin wäre es lieber, wenn Sie … Ihre Auszeit bis nach dem Staatsbesuch des amerikanischen Präsidenten aufschieben könnten. Würde das denn …« – er hüstelte unterwürfig – »… gehen?«

»Keine Suspendierung also?«, fragte Zimmerschied.

»Keine Suspendierung also«, antwortete der Innenminister.

»Gut«, sagte Zimmerschied.

»Sie sind einverstanden?«, hechelte Alfred Werner.

»Ja«, erwiderte der Präsident des Landeskriminalamts mit fester Stimme.

»Das Sicherheitskonzept haben Sie sicher im Griff...?«

»Ja«, log Zimmerschied mit noch festerer Stimme und einem Lächeln auf den Lippen.

»Und das Besuchsprogramm auch – also, ich meine, dass wir das Weißwurstfrühstück von Elmau ganz sicher toppen und ihn ... ähm ... zufriedenstellen?«

»Auch das«, behauptete der LKA-Chef und dachte an die attraktiven, jungen und prominenten Frauen, die der US-Präsident sich wünschte. Aber nur für einen Moment, denn dann geisterte schon wieder der Name Ballko durch seine Hirnwindungen. Leider ließ sich der Innenminister aber dieses Mal sehr viel Zeit. Er nahm noch drei Espressi zu sich sowie mehrere von Elisabeth Rötli servierte Pralinen mit Kokosgeschmack, ehe Zimmerschied ihn los war und sich den verdächtigen Mitarbeiter vorknöpfen konnte.

NEUNUNDDREISSIG | Chipkarte

Zimmerschied konnte sich nicht helfen: Dieser Dr. Ballko, der nun am großen Tisch im Präsidentenbüro Platz nahm – Barbara Veltroni, Hannes Södlinger, Tommy Hensch und Isabelle Augustin saßen bereits dort –, wirkte zwar überrascht, aber nicht unausgeschlafen und schon gar nicht so, als hätte er etwas zu verbergen. War der Molekularbiologe ein guter Schauspieler, oder machten sie hier gerade Jagd auf den Falschen?

Zimmerschied beschloss, sofort zur Sache zu kommen, und

fragte in eher unfreundlichem Ton: »Herr Doktor Ballko, was haben Sie heute Nacht im LKA gemacht?«

Der Angesprochene verzog ungläubig das Gesicht, seine Augen wirkten hinter den dicken Gläsern der Woody-Allen-Brille glupschig. »Ich war heute Nacht nicht im LKA …«

Der LKA-Präsident schüttelte genervt den Kopf. Das zu leugnen ging ja nun gar nicht! »Dass Sie da waren, ist erwiesen. Ich kann Ihnen sogar genau sagen, wie lang Sie hier waren.« Er studierte das vor ihm liegende Notizblatt. »Und zwar genau bis drei Uhr neunundvierzig. Danach haben Sie das LKA verlassen.«

»Was? Drei Uhr? So ein Blödsinn«, lachte der Wissenschaftler empört auf. »Um drei war ich im Bett. Wie kommen Sie auf so was?« Dr. Ballko sah erst seinen Chef an, dann die drei Kollegen aus den anderen Abteilungen. Die Blicke waren so ernst, als hätte man Steine gefrühstückt.

»Sie waren ins Sicherheitssystem eingeloggt«, erklärte Barbara Veltroni, hörbar um Freundlichkeit bemüht.

»Das kann nicht sein.« Der DNA-Experte schaute hin und her, als suchte er in den Gesichtern der anderen nach Halt. »Und außerdem: Was wäre denn schon dabei, wenn ich heute Nacht hier gewesen wäre? Ich meine, gibt's hier irgendein Verbot, das ich nicht kenne, oder was? Ich darf doch nachts ins LKA …?«

»Wann wären Sie denn Ihrer Meinung nach im LKA gewesen, gestern, wenn Sie um drei Uhr nachts nicht hier gewesen sein wollen?« Zimmerschied versuchte an der Mimik und Gestik des Befragten zu erkennen, ob dieser nun log oder die Wahrheit sagte. Aber Dr. Ballko wirkte aufrichtig erschüttert und keineswegs wie ein Lügner.

»Na ja, zu den normalen Dienstzeiten halt, bis um sechs oder so. Genau weiß ich das nicht.«

»Wir haben uns das im Computersystem der Gebäudeleittechnik genau angeschaut. Es gibt keinen Zweifel: Zwar stimmt schon, was Sie sagen – dass Sie sich um achtzehn Uhr zwei ausgeloggt haben, aber dann sind Sie wiedergekommen und waren bis um drei Uhr neunundvierzig im Haus. Erst dann haben Sie sich wieder ausgeloggt.«

»Das glaube ich nicht.«

Zimmerschied runzelte die Stirn. Irgendetwas stimmte hier nicht. »Dann gehen wir jetzt gemeinsam in die Gebäudeleittechnik, und da werden Sie schon sehen, dass unsere Vorhaltungen stimmen.«

Wenige Minuten später standen die fünf Beamten in Hans Purrmanns Büro und starrten auf dessen Computerbildschirm.

»Das gibt's doch nicht«, entfuhr es dem fassungslosen Dr. Ballko. »Das kann nicht sein.«

»Wo waren Sie denn nachts, wenn Sie nicht hier waren?«, fragte Tommy Hensch mit leiser Stimme.

»Na, im Bett natürlich«, rief der DNA-Analytiker aus. »Was soll ich denn bitte nachts hier, wenn es nicht was Dringendes zu erledigen gibt? – Also, liebe Leute, ich mag meinen Job ja wirklich gern. Aber so weit geht das nicht, dass ich auch noch nachts hier herumhängen muss. Also ehrlich! Ich bitte euch …«

Zimmerschied musterte den Wissenschaftler von der Seite. Er wirkte ehrlich empört und zudem ausgeschlafen. Ganz im Gegensatz zu ihm selbst. Von seinem Auftreten her wirkte Dr. Ballko nicht so, als hätte er nachts durch die Gänge gespukt.

»Wäre es denn möglich, dass jemand anders mit Ihrer ID-Karte hier reingekommen ist?«, fragte Tommy Hensch freundlich.

Dr. Ballko sah den Blinden perplex an. »Wie meinen Sie jetzt das? Ich gebe doch meine Chipkarte nicht her! Wie gesagt, ich war zu Hause. Und meine Karte auch.«

»Haben Sie Ihre ID-Karte unter dem Kopfkissen liegen, oder was?«, fragte Veltroni ziemlich pampig.

»Nein, natürlich nicht …«

»Sind Sie direkt nach Dienstende nach Hause gegangen?«, übernahm nun wieder Hensch die Befragung. »Könnte es sein, dass Ihnen jemand auf dem Nachhauseweg die Karte abgenommen hat?«

»Nein … ich weiß nicht … Also, ich war ja noch mit den Kollegen im S'Maillinger, da ist unser Stammtisch. Das wisst ihr doch. Das machen wir jede Woche. Du warst doch da auch schon dabei, Hannes!«

Södlinger nickte bedächtig. »Aber gestern nicht.«

»Und danach sind Sie nach Hause gegangen?«, fragte der Blinde weiter.

»Ja, so um zehn. Meine Frau kann Ihnen das gerne bestätigen.«

»Laut System haben Sie sich um achtzehn Uhr zwei ausgeloggt. Danach waren Sie im S'Maillinger. Können Sie sich noch daran erinnern, ob Sie die Zugangskarte in der Wirtschaft bei sich hatten?«

»Na ja, die muss ich dabeigehabt haben. Das sind ja nur ein paar Meter von hier bis dahin.« Dr. Ballko schwankte zwischen Empörtsein und Verzweiflung.

»Und was haben Sie dann mit Ihrer Karte gemacht, also im S'Maillinger?« Hensch ließ nicht locker.

Jetzt schlug sich Dr. Ballko mit der flachen Hand an die Stirn. »Die Jacke! Ich hänge meine Jacke immer an die Garderobe. Die Karte war in der Jacke drin. Vom Tisch aus sieht man die Garderobe nicht … Und wissen Sie was: Heute Morgen, das war schon sehr merkwürdig. Da bin ich nämlich in der U-Bahn richtig krass angerempelt worden. Das kam mir komisch vor. Weil dieser Rempler wie aus dem Nichts kam …«

»Wer hat Sie angerempelt?«, wollte Veltroni wissen.

»Das weiß ich nicht. Es war merkwürdig. Die U-Bahn war vollkommen überfüllt. Und plötzlich wurde ich – und auch ein paar andere – angerempelt, so richtig grob. Aber wer das genau war, das war nicht klar, es waren zu viele Leute im Waggon. Aber diese Rempelei könnte jemand ausgenutzt haben, um …« Er sprach nicht weiter.

»Dann wäre unsere Hypothese also folgende«, fasste Veltroni zusammen. »Jemand entwendet Ihre ID-Karte aus der Jackentasche im S'Maillinger; dieser Unbekannte loggt sich damit ein, geht nachts ins LKA und macht irgendetwas, von dem wir noch nicht wissen, was es ist; dann loggt er sich in den frühen Morgenstunden wieder aus. Auf dem Weg zur Arbeit passt er Sie in der U-Bahn ab, rempelt Sie an und nutzt die dadurch entstandene Verwirrung, um Ihnen die ID-Karte wieder heimlich in die Tasche zu stecken.«

»Ja, das kann sein. Und was mir gerade einfällt: Die Karte war heute Morgen gar nicht in meiner Jackeninnentasche wie normalerweise, sondern tatsächlich in der Außentasche. Das hat mich sowieso schon gewundert. Ich habe da eigentlich eine ganz bestimmte Ordnung. Aber heute früh habe ich gedacht, dass ich gestern vielleicht so müde war, dass ich die Taschen verwechselt habe.« Dr. Ballko hatte sehr schnell gesprochen, nun wurde er wieder langsamer und überlegter. »Aber wieso interessiert Sie das überhaupt so genau, ob ich heute Nacht im LKA war?«

»Das können wir Ihnen im Augenblick noch nicht sagen«, wiegelte Zimmerschied ab.

»Wichtig ist noch, dass derjenige, der die Karte womöglich entwendet hat, weiß, dass es einen LKA-Stammtisch im S'Maillinger gibt«, stellte Hensch abschließend fest. »Es muss sich also um einen Insider handeln.« Zimmerschied warf ihm einen dankbaren Blick zu.

Nach der Unterredung verabschiedete sich Zimmerschied von Dr. Ballko, Veltroni und Södlinger und forderte Hensch auf, ihn noch in sein Büro zu begleiten. Im Vorzimmer angelangt, fragte er den Cyberpolizisten: »Wollen Sie einen Kaffee?«

»Gerne.«

»Espresso oder Milchkaffee?«

»Geht auch Cappuccino?«

»Frau Rötli, machen Sie uns bitte zwei Tassen Cappuccino?«

Nachdem die Sekretärin ihm zugenickt hatte, fragte Zimmerschied den Blinden: »Für wie glaubwürdig halten Sie den Ballko?«

Tommy Hensch zuckte mit den Schultern. »Man weiß das ja nie, aber das hat schon alles zusammengepasst. Seine Überraschung – sie wirkte auf mich nicht gespielt. Die Geschichte mit der Karte klingt plausibel. Die Frage ist, wer die Dreistigkeit besitzt, einem Kollegen die ID-Karte aus der Tasche zu ziehen und wieder zurückzubringen – und dazwischen ins LKA zu gehen, um dort DNA-Spuren zu manipulieren.«

»Was halten Sie von Södlinger und Veltroni?«

Hensch hob das Gesicht. Zimmerschied sah sich selbst, wie er sich in den Gläsern der schwarzen Sonnenbrille spiegelte. »Haben Sie die beiden im Verdacht?« Hensch sprach ruhig und leise, als hätte er schon immer mit dem Präsidenten Fallvarianten durchgesprochen. Dabei rangierte er in der Hierarchie des Landeskriminalamts auf einer der untersten Stufen.

»Nein, das nicht – also, nicht direkt. Aber … es gibt hier im Haus Saboteure. Jedenfalls mindestens einen. Und den werden wir uns schnappen. Dabei brauchen wir allerdings nicht noch mehr Mitwisser.« Er kniff die Augen zusammen. »Ich habe nämlich einen Plan, Herr Hensch. Und der sollte möglichst lange geheim bleiben.« Nachdem Elisabeth Rötli den Kaffee serviert hatte, erhob sich Zimmerschied und schloss die Tür.

VIERZIG | Fluchtversuch

Am Abend fuhr Zimmerschied zum ersten Mal seit Tagen wieder mit einer positiven Grundstimmung nach Hause: Er hatte Rückendeckung von ganz oben, vermutlich sogar von der Kanzlerin; er stand kurz davor, dem Schweinehund, der ihm in seiner eigenen Behörde das Leben schwer machte, das Handwerk zu legen, und im Radio lief David Bowies »Young Americans«. Der Präsident des Landeskriminalamts ließ die Scheiben seiner Dienstlimousine nach unten fahren und sog die Sommerluft ein – eine Mischung aus frisch gemähtem Heu und dem Duft von Nadelbäumen. Am Horizont das Zugspitzmassiv. Sollte der amerikanische Präsident ruhig kommen. Zimmerschied würde dafür sorgen, dass es ihm an nichts fehlte und dass ihm nichts zustieß. Der LKA-Chef lächelte. Als er aus seinem Wagen stieg, summte er den Song von Bowie weiter. Und auch während er die Stallkleidung anlegte. Ehe er zu den Kühen ging, warf er noch einen Blick in den Kühlschrank, leider war da kein Bier mehr. Zimmerschied hatte Lust auf einen Feierabenddrink. Er stieg in den Keller des alten Hauses hinab. Der feuchte Geruch des zweihundertjährigen Gemäuers stieg ihm in die Nase. Vielleicht fand sich ja dort noch etwas gegen den Durst. Aber auch der Bierkasten im Keller war leer. Grimmig stellte Zimmerschied fest, dass ihm der Alltag seit dem Beginn von Roswithas Spinnereien nach und nach entglitten war. Wann war er das letzte Mal in einem Laden gewesen, um Lebensmittel einzukaufen? Aber verflucht, er hatte jetzt Durst! Zwischen den teureren Weinflaschen, die er in einem simplen Holzregal lagerte, fand er einen schlichten weißen Tropfen aus der Steiermark und eine Flasche mit Mineralwasser, beides halbwegs kühl. Wieder oben in der Küche mischte er sich in einem großen Glas einen Gespritzten und begab sich, noch immer Bowies Melodie pfeifend, in den Stall. Die Kühe begrüßten ihn wie einen Rockstar, man muhte begeistert, und auch die Schweine freuten sich über sein Kommen. Die Tiere hatten Hunger. Wie lange war er nicht hier gewesen? Er hatte vollkommen das Zeitgefühl verloren. Und nicht nur das: den Überblick über sein Leben. Ab jetzt würde allerdings wieder Ordnung einkehren. Zimmerschied schaute sich um. So schlimm sah der Stall gar nicht aus. Zwar unordentlich, aber irgendwer hatte sich anscheinend um das Vieh gekümmert. Ob es wohl der Pfarrer gewesen war? Zimmerschied stellte sich Herrmann Gänswein mit der Mistgabel vor. Er grinste.

Der LKA-Präsident war gerade dabei, den Schubkarren mit Kuhmist zu befüllen, da zeichnete sich im Gegenlicht der Abendsonne die Silhouette eines Mannes ab. Ein Mann von unförmiger Gestalt. Zimmerschied blieb ruhig, er blinzelte. Wegen der Helligkeit, die da von der Tür her kam, war es ihm unmöglich, den Gast zu erkennen. »Grüß dich«, sagte der Fremde, und nun wusste Zimmerschied auch, wer das war. Wenn man an den Teufel dachte … Wegen der Soutane hatte die Gestalt des Pfarrers im Gegenlicht so monströs ausgesehen. Gänswein trat einen Schritt nach vorn. Sein Gesicht war ernst. Der LKA-Präsident war fest entschlossen, sich nicht beirren zu lassen, er nahm einen Schluck vom Weißweinspritzer. Dann sagte er: »Grüß dich, Herrmann. Willst du auch einen?« Er prostete dem Geistlichen zu.

Der Pfarrer machte eine ablehnende Kopfbewegung. »Ich glaube, ich weiß, von wem die Handgranaten sind.«

»Aha?« Zimmerschied spürte die enthemmende Wirkung des Alkohols. Er hatte den ganzen Tag zu wenig gegessen und getrunken. Der Weißwein schoss ihm direkt in die Adern. »Willst du wirklich keinen gespritzten Weißwein? Kalt? Erfrischend?« Zimmerschied verspürte eine unerklärliche Angriffslust. Der Herrmann in seiner Soutane … wie aus einer anderen Zeit kam er daher … die Handgranaten … Er hatte einen Schwips. Und er war sich sicher, dass der Geistliche nicht zur Lösung des Falls beitragen würde. Die Lösung lag im LKA. Und definitiv nicht hier in der Kirchengemeinde.

Gänswein wirkte ein wenig gekränkt. »Willst du gar nicht wissen, von wem die Handgranaten sind?«

»Doch, doch«, meinte Zimmerschied vorwurfsvoll. Es gelang ihm nicht, die aufkeimende Ironie zu verbergen. Die beiden Männer tauschten grimmige Blicke.

»Sagt dir der Name Ivo Jan etwas?« Der Gottesdiener kniff die Augen zusammen.

Zimmerschied dachte nach: Ivo Jan. Er hatte den Namen schon einmal gehört. Aber er konnte sich nicht an den Zusammenhang erinnern. Er nahm noch einen Schluck von der Weißweinschorle.

»Und?«, fragte der Pfarrer.

Zimmerschied schüttelte den Kopf. Eine Kuh pisste, es hörte sich an wie ein Wasserfall; woanders platschte es. Naturdünger.

Der Pfarrer rümpfte die Nase. »Ivo Jan kommt aus Ex-Jugoslawien.«

»Davon gibt es viele.« Die Kühe muhten. Der LKA-Präsident griff nach der Heugabel, trat vom Stall in die angrenzende Tenne, stach ins Heu und hob eine Ladung in den bereitstehenden Schubkarren.

Der Pfarrer war ihm nicht gefolgt, stattdessen sprach er einfach lauter: »Aber seine Frau – die geht regelmäßig in die Kirche.«

»Wie soll der heißen – Ivo was?« Zimmerschied lud noch eine Gabel Heu auf.

»Ivo Jan. Der wohnt nicht bei uns im Dorf, sondern in der ehemaligen Mühle unten. Da sind Anfang der Neunzigerjahre Wohnungen reingebaut worden für Flüchtlinge aus dem Jugoslawienkrieg.«

»Und das fällt dir erst *jetzt* ein?!«

Der Pfarrer wischte sich den Schweiß von der Stirn. Es war dämpfig im Stall. »Wir hatten eben eine Abendandacht. Und da war die Frau vom Ivo Jan da. Und wie ich sie so anschaue, da denke ich mir …« Eine Kuh wedelte mit dem Schwanz, ein Stück verkrustete Jauche flog auf die Soutane. Pfarrer Gänswein schnippte das stinkende braune Ding weg.

»Was denkst du dir, wie du sie dir anschaust?« Der LKA-Chef schob den Schubkarren zu den Kühen und warf ihnen Heu in den Freilauf. Eine, die schlecht an das Heu kam, muhte noch unzufrieden, aber dann breitete sich im Stall das behagliche Geräusch von wiederkäuenden Hörnertieren aus.

»Ja, dass die es gewesen sein muss!« Jetzt wurde der Pfarrer ungeduldig. »Katria Jan. Die war es, die die Waffen gebracht hat.«

Zimmerschied glaubte nicht an diese neue Wendung. Der Typ, der dem Ballko die Karte geklaut hatte, interessierte ihn viel mehr. Lustlos fragte er: »Und wieso ausgerechnet die?«

»Weil der Ivo Jan aus Jugoslawien ist. Das passt doch zusammen!«

Zimmerschied schüttelte den Kopf. Der Pfarrer hatte zwar etliche Jahre in Rom gelebt und studiert, war aber anscheinend ein Hinterwäldler geblieben. »Lieber Herrmann, hast du schon mal das Verzeichnis deiner Schäfchen durchgeschaut? Da gibt's ja wohl noch ein paar andere, die damals aus Jugoslawien geflohen sind, oder etwa nicht?«

»Schon – aber keiner hat kürzlich Selbstmord begangen. So wie Ivo Jan.« Diese Information überzeugte Zimmerschied dann doch, dass es sich lohnen könnte, dieser Spur nachzugehen.

Der LKA-Präsident konnte sich nicht daran erinnern, wann er zuletzt bei der ehemaligen Mühle gewesen war. Das Haus lag drei oder vier Kilometer von Holzleute entfernt in einem Tal mit einem Fluss, auf dem früher Baumstämme aus den Bergwäldern in die Landeshauptstadt transportiert worden waren. Von der ursprünglichen Struktur des Mühlengebäudes war nichts mehr zu erkennen. Die Flüchtlingsunterkunft, die bereits Anfang der Neunzigerjahre in Betrieb genommen worden war, hatte sich in einen zweckmäßig und trostlos anmutenden Wohnriegel verwandelt. Der Weg zu dem Anwesen führte über eine staubige Schotterpiste, rechts und links wuchsen Brennnesseln und anderes Unkraut, ein Autoreifen lag im Dreck, inmitten von Plastiktüten und Joghurtbechern. Auf den Klingelschildern der Eingangstür, die der Pfarrer ansteuerte, waren die Namen Simonic, Kovac, Bogdanovic, Özil, Jovanovic vermerkt – und: Ivo & Katria Jan. Herrmann Gänswein betätigte die Klingel. Ein hässliches digitales Gedudel durchbrach das Rauschen des Flusses, der von dieser Stelle aus nicht zu sehen war. Zimmerschied blickte an der Hausfassade hinauf. Zwei Stockwerke, keine Balkone, ein Graffito: »Scheiss Auslända«. Fenster mit gehäkeltem Sichtschutz, mit Folie verklebte Fenster, schmutzige Fenster. Der Himmel wechselte von Rot zu Grau. Bald würde die Nacht hereinbrechen.

Niemand öffnete. Der Pfarrer seufzte und klingelte noch einmal. Keine Reaktion. Zimmerschied trat zurück und stapfte an der Hauswand entlang. Hinter mehreren Fenstern flackerten Fernseher. An diesem vom Wohlstand abgehängten Ort erfüllten sie noch ihre Lagerfeuer-Funktion; anderswo hatten bereits Tablets diese Aufgabe übernommen, und jeder saß an seinem eigenen Feuer. Der Pfarrer klingelte ein drittes Mal. Da ging mit einem Schlag ein Fenster im zweiten Stock auf. Zimmerschied sah einen blonden Frauenschopf.

»Was ist denn?«, rief die Person. Der LKA-Präsident konnte ihre Gesichtszüge nicht erkennen.

»Frau Jan?«, rief der Pfarrer.

»Ja?«

»Entschuldigen Sie bitte, dürfen wir Sie kurz besuchen kommen? Ich bin der Pfarrer, Herrmann Gänswein.«

Katria Jan entfuhr ein eingeschüchtertes »O mein Gott, Herr Pfarrer! Sie können jetzt nicht ... ich habe ja gar nichts ...«

»Es dauert nicht lange. Bitte, Frau Jan. Es ist wichtig.«

»Was wollen Sie?« Der Gesichtsausdruck von Katria Jan signalisierte Alarmbereitschaft, das sah Zimmerschied sofort, nachdem er hinter ihr und dem Geistlichen den dunklen Flur durchschritten und im vollgestopften Wohnzimmer – geschmackloser Nippes, Familienfotos, Miniatursegelschiff, Glitzerkristalle, Kakteen – angelangt war. Hier waren die Lichtverhältnisse günstiger. Katria Jan schaltete den Fernseher auf lautlos und hieß die beiden Besucher Platz nehmen. Sie war kräftig, aber nicht dick und trug ein schürzenartiges Kleid. Die dunklen Ringe unter ihren Augen waren unübersehbar. Zimmerschied schätzte sie auf Mitte fünfzig.

»Das ist der Herr Zimmerschied, der wohnt auch hier im Dorf und ist ...« Der Pfarrer suchte so lange nach der passenden Bezeichnung, dass der Präsident beschloss, die Suche mit einem »Polizist« zu beenden. Es war nicht nötig, dass Katria Jan von seiner wahren Position erfuhr.

Zimmerschied lächelte sie an. Die Frau lächelte verkrampft zurück. Dann schwiegen alle drei eine Weile, bis Gänswein wieder das Wort ergriff. »Frau Jan«, er räusperte sich verlegen, »ich – wir – sind hier, weil wir Sie etwas fragen wollen.«

»Wollen Sie etwas trinken?« Die Frau sprach aktzentfrei Deutsch.

»Nein danke, Frau Jan«, sagte der Pfarrer. »Sagen Sie, kann es sein, dass Sie kürzlich im Rahmen einer Beichte einige Gegenstände bei mir abgegeben haben?« Ihre Miene verdüsterte sich. »Also, Sie wissen schon, was ich meine ...«

Katria Jan schüttelte langsam den Kopf.

»Also, um etwas deutlicher zu formulieren, was der Pfarrer da andeutet«, übernahm der LKA-Chef die Befragung. »Haben Sie vor Kurzem im Rahmen einer Beichte Waffen bei ihm abgegeben – Pistolen, Handgranaten, ein Gewehr?«

»Nein«, rief die Frau aus. »Nein! Niemals! Ich weiß gar nicht, wie Sie da draufkommen. Wo soll ich denn Waffen herhaben? – Wollen Sie wirklich nichts trinken?«

Zimmerschied winkte ab. »Wissen Sie ...« Er holte tief Luft. »Das sind sehr gefährliche Waffen. Und ... wir würden uns wohler fühlen, wenn wir sicher wüssten, dass nicht noch mehr gefährliche Waffen im Umlauf sind.« Mit gerunzelter Stirn suchte er ihren Blick. »Das sind Kriegswaffen, Frau Jan. Damit kann man Menschen töten! Viele Menschen! Haben Sie schon mal gesehen, wie ein Mensch aussieht, den eine Handgranate zerfetzt hat?« Er sah die Frau freundlich an, sein Tonfall allerdings war drängend.

Katria Jan stand abrupt auf und ging mit raschen Schritten zur Tür. »Ich hole uns jetzt schnell mal was zu trinken«, sagte sie seltsam abgehackt. Zimmerschied hatte ein ungutes Gefühl und warf dem Pfarrer einen fragenden Blick zu. Doch Herrmann Gänswein reagierte nicht, er verfügte offensichtlich nicht über dieselbe Intuition. Also hievte sich der Polizeipräsident hastig aus dem viel zu weichen Sofa hoch und folgte der Frau mit eiligen Schritten in die Küche. Und tatsächlich – Zimmerschied hatte sich nicht getäuscht: Katria Jan öffnete gerade das Fenster und zog einen Stuhl herbei. Gerade als Zimmerschied am Küchentisch vorbei war, schwang sie das rechte Bein übers Fensterbrett. »Halt«, schrie der LKA-Präsident. »Warten Sie! Verdammt! Wir sind doch da, um Ihnen zu helfen!« Doch da war Katria Jan bereits gesprungen, der Querschnittslähmung entgegen. Denn tot war man nach einem Sprung aus dem zweiten Stock im seltensten Fall. Zimmerschied hatte es geahnt.

Deshalb gelang es ihm, noch ehe sie stürzte, ihren linken Arm zu packen. Jetzt hielt er sie mit beiden Händen fest. Sie zappelte, er rang mit ihr. Sie war schwer. Aber er war fest entschlossen, sie nicht loszulassen. Da konnte Katria Jan noch so strampeln und schreien: »Lassen Sie mich! Lassen Sie mich! Hilfeee!«

Die zappelnde Frau wurde jedoch immer schwerer. Zimmerschied kämpfte. Er spürte, wie seine Hände feucht wurden, wie die Selbstmörderin ihm zu entgleiten drohte. »Herrmann«, rief er.

Und der kam zum Glück mit alarmiertem Gesichtsausdruck in die Küche gestürzt. Der Pfarrer bekam den rechten Arm der Lebensmüden zu fassen, und gemeinsam zogen die einstigen Schulfreunde Katria Jan wieder in die Küche. Schnaufend drückte Zimmerschied sie auf einen der drei Stühle an dem kleinen Küchentisch, schloss das Fenster und wischte sich mit einem Stofftaschentuch die Stirn ab. Im Regal fand er eine Flasche Slibowitz und im Schrank drei Wassergläser, in die er jeweils einen Daumenbreit des Pflaumenbranntweins goss. Dann schob er Katria Jan und dem Pfarrer je ein Glas hin, hob das seinige, sagte »Prost« und trank es, ohne auf die anderen zu warten, mit einem Schluck leer. Danach sagte er schlicht: »So, und jetzt erzählen Sie mal.«

Nachdem auch Katria Jan wieder zu Atem gekommen war und an ihrem Glas genippt hatte, erzählte sie tatsächlich ihre Geschichte, zwar stammelnd, aber zusammenhängend und glaubwürdig: Dass sie, eine gebürtige Deutsche, Ivo Jan einige Monate nachdem der Anfang der Neunzigerjahre während des Jugoslawienkriegs nach Deutschland geflüchtet sei, geheiratet habe. Dass die Waffen von ihrem Mann stammten, der sich vor einem halben Jahr aufgehängt habe. Und dass sich noch mehr Waffen im Keller befänden.

Wenige Minuten später stand das merkwürdige Trio vor einem Bretterverschlag im Untergeschoss der ehemaligen

Mühle. Eine über die Latten genagelte Sperrholzplatte verhinderte, dass man ins Innere des Kellerabteils sehen konnte. Mit zitternden Händen fummelte Katria Jan das Vorhängeschloss auf und trat an einem alten Holzschrank und einem weiteren aus Plastik sowie einigen gammeligen Regalen vorbei zu einer Holztruhe, die an der Wand gegenüber der Lattentür stand. Sie kramte einen Schlüssel hinter der Truhe hervor und öffnete den schweren Deckel. Als Zimmerschied den Inhalt der Kiste sah, staunte er nicht schlecht. Da waren tatsächlich noch mehr Waffen – drei Pistolen, ein Maschinengewehr und mehrere Schachteln mit Munition.

»Ich wusste nichts von diesen Waffen«, stammelte Katria Jan. »Ganz ehrlich. Erst als ich nach Ivos Tod mal in den Keller geschaut habe – der Keller war sein Bereich –, da habe ich diese Kiste gefunden. Es tut mir leid … aber …« Sie warf den beiden Männern hilflose Blicke zu. »Ich musste diese Sachen doch irgendwie loswerden. Ich wusste aber nicht, wie. Also … habe ich sie zu Ihnen gebracht, Herr Pfarrer.«

»Das war nun keine ganz verkehrte Idee«, bemerkte der Geistliche.

Aber Zimmerschied interessierte etwas anderes. »Sagen Sie – Ihr Mann, als das …« Der LKA-Chef suchte nach einem pietätvollen Wort. »Unglück … Als das Unglück passiert ist, haben Sie persönlich ihn aufgefunden, oder war das jemand anderes?«

»Sie meinen, als Ivo tot war?«

Der Präsident spürte, dass dieses Gesprächsthema Katria Jan stark belastete, aber diese Fragen waren nötig. »Ja«, sagte er und nickte ernst.

»Ich habe Ivo gefunden.« Ihr Gesicht verkrampfte sich, und eine Träne kullerte über ihre Wange.

»Wo?«

»Im Wald.«

»Er hing da?«

Sie nickte.

»An einem Baum?«

Sie schüttelte den Kopf. Zimmerschied wartete. Es roch nach feuchtem Karton.

»Am Jägerstand. Ivo ist gerne auf die Jagd gegangen. Meistens ging er am frühen Morgen, wenn ich noch geschlafen habe, und kam gegen acht Uhr morgens zurück. Als er an diesem Tag mittags nicht zurück war, bin ich ihn suchen gegangen. Im Wald …«

»Und er hat sich aufgehängt?«

»Ja, an den Sprossen der Leiter. Seine Gesichtszüge waren ganz verzerrt … Er hatte sich in die Hose … Es war furchtbar …« Weiter kam Katria Jan nicht. Sie brach in Schluchzen aus. Der Pfarrer machte einen Schritt auf sie zu und nahm sie in den Arm. Die Tränen rollten über das Schwarz der Soutane wie farblose Perlen.

Zimmerschied ließ die beiden im Keller zurück und stieg die Treppe wieder hinauf. Im Treppenhaus zückte er sein Handy und gab kurze Anweisungen: »Ja, die Sprengstoff-Leute sollen kommen, außerdem brauchen wir eine Exhumierung. Ja … Nein, das beantragen wir heute mal nicht bei der Staatsanwältin Ahlhaus … Ich weiß, dass wir das eigentlich müssten … Nein, ich will jetzt aber nicht … Das ist mir scheißegal, ob das gegen die Vorschriften verstößt. Ich brauche die jetzt nicht. Nein! … Ja, dann soll die das eben hinterher genehmigen, die Schnepfe … Gut. … Ich warte so lange.«

EINUNDVIERZIG | Skalpell

Grelles Neonlicht. Die Leiche roch ziemlich modrig. Zimmerschied stand an einem Metalltisch in der Rechtsmedizin der Ludwig-Maximilians-Universität München in der Nussbaumstraße.

Er hatte sich den Termin schlimm vorgestellt. Doch seit seinem letzten Besuch vor vielen Jahren hatte sich in der Pathologie doch einiges geändert. Dass er nun hier stand, lediglich ein paar Stunden nachdem Katria Jan ihm und dem Pfarrer weitere Waffen gezeigt hatte, war der Autorität seines Amts zu verdanken. Der LKA-Präsident hatte Druck gemacht, vor allem bei der Staatsanwaltschaft. Er wollte diese Fälle endlich abschließen, sie drohten alle Gewissheiten seines Lebens zu vernichten. Und er hatte einen schrecklichen Verdacht. Auch deshalb hatte er seine Leute angewiesen, noch in derselben Nacht Ivo Jans Grab auszuheben und den Leichnam in die Landeshauptstadt zu schaffen. Er hatte Professor Eisenschink, den er von einem Ausflug für bayerische Polizisten, Staatsanwälte und Rechtsmediziner kannte, nachts aus dem Bett geklingelt. Hugo Eisenschink war reichlich überrascht gewesen – nicht wegen des nächtlichen Anrufs, das kam doch immer wieder einmal vor, sondern weil der gemeinsame Ausflug dreißig Jahre zurücklag. Damals war Zimmerschied ein einfacher Polizist gewesen und Eisenschink ein noch unerfahrener Arzt. Und sie hatten einen über den Durst getrunken.

Eisenschink, groß, kräftig, volles graues Haar und runde Brillengläser, arbeitete mit der Routine des Großmeisters am Seziertisch. Man nannte ihn auch »das Messer«. Sein Ruf in Fachkreisen reichte weltweit. Jetzt legte er das Skalpell beiseite und trat einen Schritt zurück. Außer ihm und Zimmerschied befanden sich noch zwei junge Ärztinnen und ein weiterer Arzt im Saal. Draußen erwachte das nächtliche München allmählich zum Leben, was am zunehmenden Brummen der Lastwagen zu erkennen war, die im und um das Klinikviertel ihre Spuren zogen.

»Du willst also von uns wissen, ob das ein Selbstmord gewesen ist«, meinte Eisenschink und schaute über seine Brille hinweg zu Zimmerschied, der gerade ein Gähnen unterdrückte. Eisenschink legte das Messer beinahe zärtlich in die Schale zurück. »Dazu muss ich ein wenig erklären. Die Sache ist folgende – und bitte unterbrich mich, falls ich dir nichts Neues erzählen sollte.« Zimmerschied nickte. »Also. Ich würde sagen, dieser Mann hier ist kein Suizidant. Denn das hier sind für mich eindeutig Würgemale.« Er deutete auf den Hals des Toten. »Zwar sehen wir hier auch eine Strangfurche«, der Professor zeigte auf eine andere Verwundung, »aber die kann auch nachträglich zur Vertuschung der Tat angebracht worden sein beziehungsweise im Rahmen der von mir vermuteten Scheinerhängung. Zudem haben wir Glück, denn trotz des schlechten Zustands der Leiche sehen wir hier unter den Augen auch noch die Andeutung ganz zarter, kleiner Punkte. Die sind, da die Leiche schon eine Weile liegt, nur noch schwach zu erkennen, aber sie sind eben doch da. Solche punktförmigen Hautblutungen sind Zeichen von Atemnot und bei Leuten, die sich erhängt haben, in der Regel nicht zu beobachten, denn der Tod tritt meist nicht durch Atemnot ein.« Zimmerschied nickte zufrieden. Das, was Eisenschink hier vortrug, deckte sich mit seiner Vermutung. Ivo Jan hatte keineswegs Selbstmord begangen. Der Pathologe fuhr fort: »Bei Leuten, die sich erhängen, ist der Ablauf anders: Der plötzliche Stopp der Blutzufuhr zum Gehirn macht sie bewusstlos, und sie sterben, bevor eine Atemnot überhaupt entstehen kann. Wenn die Leiche nicht so alt wäre, könnten wir auch im Bereich der Biochemie noch einiges herausfinden. Phosphatide in den Blutgefäßen und Histaminspuren an der Strangfurche können auch Auskunft über die wahre Todesursache geben. Aber dazu ist es in diesem Fall zu spät.«

»Du meinst also, der ist getötet worden?«

»Da bin ich mir sicher.« Die Blicke der beiden Männer kreuzten sich. »Mich wundert es, dass das keinem Arzt aufgefallen ist«, meinte Eisenschink nun. »Gab es damals keine vernünftige Untersuchung? Wer hat denn den Tod festgestellt?«

Zimmerschied zuckte mit den Schultern. »Da wird jemand geschlampt haben.« Er war fest entschlossen, sich über gar nichts mehr zu wundern.

Auf dem Weg zurück ins Landeskriminalamt zeigten ihm die »Hells Bells« einen unbekannten Anrufer an. Reflexartig hob Zimmerschied ab – und bereute es im selben Moment. Es war Ramona Ahlhaus. »Sind Sie übergeschnappt?«, fuhr sie ihn an. »Sie können doch nicht einfach eine Exhumierung anordnen!«

»Pff«, machte Zimmerschied. »Kann ich schon.«

»Warum haben Sie mich nicht miteinbezogen?«

Zimmerschied dachte nach. Weil Sie mir mit Ihrer schwäbischen Geschäftigkeit und Ihrem Moschusgestank grenzenlos auf die Nerven gehen, konnte er ja schlecht antworten. Da er nicht sofort reagierte, fühlte sich die Staatsanwältin berufen, ihrerseits nachzulegen: »Ich sage Ihnen, das wird ein Nachspiel haben. Noch bin ich die Herrin des Verfahrens!«

Ja, genau, dachte sich Zimmerschied, du dumme Kuh.

»Der Zweck heiligt nicht immer die Mittel«, keifte Ahlhaus weiter. »Auch wenn Sie Polizeipräsident sind, haben Sie sich an Vorschriften zu halten! Und das bedeutet, dass derlei Maßnahmen ausschließlich über mich zu laufen haben!« Zimmerschied sagte »Ja, ja« und wusste doch, dass er bereits in der Folgenacht eine Maßnahme ergreifen würde, welche Ramona Ahlhaus garantiert nicht genehmigt hätte.

ZWEIUNDVIERZIG | Fleischermesser

Es war ein ungewöhnliches Trio, das sich gegen zwei Uhr früh in die verwaisten Gänge mit den DNA-Laboren begab: Vorweg schritt Zimmerschied mit einer Leiter in den Händen, dicht gefolgt von Elisabeth Rötli, die eine Bohrmaschine und einen Karton trug. Der Dritte im Bunde war Tommy Hensch, der in der Linken seinen Blindenstock, in der Rechten aber einen Werkzeugkasten hielt.

Der LKA-Präsident stoppte an einer Ecke am Anfang des Flurs, klappte die Leiter auf, stieg hinauf, bohrte und schraubte, und eine gute halbe Stunde später war die Überwachungskamera fest in der Wand verankert. Sie stammte nicht aus den Beständen des LKA, vielmehr hatte Zimmerschied sie in einem Elektronik-Shop im Hauptbahnhofviertel erstanden. Wenn sich der Feind im LKA verbarg, dann reichten dessen böse Fühler womöglich auch bis in die technischen Abteilungen des Amts. Bei der Inbetriebnahme des Geräts war Tommy Hensch eine große Hilfe. Und während des gesamten Vorgangs stand Elisabeth Rötli Schmiere. Sie postierte sich zwischen Treppenhaus und Labortrakt. Zunächst blieb es still im Haus, und alles klappte wie am Schnürchen, doch dann – Zimmerschied stieg gerade die Leiter hinunter – bog völlig unerwartet Hannes Södlinger um die Ecke am entgegengesetzten Ende des Flurs, weshalb er gar nicht an Rötli vorbeigekommen war.

Der Präsident starrte den Leiter der Soko Dönermesser irritiert an, was dieser mit einem ebenso verstörten Blick konterte. »Was machen Sie denn hier?« Hannes Södlinger musterte den Chef, den Blinden und die Sekretärin, die jetzt auch noch mit klackernden Absätzen von ihrem Wachtposten herbeigeeilt kam, mit kritischem Gesichtsausdruck.

Zimmerschied schüttelte unwillig den Kopf. »Das braucht Sie nicht zu interessieren.« Er war sich der Lächerlichkeit der Situation bewusst.

Aber schon blies Rötli in resolutem Ton und mit ihrem unnachahmlichen Schweizer Akzent zum Angriff: »Und Sie, Herr Södlinger, was machen Sie um diese Uhrzeit hier?«

»Kriminaldauerdienst«, antwortete der Beamte. »Ich habe das Bohren gehört und dachte mir, da schaue ich mal nach.« Er warf einen Blick auf die Überwachungskamera. »Gibt's dafür eine Genehmigung?«

»Klar«, log Rötli, ohne rot zu werden.

»Ehrlich? Die Ahlhaus und das Gericht haben das genehmigt? Ich meine – Stichwort TKÜ?«

Zimmerschied räusperte sich. Natürlich wusste er, dass diese Art der Mitarbeiterobservierung mit keiner Vorschrift vereinbar war, schon gar nicht mit dem Telekommunikationsgesetz. In den vergangenen Jahren war eine ganze Reihe spektakulärer Fälle durch die Medien gegangen. Fälle, die in der Bevölkerung für große Empörung gesorgt hatten, weil niemand es guthieß, wenn Unternehmen ihre Mitarbeiter mithilfe versteckter Überwachungskameras ausspähten. Und bei den am Pranger stehenden Firmen hatte es sich lediglich um nicht sehr sicherheitsrelevante Firmen wie Lebensmitteldiscounter gehandelt, nicht aber um Landeskriminalämter. Zimmerschied war zwar kein Jurist, aber er war sich sicher, dass das, was sie hier taten, verboten war. Extrem verboten.

Der LKA-Chef räusperte sich noch einmal. Dann sagte er kurz entschlossen: »Die Genehmigung bin ich, Södlinger.«

Als er die verdutzten Mienen seiner Mitarbeiter sah, schob er hinterher: »Die Ahlhaus können wir doch alle nicht leiden.« Södlinger nickte. Natürlich hatte die Staatsanwältin auch seine Nerven bereits blank gelegt. Dennoch schien er seine Bedenken nicht gleich loswerden zu können. »Aber eine Überwachungskamera – ausgerechnet bei uns im Amt … das ist schon sehr …« Er gähnte.

Zimmerschied musterte den Leiter der Soko Dönermesser, dessen Augen müde über die dicke, knollige Nase hinweglinsten. Konnte er ihn ins Vertrauen ziehen? Es blieb ihm gar nichts anderes übrig. Also machte der LKA-Präsident eine wegwerfende Handbewegung und sagte: »Was soll's, dann erfahren Sie es eben auch: Wir vermuten ein schwarzes Schaf in unseren Reihen. Jemanden, der unsere Arbeit sabotiert. Und dieses Schwein werden wir damit« – Zimmerschied deutete auf die Überwachungskamera – »kaltstellen.«

»Aha. Und die Vorschriften?«

Zimmerschied zuckte mit den Schultern. Eigentlich war er prinzipientreu. Aber das hier war ein spezieller Fall – und dann noch die Ahlhaus …

»Warum haben Sie keinen Antrag gestellt?«

»Weil …« Der Präsident warf einen Blick Richtung Treppenhaus und in den Gang hinein, aus dem Söder plötzlich aufgetaucht war, und senkte die Stimme. »Das Hauptproblem ist«, raunte er, »dass ich nicht mehr weiß, wem ich noch trauen kann.«

Hannes Södlinger presste die Lippen aufeinander und schüttelte den Kopf. »Das ist nicht in Ordnung.«

Jetzt wurde Zimmerschied sauer. »Das ist nicht in Ordnung?«, fragte er wütend und noch einmal lauter: »Das ist nicht in Ordnung? Wissen Sie überhaupt, was gerade alles nicht in Ordnung ist hier in diesem Amt?« Er ging auf Södlinger zu und tippte ihm mit seinem starken Zeigefinger auf die Brust. »Soll ich Ihnen das mal erklären, Herr Södlinger?« Der Angesprochene stolperte unwillkürlich einen Schritt zurück. »Ich bekomme seit Wochen Drohbotschaften! ›Dein Stuhl wackelt‹, ›Fühl dich nicht zu sicher‹, ›Nerven blank, vielen Dank‹, ›Jetzt bist du bald am Ende, Arschloch‹ – solche Sachen. Verstehen Sie? Und die Wahrscheinlichkeit, dass der Verfasser dieser Botschaften einer von uns ist, tendiert gegen hundert Prozent. Außerdem schleicht diese Sau nachts hier in den Gängen herum und manipuliert unsere Beweismittel. Und weil es vermutlich einer von uns ist, müssen wir das jetzt so machen. Oder haben Sie eine bessere Idee?« Der Präsident fixierte Södlinger und funkelte dann auch noch Hensch und Rötli böse an. Nach einer kurzen Pause fügte er in noch bissigerem Tonfall hinzu: »Aber wenn einer von Ihnen … wenn einer von Ihnen davon«, er wies auf die Kamera, »auch nur ein Sterbenswörtchen ausplaudert, dann …« – der Präsident suchte nach dem richtigen Wort – »… bringe ich Sie um.« Das war natürlich völlig übers Ziel hinausgeschossen. Entsprechend entfuhr Rötli ein entsetztes »Also, Herr Präsident!«.

Södlinger parierte lediglich mit einem trockenen »Verstehe. Und Sie meinen, dass dieser anonyme Feind das da oben nicht sieht?«.

Damit traf der Leiter der Soko Dönermesser einen wunden Punkt. Natürlich hatte Zimmerschied darüber nachgedacht. Aber er war zu keiner Lösung gekommen. Es blieb ihm nichts, als auf die Macht der Gewohnheit zu hoffen, auf die Routineblindheit seiner Mitarbeiter. Darauf, dass das oder die schwarzen Schafe in den Reihen des Landeskriminalamts diese eine Veränderung im Laborflur nicht sehen würden. Er zuckte auf Södlingers Frage hin die Schultern. »Keine Ahnung, ob unser Feind das sieht. Drücken Sie uns die Daumen.«

»Und was genau wollen Sie mit dieser Kamera bezwecken?«

»Ich will wissen, wer hier nachts herumschleicht. Der Herr Hensch hat das Teil so programmiert, dass es ihm aufs Handy meldet, wenn hier eine Bewegung stattfindet.«

»Ich kann dann sogar Livebilder empfangen«, fügte der blinde Computerexperte hinzu.

»Und was hilft Ihnen das, wenn Sie diese Bilder nicht sehen?«, fragte Södlinger den jungen Mann.

»Das hilft mir nichts, aber die Kamera zeichnet ja alles auf. Und weil die Daten auch auf mein Handy übertragen werden, habe ich sie sogar dann, wenn der Verdächtige unsere Kamera bemerken sollte und sie dort löschen oder die Kamera entfernen würde.«

Zimmerschied spürte, dass Södlinger nicht recht überzeugt war von der ganzen Aktion. Deshalb beschloss er, ihn noch mehr einzubinden. Er sagte: »So, und für Sie habe ich jetzt auch noch einen Job. Kommen Sie bitte mit in mein Büro. Und Sie ...«, er sah Hensch und Rötli an, »machen nun Feierabend. In den Tagen der Entscheidung brauche ich fitte Mitarbeiter. Gute Nacht.«

Ehe Södlinger am nächsten Morgen nach dem Ende seines Kriminaldauerdienstes das Amt verließ, begab er sich zu Dr. Augustin. In der Hand trug er einen Asservatenbeutel, der ein Fleischermesser enthielt. Das Werkzeug stammte aus der Metzgerei in Holzleute. Zimmerschied hatte es sich bereits am Vortag ausgeliehen. Auf die erstaunte Frage des Metzgermeisters Bierbriegel, was der LKA-Präsident damit vorhabe, hatte Zimmerschied behauptet, Bierbriegel diene mit dieser Leihgabe der Verbrechensbekämpfung und er werde ihn bei Gelegenheit einweihen. Bierbriegel hatte diese ehrenvolle Aufgabe ohne Weiteres akzeptiert, schließlich war Zimmerschied – darüber war man sich im Dorf einig – ein hohes Tier.

Dr. Augustin gegenüber erwähnte Södlinger nichts von der Herkunft des Messers; vielmehr behauptete er, man sei nachts zum Tatort einer Messerstecherei im Westend gerufen worden, und da habe man das Fleischermesser beschlagnahmt. Der Leiter der Soko Dönermesser bat Dr. Augustin, die am Messer vorgefundenen Spuren rein routinemäßig mit den Datenbanken abzugleichen.

Stunden vorher, es war noch Nacht, war Zimmerschied nach Hause gefahren und hatte sich für drei Stunden schlafen gelegt. Dann war er aufgestanden, hatte den Stall gemacht und sich gegen neun wieder im Amt eingefunden. Als er das Präsidentenbüro betrat, saß Rötli bereits an ihrem Platz, und kein Mensch wäre angesichts ihrer perfekt sitzenden Frisur auf die Idee gekommen, sie könnte die halbe Nacht lang ihrem Chef bei einer illegalen Aktion assistiert haben. »Grüezi«, begrüßte sie Zimmerschied und zwinkerte ihm verschwörerisch zu.

»Guten Morgen«, erwiderte dieser. Seine Stimme war noch rau vom zu kurzen Schlaf.

»Die Frau Augustin hat schon zweimal angerufen und nach Ihnen gefragt.«

Der LKA-Chef zuckte kaum merklich zusammen: Traf Södlingers Befürchtung bereits jetzt zu, und die Wissenschaftler vom Labor beschwerten sich über die neu angebrachte Kamera? »Sagen Sie ihr, dass ich jetzt da bin.«

Zimmerschied hatte kaum das Jackett abgelegt und den Computer gestartet, da klopfte die Wissenschaftlerin bereits an den Türrahmen. Sie musste geradezu hergerannt zu sein. Sie schien dringend etwas besprechen zu wollen. Dr. Augustin schloss die Tür und trat an seinen Tisch. Der Präsident studierte ihre Miene. War sie wegen der Kamera hier?

»Guten Morgen«, sagte die Molekularbiologin. »Ich muss Ihnen etwas beichten.« Zimmerschied atmete auf. Dann ging es wohl nicht um die Überwachungskamera. Dr. Augustin wartete einen Moment, und als von ihm keine weitere Reaktion kam, fuhr sie fort: »Ich habe mir die DNA-Proben von unserer Tatserie noch einmal unter einem Aspekt angeschaut, den wir bislang noch nicht beachtet haben.« Sie zögerte. »Nicht beachtet, weil wir diese Untersuchung eigentlich nicht vornehmen dürfen. Sie verstößt gegen die Vorschriften.« Ein Augenaufschlag, ein verlegenes Lächeln.

Zimmerschieds Interesse war geweckt, er reagierte mit einem neugierigen »Aha?«. Erst jetzt nahm er wahr, dass Dr. Augustin einen kurzen Rock anhatte, der die Länge ihrer schlanken Beine unterstrich. Und sie trug die Blumensandalen.

»Ja, ich habe mir angesichts der Tatsache, dass wir zunehmend mit dem Rücken zur Wand stehen, erlaubt, die DNA-Proben aus der Dönermesser-Serie auf das Alter der verdächtigen Person hin zu untersuchen.«

Zimmerschied nickte. Natürlich wusste er, dass die Feststellung solcher Merkmale in Deutschland verboten war; die Kollegen in anderen Ländern, in Holland etwa, hatten da freiere Hand. Er hielt diese strengen Auflagen bei DNA-Tests für unsinnig. Warum sollte man nicht von den modernsten Untersuchungsmethoden profitieren? Schließlich ging es hier um Verbrechensbekämpfung.

»Und?«, erkundigte er sich nun und sog den Blumenduft ein, den sie mit in den Raum gebracht hatte. Heute konnte es Flieder sein. Roch sie täglich anders?

»Die DNA stammt mit sehr großer Wahrscheinlichkeit von einer weiblichen Person, die höchstens zwölf Jahre alt ist.«

Der LKA-Präsident brauchte einige Augenblicke, um zu begreifen, was die Molekulargenetikerin ihm da gesagt hatte. »Zwölf? Ein Kind?!«

»Ein Mädchen. Es ist die DNA eines zwölfjährigen Mädchens.« Dr. Augustin kam ihm plötzlich zerbrechlich vor. Leise fragte sie: »Das gibt's doch nicht, oder? Dass eine Zwölfjährige in solch schwerwiegende Verbrechen involviert ist?«

»Nein, das gibt's nicht.« Zimmerschied wusste nicht, was er denken sollte. Das alles wurde immer absurder.

»Ich habe allerdings noch einen Knaller für Sie.« Der Präsident hob erwartungsvoll die Augenbrauen. Aber Dr. Augustin zog zunächst ein Papiertaschentuch aus dem vorn auf ihrem Minirock applizierten Täschchen. Nachdem sie sich die Nase geputzt und sich geräuspert hatte, sagte sie nun mit erstaunlich fester Stimme: »Ivo Jan ist der Kriegsverbrecher Ratko Korodic. Ich habe Material von der exhumierten Leiche mit den Daten, die uns zu Korodic vorliegen, abgeglichen.«

Zimmerschieds Herzschlag beschleunigte sich. »Wenn das stimmt …«

»Das stimmt«, unterbrach ihn Dr. Augustin ruppig.

»Also, ganz ehrlich: Was die Zuverlässigkeit dieser DNA-Geschichten angeht, bin ich mittlerweile ein bisschen vom Glauben abgefallen. Da ist zu viel passiert in den letzten Wochen.« Er seufzte. »Aber gut, wenn das mit dem Ivo Jan stimmt, das würde immerhin zu meiner Theorie passen, dass es kein Selbstmord war.«

»Weil es genügend Leute und eine Menge Gründe gibt, einen Kriegsverbrecher zu ermorden …«, dachte Dr. Augustin laut nach.

»Genau deshalb«, bestätigte Zimmerschied. »Wenn Ivo Jan eigentlich Ratko Korodic hieß und an dem Massaker von Vukovar beteiligt war, dann gab es da eine ganze Menge Kroaten, die keine Sekunde gezögert hätten, ihn umzubringen. Ich glaube, wir müssen uns noch einmal Ivo Jans Frau vorknöpfen.«

DREIUNDVIERZIG | Den Haag

Katria Jan schien sich eigens herausgeputzt zu haben für den Vernehmungstermin im LKA. Sie hatte dick Make-up aufgetragen, und auch ihre Lippen waren geschminkt – in einem nicht mehr dezent zu nennenden rosa Farbton. Ihr kräftiger Körper steckte in einem Sommerkleid, dessen geschecktes Muster Zimmerschied als geschmacklos empfand. Auch störte ihn der

Geruch ihres billigen Parfüms. Aber er hatte die Frau ja nicht einbestellt, um sie schön zu finden, sondern um mehr über die Vergangenheit ihres Mannes zu erfahren.

»Sie sind mit dem Zug in die Stadt gefahren?«, eröffnete er die Vernehmung.

»Ja.« Die Antwort der Frau des mutmaßlichen Kriegsverbrechers wirkte eher gehaucht als gesprochen. Sie war nervös.

»Das ist übrigens der Herr Hensch.« Zimmerschied deutete auf seinen Assistenten. »Wundern Sie sich nicht, falls er Sie manchmal komisch anschauen sollte, der Herr Hensch ist blind. Deswegen auch der Hund.« Der Präsident deutete auf Benno Berghammer, der unter Henschs Stuhl lag und auf das Wort »Hund« hin den Kopf hob.

»Ja«, hauchte Katria Jan erneut. Sie wich Zimmerschieds Blick aus.

»Frau Jan, wir müssen heute ein ernstes Thema mit Ihnen besprechen. Es geht um den Jugoslawienkrieg und die Waffen, die wir bei Ihnen gefunden haben.«

»Davon weiß ich nichts weiter als das, was ich Ihnen schon gesagt habe«, antwortete die Vernommene schnell. Für Zimmerschieds Begriffe zu schnell.

Deshalb fragte er, ohne auf ihren Einwurf einzugehen: »Wie war das denn damals, als Sie Ihren Mann kennengelernt haben? Der kam direkt aus Jugoslawien, haben Sie gesagt?«

»Ja, Ivo ist vor dem Krieg nach Deutschland geflohen.«

»Darf ich fragen, wie Sie ihn kennengelernt haben?«

»Beim Einkaufen. Im Supermarkt stand er plötzlich vor mir.«

»Hat er Ihnen jemals erzählt, was er während des Kriegs in Jugoslawien gemacht hat?«

Sie schüttelte den Kopf. »Er hat fast nichts vom Krieg erzählt. Er hat gesagt, er wolle diese schreckliche Zeit vergessen.«

»Und das haben Sie ihm geglaubt.«

»Warum denn nicht? Mein Großvater war auch im Krieg und wollte nicht darüber sprechen. Ich glaube, es ist normal, dass man, wenn man so etwas Grauenhaftes erlebt hat, es verdrängen will.«

Zimmerschied nickte nachdenklich.

»Lassen Sie uns über die Waffen sprechen«, ergriff nun Tommy Hensch das Wort. Er klang kritisch, als er fragte: »Ist das nicht ein bisschen merkwürdig, dass ein Flüchtling Waffen aus dem Krieg mitbringt, vor dem er geflohen ist?«

»Von den Waffen wusste ich ja nichts. Die habe ich erst gefunden, als Ivo tot war.« Katria Jan machte ein hilfloses Gesicht.

Zimmerschied war bereit, der Frau zu glauben, aber jetzt beobachtete er überrascht, wie Hensch die Nase rümpfte. »Sie haben meine Frage nicht beantwortet.«

»Was war noch mal Ihre Frage?«

»Ob Sie es normal finden, dass ein Flüchtling Waffen mitbringt?«

Katria Jan zuckte mit den Schultern.

»Schauen Sie, Frau Jan«, sagte der blinde Computerexperte. »Ihr Mann ist tot. Alles spricht dafür, dass es kein Selbstmord war. Ihr Mann wurde ermordet. Und die Waffen könnten ein Motiv für diesen Mord sein.« Die Blondine hörte dem jungen Mann mit der Sonnenbrille reglos zu. »Vermutlich ist Ihr Mann getötet worden von Leuten, mit denen er im Jugoslawienkrieg gekämpft hat.«

»Ivo hat nicht gekämpft …« Sie brach ab, senkte den Blick.

Nun übernahm Zimmerschied wieder. Es gelang ihm nur notdürftig, seine Ungeduld zu unterdrücken. »Okay, versuchen wir es mal von der anderen Seite: Ihr Mann ist einem Verbrechen zum Opfer gefallen. Wollen Sie denn, dass noch weitere Verbrechen begangen werden?« Sie schwieg. »Frau Jan, so verstehen Sie doch: Wir brauchen Ihre Hilfe! Ihrem Mann hilft es nicht, wenn Sie uns Informationen vorenthalten. Wir wissen, dass Sie persönlich mit diesen Waffen nichts zu tun haben.«

Katria Jan machte eine verneinende Kopfbewegung. Zimmerschied wartete eine Weile, auch Hensch blieb still. Dann entschloss sich der LKA-Präsident dazu, doch noch die ganz schwere Keule auszupacken, die er in petto hatte. »Es gibt noch etwas, das Sie wissen sollten, Frau Jan. Wir haben etwas Schlimmes herausgefunden.« Die Angesprochene hob den Kopf und sah ihn an. »Ihr Mann hieß gar nicht Ivo Jan.« Sie riss die Augen auf. »Er hieß Ratko Korodic und war maßgeblich an einem Massaker an Zivilisten beteiligt. Damals sind mindestens dreihundert unschuldige Patienten eines kroatischen Krankenhauses von serbischen Freischärlern ermordet worden. Unter der Führung Ihres Mannes Ratko Korodic. Dreihundert Menschen. Verstehen Sie, Frau Jan, da gibt es eine Menge Verwandte und Freunde der Opfer mit Rachegedanken. Würde Ihr Mann noch leben …« Sie begann zu schluchzen. »… würde er vor einem Kriegsverbrechertribunal zur Rechenschaft gezogen werden.«

»Das stimmt nicht! Das stimmt nicht!«, stieß Katria Jan weinend hervor. »So etwas hätte Ivo nie getan! Er war nicht brutal!«

»Wir haben seinen genetischen Fingerabdruck in unserer Datenbank gefunden. Der passt zur DNA des Kriegsverbrechers Ratko Korodic.«

»Das muss ein Fehler sein. So ein Fingerabdruck kann auch falsch sein.«

Während Hensch eine Packung Papiertaschentücher über den Tisch zu ihr hinschob, dachte sich Zimmerschied, dass sie damit recht hatte. Natürlich konnte die DNA-Identität falsch sein, aber was sollten sie machen? Diese Spur war eine der wenigen greifbaren in der verworrenen Serie.

Hensch und Zimmerschied ließen die Frau eine Weile lang weinen. Als der Präsident das Gefühl hatte, dass sie nichts mehr von sich geben würde, rutschte er mit seinem Stuhl ein Stück vom Tisch weg. Er wollte raus aus dem stickigen Zimmer. Es entstand ein schabendes Geräusch auf dem Teppichboden, woraufhin Katria Jan den Kopf hob, die Schultern straffte und trotzig erklärte: »Okay, dann sag ich es Ihnen: Ivo hat ungefähr drei Wochen vor seinem Tod versucht, die Waffen aus dem Keller übers Darknet zu verkaufen.«

Weder Zimmerschied noch Hensch reagierten sofort. Die Frau hatte ihren Kopf gleich wieder gesenkt. Nach Sekunden, die sich endlos anfühlten, fragte der junge Blinde: »Woher wissen Sie das?«

»Ivo hat es mir gesagt.«

»Also wussten Sie doch von den Waffen?«, fragte Hensch.

Die Frau nickte, tupfte sich Tränen aus den Augen.

»Hat sich jemand für die Waffen interessiert?«, fragte Zimmerschied.

»Das weiß ich nicht.«

»Gibt es den Computer noch, mit dem er damals ins Internet, also ins Darknet, ist?«, wollte nun Hensch wissen.

»Ja.«

Zimmerschied schaute zu Hensch hinüber. Der schaute zurück, obwohl er ihn nicht sehen konnte, was Zimmerschied ein Lächeln entlockte – wie machte der Hensch das nur? Dann sagte der Präsident: »Frau Jan, Sie können gehen. Kollegen von uns werden Sie nach Hause fahren und Ihren Computer mitnehmen.« Er telefonierte Veltroni und Södlinger herbei, die das übernehmen sollten.

Das Leben ist der reine Irrsinn, dachte sich Zimmerschied, als er wenige Stunden später, es war inzwischen Abend, im Innenministerium saß. Neben ihm der Minister Alfred Werner, vor ihm ein Dutzend Journalisten. Der Politiker in bester Stimmung. Auch Beatrice König, Corinna Galeffi, ClaudiusHeberer und Rolf Löschmann waren anwesend. Und das Fernsehen übertrug live. Zimmerschied fiel es schwer, den Details der Pressekonferenz zu folgen. Wie ein Schnellzug rauschte das Geschehen an ihm vorüber. Er fühlte sich, als hätte man ihn in eine schalldichte Kabine gesperrt. Nur ein paar wenige Sätze vernahm er ganz deutlich. Nämlich jene des Innenministers: »Dieser Fahndungserfolg ist keinem anderen zu verdanken als unserem bewährten Polizeipräsidenten Karl Zimmerschied. Seine sorgfältige Arbeit hat es ermöglicht, den seit bald zwanzig Jahren unerkannt in unserem schönen Bayern lebenden Kriegsverbrecher Ratko Korodic zu enttarnen.« Zimmerschied wollte gerne hinzufügen, dass es nicht er, sondern Frau Dr. Augustin gewesen war, die die Personenidentität des Kriegsverbrechers mit dem vermeintlichen Flüchtling festgestellt hatte, diese Frau Dr. Augustin mit den wohlgeformten Füßen in Blumensandalen, aber der Alfred Werner sprach schon weiter: »Wir haben den Fall nun an den Internationalen Strafgerichtshof in Den Haag übergeben. Dort wird alles Weitere entschieden und seinen gesetzmäßigen Lauf nehmen. Die Ordnung in Bayern ist wiederhergestellt.« Zimmerschied nickte würdevoll, obgleich ihm bewusst war, dass dies mitnichten stimmte, insbesondere was die Ordnung in seinem eigenen Landeskriminalamt anging.

VIERUNDVIERZIG | Holzfällerhemd

An den folgenden Tagen aktivierten Tommy Hensch und Elisabeth Rötli stets abends, ehe sie das Gebäude verließen, die Überwachungskamera im Labortrakt. Zimmerschied verzichtete auf Besuche in dem betreffenden Gebäudeteil, er wollte die Mitarbeiter des Labors nicht unnötig aufscheuchen. Alles sollte seinen normalen routinierten Gang gehen. Je mehr Zeit verstrich, umso unwahrscheinlicher war es, dass die Kamera unentdeckt blieb. Das Wochenende verbrachte der Präsident wieder mit den Planungen rund um den Staatsbesuch – Präventivmaßnahmen, Sonderlagen, Nutzung von Geodaten. Es waren nun keine drei Wochen mehr bis zur Ankunft des POTUS. Aber die Überwachungskamera wollte und wollte nichts aufzeichnen.

Zimmerschied schwante bereits, dass seine Idee grandios gescheitert war, da rissen ihn in der Nacht von Montag auf Dienstag die »Hells Bells« aus dem Schlaf. Ein Blick auf den Wecker sagte ihm, dass es kurz vor fünf war. Am anderen Ende der Leitung meldete sich ein aufgeregter Tommy Hensch: »Herr Zimmerschied, die Kamera zeichnet auf!«

»Ja? Und? Wer ist's?«, rief der LKA-Präsident zurück. Er war verschlafen.

»Keine Ahnung, kann ich doch nicht sehen. Wir schauen uns das morgen an.«

»Nein, nein, nein«, schrie Zimmerschied in den Hörer. »Das machen wir sofort. Ich bin in einer Dreiviertelstunde im Amt, Hensch. Nein, das schaffe ich nicht, ich muss noch den Stall machen. Sagen wir in eineinhalb Stunden. Soll ich zu Ihnen nach Hause kommen?«

»Nö, lieber ins Amt, Herr Präsident.«

»Also gut. Und die Rötli soll auch kommen. Ich rufe sie gleich an.«

Der Morgen war noch jung, als Elisabeth Rötli hinter sich die Tür schloss, die das Präsidentenzimmer vom Vorzimmer trennte. Es war kurz vor sieben, als Zimmerschied und Hensch endlich an dem langen Besprechungstisch Platz nahmen und der Blinde den Film startete. Es dauerte nur Sekunden, dann erkannten sie den Flur mit den DNA-Laboren und einen Mann mit halblangem lockigen Haar und Holzfällerhemd. In diesem Moment klopfte es an der Tür zum Präsidentenzimmer. Rötli, die sich zwischenzeitlich gesetzt hatte, sprang auf und öffnete die Tür nur einen Spaltbreit.

»Guten Tag, Frau Rötli, ich müsste dem Chef etwas Wichtiges mitteilen.« Es war Dr. Augustins Stimme, Zimmerschied erkannte sie sofort.

»Das geht jetzt nicht, der Herr Zimmerschied ist in einer Besprechung«, wehrte die Sekretärin ab.

»Es ist aber wirklich wichtig.«

»Tut mir leid, es geht jetzt nicht«, sagte die Schweizerin bestimmt.

»Bitte! Ich weiß, dass der Präsident das wissen will! Es gibt eine weitere Tat, die zur Dönermesser-Serie gehört.«

»Lassen Sie die Frau Doktor Augustin herein«, entschied Zimmerschied, und die Molekularbiologin trat ein. Sie stutzte nur für einen Moment, als sie Tommy Hensch und den Präsidenten am Tisch sitzen sah, beide offensichtlich mit einem Smartphone beschäftigt. »Was gibt's?«, fragte der LKA-Chef.

»Können wir kurz … ich meine … unter vier Augen?«

Zimmerschied nickte, warf Hensch und Rötli ein »Bin gleich wieder da« hin, trat ins Vorzimmer und zog die Tür zu seinem Büro zu. Dann sah er Dr. Augustin ernst an. »Was gibt's?«

»Der Kollege Södlinger hat mir dieses Küchenmesser« –

Dr. Augustin hob den Asservatenbeutel mit dem Messer des Metzgers Bierbriegel hoch – »zur Untersuchung gegeben. Es wurde im Rahmen eines Einsatzes bei einer Messerstecherei im Westend konfisziert. Und stellen Sie sich vor: Auch auf diesem Messer finden sich die Spuren des zwölfjährigen Mädchens, das in Kriegsverbrechen verstrickt sein soll, einen Politiker ermordet und all die anderen Taten verübt haben soll. Bitte entschuldigen Sie, dass ich mich jetzt hier so reingedrängt habe. Ich dachte mir, dass Sie das so schnell wie möglich wissen müssen.«

Zimmerschied nickte. »Okay, kommen Sie bitte mit rein.« Obwohl er ihren irritierten Blick spürte, öffnete er erneut die Tür zu seinem Büro und bat sie, sich zu Hensch und Rötli an den Tisch zu setzen.

»Frau Rötli, Herr Hensch – Frau Doktor Augustin hat eine ziemlich interessante Information für uns.« Er deutete auf das Messer, das die DNA-Expertin in der Tüte auf den Tisch gelegt hatte. »Sie hat an diesem Messer die DNA eines zwölfjährigen Mädchens gefunden.« Er sah die Molekularbiologin an. »Frau Doktor Augustin, ich muss Ihnen etwas gestehen. Das Messer, das Sie da dabeihaben, habe ich vom Metzger aus Holzleute. Es ist hundertprozentig niemals in die Hände irgendeiner zwölfjährigen Verbrecherin geraten. Wir haben es mit einem völlig anderen Verbrecher zu tun, und vermutlich kennen wir ihn alle. Er ist uns in der vergangenen Nacht in die Falle getappt. Wir haben ihn gefilmt. Bei Ihnen im Labor.« Ohne Dr. Augustins irritierten Gesichtsausdruck zu beachten, wandte sich der LKA-Präsident Tommy Hensch zu. »Los, Herr Hensch, lassen Sie den Film noch einmal von vorn laufen.«

Der Computerexperte startete den Videomitschnitt, und als sie an die Stelle kamen, an der der Langhaarige mit dem Holzfällerhemd wieder zu sehen war, entfuhr Dr. Augustin: »Das ist der Doktor Herbst!«

Auf dem Film war gut zu erkennen, wie Dr. Herbst mit einer ID-Karte eines der Labore entsperrte, die Klinke drückte und darin verschwand. »Wäre es möglich, dass dies das Labor ist, in dem Sie das Messer vom Metzger Bierbriegel untersucht haben?«, fragte Zimmerschied leise. Dr. Augustin nickte, verfolgte aber weiter wie gebannt das Geschehen auf dem Display. Eine ganze Weile lang passierte gar nichts, weshalb Zimmerschied Hensch bat, langsam vorzuspulen. Als die Zeitanzeige vierunddreißig Minuten seit Aufzeichnungsbeginn signalisierte, öffnete sich die Labortür wieder, und Dr. Herbst trat heraus. Für einen Augenblick sah es so aus, als schaute er direkt in die Kamera und damit auf seine Beobachter. Rötli entfuhr ein erschrockener Kiekser. Aber dann drehte Dr. Herbst ab und verließ den Gang in der Richtung, aus der er gekommen war.

»Jetzt können Sie noch einmal spulen«, sagte Zimmerschied. Aber der Rest der Aufzeichnung entpuppte sich als uninteressant.

Nach einer weiteren Stunde wussten die vier, dass niemand außer Dr. Herbst von der Kamera aufgezeichnet worden war, und Zimmerschied erhob sich. »Los, den schnappen wir uns!«

»Soll ich da auch mitkommen?«, erkundigte sich Elisabeth Rötli.

»Nicht nötig«, erwiderte Zimmerschied. »Sie halten hier die Stellung.«

Sie fanden ihn nicht. Dr. Herbst war weder in einem der Labore noch in seinem Büro. Hatte er sich abgesetzt? Zimmerschied und Hensch fragten sich durch die Labore. Niemand wusste, wo der Molekulargenetiker war. Erst der Hinweis von Dr. Hammerschmidt brachte den LKA-Präsidenten, seinen Assistenten Hensch und die Leiterin der DNA-Analyse auf die richtige Spur. Dr. Herbst saß allein an einem Tisch in der Kantine, vor ihm eine Tasse Kaffee. Sonst waren nur noch zwei weitere Tische besetzt.

Zimmerschied zog einen Stuhl vom Tisch weg und drückte Hensch darauf nieder. Dann wies er Dr. Augustin den Platz direkt daneben an und ließ sich selbst am Kopfende nieder. »Grüß Gott, Herr Doktor Herbst«, sagte er. Der Sarkasmus in seiner Stimme war nicht zu überhören. »Sie brauchen jetzt einen Kaffee, nicht? Haben Sie heute Nacht ein bisschen wenig Schlaf bekommen?«

Der Wissenschaftler sah den Präsidenten und seine Begleiter an, er wirkte eingeschüchtert. »Nein – äh, ja?«, stammelte er. »Was – äh – wollen Sie auch einen Kaffee?«

»Nein danke, nicht nötig. Eine Auskunft hätten wir gerne«, antwortete Zimmerschied giftig. »Und zwar würde uns interessieren, was Sie heute Nacht um kurz nach vier im Labor gemacht haben.«

»Ich war heute Nacht nicht im Labor«, beteuerte der Molekulargenetiker.

»Hensch, zeigen Sie es ihm«, forderte der LKA-Chef seinen Untergebenen auf. Hensch spielte Dr. Herbst den Anfang der Aufzeichnung vor. Während der Wissenschaftler regungslos auf das kleine Display starrte, meinte Zimmerschied: »Sieht Ihnen schon verdammt ähnlich, der Typ in diesem Film, oder?« Dr. Herbst hob den Kopf und starrte den LKA-Chef ungläubig an.

»Sie können stoppen, Herr Hensch«, befahl der Präsident. Ihm war der letzte Rest an Geduld abhandengekommen. »Also – was haben Sie dazu zu sagen, Doktor Herbst?«

»Ja, das bin ich.« Seine Stimme klang heiser.

»Und weiter?!«, blaffte Zimmerschied ihn wütend an. »Könnten Sie uns vielleicht erklären, was Sie nachts um vier im Amt machen?«

»Ja …« Dr. Herbst hüstelte. »Mir … ähm … ist da heute Nacht, also da war ich schon zu Hause, da ist mir … etwas eingefallen, da bin ich … weil ich Sorge hatte, es zu vergessen, da bin ich noch einmal ins Labor …«

»Erzählen Sie mir keinen Scheißdreck«, herrschte ihn der Präsident an. »Sagen Sie jetzt die Wahrheit! Ihren Job hier werden Sie sowieso nicht retten. Aber wenn Sie weiter lügen, dann werde ich dafür sorgen, dass Sie auch sonst nirgendwo einen Job finden. Sagen Sie die Wahrheit – sofort! –, oder ich werde Sie vernichten.« Zimmerschied klang absolut glaubwürdig. Er wischte sich über den Mund und lehnte sich über den Tisch nach vorn. »Also, was haben Sie heute Nacht im Labor gemacht?«

Der Molekularbiologe schüttelte den Kopf, griff nach dem kleinen Löffel auf seiner Untertasse und begann in seinem Kaffee zu rühren. Übersprunghandlung. Eine Antwort blieb er schuldig. Da platzte dem LKA-Präsident der Kragen: »Ich sage Ihnen, was Sie im Labor gemacht haben, Herbst! Sie haben das Messer, das der Herr Södlinger eingeliefert hat und von dem Sie geglaubt haben, dass es aus einer Messerstecherei im Westend stammt, mit einer falschen Spur versehen! So, mein Freund: Das Messer stammt aber nicht aus dem Westend, sondern das habe ich mir von meinem Freund, dem Metzger Bierbriegel in Holzleute, ausgeliehen. Jetzt will ich von Ihnen nur eines wissen: Warum machen Sie das? Warum manipulieren Sie Beweisstücke? Warum sabotieren Sie unsere Arbeit? Ihnen geht's doch gut hier!«

Dr. Herbst starrte noch immer in die Tasse. Erneut schüttelte er den Kopf. Sofort schrie Zimmerschied weiter: »Warum schütteln Sie den Kopf?«

In der Zwischenzeit waren die Gespräche an den beiden anderen Tischen, die noch besetzt waren, verstummt. Auch die Dame an der Essensausgabe blickte zu der vierköpfigen Gruppe, der auch ihr schreiender Polizeipräsident angehörte. So hatten sie den Chef noch nie erlebt.

Als Dr. Herbst noch immer nicht antwortete, hielt es Zimmerschied nicht mehr auf dem Stuhl. Ehe der Wissenschaftler reagieren konnte, beugte sich der LKA-Präsident schräg über den Tisch, packte Dr. Herbst am Kragen seines karierten Hemds und zog ihn in seine Richtung. Der Drangsalierte stieß gegen die Kaffeetasse, das Geschirr schepperte, Kaffee schwappte über, Dr. Augustin und Tommy Hensch schauten erschrocken. Zimmerschied zog Dr. Herbst sehr nahe zu sich heran und brüllte ihn an: »Antworten Sie mir endlich!« Dann begriff er, was er da gerade tat und dass sie nicht allein waren, woraufhin er den Mitarbeiter unsanft wieder zurückstieß.

Die körperliche Konfrontation schien dem Ertappten zugesetzt zu haben, denn plötzlich begann er am ganzen Oberkörper zu zucken. Sein Gesicht verzerrte sich. Weinte Dr. Herbst? »So reden Sie doch, Herr Doktor Herbst«, sagte Zimmerschied nun deutlich weniger aggressiv.

Da presste der Wissenschaftler hervor: »Ich wollte … die Chefstelle vom DNA-Labor. Aber … Isabelle Augustin hat sie bekommen. Obwohl ich doch schon viel länger … und mehr Erfahrung …« Der Satz verlor sich im Nichts.

»Und deshalb haben Sie unser Amt an den Rand des Abgrunds geführt, oder was?«, entfuhr es Zimmerschied. »Wissen Sie, was für Probleme ich in den vergangenen Wochen hatte wegen dieser DNA-Scheiße, die Sie da angerichtet haben?« Plötzlich schoss dem LKA-Präsidenten noch ein ganz anderer Gedanke in den Kopf: »Aber mal langsam – jetzt interessiert mich noch was: Sind Sie es auch gewesen, der Frau Augustin und mir diese verreckten Zettel auf den Tisch gelegt und ans Auto gehängt hat?«

Der Genetiker schluchzte tränenlos und nickte.

»Und warum auch Frau Doktor Augustin?« Zimmerschied schrie nun beinahe wieder.

»Weil sie meine Stelle bekommen hat, verdammt!«, brüllte Dr. Herbst zurück. »Und … und …«, stammelte er, plötzlich wesentlich leiser, »… weil die Isabelle mit Ihnen fickt.«

Zimmerschied vermied es, Dr. Augustin nach diesem Ausbruch in die Augen zu sehen.

FÜNFUNDVIERZIG | Chat

»Der Herbst hat alles eingeräumt«, teilte Zimmerschied seiner Sekretärin mit.

»Schon gehört«, erwiderte Elisabeth Rötli.

Eine Antwort, die den Präsidenten stutzen ließ. »Entschuldigung – wie haben Sie das gehört? Das war doch eben erst?«

»Flurfunk.« Die Schweizerin lächelte.

»Und … was hat … der Flurfunk noch so … ähm, gefunkt?« Der Präsident dachte an die unschön formulierte Unterstellung einer sexuellen Beziehung zwischen ihm und Dr. Augustin, die Dr. Herbst in der Kantine herumposaunt hatte. Wenn nun das ganze Haus glaubte, er habe wirklich …?

»Nichts Bedeutsames«, erwiderte sie, noch immer mit einem schwer zu deutenden Lächeln auf den Lippen. »Aber was ganz anderes: Frau Veltroni hat angerufen. Die Technik hat den Computer von diesem Ivo Jan untersucht. Wenn Sie Zeit haben – sagt Frau Veltroni –, könnten Sie vorbeikommen und …«

Zimmerschied hörte nicht mehr, was Rötli noch sagte, denn er befand sich schon wieder auf dem Flur. Die Vorstellung, seine stets zuverlässige Sekretärin könnte meinen, er habe ein Verhältnis mit der jungen Wissenschaftlerin, bereitete ihm so großes Unbehagen, dass er es vorzog, sich so schnell wie möglich Rötlis Einflussbereich zu entziehen. Die Präsidentensekretärin war eine Instanz.

Veltroni und Södlinger wirkten sehr konzentriert und begegneten Zimmerschieds »Grüß Gott« nur mit einem knappen »Hallo«. Die beiden Leiter der Soko Dönermesser saßen vor einem nicht mehr ganz zeitgemäß aussehenden PC. Immerhin ließ Barbara Veltroni der reduzierten Begrüßung noch ein fröhliches »Überraschende Neuigkeiten, Chef« folgen.

»Aha? Was denn?«, fragte der ohne den geringsten Funken Fröhlichkeit. Er dachte an Dr. Augustin, die Gerüchteküche – und im Übrigen auch an seine Frau.

»Schauen Sie mal«, sagte die Kriminalhauptkommissarin mit dem schwarzen Pagenkopf und dem Bretonenshirt. Sie tippte auf den Bildschirm. Ihre Hände waren längst nicht so wohlgeformt wie die von Dr. Augustin.

Zimmerschied war kein Computerexperte, aber das, was er da gezeigt bekam, war wohl ein Chat-Programm. Um die Nachricht zu sehen, auf die Veltroni tippte, musste er sich ein Stück nach vorn beugen. »Sagt Ihnen dieser Chatname was?«, fragte nun Södlinger und betrachtete den Präsidenten von der Seite.

»›HilK‹?«, las Zimmerschied vor. »Wieso sollte mir das was sagen? Kenne keinen ›HilK‹, ich chatte nicht.«

»Wenn Sie mal an unsere Tatserie denken«, versuchte der Leiter der Soko Dönermesser ihm auf die Sprünge zu helfen.

»Es gibt keine Tatserie. Diese Tatserie ist ein Hirngespinst. Die einzige Verbindung zwischen den Taten ist eine DNA-Spur, die von Ihrem Kollegen Doktor Herbst manipuliert worden ist«, erwiderte Zimmerschied ungehalten.

Veltroni schenkte ihrem Chef einen triumphierenden Blick. »Also für uns, Chef, steht ›HilK‹ für Hilmar von Kluthe.«

Da zog der LKA-Präsident dann doch erstaunt die Augenbrauen hoch. »Was? Wieso sollte denn hier eine Nachricht von Hilmar von Kluthe stehen? Ist das nicht der PC von dem Kriegsverbrecher?«

»Doch«, kam es unisono von Veltroni und Södlinger zurück.

»Und jetzt lesen Sie mal, was ›HilK‹ schreibt.« Veltroni klickte die Chat-Nachricht größer. Zimmerschied überflog den Text. Der entscheidende Satz lautete:

Wir sind interessiert an Ihrem Angebot. Insbesondere an M 75. Wann können wir die Ware begutachten?

»Sie wissen ja wohl, für was M 75 steht, Chef?«, erkundigte sich die Kriminalhauptkommissarin vorsichtig.

»Das sind die Handgranaten«, stöhnte Zimmerschied auf. »Das gibt's ja wohl nicht. Gibt's da doch eine Verbindung, oder was?« Er richtete sich wieder auf, streckte sich, rieb sich den Rücken, ächzte. »Mein Gott, was ist das nur für ein kranker Fall.«

»Na ja, kann doch sein«, meinte Veltroni, wobei sie sich wesentlich vitaler anhörte als ihr Chef. »Korodic hat die Waffen, die er aus dem Jugoslawienkrieg mit nach Deutschland geschmuggelt hat, im Darknet angeboten, und Hilmar von Kluthe hat sich dafür interessiert.«

»Und wie wir wissen, ist der Kluthe ein Reichsbürger. Könnte doch sein, dass ihn die Waffen interessiert haben, weil er und seine Gesinnungsgenossen einen Anschlag planen«, bemerkte Södlinger.

»Zum Beispiel auf den US-Präsidenten«, sagte Zimmerschied tonlos. Er konnte sich noch ziemlich genau an den Wortlaut des Reichsbürger-Pamphlets aus der geheimen Verschlusssache des Innenministeriums erinnern. Von »Maßnahmen, die über das rein Politische hinausgehen« war da die Rede gewesen. Angesichts von Hilmar von Kluthes Interesse an Handgranaten wurde mit einem Mal sehr konkret, was die Reichsbürger unter »Maßnahmen« verstanden, die »über das rein Politische hinausgingen«: Sie waren bereit, Gewalt anzuwenden, um ihre Ziele durchzusetzen. Dies ergab auch im Hinblick auf die jüngsten Erfahrungen mit den rechtsradikalen BRD-Leugnern Sinn. Mehrfach hatten Reichsbürger die Polizei angegriffen. Bei einer Waffenrazzia in der Nähe von Nürnberg hatte einer sogar einen Beamten erschossen. Und bei Hausdurchsuchungen stieß man immer wieder auf geheime illegale Waffendepots.

»Wenn der Waffendeal mit Korodic alias Ivo Jan damals nicht geklappt hat, dann haben die sich womöglich woanders eingedeckt.« Veltronis Miene war besorgt.

»Und Sie meinen, dieses Kürzel ›HilK‹ steht wirklich für Hilmar von Kluthe?« Zimmerschied war noch nicht restlos überzeugt, ob er vom Schlimmsten ausgehen sollte – dass von Kluthe gemeinsam mit unbekannten Mitstreitern tatsächlich Attentate vorbereitete oder sogar an welchen beteiligt war. Aber für Zweifel blieb jetzt keine Zeit. Und auch nicht für einen Antrag bei Ramona Ahlhaus. Die Staatsanwältin konnte ihm den Buckel herunterrutschen: Der amerikanische Präsident würde in neunzehn Tagen deutschen Boden betreten.

SECHSUNDVIERZIG | Sonnenbrille

Es dauerte exakt siebzehn Minuten, bis Tommy Hensch die Alarmanlage der Kluthe-Villa deaktiviert hatte. Der zivile Bus, in dem sich die vier LKAler – Zimmerschied, Veltroni, Södlinger und Hensch – verbargen, stand im Schatten einer alten Eiche, die vermutlich seit über hundert Jahren auf dem der Villa gegenüberliegenden Grundstück in den Himmel ragte. Es war kurz nach vier Uhr früh, und gerade schob sich eine Wolke vor den Mond. Das Licht der Straßenlaterne war schwach, aber es störte Zimmerschied dennoch. Deshalb stieg der LKA-Präsident, nachdem Tommy Hensch mit einem »Okay, ich hab's, das Ding ist tot« das Signal zum Aufbruch gegeben hatte, aus dem Van, ging zu der Laterne hinüber und trat zweimal sehr fest mit der Sohle seiner Einsatzschuhe dagegen. Prompt erlosch das Licht. Zimmerschied schmunzelte zufrieden. Der alte Trick aus seiner Kindheit funktionierte noch immer.

Als Nächstes war Barbara Veltroni dran. Mithilfe der Werkzeuge, die sie in einer kleinen schwarzen Tasche am Gürtel trug, kostete es die Kriminalhauptkommissarin bloß zwei Minuten, um die abgesperrte Fußgängertür neben dem Einfahrtstor zu knacken. Obwohl sich die vier Beamten bemühten, sich möglichst lautlos fortzubewegen, verursachten ihre Schritte ein leises Knirschen im Kies. Tommy Hensch ging an letzter Stelle. Ohne zu zögern, wandten sie sich dem Kellerfenster zu, durch das der vermeintliche Einbrecher seinerzeit eingedrungen war. Obwohl es eher unwahrscheinlich war, hofften sie, dass die Hausherren es noch nicht hatten reparieren lassen. Und tatsächlich hatten sie Glück: Die Fensteröffnung war lediglich mit einer Plastikfolie verklebt. Zimmerschied betrachtete die Öffnung, dann wanderte sein Blick zu den drei Kollegen im Halbdunkel. Er überlegte. Schließlich flüsterte er: »Da kommen nur Sie rein, Hensch, wir anderen sind zu kräftig.«

»Ich kann gerne auch versuchen, die Kellertür zu öffnen«, raunte Veltroni. Irgendwo oben, womöglich am Dach der Villa, knackte etwas. Drei Köpfe zuckten schlagartig nach oben, Hensch lauschte nur, aber es blieb still. Vermutlich war es lediglich ein Vogel gewesen oder ein Ast, der vom Baum auf die Dachrinne gefallen war.

»Ich kann da schon reinklettern«, sagte Tommy Hensch leise.

Zimmerschied überlegte kurz. Dann erwiderte er: »Ich glaube, das geht schneller und unauffälliger, als wenn wir an den Türen rumbasteln. Also, Herr Hensch, Sie gehen rein, suchen die Tür und machen uns auf.«

»Äh, ganz ehrlich, ich halte das für keine gute Idee. Der Tommy sieht doch gar nichts«, wandte Veltroni ein.

»Da drin ist es sowieso dunkel«, antwortete Zimmerschied. »Da ist der Herr Hensch ja sogar im Vorteil.« Mit einem letzten Blick auf den Computerexperten flüsterte er: »Also, auf geht's. Toi, toi, toi!«

Hensch legte die Hände auf den Fenstersims, und Zimmerschied machte ihm die Räuberleiter. Schon saß der Blinde auf dem Fensterbrett. Veltroni reichte ihm ein Messer, das er, nachdem er die Ränder mit den Fingern ertastet hatte, fast lautlos durch die Folie zog, die das Fensterloch bedeckte. Dann schob er sich, mit den Beinen voran, hinein. Vom Dach der Villa her knackte es wieder. Zimmerschied warf erneut einen kritischen Blick nach oben. Aber die Fenster blieben dunkel. Inzwischen war Tommy Hensch beinahe vollständig durch das Fensterloch geklettert, nur Schultern und Kopf befanden sich noch im Freien. Dann verschwanden auch die, es polterte, ein unterdrückter Schmerzlaut, Stille. Zimmerschied, Veltroni und Södlinger hielten die Luft an. Aus dem Keller drang nun kein Laut mehr nach draußen. Totenstille.

Zimmerschieds Herz klopfte schneller. Er streckte den Kopf durch die Fensteröffnung. »Hensch?«, flüsterte er hinein.

»Ja?«

»Alles okay?«

»Ich weiß nicht … Ich bin auf was Spitzes – scheiße, ich glaube, ich blute. Das … das ist ein Nagelbrett oder so was Ähnliches. So ein Fakir-Teil. Wieso haben die hier ein Nagelbrett?«

Erst in diesem Moment beschlich den LKA-Präsidenten ein ungutes Gefühl. Sie befanden sich auf privatem Grund. Sie hatten keinen richterlichen Durchsuchungsbeschluss. Aber wie sonst hätten sie schnell genug nachsehen sollen, ob diese Reichsbürger Kriegswaffen bunkerten?

Auch Barbara Veltroni wurde nervös. »Scheiße, ich hab doch gesagt, dass das nicht gut ist«, schimpfte sie. »Das verstößt gegen jede Vorschrift. Da bekommen wir Riesenärger. Und wenn der Tommy jetzt da drin blutet, dann kommen wir aus der Nummer auch nicht raus, ohne dass die mitkriegen, dass wir da waren.«

»Sie halten mal schön die Klappe, Frau Veltroni«, fuhr der LKA-Präsident die Kollegin an, was ihm einen verstörten Blick eintrug. Ohne darauf einzugehen, raunte er in Richtung Kellerfenster: »Hensch, können Sie uns bitte die Tür öffnen?«

Von drinnen war ein schabendes Geräusch zu hören. »Ja klar, ich blute zwar wie Sau … O Mann … Das gibt einen Haufen Spuren. Scheiße, scheiße, scheiße.«

»Machen Sie die Tür auf, ich habe ein frisches Stofftaschentuch.«

Erneut rumpelte es im Inneren des Hauses, dann hörten sie Schritte. Zimmerschied hoffte, dass es sein Mitarbeiter war, der diese Geräusche verursachte, und nicht der Besitzer der Villa. Sicherheitshalber zogen sich die Ermittler etwas von der Tür zurück. An einer Stelle der Mauer, die nicht vom Mond beschienen war, fanden sie einen Schattenfleck.

Nach einer knappen Minute klackte die Tür und öffnete sich knarzend. Im Rahmen stand Tommy Hensch, noch immer mit Sonnenbrille. Man hätte ihn cool finden können in dieser Situation, doch er hielt Zimmerschied, Veltroni und Södlinger seine Hände entgegen, die wirklich voller Blut waren. Mehrere Nägel mussten sich in die Haut gebohrt haben, und auch aus seiner Hose troff auf Kniehöhe das Blut.

»Oje, Tommy«, entfuhr es Veltroni. »Echt ein Nagelbrett?«

Hensch nickte. Zimmerschied hielt dem Computerexperten sein Taschentuch hin und fragte: »Wo haben Sie das Messer?« Nachdem Hensch es ihm gereicht hatte, schnitt der Präsident beide Ärmel seines Hemds ab und verband damit dem Verletzten notdürftig die Hände und das Knie. »Zum Glück sind die Wunden nicht tief«, versuchte der Präsident Zuversicht zu verbreiten. »Wir müssen schnell machen. Los, jeder nimmt sich einen Kellerraum vor. Wenn die irgendwo Waffen lagern, dann ja wohl im Keller.« Er hielt inne. »Aber Sie, Herr Hensch«, flüsterte er mit Blick auf seinen jungen Mitarbeiter, »gehen besser raus in den Garten. Sonst sauen Sie uns noch alles voll. Wird eh schwer genug, die Spuren zu beseitigen. Vielleicht schauen Sie im Bus nach Verbandsmaterial. Und wenn Sie sich verarztet haben, dann kommen Sie wieder und bringen was zum Wischen mit.« Hensch nickte und verschwand im Halbdunkel des Villengartens. Sie hörten seine Schritte im Kies. Dann wurde es draußen wieder still.

Jetzt ließen Veltroni, Südlinger und Zimmerschied die Lichtkegel ihrer Taschenlampen durch den Raum gleiten. An den Wänden hingen noch immer die Bilder mit den historischen Aufnahmen von Handwerkern und Bauern. In einer Ecke befand sich die Sauna, daneben Ruheliegen. Es war alles so, wie sie es bei ihrem ersten Besuch gesehen hatten. Nur unterhalb des Fensters lauerte jetzt ein großes, blutbesudeltes Nagelbrett. »Ich glaube, die haben das extra da hingestellt. Und ich glaube auch, dass die das Fenster absichtlich noch nicht repariert haben«, vermutete Veltroni. Zimmerschied fand den Gedanken interessant. »Wahrscheinlich wollen sie den Einbrecher auf eigene Faust erwischen. Die rechnen vielleicht damit, dass er noch einmal kommt.« Zimmerschied nahm den Geruch von Kräuteraufguss wahr. Södlinger hatte gerade die Tür zur Sauna geöffnet und spähte hinein. »Hier sind jedenfalls keine Kriegswaffen.«

Wenig später standen die drei im Vorraum des Kellers, von dem aus die einzelnen Räume abgingen. Zimmerschied erkannte die Tür wieder, über der das Schild mit dem Spruch »Wir Deutsche fürchten Gott, sonst nichts auf der Welt« hing und die Flagge mit dem schwarzen Kreuz. Entschlossen ging er darauf zu. Hier hatte Tommy Henschs Hund bei ihrem letzten Besuch herumgeschnüffelt. Und auch er hätte schon damals gerne einen Blick in diesen Raum geworfen. Warum, wusste er selbst nicht so genau. Der Präsident drückte die Klinke. Die Tür war versperrt. Er untersuchte das Schloss. Ein Sicherheitsschloss. War das für den Kellerraum einer alten Villa nicht doch ein wenig ungewöhnlich? Er wandte sich um. Södlinger und Veltroni waren in der sich hinter zwei anderen Türen ausbreitenden Finsternis verschwunden. Zimmerschied wandte sich erneut der geheimnisvollen Tür zu. Verbargen sich dahinter die Waffen, nach denen er suchte?

»Hier ist nichts«, hörte er plötzlich Södlinger flüstern. Der Kollege trat gerade aus einem der Kellerräume und zog die Tür geräuschlos hinter sich zu.

»Die hier ist zugesperrt. Sicherheitsschloss.« Beide Männer starrten auf das dunkle Holz. »Die anderen Türen sind nicht so stark gesichert.« Zimmerschied suchte Södlingers Blick. »Was meinen Sie?« Der Befragte hob ratlos die Schultern.

In dem Raum, in dem Veltroni verschwunden war, polterte es, dann hörten sie, wie ihre Kollegin gedämpft »Mist!« rief. Södlinger machte einige Schritte in ihre Richtung und raunte: »Barbara, komm mal wieder raus da. Hier ist eine Tür, die uns interessieren würde. Kriegst du die auf?«

Wenig später kniete Veltroni vor dem Sicherheitsschloss und zog eine kleine Bohrmaschine aus ihrer Tasche. Das Schnurren des Bohrers war zwar leise, aber Zimmerschied hielt dennoch die Luft an. Veltroni wechselte zu einem zweiten, etwas größeren Bohrer. Und schließlich noch zu einem dritten. Zimmerschied brach der Schweiß aus. Endlich klopfte Veltroni mit einem kleinen Kunststoffhammer zweimal auf das Schloss, was die Stifte im Inneren klackern ließ. Sie nickte, schob den Schraubenzieher in das aufgebohrte Türschloss und drehte ihn um. Die drei wechselten einen letzten angespannten Blick – und Barbara Veltroni drückte die Tür auf. Sie trat als Erste ein, die Taschenlampe im Anschlag. Zusätzlich leuchtete Södlinger mit seiner Lampe über ihre Schulter.

Mit dem, was sie in dem Raum erwartete, hatte Zimmerschied nicht gerechnet: keine Kriegswaffen. Stattdessen ein modern eingerichtetes Büro. Vier ziemlich imposante Drucker, eine Menge Papier, auch in größeren, haushaltsunüblichen Formaten – und stapelweise Euroscheine, die Millionen wert sein mussten.

»Das … ist eine … Fälscherwerkstatt«, stammelte Veltroni beeindruckt.

Ehe Zimmerschied ihr beipflichten konnte, wurde es schlagartig hell. Der Präsident wirbelte herum. Das plötzliche Licht blendete ihn. Dennoch machte er am oberen Treppenabsatz einen groß gewachsenen Mann im Pyjama aus. Es war Hilmar von Kluthe – und der Hausherr richtete ein Maschinengewehr auf sie. Sofort zogen auch Zimmerschied und Södlinger, so schnell sie konnten, ihre Pistolen aus dem Holster, aber Hilmar von Kluthe rief: »Hände hoch! Werfen Sie die Waffen weg!« Weil weder Zimmerschied noch Södlinger ihre Waffen senkten, schrie von Kluthe gleich weiter: »Ein letztes Mal: Nieder mit den Waffen! Ich habe hier hundert Schuss. Bevor Sie auch nur einen Finger rühren können, sind Sie durchlöchert wie ein Sieb! Und Sie da«, er meinte wohl Veltroni, »kommen auch raus aus dem Zimmer!« Die Kriminalhauptkommissarin machte eine Bewegung, aber sofort brüllte von Kluthe: »Raus, raus, raus! Hinlegen!« Veltroni trat einen Schritt vor, sah zu ihrem Chef. Zimmerschied – Herzrasen, Schweißperlen auf der Stirn – nickte der Mitarbeiterin zu. Sie ließ sich auf den Boden gleiten.

Der Präsident versuchte, seine Atmung in den Griff zu bekommen. Dann sagte er mit möglichst ruhiger Stimme und noch immer die P7 im Anschlag: »Herr von Kluthe, Sie kennen uns doch. Wir sind von der Polizei.«

»Weg mit den Waffen! Weg, weg, weg!«, befahl der Villenbesitzer.

»Herr von Kluthe, das ist nicht klug, dass Sie uns hier bedrohen. Legen Sie bitte Ihre Waffe …«

Bramm. Bramm. Bramm. Bramm. Bramm.

Ehe Zimmerschieds Satz vollendet war, hatte von Kluthe eine Salve in die Holzdecke über dem Präsidenten abgegeben. Die Eiche splitterte. »Legen Sie die Waffen nieder, auf der Stelle, oder die nächste Ladung landet in Ihrem Körper!«

»Okay, okay, ganz ruhig«, schnaufte Zimmerschied erschrocken. »Wir legen jetzt ganz langsam die Waffen auf den Boden. Los, Södlinger.«

Der LKA-Chef und Södlinger gingen in die Knie und legten die Waffen vorsichtig auf dem Boden ab.

»Und jetzt mit dem Fuß in meine Richtung treten, also die Waffen, meine ich«, befahl der Unternehmensberater.

Die beiden Männer taten wie ihnen geheißen. Die Pistolen schlitterten bis zum Rand des Teppichs, der den Boden des Kellervorraums bedeckte. Hinter Hilmar von Kluthe tauchte nun dessen Frau auf. Sie trug ein roséfarbenes Nachthemd. »Hilmar, das ist die Polizei, ich weiß nicht, ob das gut ist …«

»Fresse!«, schrie der Mann mit dem Maschinengewehr und gab zeitgleich eine erneute Salve ab.

Bramm. Bramm. Bramm.

Dieses Mal schlugen die Kugeln kaum einen Meter rechts von Zimmerschied in die grob verputzte Wand ein. Der Mann war definitiv wahnsinnig.

»Hilmar, das ist die Polizei«, versuchte es Anke von Kluthe noch einmal zögerlich. Wie verhärmt ihr Gesicht doch war.

»Maul halten! Polizei … Das hier ist exterritorialer Grund«, bellte von Kluthe. »Hier bin ich die Polizei!« Noch immer die

Waffe auf Zimmerschied gerichtet, wandte er sich seiner Ehefrau zu und sagte: »Schnell, hol ein Seil. Wir müssen sie fesseln.«

»Herr von Kluthe …«, setzte Zimmerschied noch einmal an, aber der Reichsbüger senkte die Waffe und drückte ab. Es ratterte kurz und brutal, und der Polizeipräsident spürte einen stechenden Schmerz im linken Oberschenkel. Mit einem Aufschrei sackte Zimmerschied in sich zusammen.

»O mein Gott«, entfuhr es der am Boden liegenden Barbara Veltroni. »Chef? Hey, hey, hey, Chef? – Alles okay?«

Zimmerschied stöhnte. Er konnte es nicht glauben. Der Irre hatte ihm wirklich ins Bein geschossen. Mit einem Maschinengewehr. Obwohl es höllisch brannte, unterdrückte der Präsident jeden weiteren Schmerzlaut und presste mit beiden Händen seinen Oberschenkel zusammen.

»Anke, jetzt hol endlich das Seil!« Hilmar von Kluthes Stimme überschlug sich. Die Frau verschwand im Erdgeschoss.

In diesem Moment spürte Zimmerschied einen Lufthauch – oder war es Einbildung? Da wehte doch von dem Saunaraum her, durch den sie eingedrungen waren, ein Luftzug zu ihm? Nein, er bildete es sich nicht ein. Und da bewegte sich auch etwas. Ehe der Polizeipräsident Genaueres feststellen konnte, hörte er einen Ruf, freundlich, offen, wie wenn man sich freut, weil man jemanden lange nicht gesehen hat: »Herr von Kluthe!« Und genau in dem Moment, in dem der Mann mit dem Maschinengewehr »Ja?« rief, knallte ein Schuss, ertönte ein Schrei, und Hilmar von Kluthe sackte zusammen. Sofort sprang Barbara Veltroni auf, zog ihre Waffe, die ja noch in ihrem Holster steckte, hastete die Treppen in Richtung Erdgeschoss nach oben und zielte von dort aus auf den sich am Boden krümmenden Villenbesitzer. Als der sie sah, rappelte er sich auf, hob das Maschinengewehr in ihre Richtung – aber Veltroni kam ihm zuvor. Eiskalt. Die Kriminalhauptkommissarin feuerte auf ihn. Von Kluthe schrie einmal, dann noch einmal, dann wimmerte er nur noch. Sie schien ihn in den rechten Unterarm getroffen zu haben, denn er ließ die Waffe fallen. Einen Augenblick später trat Tommy Hensch aus dem Kellerraum mit der Sauna. Sonnenbrille, grimmiger Gesichtsausdruck, Pistole im Anschlag.

SIEBENUNDVIERZIG | Sphinx

»Tja, da hatte ich wohl einfach Glück.« Tommy Hensch grinste. Er saß mit Södlinger, Veltroni und Zimmerschied, dessen linker Oberschenkel dick bandagiert war, in einem der Vernehmungszimmer des LKA. Benno Berghammer lag unter dem Tisch, und vor jedem der Polizisten dampfte eine Tasse Kaffee. »Wenn der Kluthe auf meine Frage nicht mit einem so lauten ›Ja‹ geantwortet hätte, dann hätte ich nicht gewusst, wo ich hinschießen soll. Ich sehe ja nichts.« Hensch gluckste.

»Schon klar«, meinte Zimmerschied, »aber woher können Sie überhaupt schießen?«

»Ach so … äh.« Sofort war die Selbstsicherheit des jungen Blinden wie weggewischt. Er machte ein verlegenes Gesicht. »Also, ich habe da einen Freund bei uns im LKA-Schießkeller. Und der … also … der lässt mich … ähm, manchmal … schießen.«

»Und die Waffe, also, ich meine, wo hattest du plötzlich die Waffe her? Vom LKA hast du ja wahrscheinlich eher keine …?« Hensch traf ein fragender Blick Barbara Veltronis.

»Die … ja, ja, also … äh, das ist … meine eigene …« Weiter kam der verlegene Tommy Hensch nicht, denn jetzt klopfte es an der Tür, und ein uniformierter Beamter führte Hilmar von

Kluthe herein. Sein rechter Arm steckte in einem ebenso dicken Verband wie das Bein des Präsidenten. Veltroni hatte gut gezielt. Der Reichsbürger war nur verletzt – natürlich hätte er auch tot sein können.

»Soll ich dableiben, oder …?«, fragte der Beamte, der den Verletzten ins Zimmer begleitet hatte.

»Nein, das ist nicht nötig, Sie können gehen. Danke.« Zimmerschied nickte dem Kollegen zu.

»So, Herr von Kluthe, dann wollen wir mal.« Der LKA-Präsident schenkte dem Mann, der ihn nur Stunden früher fast getötet hatte, ein Lächeln. Er war zwar verletzt, die Wunde brannte auch noch, aber irgendwie hatte der Polizeipräsident das Gefühl, dass er wieder auf die Erfolgsspur zurückgefunden hatte. Die Aufräumarbeiten kamen voran.

»Sie haben mir gar nichts zu wollen«, schnauzte Hilmar von Kluthe zurück. »Sie sind widerrechtlich in mein Territorium eingedrungen und haben …«

»Wenn ich Ihnen eines raten darf«, fuhr ihm Zimmerschied mit energischer Stimme dazwischen. »Machen Sie jetzt eine umfassende Aussage. Dann kommen Sie nach ein paar Jahren vielleicht wieder raus.« Der LKA-Präsident wischte sich über den Bart. »Wir haben ein paar ganz konkrete Fragen an Sie …« Erneut pochte es an der Tür. Dieses Mal trat Dr. Augustin ein. Sie trug eine eng geschnittene schwarze Bluse, die ihre festen Brüste betonte. Zimmerschied sah sie an. »Und?«

»Ja, Sie hatten recht mit Ihrer Vermutung: Die Blüten vom Kiosk und aus dem Waffengeschäft stammen aus derselben Fälscherwerkstatt. Nicht nur das Papier und die Farben stimmen überein, auch die DNA von Herrn von Kluthe ist drauf.«

»Soso.« Zimmerschied warf von Kluthe einen stechenden Blick zu. Dann sagte er zu Dr. Augustin: »Danke, mehr brauchen wir vorerst nicht.«

Zimmerschied sah der Wissenschaftlerin hinterher. Ihre

ausgewaschene Jeans unterstrich ihre schlanke Taille, direkt unter dem Po war ein kaum sichtbarer Riss. Zimmerschied schluckte, hatte sich aber rasch wieder im Griff. Als sie den Raum verlassen hatte, wandte er sich Hilmar von Kluthe zu. »Geldfälschung also auch noch … Da sammelt sich ja so einiges an bei Ihnen. Was genau hatten Sie mit dem Geld vor?«

»Ihnen sage ich gar nichts«, erwiderte der Unternehmensberater trotzig.

Zimmerschied holte tief Luft, atmete ausgiebig aus, sah zum Fenster hinaus – weit oben am Himmel war ein Hubschrauber zu sehen, aber nicht zu hören –, dann holte er seinen Blick zurück ins Zimmer und verkündete: »Gut, wenn Sie nicht kooperieren wollen, dann werden wir eben erst einmal mit Ihrer Frau ein intensiveres Gespräch führen.«

»Lassen Sie Anke aus dem Spiel!«

»So, wie ich Ihre Frau einschätze, erzählt sie uns ganz sicher bereitwilliger von Ihren Plänen.«

»Lassen Sie meine Frau in Ruhe!«

»Ein bisschen was hat sie uns ja bereits verraten.«

»Was denn?« Hilmar von Kluthes Kiefer verkrampfte sich.

Zimmerschied lächelte den Adeligen an. Er hatte einen Plan. »Das tut jetzt nichts zur Sache. Ich meine, Sie brauchen ein bisschen Zeit, um in sich zu gehen und nachzudenken. Es ist ja viel passiert, und Sie befinden sich in einer«, der Präsident tat so, als suchte er nach dem richtigen Wort, »ungünstigen Situation. Wir lassen Sie jetzt kurz allein, dann können Sie in sich gehen.« Er wandte sich den Kollegen zu. »Kommen Sie, Frau Veltroni, Herr Södlinger, lassen wir ihn ein bisschen nachdenken und besuchen seine Frau. Die ist ja bedeutend kooperativer.« Dann schaute er zu dem Blinden und ergänzte: »Und Sie, Herr Hensch, halten bitte hier einstweilen die Stellung. Falls er Ärger macht, rufen Sie Verstärkung. Aber ich denke«, meinte Zimmerschied in einem übertrieben liebevollen Tonfall, »er wird ganz friedlich sein. – Und der Benno Berghammer ist ja auch noch da. Nicht wahr, Benno?« Zimmerschied nickte dem Blindenhund freundlich zu.

»Sie werden mich doch jetzt nicht mit diesem … äh … mit … diesem … äh … allein lassen? Der sieht mich doch gar nicht.« Hilmar von Kluthe war verunsichert.

Der Präsident und die beiden Kriminalhauptkommissare verließen ohne ein weiteres Wort das Vernehmungszimmer. Doch sie gingen keineswegs in ein anderes Vernehmungszimmer, sondern lediglich hinter die verspiegelte Wand, durch die sie Hensch und Hilmar von Kluthe ungestört beobachten konnten.

Der Sonnenbrillenblick des schwarz gekleideten Computerexperten war nun direkt auf Hilmar von Kluthe gerichtet. So wie Zimmerschied es erwartet hatte, ertrug der Unternehmensberater das blinde Schweigen nicht sehr lange. »Und Sie sehen wirklich gar nichts?«, fragte er nach rund fünf Minuten. Er hörte sich gehetzt an.

»Nö, nichts«, antwortete Hensch ungerührt.

»Also, wenn ich Ihnen so meine Hand zeige« – Hilmar von Kluthe hob seine rechte Hand und zeigte Daumen, Zeigefinger und Mittelfinger –, »können Sie dann wirklich nicht sehen, wie viele Finger das sind?«

»Nö, kann ich nicht.«

Dann schwiegen beide wieder. Tommy Hensch blieb vollkommen bewegungslos sitzen, doch Hilmar von Kluthe zappelte immer unruhiger auf seinem Stuhl herum, sodass sogar Benno Berghammer irgendwann den Kopf hob.

»Aber wie haben Sie mich dann getroffen – ich meine – mit dem Schuss?«

»Sie haben ›Ja‹ gerufen. Dadurch wusste ich, wo Sie stehen«, entgegnete der Blinde knapp.

»Er macht es wirklich genau so, wie ich es ihm gesagt habe! Bewegt sich nicht, spielt die geheimnisvolle Sphinx. Ich habe es Ihnen doch gesagt: Der Hensch ist gut! Aus dem wird noch mal was«, freute sich Zimmerschied, während er mit Veltroni und Södlinger das Geschehen im Raum beobachtete.

Jetzt schwiegen die beiden Kontrahenten sich an, und Hilmar von Kluthe wurde auf seinem Stuhl immer rastloser. Nach knapp zehn Minuten fragte er: »Die ... anderen, also Ihre Kollegen, sind die jetzt wirklich bei meiner Frau?«

Hensch nickte nur.

Erneut schwieg Hilmar von Kluthe minutenlang. Dann fragte er: »Was wollen Sie eigentlich von mir wissen?«

»Haben wir Ihnen alles schon gesagt. Aber ich sag es Ihnen gerne noch mal: Für was Sie so viel gefälschtes Geld brauchten, welche Attentate Sie geplant haben und warum Sie Roland Mai getötet haben.«

»Das ist alles Quatsch! Damit haben wir nichts ...« Der Unternehmensberater brach ab und wischte sich mit der Hand über die Stirn. Erneutes minutenlanges Schweigen.

Irgendwann sagte Zimmerschied mit gedämpfter Stimme zu Södlinger: »Jetzt gehen Sie rein und flüstern dem Hensch was ins Ohr.«

»Was denn?«

»Das ist ganz egal. Irgendwas.« Zimmerschied nickte dem Mitarbeiter aufmunternd zu. Der verließ kopfschüttelnd den Raum.

Kurz darauf sahen der Präsident und Barbara Veltroni Kriminalhauptkommissar Södlinger das Vernehmungszimmer betreten und dem jungen Polizisten etwas ins Ohr sprechen. Nachdem jener genickt hatte, verließ Södlinger den Raum wieder, und Zimmerschied hörte Hensch sagen: »Herr von Kluthe – es ist so, dass Ihre Frau inzwischen gestanden hat, für was Sie das viele Falschgeld brauchten.«

Der Verdächtige starrte Hensch ungläubig an. Mit seiner Sonnenbrille und dem versteinerten Gesichtsausdruck musste er auf von Kluthe fast wie ein Roboter wirken.

»Das glaube ich Ihnen nicht.«

Der Blinde ließ sich nicht beirren. »Für die Finanzierung von Attentaten, hat sie gesagt. Auf Politiker.«

Hilmar von Kluthe schüttelte hektisch den Kopf. Er schien in Panik zu geraten. Aber Hensch sah ihn nicht und zeigte deshalb auch keinerlei Regung. Das schien den Verdächtigen noch mehr zu verunsichern. Er saß wie vor einer menschlichen Wand.

»Dass Ihre Frau so offen mit uns gesprochen hat, werden wir natürlich zu ihren Gunsten berücksichtigen. Bei Ihnen sieht der Fall allerdings anders aus.« Hilmar von Kluthe starrte Hensch eine Weile schweigend an. Dann sagte der Blinde – genau wie er es mit dem Chef abgesprochen hatte –: »So, ich gehe jetzt.« Wie auf Kommando sprang Benno Berghammer auf, und die beiden verließen den Raum.

Wenig später stieß Tommy Hensch zu den drei Kollegen.

»Sehr gut gemacht«, lobte Zimmerschied.

»Meinem Gefühl nach sollten wir jetzt gleich seine Frau zu ihm schicken«, schlug Hensch vor. Und so machten sie es auch.

Hilmar von Kluthe erschrak regelrecht, als er seine Gattin sah. Sobald sich die Tür hinter ihr geschlossen hatte, fragte er: »Wieso lassen die dich hier rein ...?« Er schaute sich nervös um und flüsterte: »Warum hast du ihnen gestanden?«

Sie sah ihn verwirrt an. »Ich habe ihnen nichts gestanden.«

Hilmar von Kluthe kontrollierte seine Frau mit einem misstrauischen Blick. »Das mit unseren Plänen …?«

Sie schüttelte den Kopf. »Hilmar, ich habe denen nichts gestanden.«

»Psst! Nicht so laut! – Woher wissen die das dann … das mit den Attentaten?«

Anke von Kluthe zuckte mit den Schultern und blickte sich um. Ihre Körpersprache signalisierte Unwohlsein. Beide schwiegen. Hilmar von Kluthe starrte seine Frau böse an. Die schien seinem Blick ausweichen zu wollen und schaute zum Fenster hinaus. Gesprochen wurde nichts mehr.

Auch die Ermittler des LKA im Nebenraum sagten minutenlang nichts. Bis Zimmerschied das Wort ergriff: »So, Frau Veltroni, holen Sie die Frau bitte wieder raus. Und wenn Frau Veltroni draußen ist, dann gehen Sie zurück, Herr Hensch.«

Hilmar von Kluthe hob den Kopf, als Hensch erneut den Raum betrat. »Ich bin's«, sagte der Blinde und tastete sich zu seinem Stuhl am Tisch. Auch der Hund nahm seinen Platz wieder ein. Hensch strich ihm über die Stirn.

»Meine Frau hat Ihnen ja gar nichts gestanden!« Hilmar von Kluthe klang mehr erstaunt als empört. Und insgesamt auch nicht sehr überzeugt.

»Das hat sie Ihnen gesagt?« Der Computerexperte schüttelte sanft den Kopf und runzelte dann die Stirn. »Das lässt ja tief blicken.«

»Wie?«

»Na ja, Ihr Verhältnis zueinander …« Hensch lächelte, zuckte mit den Schultern. »Hat sie was gegen Sie, oder was?«

»Der Hensch macht das großartig«, freute sich Zimmerschied im Nebenzimmer.

Nach einer Weile streckte sich Hilmar von Kluthe und schnaubte: »Also gut, wir haben Geld gedruckt. Aber mit dem Mord an diesem Politiker haben wir nichts zu tun!«

Hensch schwieg.

»Warum sollten wir das denn tun?«

Hensch schien durch den Mann hindurchzuschauen. Nach ein paar Minuten fragte er: »Aber Sie kannten den Landtagsabgeordneten Roland Mai?«

»Natürlich kannten wir ... den. Aber den kannte ja wohl jeder in München. Und ... und ... ich weiß gar nicht, wie Sie da draufkommen, dass wir ... also ... jemanden umbringen könnten? Und dann noch so einen!«

»Wie meinen Sie das?«

»Na ja, einen Konservativen. Ich meine, ich bin nun garantiert kein Fan unserer Regierung, geschweige denn der Regierungspartei, aber würde ich ... also, ich meine: Ist es glaubwürdig, dass ich ... dass wir ...? Das ist doch unlogisch! Wenn wir vom Neuen Deutschen Reichsland einen Politiker ... äh ... also, ich sage jetzt mal, beseitigen würden – ich sage nicht, dass wir das je in Erwägung gezogen hätten –, dann würden wir doch eher einen ... äh ... beseitigen, der links steht, oder etwa nicht? Einen Grünen oder einen Linken oder was, aber doch keinen von eher rechts ...«

Hensch durchbohrte ihn weiter mit seinem blinden Blick. Hilmar von Kluthe zupfte nervös an seinen Fingernägeln herum. Sein Körper wirkte so angespannt, als hätte ihn jemand an ein Starkstromkabel angeschlossen. Nach einer Weile sagte Hensch in deutlich konzilianterem Tonfall: »Na ja, leuchtet schon ein, was Sie da sagen. Was mich ja immer gewundert hat, ist die Tatsache, dass der Mord mit einem Dönermesser begangen worden ist. Das ist ja nun auch nicht unbedingt eine Waffe, an die man denkt, wenn man vom Neuen Deutschen Reichsland spricht.«

Jetzt geriet das Nebenzimmer in Bewegung. »Warum sagt der Tommy das denn? Warum spielt der dem seine eigenen Argumente in die Hände?«, regte sich Barbara Veltroni auf.

»Lassen Sie ihn mal machen. Der hat ein gutes situatives Gespür, der Hensch. Es ist zwar riskant, was er da macht, aber …« Zimmerschieds Satz blieb unvollendet.

Tommy Henschs letzte Aussage schien Hilmar von Kluthe aus seinen offensichtlich aufwühlenden Gedanken gerissen zu haben. Denn nun rief er plötzlich: »Ja! Genau! Ein Dönermesser! Würden wir, ich meine, ich und meine Mitstreiter, die wir zur alten Ordnung zurückwollen, also, würden wir jemanden mit einem so undeutschen … nein, das würden wir natürlich nicht! Niemals würden wir das!« Er starrte auf Henschs Sonnenbrillengläser.

»Stimmt schon«, räumte Hensch ein. »Auch das mit dem Halsabschneiden ist ja irgendwie undeutsch.« Der Blinde rückte sich die Brille zurecht.

»Ja! Undeutsch! Meine Worte«, rief der Adelige, der sich mit einem Mal verstanden zu fühlen schien.

»Ja, ja, da haben Sie schon recht … und …« Hensch zögerte. Jetzt durfte er keinen Fehler machen. Der letzte Köder musste mit großer Behutsamkeit ausgelegt werden. »Die Zeichen auf der Brust des Toten sprechen ja auch eher für einen ausländischen Täter …«

»Sag ich doch«, platzte Hilmar von Kluthe heraus. »Stern und Halbmond! Wer bitte ritzt denn so was in die Haut? Das ist doch, das ist doch – eindeutig ein Zeichen für eine Tat aus dem türkischen Milieu!«

Ein Lächeln huschte über Henschs Gesichtszüge.

Im Nebenzimmer entfuhr Veltroni ein »Moment mal!«. Und auch Södlinger war plötzlich wie elektrisiert. »Das kann der

Kluthe doch gar nicht wissen – das mit den Zeichen auf der Brust!« Die Kriminalhauptkommissarin tauschte Blicke mit ihrem Chef und Södlinger. »Oder hat das irgendwer von uns an die Presse gegeben? Ich meine, dass der Mörder in die Brust der Leiche eine sichelförmige Wunde geschnitten hat? Das kann der Kluthe doch gar nicht wissen!«

»Nur wenn er selbst an der Tat beteiligt war«, antwortete Zimmerschied. Er genoss den Moment. Sein Plan war aufgegangen.

»Das muss man sich einmal vorstellen«, echauffierte sich jetzt Södlinger. »Da bringen diese Schweine einen um, der ihnen politisch auf jeden Fall mal nähersteht als irgendein linker Politiker, und dann schnitzen die der Leiche noch ein Zeichen in die Brust, um den Mord Ausländern in die Schuhe zu schieben.«

»Und das alles nur, weil sie Fremdenhass schüren wollen«, ergänzte Veltroni.

»Und um unseren Staat zu destabilisieren«, fügte Zimmerschied hinzu. »Aber damit ist jetzt erst einmal Schluss.«

ACHTUNDVIERZIG | Liebe

Es war Freitagabend. Karl Zimmerschied hatte zu einem kleinen Umtrunk im Präsidentenbüro eingeladen. Barbara Veltroni, Hannes Södlinger, Elisabeth Rötli und Dr. Isabelle Augustin standen jeweils mit einem von ihm persönlich gemixten El Presidente in der Hand zwischen dem Besprechungstisch, dem Glasschrank mit den Oktoberfestkrügen, der Schrankwand und dem präsidialen Schreibtisch. Auch Tommy Hensch war da, beide Hände dick bandagiert und gekleidet in eine weite, schwarze Hose, unter der sich vermutlich ein weiterer dicker Verband verbarg.

Der LKA-Chef hob sein Glas. »Meine verehrten Mitarbeiter«, sagte er. »Ich danke Ihnen für Ihre Loyalität. Es war nicht immer einfach in den vergangenen Wochen. Wir standen mit dem Rücken zur Wand. Aber wir haben dem gewaltigen Druck standgehalten und einmal mehr bewiesen, wie schlagkräftig unsere Truppe vom LKA ist.« Er wandte sich Hensch zu, der sein Cocktailglas zwischen die verbundenen Hände geklemmt hatte. »Ganz besonders danke ich Ihnen, Herr Hensch – ich hoffe, dass Ihre Verletzungen bald heilen.«

Hensch nickte. »Schon gut.«

»Das Überraschendste für mich ist«, fuhr Zimmerschied fort, »dass die Taten, die wir viel zu lange für eine Serie hielten, weil ein schwarzes Schaf in unseren Reihen unsere Arbeit sabotiert hat, letztlich doch durch merkwürdige Koinzidenzen miteinander verknüpft sind. Damit hatte ich, ehrlich gesagt, nicht gerechnet, nachdem wir Doktor Herbst das Handwerk gelegt hatten.«

Sofort begannen die Kollegen zu diskutieren. Der Fall, den sie nach vielen Tiefschlägen gemeinsam gelöst hatten, war so facettenreich, dass sie all seine Verästelungen noch immer nicht vollständig durchschauten. Aber sie hatten die Bösen ausgemacht – allen voran Hilmar von Kluthe und den Molekularbiologen Dr. Herbst. Dem Reichsbürger würde schon bald der Prozess gemacht werden. Zimmerschied hoffte, dass es in diesem Rahmen gelingen würde, auch die Hintermänner des kriminellen Adeligen auszumachen. Wer bei Hilmar von Kluthe und seiner Frau eingebrochen war, blieb noch immer nebulös. Tommy Hensch tippte auf die Tochter, konnte es aber nicht beweisen. Dr. Herbst wurde, nachdem er gestanden hatte, dass die DNA von seiner zwölfjährigen Nichte stammte, aus dem Dienst entfernt. Ob auch die Mörder des Kriegsverbrechers

Ratko Korodic gefasst werden würden, das wagte der Polizeipräsident nicht zu prognostizieren. Für ihn war die Hauptsache, dass es in Holzleute keine Kriegswaffen mehr gab.

Es wurde ein stiller, aber doch heiterer Abend im Präsidentenzimmer. Am Ende, die Kollegen hatten sich längst verabschiedet, saßen nur noch Zimmerschied und Dr. Augustin am Konferenztisch. Der LKA-Präsident hatte alle Lichter außer der Schreibtischlampe in seinem Büro gelöscht. Dr. Augustin hatte ihre Blumensandalen ausgezogen. Sie war beschwipst. Mit leichtem Zungenschlag sagte sie gerade: »Sie sind ein guter Mann.«

Obwohl ihm dieses Kompliment gefiel, schüttelte der Präsident sanft den Kopf. Sein Blick fiel auf Dr. Augustins Hände. »Wissen Sie was?« Dr. Augustin hob auf seine Frage hin den Kopf. Über ihre rosa Lippen, die wie immer so aussahen, als wären sie geschminkt, obgleich sie es vermutlich nicht waren, huschte ein Lächeln. »Ich muss Ihnen etwas gestehen.« Das Lächeln erlosch. »Ich habe Ihnen eine ganze Weile nicht getraut. Ich war mir ganz lange nicht sicher, ob es nicht Sie waren, die mir hier im Haus Probleme bereitete. Ob nicht Sie die genetischen Spuren manipulierten.« Die DNA-Analytikerin schluckte, und Zimmerschied sagte: »Jetzt bin ich sehr froh zu wissen, dass Sie auf meiner Seite stehen.« Die Wissenschaftlerin rutschte auf dem Stuhl ein Stück nach vorn, sodass ihr Gesicht nur noch eine Armlänge von seinem entfernt war. Sie schloss die Augen. Ihre Lippen glänzten verführerisch. Zimmerschied hätte sie gerne geküsst. Aber stattdessen sagte er: »Ich fliege morgen nach Bali.«

Sie öffnete die Augen wieder und zog kaum merklich den Kopf zurück. »Aber in zwei Wochen kommt doch der US-Präsident?«

»Nein, der Staatsbesuch wurde abgesagt.«

»Warum das?«

»Der amerikanische Präsident wird morgen zurücktreten. Er hat im Wahlkampf von den Russen zwölf Komma sieben Millionen Euro sowie Dokumente angenommen, die seine Mitbewerberin ums Präsidentenamt schwer belasten. Und bei einer Befragung durch den Untersuchungsausschuss hat er beides unter Eid geleugnet. Außerdem gibt es in Moskau eine Putzfrau, die sagt, dass er sich, als sie sein Zimmer reinigen wollte, auf sie draufgelegt habe. Dabei soll er nur einen Bademantel getragen haben. Es gibt wohl sogar eine Filmaufnahme.« Zimmerschied hielt einen Moment inne. »Die Fünfzigtausend habe ich übrigens auch zurücküberwiesen.« Er sah sie an. »Bitte behalten Sie diese Informationen vorerst für sich, sie sind noch höchst inoffiziell.«

»Woher wissen Sie das mit dem Rücktritt?«

»Ich habe eben eine SMS der Kanzlerin bekommen.«

Dr. Augustin schwieg.

Nach einer Weile fragte sie: »Und Sie fliegen morgen wirklich nach Bali?«

»Ja, ich muss da etwas für mich klären.«

Sie nickte nachdenklich. »Und danach?«

Zimmerschied sah das Blau ihrer Augen, er fürchtete darin zu versinken. Aber dann riss er sich zusammen und sagte: »Danach sehen wir weiter.«

»Sie sagten ›wir‹?«

»Ja, ich sagte ›wir‹.«

Dank

Dieser Kriminalroman wäre nicht geworden, wie er ist, hätten mir nicht viele liebenswerte und kluge Menschen geholfen. Ich danke allen, die mich unterstützten, vor allem aber: dem Polizeipräsidenten und LKA-Chef Robert Heimberger, der mein Projekt von Anfang an förderte, mir Einblick in seine Arbeit gewährte und mein Schreiben mit seiner kompetenten und freundlichen Art sowie sehr guten, kreativen Einfällen begleitete. Des Weiteren den Experten des Bayerischen Landeskriminalamts, insbesondere dem Leiter der DNA-Analyse, Dr. Wolfgang Voll, der mir äußerst anschaulich die spannenden Hintergründe seiner Wissenschaft erklärte, und Jürgen Gust, welcher das Sachgebiet 624 mit seinen Spezialthemen Sprengstoff- und Strahlendelikte sowie Waffenhandel leitet; Kriminaloberkommissarin Claudia Vodermaier und Kriminalhauptkommissar Ludwig Waldinger von der LKA-Pressestelle, die mir mit großem Einsatz viele Anregungen gaben und mich bei meinen Recherchen unterstützten; der Sekretärin im Präsidialbüro, Michaela Kappelmeier-Heiland, die zwar nicht aus der Schweiz stammt, aber das Präsidentenbüro ebenso perfekt im Griff hat wie die von mir erfundene Elisabeth Rötli. Und schließlich Stephan Dietrich, der sich im LKA um Computer und deren Programmierung kümmert und mit mir sehr offen über seine Blindheit sprach.

Aber auch außerhalb des Landeskriminalamts hatte ich wieder viele Unterstützer, denen ich hiermit danke: der Ärztin Dr. Daniela Brandl, die mit mir Mordmethoden durchspricht, während sie meine Rückenschmerzen lindert; meinen Lektorinnen Caro Kania, Katrin Andres und Regine Schmitt sowie meiner Programmchefin beim Piper Verlag, Kerstin von Dobschütz; meiner Verlegerin Felicitas von Lovenberg, meiner Beraterin Tina Rausch, meinem Web-Designer Benni Stephan, meinem Technikberater und Lieblings-Nerd Stefan Schaub sowie meiner Frau und meinen drei Kindern, die sich zum Glück von keinem der Gefühlszustände, in die mich die Arbeit an einem neuen Buch versetzt, aus der Ruhe bringen lassen. Ihnen allen danke ich von Herzen, genauso wie meinen Leserinnen und Lesern, die mir durch ihre Begeisterung die Ausübung des schönsten Berufs der Welt ermöglichen.

Jörg Steinleitner im März 2018

Teil 1 und 2 der AMBACH-Serie

*Cover- und Preisänderungen vorbehalten

Jörg Steinleitner /
Matthias Edlinger

Ambach – Die Auktion / Die Tänzerin

Kriminalroman

Piper Taschenbuch, 320 Seiten
€ 9,99 [D], € 10,30 [A]*
ISBN 978-3-492-31032-1

Felix Ambach kann nichts richtig gut – außer schnitzen. In den Augen seines Bruders Christian, eines angesehenen Kunstexperten, zählt das jedoch wenig. Um sich an seinem Bruder zu rächen, fälscht Felix einen alten Kunstschatz. Er will ihn Christian unterjubeln und ihn dann als Fälschung enttarnen – der Ruf des Bruders wäre zerstört. Doch die Dinge laufen nicht nach Plan. Felix gerät ins Visier eines zwielichtigen Kunstsammlers. Und der macht ihm ein so brisantes wie verlockendes Angebot …

Leseproben, E-Books und mehr unter www.piper.de

»Wirklich urkomisch zu lesen.«

Tegernseer Stimme

*Cover- und Preisänderungen vorbehalten

Jörg Steinleitner

Tegernseer Seilschaften

Ein Fall für Anne Loop

Piper Taschenbuch, 256 Seiten
€ 9,99 [D], € 10,30 [A]*
ISBN 978-3-492-25787-9

Der Auftakt der Anne-Loop-Reihe: Ein Bauer wird erhängt im Wald aufgefunden. Polizeihauptmeisterin Anne Loop, neu am Tegernsee, glaubt nicht an Selbstmord. Sie vermutet vielmehr, dass Ferdinand Fichtner vor seinem Tod ein Doppelleben führte, in dem geheime Geschäfte, undurchsichtige Seilschaften und sogar erotische Verwicklungen eine Rolle spielten. Also macht sie sich auf die Spurensuche, und was sie dabei entdeckt, ist so manchem im Ort ein Dorn im Auge …

PIPER

Leseproben, E-Books und mehr unter **www.piper.de**